발광의 집

이 도서의 국립중앙도서관 출판예정도서목록(CIP)은 서지정보유통지원시스템 홈페이지
(http://seoji.nl.go.kr)와 국가자료공동목록시스템(http://www.nl.go.kr/kolisnet)에서
이용하실 수 있습니다. (CIP제어번호 : CIP2018003662)

조 병 옥 지 음

발광의

집

가을이 좋거든 가을에 살거라

글 쓰는 반 친구들끼리 소풍 길에 오른다. 궁 안 뜨락 가득 메운 가을은 붉디붉다. 시퍼런 서른 살 아들 긴 병상 지키다 도망치듯 빠져나온 여인, 그녀의 버거운 어깨에 오늘은 짐 대신 카메라가 매달려 반짝거린다. 잎새들의 축제인 듯 하나하나가 저 잘났다 날아다니다 그중 하나가 그녀의 머리 위에 사뿐히 앉는다.

찰칵 찰칵! 병실 아닌 곳에선 누구도 그녀의 아들일 수 없고 누구도 그녀를 엄마라 부르지 않는다. 그녀는 오늘 자유다. 제발 오늘은 마돈나같이 놀거라. 그녀가 종종걸음으로 뛰어간다. 강물처럼 멀어지는 일행을 앞질러가며 연상 셔터를 누른다. 자아, 웃으세요. 화면 가득 사람들은 웃어서 붉은데 설핏 울려대는 가슴속 버저 소리,
"여보세요."

그러나 아무 소리 없는 저편…, 방금 서걱거린 게 병원인가, 낙엽인가?

여인은 어제 전화로 하던 얘기를 계속한다.
"죽음은 너무 단순해요. 그쵸, 샘?"
나는 딴청을 피운다.
"어, 쟤들, 낙엽 좀 봐. 지고 있는 주제에 웬 춤?"
그녀 역시 엉뚱한 얘기로 화제를 돌린다.
"샘, 저 요새 사진 배워요."
며칠 전 찍었다는 사진 한 장을 스마트폰으로 보여준다. 한낮을 조금 넘어선 듯한 햇살이 물가에 머물고 있다. 늘 그 모습인 것 같아도 늘 그 모습이 아닌 나무들이 양산을 펴서 엷은 그늘을 만들어주고 있는 아래로 아이들이 재재거리며 앉아 있다. 병실 아들 녀석의 어릴 적 모든 모습을 갖춘 꼬마들이 까르르 몸 전체로 웃고 있다. 나는 그 속 어디랄 것도 없는 한 점에 들어앉아 있는 그녀를 지켜보고 있다.

가을 속 여인아, 가을이 좋거든 가을에 살거라. 멍든 가지들일랑 멍든 채로 놔두고 가을이 좋거든 가을에 살거라. 저만치 우는 새도 가을이 좋아 저만치서 울고 있단다.

창덕궁에서 문우 H에게

차례

1부

발광의 집

꿈 하나 달랑 들고

그 집 문에 발을 들여놓기 전까지는 모든 사람들은 구태여 자기가 과연 지금 '미국'이라는 나라에 와 있는지 아닌지에 대한 의문을 제기하지 않는다.

"푸하하하…"

문을 들어서기가 무섭게 사람들은 웃는다. 처음 방문하는 사람들의 경우는 더욱 가관이다. 서울서 온 소설가 H 씨는 "아이구 죽겠다" 하면서 아예 방바닥에 고꾸라졌다. 전라도 시인 M 씨는 웃다가 뚝 그치더니 "가마이 있어, 여그가 미국 맞어?" 하고 물었다.

대문 안쪽에 달아매어 놓은 우리 집 간판 때문이다.

'발광의 집'

서울올림픽으로 떠들썩했던 1988년 여름, 남편의 장례를 치른 나는 17년간 살았던 독일 땅을 떠나 미국, 로스앤젤레스로 건너갔다. 독일에서 음악학교 선생을 했다는 증명서를 보여주니 즉각 교회의 성가대지휘자로 초청받아 생각보다 쉽게 미국 영주권을 손에 쥐게 되었다.

쉰을 넘긴 과부가 혈혈단신 이민이라는 걸 했다면 '그 남편이 돈 푼깨나 남겨놓고 떠난 거야!' 말할 사람도 있겠지만, 나의 쿨렁쿨렁한 이민 보따리와 지갑 속 지폐 몇 장을 확인한 사람이라면 아마도 또 다르게 비아냥거렸을 수도 있다.

"흥, 골 빈 풍각쟁이! 그 잘나빠진 꿈 하나 달랑 들고 그 나이에 여길 어디라고 와?"

독일에 사는 동안 노래를 만들어 미국의 몇 개 도시와 토론토를 순회공연 한 덕분에 그 땅에 친지는 많았다. 우선은 이 집 저 집으로 옮겨 다니며 밥도 얻어먹고 나름대로 대우도 받았다. 하지만 마냥 그렇게만 살 수는 없는 노릇이었다. 허름한 방 한 칸 빌리는 데 월 400불에서 500불인데 성가대 지휘자 월급은 300불이었다. "엄마가 먼저 가서 일단 둘러보고 너 데릴러 올게!" 작은아이에게 큰소리 우르릉 치고 떠나온 이 대책 없는 여편네를 저녁 하늘에 걸음 멈춘 실달이 내려다보며 실실 웃고 있었다. 사는 건 고사하고, 마음 놓고 눈물이라도 짤 수 있는 골방 하나라도 따로 있었으면 좋겠다는 나의 간절한 생각은 때마침 울린 요란한 전화벨 소리에 묻혀버렸다. 강연 차 로스앤젤레스에 들른 민중 신학자 안병무 교수가 나를 찾는다는 얘기다.

"방은 얻었니?"

아무 대답도 못하고 서 있는 나에게 선생님은 "돈도 없을 텐데…" 하고 혼잣말을 했다. 그날 저녁모임이 끝나자 선생님은 자기 제자라는 사람을 불러다 놓고 나를 곁에 가까이 오라고 했다.

"이 사람이 지금 안 쓰는 차고가 하나 있단다. 거기 좀 나랑 같이 가보자!"

하시는 게 아닌가. 리돈도비치 근처에 있는 그분의 창고 겸 차고는 허술하긴 했지만 상상했던 것보다 넓고 깨끗했다.

"이 사람 돈 없으니까 자네 창고 빌려주는 값은 쬐끔만 받으라우요!"

안 교수는 얼굴에 인상을 팍 쓰면서 집주인을 노려보았다. 그리고 돌아서면서 내 등에 손을 얹고 이렇게 말했다.

"이런 게 너 같은 예술가한텐 맞을 게야…. 집 이름은 '**발광의 집**'이라 해라!"

함께 갔던 사람들이 캭! 하고 웃었다.

안 교수가 서울로 떠나고 얼마 후 나는 그곳 교보문고 주인으로부터 희한한 선물을 받았다. 나무를 메스로 파서 '발광의 집'이라고 새긴 걸개간판이었다. 이 작품을 만들어 보낸 K 씨가 전화를 걸어왔다.

"아무리 생각해도 한글로 쓰는 게 좋겠더라고요. '빛이 발한다'는 발광(發光)인지, '지랄발광'의 발광(發狂)인지 아리까리하게요, 흡…."

시멘트 바닥에 기둥과 벽만 있는 헛간을 사람 살 집으로 만들려면 어떻게 해야 경제적으로도 부담이 덜 되고 실용성도 있겠는가? 친구들은 진지하게 의논을 했다. 마침 지붕 고치는 아르바이트 하는 학생이 와서 비가 샐 곳부터 손을 보았다. 사람들은 각자 집에 돌아가 쓰지 않는 세간을 차에 싣고 오기로 했다.

맙소사. 쓰다가 헛간에 놔두었었다는 구식 텔레비전이 세 대나 배달되었다. 냉장고, 접었다 폈다 하는 작업용 테이블, 그리고 냄비 쪼가리와 그릇들이, 앞으로 부엌으로 쓰게 될 세탁실에 그득 찼다. 안 쓰는 오디오라고 했지만 멀쩡한 신품도 있었다. 거미줄을 걷어버린 천정에 성능 우수한 스피커가 매달렸다. 음악이 쿵쿵 울렸다. 누군가 오페라처럼 소리쳤다.

"이젠~~, 피아노만 있으면 되겠~~~다!"

설마 했던 일이 일어났다. 바람이 몹시 불고 안개비가 흩뿌리고 있던 어느 주말 저녁녘이었다. 내가 나가는 교회의 장로님 내외가 트럭에 피아노를 싣고 온 것이다. "백날 집에다 놔둬야 한 번도 안 치는 피아논데, 됐다 뭐해!" 하면서 호탕하게 웃는 육 장로님은 애지중지하던 재산을 내어주면서도 이보다 더 신나는 일이 세상에 어디 있겠느냐고 했다. 참으로 믿을 수 없는 일들이 연달아 일어났다. 영희 라는 후배는 자기 시누이 순옥 씨와 함께 자신들의 이른바 비자금을 털어 중고 승용차 한 대를 샀다고 알려왔다.

"10년도 더 탄 차야요. 2000불에 싸게 샀으니끼니 부담 갖디 말

1부 발광의 집

라우요!"

수화기 속 시누이님의 이북사투리가 정겹게 들려왔다. 눈시울이 뜨거워졌다. 이 모든 일이 4, 5주 안에 다 이루어진 것이다.

나는 열쇠를 몇 개 만들어 나누어주었다.

"여기는 당신들의 휴게소요. 언제든지 오셔서 쉬어가세요."

흑인들이 많이 사는 빈촌 가데나의 크렌서 거리는 다운타운에 비해 무척 음침하고 으스스한 지역이다. 퇴근하는 밤 시간, 자동차를 타고 지나다 보면 '발광의 집' 문 앞에 매달린 강한 전조등에 사람들은 일단 눈길을 돌린다. 자동차를 세우고 가만히 집 안쪽으로 귀를 기울이면 음악 소리가 들린다. 때로는 된장국 끓는 냄새도 난다. 어디서 금방이라도 탕탕! 총소리가 나고 경찰차의 알람 소리가 어둠을 가르고 지나갈 것 같은 공포의 전조는, 따뜻하고 평화로워 보이는 '발광의 집'과 대조를 이룬다.

날이 갈수록 사람들은 이 집을 사랑했다. 소파도 없이 시멘트 바닥에 돗자리나 담요 한 장 깔고 둘러앉아도 그들은 좋아라 했다. 냉장고가 비어가는 것 같으면 시장을 봐서 자동차에 잔뜩 싣고 와 채워놓고 가는 사람들도 있었다.

전공별로 연구발표도 하면서 차츰 나름의 토론문화가 형성되었고, 《발광》이라는 동네소식지도 만들어 동네 동정이나 나라 안 소식을 전하는 것은 물론, 그 집을 드나드는 사람들이 지은 시나 짤막한 에세이도 실었다. 아무려나 문화라는 이름을 걸고 만난 이 소박한 '발광의 집'은 일상의 모든 개인적인 '불편한 진실'까지도 편안하게 털어놓는 이야기의 장으로 변해가고 있었다.

전화 한 통 없이 불쑥 문 열고 들어와서는 바닥에 털버덕 주저앉아 훌쩍훌쩍 우는 사람, 음악을 조용히 틀어놓고 바닥에 길게 누워 명상 속으로 들어가는 사람, 가정이나 직장에서의 속상함이 위험수위까지 올라와 아무 데로라도 떠나고 싶어 이리로 왔다고 고백하는 사람들에게 작은 성소가 되기도 하는 이 '발광의 집'은 날이 갈수록 그 존재의 의미를 더해가고 있었다.

"내가 진실로 '다른 곳에 도착했다'는 생각을 이제야 했다니까!" 하고 말하는 그들의 고백 속에서 나는 차츰 내가 이 '발광의 집'이라는 창고에 눌러살아야 할 정당한 이유를 찾아가고 있었다.

'발광(發狂)'의 뜻을 사전에서 살피면 말 그대로 광증이 일어나서 주위를 살피지 않고 미친 듯이 나대는 것을 말한다고 쓰여 있다. 물론 '스스로 빛을 발한다'는 뜻의 발광(發光)도 있다.

이 '발광의 집'에 오면 사람들은 우선 모든 걸 다 풀어놓고 요동발광(發狂)을 하고 싶어 한다. 인가(人家)와 조금 거리를 두고 있어 시끄럽다 고발당할 우려도 없으니 그야말로 자유와 인권이 완전히 보장된 작은 대한민국인 것이다. 벽에 걸려 있는 수많은 타악기(내가 손으로 만든 것도 많다)를 하나씩 떼어서 손에 들고 춤도 추고, 노래도 부르고, 맘껏 소리도 지르다 보면 언제, 어디서부터 따라붙었는지 모를 인정(人情)과 화해의 물결이 바다처럼 출렁거린다. 그들은 우선 너 나 할 것 없이 자기를 벗는다. 잠시 동안만이라도 고질화된 자신의 인위적이고 유위적(有爲的)인 가치관에서 벗어난 발광족(發狂族)들…, 그 생얼굴에서 반짝이는 발광(發光)은 우리들 삶의 처음처럼 눈부셨다.

부자 연습

　죽은 남편은 그럭저럭 잊혀가고 있었다. 그러나 그가 남겨놓고 간 '가난'은 나와 아이들을 힘들게 했다. 이민자로, 미국 거지로 이름도 자애로운 천사의 도시, 로스앤젤레스로 건너왔지만 남의 집 차고 하나 빌려서 사는데도 방세라는 게 달마다 밀려 속을 끓이다 보니 거긴 내게 천사의 도시가 아니라 악마의 도시였다.

　대학 다니는 큰아이는 베를린에 놔두고 둘째아이가 그 악마의 도시에 도착했다. 엄마가 '월세 방 산다'고는 했지만 아이는, 적어도 잔디가 깔려 있는 넓은 정원이 딸린 집, 앞에는 농구대가 달려 있고, 가끔 파티가 열리면 동리 처녀들이 재잘거리며 들어설 흰색 나무 울타리 옆으로 집오리들이 궁둥이를 씰룩거리며 왔다 갔다 하는…, 뭐 대충 그런 저택 뒷방 정도에 살고 있다고 생각했던가 보다. 비켜 가는 시선에서 나는 그의 실망을 보았다.

　　　　　　　　　　　　　　　　　　　1부 발광의 집

친지들이 아들을 보러 왔다. 할리우드 유니버설 스튜디오로. 디즈니랜드로, 무슨 현대미술관으로, 무슨 유명한 바닷가재집으로 아이를 데리고 다녔다. 웃고 떠드는 북새통에 끼어 엄마 앞에서는 행복하다는 듯 하얀 이를 드러내 웃고 있었지만, 혼자 돌아앉으면 다시 어두워지는 아들…, 그는 기대 밖의 '상실감'을 차마 발설하지도 못하고 있었다.

아이의 일기장을 우연히 훔쳐보다가 심장이 멎는 줄 알았다.

'엄마와 나는 미국 창문에 붙어 있는 하루살이다.'

회색이 검은색에 둘러싸이면 그냥 회색 혼자 있는 것보다 명도가 밝아 보이기 마련이다. 나는 우리 모자가 사는 어두운 회색 창고의 명도를 밝게 하기 위해 주야로 머리를 짜고 있었다. 내게 갑자기 생뚱맞은 아이디어가 떠오른 것은 티브이 드라마 덕이다. 웨일스 출신 배우 앤서니 홉킨스가 거드름을 떨며 우아하게 식사를 하고 있는 옆에 정장을 한 하인이 차렷 자세로 서 있는 장면이다.

친지들이 기증한 세간 중 접었다 폈다 하는 작업용 긴 책상이 있었다. 그것 두 개를 길이로 붙여놓으니 제법 긴 식탁이 되었다. 나는 아들을 불렀다.

"호산아, 부자를 흉내 내면 부자가 되는 수가 있대. 우리 둘이 오늘부터는 방구석에 쪼그리고 앉아 밥을 먹지 말고 재벌들이나 귀족들처럼 식사를 하는 거야!"

"좋아! 어떻게 하는 건데?"

"우선 식사를 할 때, 넌 이 식탁 맨 끝에 앉아. 글구 엄마는 다른 반대쪽 맨 끝에 앉는 거야."

아이가 피식 웃었다.

하얀 테이블보를 씌운 후 우리는 양쪽 끝에 의자를 놓고 앉았다. 가운데 촛대를 놓고 불을 댕겼다. 냅킨도 준비해서 귀족처럼 턱에 걸었다. 절대로 수저로 먹지 말고 나이프와 포크를 쓴다. 양식으로 메뉴를 짰다. 먼저 크림수프를 점잖게 떠서 한 숟갈 한 숟갈 떠 넣는다.

"소리 내서 후룩후룩 먹으면 도로 가난해지는 거지, 엄마?"

아들이 말했다.

"당근이지! 국물 쬐끔 남았다고 사발째 들이키면 도로 아미타불이지!"

그러다가 어느 순간 둘의 눈이 마주쳤다. 픕! 웃음이 터졌다. 나중에 맞춰보니 둘은 똑같은 말을 하려던 참이었다.

"근데, 이 수프 접시는 누가 치워? 시중드는 하인이 없잖어…."

나는 미리 해놓은 요리 중 두 접시를 갖다가 하나는 아들 앞에 하나는 내 앞에 놓았다. 조금 덜어놓고 아들에게 넘길 참이었다. 내가 덜어 먹은 접시를 건너편 아들에게 넘겨주려고 자리에서 일어나는데 아들도 동시에 일어나다가 우리는 또 한 번 포복절도했다.

"앓느니 죽는 게 났겠다, 엄마!"

식사하다가 도대체 몇 번을 일어나서 기다란 밥상 끝까지 접시를 들고 왔다 갔다 행진을 해야 하는지….

암튼 해보는 데까지 분위기를 잡는 거다.

식탁 위의 촛불은 마치 우리 모자의 곁에 영원히 존재한다는 결의라도 할 것처럼 침묵을 가르며 타오르고 있었다. 우리는 창문이 어스름해질 때까지 얘기의 꽃을 피웠다. 물론 테마는 '부자'다.

"네가 세 살 때였을 거야."

나는 우리 네 식구가 지금보다도 엄청 더 어렵게 살았던 때 얘기를 꺼내 들었다.

퇴근길 골목에 들어서니 동리 아이들이 동그랗게 서서 서로 자기 집이 이 동네서 제일 부자라는 얘길 하느라 목청을 높이고 있었다. 가만히 보니 거기 우리 호산이도 서 있었다. "인마, 우리 집엔 텔레비전이 두 대나 돼, 알아?" "에에이, 두 대 갖고 뭘… 인마, 우리 집엔 다섯 대야. 다. 섯. 대!" "츳! 니넨 그럼 자동차 있어? 우리 아버진 자동차가 두 대나 돼, 두 대!!"

아직 아스팔트도 깔리지 않았던 모래내 가난한 동리엔 자동차 가진 집은 물론 하나도 없었고 텔레비전도 몇 집밖에 없어 동리 사람들은 이 집 저 집 몰려다니며 연속극을 보던 시절이 있었다. 아이들은 거짓말로라도 뭔든지 '많다'고 자랑하고 싶은 것이다. 나는 우리 둘째, 호산이를 숨어서 지켜보고 있었다. 저 녀석은 그래 우리 집에 어떤 것이 '많다'고 자랑할 건가? 시무룩한 표정으로 땅만 내려다보고 있던 아들이 드디어 입을 열었다.

"니들, 우리 엄마 웃는 거 봤어? 봤어? 깔깔 웃을 때 봤어? 입속에 하얀 이빨 까뜩 있는 거 봤냐구, 을마나 많은데!"

켁! 다른 집보다 '많은 걸' 아무리 생각해도 엄마 이밖에 없었던 게다. 아이들이 '에에이, 이빨이나 많아서 뭘해?' 하면서 아이 등을 떠밀었다. 나는 놀려대는 아이들 속을 헤치고 들어가 아들을 번쩍 들어 올렸다. 그리고… 온 세상을 향해 입을 활짝 벌리고 하하하하 웃었다. 그때가 기억나냐고 아들에게 물었다. "엄만 별걸 다 기억하고 있어…." 녀석은 뒷머리를 긁고 있었다.

정치망명자로 독일 살 때, 남편과 말다툼했던 얘기도 꺼냈다. 여전히 '부자'에 관한 얘기다. '가난의 미덕'을 내 남편만큼 입에 올린 사람이 몇이나 될까…. 그는 양복 한 벌로 20년도 넘게 살았고 구두 한 켤레로 유학생활 20년을 살다 저세상으로 갔다. 집에서 반찬을 세 가지 놓고 먹으면 '이 지구상에서 남의 반찬을 두 가지를 착취해 온 것', 두 가지를 놓고 먹으면 '한 가지를 뺏어다 먹는 거'다. '세상이 다 고루 잘 먹게 하려면 적게 먹고, 나누어 먹고, 부자가 되기를 거부해야 한다'고 부르짖었다.

내 생일날이었다. 얼굴에 바르는 크림 한 병 사달라고 했더니 어쩐 일인지 쾌히 그러자고 하는 게 아닌가. 화장품가게에 들어가 시세이도 로션을 집었다. 점원이 값을 말하자 남편은 내 팔을 홱 잡아 끌고 밖으로 나왔다.

"22마르크라니, 아니 그럼 15불도 넘잖아? 당신 정신 있어 없어? 거기다 일본 물건은 왜 팔아줘? 가자!"

나는 그날 눈물이 쏙 빠지게 설교를 들어야 했다. 생일파티는 물론 물 건너갔다.

어느 날 내게 반격할 기회가 왔다.

그날 저녁, 남편은 자기 첫사랑이었던 여자에 대해서 장황하게 늘어놓고 있었다. 질투라는 놈이 불쑥불쑥 올라왔지만 교양 있는 체하는 연습만큼은 비교적 잘 돼 있던 터라 그냥 고개를 끄떡여주고 있었다. 한참 이야기가 삼매경으로 올라가고 있을 때 나는 느닷없이 오른손을 들었다.

"잠깐! 당신 지금 뭐라고 했수? 뭐 '그 여자는 푸우우우자였다'구? 왜 부(富) 자에다 그렇게 힘을 주는 거야? 부자를 그렇게 경멸하는 사회학 박사님이 눈을 부릅뜨고 '부' 자 발음에 그렇게 힘을 주면서 찬사를 보내는 걸 보면…"

이때 남편이 자리에서 일어섰다. 식탁으로 가더니 담배에 불을 붙여 들고 와서 입속의 연기를 천정을 향해 길게 뱉어냈다. 그리고 아주 힘 빠진 소리로 말했다.

"그래…, 네가 이겼어. 결국 학자라는 놈들은 나부터도 조동아리만 놀리는 거지… 의식 저 밑엔 쓰레기가 차 있어…."

이런 톤의 반성은 밥 먹듯이 들었던 터라 나는 고삐를 늦추지 않았다. 밀린 화풀이를 이럴 때 안 하면 언제 하랴!

"당신은 부자를 '싫어하는 것'만으로도 아이들과 나를 힘들게 하는 자신을 정당화하려고 했어. 그러면서도 돈 많은 여자친구를 추

어울리는 자신의 행동에 대해선 추호도 하자가 없다고 생각하는 것 같았어. 벌써 몇 번째 그 여자 얘길 했는지 알우? '돈이 많은 여자'라고."

그는 항복의 표시로 두 손을 높이 들고 있었다. 나는 계속 퍼부었다.

"부자가 되는 거? 그거, 나한텐 해당도 안 되는 얘기야. 하지만 그렇다고 내가 1불짜리 동동구리무만 바르다가 생일날 한 번쯤 15불짜리 크림 한 병 사달라고 한 걸 허영으로 본다면 난 그냥 허물어지는 거지…."

사랑 때문에 살아보자고 했던 그이와 내가 위태위태하게 갈라질 뻔했던 유일한 원인은 돈이었다. 네 식구의 목숨이 부지하기 어렵다 생각될 때마다 남편은 책이나 들고 앉아 있어도 나는 뛰쳐나가 닥치는 대로 막일을 해 쌀을 사 들고 들어왔다. 그의 오랜 무력감은 그를 침묵으로 몰아갔고 그리고 어느 날 소생할 수 없는 병에 붙잡혀 먼 길을 떠난 것이다.

알고 있다는 듯 식탁 위의 촛불이 주르륵 눈물을 쏟았다.

아이가 긴 침묵 끝에 입을 열었다.

"엄마, 근데, 사람들이 뭐래는 줄 알아? 엄마가 부자래. 빚 좀 있고 셋집에 살고 벼룩시장 옷만 걸치고 다니는 것도 다 엄마가 그냥 재미있게 살고 싶어서 일부러 그러는 거래."

크크크…, 아들과 나의 파안대소는 모든 근심을 먹어버렸다. 조금은 과장된 웃음이 아닌가 싶었을 때 나는 얼른 밥상 옆에 놓인 사탕 갑에 손을 깊숙이 넣었다가 아들에게 '아아' 하라고 했다. 아들이 '아아' 입을 크게 벌렸다.

"짜잔, 박하사탕이닷!"

우두둑우두둑 사탕을 씹으며 우리 모자는 서로를 깊숙이 안았다.

발광, 샌프란시스코

사물놀이 연습하러 아이가 민족학교에 나간 시간이었다.

다시는 열어보지 않을 거라고 다짐했건만 얼떨결에 들춰본 아들의 일기장에서 또 한 번 그 아이의 마음을 읽는다.

'엄마와 나는 온갖 핑계를 다 끌어다 대며 미국을 살아내고 있다.'

'살아내고 있다, 살아내고 있다!'를 되뇌다가 어느새 '내가 이러려고 이민을 왔나'로 자괴되고 있을 때 전화벨이 울렸다.

박계자 목사의 전화였다.

"샘, 저 케이예요. 낼 아침 일찍 샌프란시스코로 올라오셔야겠어요."

"뭐?"

"낼 공항에 안 교수님이 도착하셔요. 샘 모셔다 놓으래요."

"여기 성가댄 어쩌구? 밥줄인데…."

"샘, 부탁이에요. 저, 지금 바빠서 미치기 직전이에요. 우선 통장
번호부터 주세요. 비행기푯값 곧 디파짓(입금)시킵니다."

이건 부탁이 아니라 명령이었다.

그립던 안 교수를 만나 추수감사절 예배를 함께 본다? 미국이면
서 미국이 아닌 아름다운 샌프란시스코가 떠오르자 우중충한 '발광
의 집'도 덩달아 환하게 살아나는 것 같았다. 교회 목사님에게 전화
를 걸었다. 안 교수를 잘 안다는 그는 친절했다.

"다녀오세요. 성가댄 다른 교우에게 부탁할 터이니…."

앗싸! 방 안은 내가 내는 환호성으로 쩡쩡 울렸다. 잠도 자는 둥
마는 둥, 꼭 원족 가는 어린아이처럼 들떠 있는 사이, 어느새 먼동이
트고 있었다. 시계를 보았다. '늦지 않게 비행장에 나가야지….' 토
스트부터 한 조각 구워 입에 물고 커피를 올려놓았다. 친구 집에서
자고 올지도 모른다고 메모를 남겨놓고 나간 아들에게 몇 자 써서
식탁 위에 올려놓고, 옷가지도 몇 개 챙겨가며 이리 뛰고 저리 뛰고
있을 때 가스불 위 물주전자가 소리를 질렀다. 이때 전화벨까지 울
렸다. 가스불 모가지부터 비틀었다. 수화기를 턱으로 누르며 양말
을 신다가 벽거울에 비친 여인의 시선과 마주친다. 와아, 저 여인이
누구지? 할리우드 영화 속 누구? 누구라고? 누구면 어때! 나만 아니
면 되지! 그녀는 장면을 빠른 속도로 바꿔가며 바람처럼 움직이고
있었다.

예배 시작 시간이 지났는데도 안 교수는 아직 나타나지 않았다. 건물 밖 잔디밭에서는 칠면조 굽는 냄새가 진동을 했다. 예배당 단상에는 사과, 배 그리고 채소에다 곡식까지 푸짐하게 놓여 있었다. 예배가 시작되었다. 장로님의 기도 소리가 강당을 쩡쩡 울리고 있을 때 안 교수 일행이 앞자리를 향해 들어오고 있었다. 실눈을 뜨고 돌아다보니 안 교수는 시종 못마땅한 표정으로 무언가 중얼거리면서 입장하고 있었다.

설교 순서가 되었다. 박 목사가 안 교수를 소개했다. 자기가 미리 통고도 없이 갑자기 감사절 설교를 부탁드렸다는 얘기를 했다.

교인들이 조금 수런거렸다. 안 교수가 자리에서 일어나지 않고 있기 때문이었다. 그는 연상 뭔가를 혼자 구시렁거리고 앉아 있다가 "감사하긴 젠장 뭐가 감사해?" 혼잣말을 하면서 자리에서 일어났다. 그는 단상이 아니라 앞자리에 앉은 교인들 앞으로 걸어 나갔다. 나가다가 문득 뒤를 돌아다본 그는 단상에 차려놓은 것들 중 팔뚝만큼 굵은 파 한 개를 들고 내려왔다. 그 파를 몽둥이처럼 내려치며 그의 입이 열렸다.

"맨날 똑같아. 내 이래서 예수쟁이를 싫어한다고. 이거 왜 여기다 갖다 놨우?"

그는 앞줄에 앉은 부부에게로 다가갔다.

"이거 당신들이 손에 흙 묻혀 수확해서 가져온 거야? 응? 그런 거야?"

부부는 고개를 숙인 채 아무 말도 못하고 있었다.

"국내나 여기나, 어딜 가나 똑같아. 변화가 없어. 실천하는 놈 따로 있고 폼만 내는 놈 따로 있어. 예수 믿는다면서 예수가 오늘 같은 감사절 날, 뭘 원할지 그렇게도 몰라? …참 무서운 일이지…. 나라 안을 보아도 그렇고…, 백성들은 아파요. 나라 걱정을 하다못해 거리로 나서지. 돈 없고 죄 없는 목숨이 마구 짓밟히고 있어도 누구 하나 처다도 안 봐요! 그러니 제 목숨을 스스로 끊고들 있어요. 예수가 좋아서 따르는 사람들이라면 적어도 이런 날 이 지구상에서 밥 못 먹고 굶고 있는 사람들을 위해 뭐라도 시작하자는 얘기가 나와야지…, 이 난세에 고뇌의 삶을 함께하겠다는 그런 무슨 결의라도 나와야지…, 저따위 호박이나 시장에서 사다 제단에 올려놓고…."

갑자기 하던 말을 뚝 그친 안 교수는 고개를 푹 숙인 채 아래만 내려다보고 있었다. 잠시 후, 그는 손수건을 꺼내 눈물을 찍어내면서 중얼거렸다.

"사내자식이 툭하면 울기는…."

그의 멋쩍은 변명에 교인들은 웃지도 못하고 울지도 못하고 있었다. 그의 얘기는 계속되었다.

"아무리 봐도 하느님은 교회 속엔 없어요. 아까도 내가 들어오면서 장로인가 뭔가 하는 사람의 기도를 들었어요. '하느님 아버지'라고 내내 부르던데 정말 그분을 가까이 뫼시고 사는 아들이라면 그렇게 부르질 않아요. 뭐, 천지만물을 창조하시고 우리들의 영과 육을 다스리시고, 또 뭐라더라? 전지전능하신 우리들의 아버지시여!

그러던가? 누가 젠장 즈이 아버질 부르는 데 그렇게 긴 수식어를 붙여서 불러? 증말 평상시에 가까이 뫼시고 사는 자식이라면 '아버지, 돈 좀 줘요' '돈 없다!' '그러지 말고 쫌만 줘요~!' 그런 게 부자지간 아냐? 내가 이 미국 땅 몇 번이나 와봐도 이 예수쟁이들, 맨날 고 자리에 있어. 예배도 뭐 달라지는 게 없어. 물론 국내 교회도 마찬가지지만. 예수를 따른다면서 왜 한 끝 더 올라가 있질 못해…. 예수가 을마나 지루하고 신경질이 나겠어."

그는 손수건에 코를 횡 풀었다.

"지금 부르는 찬송가만 해도 그래. 왜 우리 노래 부르면서 예배 못 봐? 얼마나 좋은 노래가 많은 나라야! 미국 땅까지 와서 이 넓은 땅을 왜 미국 혼자 먹게 해? 여기 살면서 여길 당신네 땅으로 만들어야지. 제 나라 노래 불러야 제 땅 되는 거 아냐? 저 아프리카 못 사는 나라들도 다 자기 나라 찬송가 만들어서 부르고 있어. 우리만 변화가 없어. 증말 보기 싫어."

그는 느닷없이 내 이름을 불렀다. 내가 작곡한 노래를 당장 이 자리에서 부르라는 것이다.

"샘…,"

나는 손을 저었다. 그는 막무가내였다.

"그, 그 뭣이냐, '밥 노래' 한번 불러봐요."

"그건 장구 치면서 부르는 노랜데… 장구도 없고요…."

"괜찮아, 없으면 땅바닥 치면서 부르면 되지."

나는 잠시 손가락으로 코끝을 긁고 서 있었다. 찬양대 지휘자가

1부 발광의 집

나무로 만든 보면대를 갖다놓았다. 그걸 손바닥으로 치면서 부르라는 것 같았다. 어찌하랴. 나는 손바닥으로 보면대를 치면서 김지하의 시에 곡을 붙인 〈밥은 하늘입니다〉를 불렀다.

다음날 아침이었다. 머핀과 커피로 아침을 하고 안 교수 일행, 교회 간부들과 나는 샌프란시스코 금문교로 향했다. "이따, 바로 요기서 만나서 점심합시다. 열두 시에요." 손을 흔들며 나와 안 교수는 유니언광장 쪽으로 슬쩍 샜다. 반전, 반군부, 반성억압운동 등의 평화운동이 시작된 도시 샌프란시스코 하면 시인 앨런 긴스버그 생각부터 난다. 동성애자인 그의 서사시집 『울부짖음(Howl)』이 외설문학으로 판매금지 명령을 받았을 때 세상 사람들은 이 시집을 사서 읽기 시작했다.

'개인과 사회 사이의 간격과 긴장을 그만큼 서술한 시인이 드물다'라고 평가되고 있는 그는 미국 최고의 민중 시인으로 알려졌다. 시를 통하여 그는 '사랑'을 노래했다. 생이 아무리 비천한 것이라도 '사랑의 감정'이 있는 한 우리의 삶이 고귀할 수 있다는 것, 우리에게 기지와 용기와 신앙, 그리고 예술이 있는 한, 우리는 어떠한 어려움도 견딜 수 있다는 내용을 시에 담았다.

그가 자주 들르곤 했다는 조그마한 레스토랑 '베수비오'의 창문에 머리를 대고 안을 들여다보았다. 앨런이 시를 썼다는 방, 그의 책상이 놓여 있는 코너에 이렇게 쓰여 있었다. '도시락 싸 가지고 오신 분도 들어와 앉아서 잡숫고 가세요. 많이 이용해주세요.'

그래…, 참 살맛 나게들 살고 있었다. 우리는 잠시 그 레스토랑에 들어가 마실 것을 시켰다.

"샘, 근데… 어제 설교 시간에 넘 오버하셨죠?"

내가 말을 꺼냈다.

"…오버했지…. 근데 난 왜 미국만 오면 오버하는지 몰라."

"출국하시기 전에 무슨 일 있으셨죠?"

"어떻게 알았어?"

"무척 우울해 보이셨어요."

"그래…, 출국 전날 가막소 방문을 했지. 그 노친네 목사도 면회하고…. '그래, 영감님은 이 감사절에 뭐이 그리 감사하슈?' 물었지. 그 냥반 뭐래는 줄 알아? '난 이 발바닥에게 감사하고 있어. 이 무겁고 더러운 몸뚱어리를 17년이나 지고 다녔잖아…' 하면서, 뭐이 그렇게 기쁜지 연상 벙글벙글 웃고 있는데…"

안 교수의 눈가가 다시 젖고 있었다.

"죽을 거야… 그 냥반, 그 안에서 죽을 것 같애…. 나라 꼴은 점점 고약해져 가는데… 예수 믿는다는 것들조차 이젠 조금도 놀라워하지도 않는 꼴을 보다가… 그러다가 여길 왔는데…, 칠면조나 구워 먹고 있는 게 어쩌나 울화통이 터지는지… 어젠 그냥 터져버린 거지…. 이 교횐 내가 여러 번 다녀가서 나 고약한 거 다 알아. 그나저나 '발광의 집'은 살 만해졌냐?"

선생님은 느닷없이 내 걱정을 했다.

"…살아봐야죠…, 남아 있는 시간을…"

"힘들구나….”

"힘들다기보다는…, 글쎄요…. 화물차가 짐을 실어야 안정을 찾는 거 아네요. 아직은 짐 한번 제대로 실어보지도 않은 기분이에요. 암튼 요즘 전 저를 자꾸 갈구는 거 있죠? 독일에선 망명자로 살았지만 삶이 이렇게 헐겁지는 않았어요.”

"좀 헐겁게도 살아보지그래.”

"공 서방(남편) 때문에 그렇게 됐는지 모르겠지만 못 살아도 조금은 '고뇌하는 삶'에 익숙해져 있었던 것 같은데… 여기 오니까….”

"그치? 고뇌, 그딴 거 안 하지?”

"고뇌하는 게 아니라 골머리만 앓고 있어요. 고뇌가 없으니까 '발광'도 없어요.”

선생님은 고개를 끄떡이며 껄껄껄 웃었다.

퍼시픽하이츠 축제가 유명하다기에 나는 그쪽으로 발길을 돌리자고 했다. 가다가 한 청년을 붙들고 길을 물어보았다. "퍼시픽하이츠 축제에 가려면 얼마나 더 가야 됩니까?” 그 청년 대답이 걸작이었다. "거기요? 당신에게 담뱃불 있냐고, 성냥 있냐고 물어보는 사람이 백 명 정도 될 때쯤이면 도착할 겁니다.”

선생님과 나는 서로를 마주 보았다. 그리고 동시에 웃음을 터뜨렸다. 나는 너무너무 즐거워 소리를 질렀다.

"아아, 이게 사는 건데! 이게 발광인데!”

그리고 선생님 귀에 대고 이렇게 말했다.

"샘…, 몸 아픈 건 주사가 없애주지만 맘 아플 땐 예수님보다는 저런 사람들 유머가 약이더라고요…. 샘, 오늘은 우리 아무 이유 없이도 웃기예요. 알았죠?"

안 교수는 둘이 잡은 손을 휙 하늘로 올렸다.

광장에서 버스를 탔다. 승객이 많은 출근 시간이었다. 만원 차만 타면 연방 '안으로 좀 들어가 주세요!' 소리 지르는 서울의 버스기사와는 달리 기사는 아무 말이 없는데, 버스 벽에 써 붙인 말이 걸작이었다.

'Unless you're standing in the front aisle to get married, please move to the rear!(결혼이라도 하기 위해 앞쪽에 서 있는 것이라면 모를까, 그렇지 않다면 부디 안으로 들어가 주십시오!)'

"멋있죠? 이게 다 시(市)에서 하는 거잖아요. 얘들 정치하는 거 보면 부러운 게 한두 가지가 아니에요. 이렇게 즐겁게 살면서도 얘들은 핵실험이나 코소보전쟁, 아프리카의 빈곤이나 인종차별에 관해서도 빠끔히 다 알고 있는 걸 보면 이래서 선진국이로구나 해요."

선생님은 고개를 끄떡이다 문득 멈추고는, "지금 미국 칭찬하는 거냐?" 하고 나를 마주 보았다.

"아니요, 샌프란시스코 시민을 칭찬하는 거죠."

"하!"

모든 게 유쾌했다.

버스에서 내리는데 누가 뒤에서 툭 쳤다. 저 거지 청년이 쳐들고 있는 글 좀 읽어보란다.

'내 비록 거리에서 비렁뱅이 노릇을 하고는 있지만 나도 사람인지라 가끔은 친구들과 마주 앉아 맥주라도 나누고 싶지 않겠소? 그러기 위해서 내가 여러분에게 맥주 한잔 값만 달라고 한다면 반대하시겠습니까?'

옳거니! 나도 남들 따라 지폐 한 장을 접시에 놓고, 싸들고 간 칠면조 고기도 꺼내 테이블에 놓아주었다. 그는 내게 어디서 왔느냐고 물었다. 나는 큰 소리로 대답했다.

"하우스 오브 발광 인 로스앤젤레스!!"

앗따, 그런데 이 냥반, 나를 위해 시 한 수를 읊어드리겠단다. 앨런 긴스버그의 유명한 시 '너무나 많은 것들'을 줄줄 읊는 게 아닌가.

너무나 많은 담배
너무나 많은 철학
너무나 많은 주장

그러나 너무 부족한 공간
너무 부족한 나무
너무나 많은 경찰
너무나 많은 컴퓨터
너무나 많은 가전제품

너무나 많은 돼지고기

　나는 밤비행기를 타고 로스앤젤레스로 돌아왔다. 깊은 잠에 빠져
있는 발광의 집이 현관 등도 꺼진 채 시야에 들어오고 있었다. '요놈
이 아직 안 들어왔구나…' 생각하는 찰나 전등이 환하게 켜지며
'짠!' 하고 아들아이가 얼굴을 내밀었다. 녀석이 어미를 안아 번쩍
올리고 몇 바퀴를 뱅뱅 돌았다.
　"재밌었어, 엄마?"
　"응? 그럼, 그럼! 그나저나 골치 아프게 생겼어."
　"왜?"
　"이노무 '발광의 집'이 좋아지기 시작하니 어쩌면 좋으냐?"
　순간 우리는 서로의 얼굴을 마주 보았다. 그러다가 일시에 웃음
을 터뜨렸다.

사막의 대보름달

"엄마, 절대로 딴 생각하지 마. 알았지? 잡(job)은 '내가' 알아보는 거야."

아침 일찍 아들이 우리 둘의 보금자리, '발광의 집'을 나서며 던진 말이 귓가를 맴돌았다.

그 시간, 나는 미국 땅, 어느 큰 도시의 공원벤치에 앉아 대보름 큰 달을 올려다보고 있었다. 새 한 마리 날지 않는 저녁하늘을 무심히 올려다보고 있노라니 '집 없는 새'가 따로 있는 게 아니었다. 약속 시간보다 너무 이르게 도착해서 커피집 대신 공원 벤치를 찾았다. 직업 안내소에서 적어준 전화번호와 집 주소를 펴서 한 번 더 확인했다.

"내니(유모)로 일한 경험이 많아야 합니다! 40세 이상이면 사절이고요, 아셨죠?"

전화 속 젊은 여자의 목소리가 단호했다.

"인터뷰 시간은 칼같이 지키세요!"

칼같이 시간을 지킨 사람은 그러나 나 말고도 열여섯 명이나 되었다. 스물두어 살부터 서른 살 정도의 여자들이 응접실 가득 앉아 있었다. 주로 남미에서 온 히스패닉계 사람들이라는 것을 그들의 서투른 영어 악센트로 알 수 있었다. 방 한구석에 웅크리고 앉아 그들의 흘깃거림과 수군거림을 견디고 있을 때 드디어 주인 여자가 나타났다. 서른은 아직 안 돼 보였다.

주로 나이와 경력을 물었다. 각자 인터뷰가 끝날 때는 반드시 보증인의 이름과 주소, 전화번호를 적어놓아야 했다. 모두들 자신의 오랜 경력을 보여주는 사진 앨범을 들고 와 일일이 설명을 하고 있었다. 사진 속에서는 아기들이 내니의 품에 안겨 활짝 웃고 있었다. 나이도 들었고 키만 삐죽 크고 별 볼 일 없어 보였는지 그녀는 내 이름을 맨 나중에 불렀다.

"하우 올드 아 유?"

올 것이 온 거다. 나이부터 물을 것이라는 내 예측이 철컥 들어맞았다. 어찌 쉰을 넘겼다 대답하랴!

"마흔 넘긴 지 조금 되었지요⋯."

비교적 젊어 보인 때문인지 더 캐묻지는 않았다.

"오~케이⋯, 베이비시터로 일한 경험은 얼마나 되죠?"

"저…,"

"내니로 일했을 때 사진 가져오셨으면 보여주세요."

그녀는, 이런 얘기 오래 지껄일 시간이 없다는 듯 시선은 다른 여자들한테 둔 채 내 쪽으로 뻗은 오른손을 신경질적으로 흔들었다.

"아들 둘 낳아서 기른 경험 외에는 없는데요…."

작은 소리로, 그러나 단호하게 말하자 그녀는 "오, 노우!" 하면서 자리에서 벌떡 일어났다. 숨을 죽이고 귀를 기울이고 있던 내니 지망생들이 또다시 수다를 떨기 시작했다. '오 마이 갓, 뭘 모르시는구먼. 경험도 없이 여길 어디라고 와?' 와글거리고 있을 때 비긴 시선으로 내 얼굴을 흘겨보고 있던 주인 여자가 손뼉을 딱딱 쳤다.

"조용히들 하세요!"

이때 그녀의 남편이 현관에 들어섰다. 그는 부인의 뺨에 가볍게 키스를 하더니, 일이 많아서 퇴근이 늦어졌다고 말했다. 한참 둘만의 대화를 나누던 부부가 갑자기 준엄한 표정을 짓더니 내게 몇 마디 묻겠다고 했다.

"경험도 없으신데… 당신이 좋은 베이비시터가 될 수 있겠다고 어떻게 믿죠?"

남자의 첫 물음이었다.

"독일에서 어린이 조기교육을 전공했습니다. 졸업하자마자 청소년 음악학교 선생으로 발탁돼 5년 넘게 근무하다가 이민을 온 것입니다."

순간 나는 그녀의 속물적 눈동자에 빛이 번득이는 것을 보았다.

"그럼 그런 분야에서 일을 찾지, 왜 하필…?"

"저도 그런 좋은 세상을 꿈꾸면서 이 땅에 발을 디딘 겁니다."

부부의 눈이 커졌다. 그리고 서로의 얼굴을 마주 보았다. 나는 계속했다.

"저는 성가대 지휘자로 초청되어서 온 것입니다. 월급이 너무 적어서 '애 보기'라도 해야 먹고살 것 같아서…"

"잠깐…."

남자가 한 손을 들면서 내 말을 중단시켰다.

그들은 내가 들이민 학력증명서와 어린이 조기교육 교사자격증을 찬찬히 들여다보고 있었다. 간간이 옥신각신하는 그들의 대화를 나는 불행히도(불행까지는 아닌지 모르겠지만) 다 알아들을 수가 있었다. 학력으로 애를 보는 게 아니라는 둥, 애 보는 사람 처놓고는 너무 스마트한 인상을 준다는 둥, 하지만 독일에서 어린이 조기교육을 전공한 사람을 만난 건 우리 애슐리(그 집 아기 이름)의 행운이 아니겠느냐는 둥, 얘기가 바쁘게 오가는 동안 나는 문득 지금쯤 대학 게시판에 붙은 직업광고를 보고 있을 아들놈을 떠올렸다. 그 아이는 또 어느 낯선 집에 전화를 걸어보고 있을까….

그들은 결국 조건을 제시했다.

"당신을 믿을 수 있도록 여기에 보증인 이름을 쓰세요."

나는 고개를 저었다.

"제가 보증인입니다. 나를 보증할 수 있는 사람은 나뿐입니다."

그들 표정이 굳어졌다.

미국이라는 나라에 와서 미국말로 첨 해본 잡인터뷰는 이렇게 끝났다.

그 집 문을 나섰다. 밖에는 우리 고향집 빈대떡보다 더 큰 달이 노랗게 익어서 느슨하게 웃고 있었다. 저건 '미국 달'이 아니라 '우리 달'이라고 우긴들 시비 걸 사람은 없을 터였다.

나는 발걸음을 그 옛날 서울역 쪽으로 옮기고 있었다. 주말도 아니니 좌석이야 얼마든지 있겠지 방심하고 역에 나간 게 잘못이었다. 입석도 매진되었단다. 홍성역에 마중 나와 있을 거라고 말한 외사촌 오빠의 얼굴이 어른거려 쉽게 포기도 못 하고 매표소 앞을 서성거렸다. 그러다가, 출발 직전 막 숨을 고르고 있는 열차를 향해 뛰기 시작했다. 역원에게 사정 좀 해볼 참이었다. 그때다. 머리에 엄청 큰 보따리를 인 할머니가 헐레벌떡 기차를 향해 뛰면서 내게 오라는 손짓을 하는 게 아닌가. 얼떨결에 뒤쫓아 가 무거운 보따리를 열차 안에 내려놓는 걸 도와드리긴 했지만 어쩐지 나는 도로 급히 하차해야 할 것 같았다.

"차표 못 샀지, 잉? 앉어. 아, 앉으라니께."

할머니는 나를 바닥에 끌어 앉혔다. 밖에서 역원의 호루라기 소리가 들렸다.

"걱정 말어어. 타믄 강게….."

통로에 철퍼덕 주저앉은 할머니가 말했다. 차표 같은 거 없어도

'타면 가게 마련'이니까 맘 놓으라는 뜻이렸다. 표 조사 나오면 벌금을 내라고 할 텐데…. 역장의 호각 소리가 가슴을 찔렀다. 조마조마해 엉거주춤 앉아 있는 내게 할머니는 보따리 속에서 조그만 병을 꺼내 건네주었다. 한 모금 마시라고 하면서 한쪽 눈을 질금 감았다.

"귀밝이술이여. 내일이 대보름 아닌감요. 개보름 안 쉴라면 이런 걸 마셔야 빙(병)도 안 나고 그러는 거여."

부럼도 깨고 오곡밥도 같이 먹자던 외사촌 오빠의 말이 떠올랐다. 열차가 서울역을 출발하고 있었다.

버스에서 내린 나는 골목길로 들어섰다. 아직도 달은 거기 있었다. 그것은, 눈에 띄지 않는 뒤뜰 한구석에서 딸을 가만히 지켜보고 있었을 어머니의 눈길이었다. 뜨거운 눈물이 얼굴을 적셨다.

내일 아침 모두에게 통지해주겠다고 했지만 그 집 '애 보는 여자'로 뽑힐 사람은 나다! 하는 자신감이 나의 경험적 직관을 타고 왔다. 그런 결과에 대한 노림수는 첨부터 없었지만 그들 부부의 마음을 직시할 수 있는 촉수는 내게 있었던 것 같았다.

어둠 속에서 '발광의 집'이 나를 반겼다.

문을 땄다. 음악부터 올려놓았다. 프레디 머큐리의 〈보헤미안 랩소디〉가 여인에게 와인을 권했다. 그녀는 사양 않고 주는 대로 받아 마셨다. 그녀 속 깊숙이 눌려 있었던 발광에 제동이 걸리고 있었다. 그녀가 딸꾹질을 한다. 그녀가 부서진다. 프레디의 목에 매달려.

마마…
내 인생은 이제 막 시작인데
근데 난 이제 그 모든 걸
놔버린 거예요.

마마…
아―

일곱 난쟁이의 방

뉴욕 한인 타운에 자살의 시간을 준비하는 한 남자가 있었다. 그는 한때 충무로의 극작가로, 무대극 연출가로 이름이 있었던 사람이다. 말기 암 선고를 받은 그는 비행기표, 여권, 그리고 원고지 몇 장을 여행가방에 쑤셔 넣고 막 방문을 나서고 있었다. 독일 베를린에 도착하면 브란덴부르크 토어(Tor, 문)를 방문하고 자정이 될 때 자살을 하리라 마음먹은 그는 하숙방 주인에게 마지막 인사를 하려고 층계를 오르고 있었다. 이때 문득 우편함에서 엽서 한 장을 발견한다. 망명생활 몇 년에 처음 있는 일이다. 우편함이 광고지나 세금 고지서 이외의 다른 우편물을 물고 있다니…, 그것도 색깔 고운 그림엽서를! 그는 자신의 눈을 의심했다. 동서독을 가르는 브란덴부르크 토어 광장, 붕괴된 장벽 앞에서 통일축제를 올리고 있는 독일인들의 사진이었다.

한병욱 선생님께

매년 크리스마스가 되면 저는 멀리 해외에 계신 친구들에게 엽서를 쓰지요.
선생님의 존함은 해외신문에서 보았습니다.
독일에 들른 운동권 친구에게서 우연히도 선생님의 주소를 알게 되었습니다.
보시는 그림은 두어 달 전까지만 해도 굳게 닫혀 있던 브란덴부르크 토어입니다.
근처에서 커피 한 잔을 시켜놓고 눈 내리는 광장을 내다보고 있습니다.
2차 대전 후의 냉전체제 속에서 연합국에 의해 강제로 분단되었던 벽을 부숴버리는 데 성공한 이 나라 젊은이들이 해맑게 웃어대는 아이들 손을 잡고 지나갑니다. 활기찬 내일을 펼치는 웃음입니다.
찻집 유리창에 비친 제 얼굴이, 어느새 까칠하게 늙어가는 모습이 분단 조국의 오늘을 보여주고 있습니다.
따뜻한 성탄이 되길 빕니다.

– 베를린에서 지선희 드림

한병욱, 그는 미국을 스스로 택해서 온 사람이 아니었다. 그의 아버지는, 큰아버지 내외가 별안간 교통사고로 세상을 뜨자 혼자 남은 조카 아이를 양자로 들였다. 그러나 입양된 아들이 열아홉 살이 되던 해 갑자기 실종되면서 그의 집은 정보부(지금의 국정원)의 급습을 받는다. 그들은 책을 몰수해갔고 밤이고 새벽이고 아무 때나 들이닥쳐 입양된 아들을 어디다 숨겨놨느냐고 으르렁댔다. 실종된 사촌 동생은 끝내 귀가하지 않았고 온 집안이 느닷없이 좌익으로 몰리자 한병욱을 아끼는 선배들이 돈을 거둬 그를 미국으로 망명시킨 것이다.

그날부터 그는 죽었다. 머리도 뚝 떼어서 내동댕이쳐버렸다. 입도 귀도 막아버린 그는 그저 몸 하나 들고 막노동판으로 굴러다녔다. 그의 직업은 청소부다. 유대인 마을 큐가든, 거대한 아파트 단지에서 청소하기, 쓰레기 치우기, 월세 거둬들이기 등을 맡아 아침 7시부터 오후 4시까지 하는 것만으로도 죽을 지경인데 더 못할 짓은 아파트 각 층에서 지하로 던져 버려진 쓰레기를 소각하는 일이었다. 음식 쓰레기부터 과일 찌꺼기까지 석유를 넣어 태우는 일을 저녁마다 두세 시간 하다 보면 그의 얼굴은 새카만 지옥이 된다. 신체적 피로에다 정신적인 피로까지 겹쳐 응급실에 실려 간 게 몇 번인지 모른다. 그러길 1년 남짓, 이제는 심신이 지칠 대로 지쳐 그 일마저 할 수 없게 되자 그는 몸부림치듯 외쳤다.
"이제 나는 떠난다!"
죽음을 결심한 것이다.

그런 그에게 꿈에도 그리던 한 여인, 신문을 통해서만 알고 있는 사람에게서 엽서가 날라 온 것이다. 가슴이 방망이질 쳤다. 그의 입에서 자기도 모르게 그녀의 이름이 튀어나왔다.

"지선희⋯."

그의 목소리는 신음에 가까웠다.

눈발 날리는 브란덴부르크 광장 한구석 작은 카페에서, 오랜 망명생활로 이어온 자신의 험한 삶을 잠시 잊은 채 모진 세월을 한 모금의 커피처럼 마시고 있을 그녀의 외로움을 그는 자기 것으로 느끼고 있었다. '크리스마스가 되면 연례행사처럼 여러 사람에게 쓰는 엽서라고? 지금 이 엽서가 급식소에서 밥 퍼주듯 나누어준 그런 엽서라고? 말도 안 돼.' 그는 고개를 좌우로 저었다.

독일의 수학자 볼프스켈은 한 여인에게 매혹되어 깊은 사랑에 빠졌다. 하지만 여인이 그의 사랑을 받아들이지 않자 삶의 의미를 잃고 자살을 결행하기로 맘먹었다. 그는 죽기에 알맞은 시간을 밤 12시로 정하고 저녁 8시부터 유서를 쓰기 시작했다. 유서 쓰기를 마치고도 아직 자살 예정 시간이 두 시간이나 남아 있었다. 그는 서재로 들어가 수학에 관한 논문을 뒤적였다. '페르마의 정리는 해결하기 어렵다'고 지적한 쿰머의 논문을 보던 중 허점을 발견한다. '페르마의 정리'는 생각보다 쉽게 해결될 수 있다는 사고에 그가 완전히 몰입해 있는 사이에 계획했던 자살의 시간은 후딱 지나가 버리고 벌써 아침이 밝아오고 있었다.

역시 계획했던 자살의 결심을 놓친 한병욱이었다. 갑자기 어디부터 가야 할지, 마음의 정처가 언뜻 서질 않았다. 문득 은행이 있는 쪽으로 발길을 잡았다. 현금이 필요해서가 아니다. 사람 만나는 것을 병적으로 싫어했던 그가 그날은 어디든지 사람 있는 곳엘 가고 싶었던 것일까. 창구 속의 은행원들이 낯익은 고객을 미소로 맞았다. 그는 다짜고짜 이렇게 말했다.

"이 은행엔 음악 같은 거 없나요? 날씨도 화창한데…."

순간, '어마나!' 하는 외마디 소리와 함께 창구의 두 점원이 자리에서 벌떡 일어섰다. 벌써 1년도 넘게 단골로 거래한 고객이었다. 단 한 번 웃어 보인 일도 없고 입을 벌려 말 한마디 해본 일이 없던 '벙어리 손님'이 갑자기 밑도 끝도 없이 음악 같은 거 없느냐고 물었으니 놀랄 만도 했다.

그렇게 들뜬 채로 계절이 두어 번 바뀌고 11월도 중순에 이르렀을 때, 그는 뜻밖의 소문을 듣는다. 베를린에서 망명생활을 하고 있던 지선희가 로스앤젤레스로 이민을 온다는 것이었다. 지체할 것도 없었다. 그는 짐을 싸들고 로스앤젤레스행 비행기에 올랐다.

병욱은 수줍은 사내였다. 그는 지선희가 베를린에서 보낸 엽서를 꺼내서 읽고 또 읽으면서도 선뜻 그녀를 찾아 나서지는 못하고 있었다. 그것은 어쩌면 그토록 오랜 이별 끝에 받아보는 첫사랑의 소식 같은 것이었다. 그는 그녀의 집 쪽으로 가는 버스를 몇 번이나 보내버리고 정류장에 서 있다가 그냥 돌아서길 반복하고 있었다. 용기가 없는 주저함이었을까? 그보다는 자기의 가슴을 열어 보일 준비가 되어 있지 않았기 때문이었는지 모른다.

그러던 어느 날 그는 지선희 문병을 간다는 미스터 K를 만난다. 병욱은 기뻤다. '그래, 나도 이참에 문병을 가는 거다. 아아, 계속 좀 아파라. 내가 문병을 간다!' 그는 미스터 K에게 부탁해 자기도 함께 간다는 전갈을 넣었다.

세수도 안 하고 퍼져 누워 있던 지선희는 미스터 K가 낯모를 남자를 모시고 온다는 전갈에 당황했다. 돈 많고 잘산다는 나라, 미국에서 고작 좁고 허술한 창고를 빌려서 살고 있는 걸 알고나 오는 것인가? 그녀는 방구석 여기저기 늘어놓은 옷가지도 치우고 침대 위 이불도 가지런히 해놓고 조용한 음악도 올려놓는 등 나름대로 마음의 준비를 했다. 언뜻 쉰은 돼 보이는 이 사내는 닳고 닳은 청바지 차림에 빨간 운동모자를 콧마루까지 푹 눌러쓰고 나타났다. 얼굴을 좀 보고 싶어도 그는 시종 머리를 들지 않았다. 결국 한 시간이 넘도록 얘기를 주고받은 건 미스터 K와 지선희뿐이었다.

다음 날, 그녀는 미스터 K에게 전화를 걸어 그 사람 왜 그렇게 침묵했는지를 물었다.

"누님한테(그는 그녀를 누님이라고 불렀다) 실망하셨대요."

"실망?"

"환자니까 긴 잠옷을 입고 머리는 빗질도 못한 채 파리한 얼굴로 침대에 누워계셨어야 했대요."

"그게 무슨 말이야?"

"말 그대로예요. 그러니까 그 형이 보고 싶었던 건 폐병 들어 누워 있는 〈라 트라비아타〉의 여주인공 비올레타 발레리이지, 참빗으로 머리 가지런히 빗고 옷 단정히 입고 거드름 떨고 앉아 있는 혜경궁 홍씨가 아니었다는 얘기죠. 허허. 시인이잖아요."

"시인이라고? 흠⋯, 그 사람 몇 살이야?"

이건 지선희 자신도 예상치 못했던 물음이었다.

"걱정 마세요. 그 형은 항상 나이가 위인 여자를 원하거든요."

"뭐야, 당신 나한테 '남자'를 데려온 거야?"

"아이, 누님도⋯ 그냥 그렇다는 얘기죠⋯. 예술가들끼리 뭐⋯."

그리고 며칠이 지나갔다. 외출했다가 돌아온 지선희는 모르는 이의 전화번호가 찍혀 있는 것을 발견했다. 다이얼을 돌렸다. 한병욱이었다. 이쪽에서 뭐라고 하기도 전에 그가 말했다. 부탁이 두 가지 있다고. 그녀는 그가 말하길 기다렸다. 생각에 잠겨 있는지 그는 아무 말이 없었다. 그러다가 후우우 하고 숨 뱉는 소리가 들렸다. 담배를 깊게 빨았다가 내뱉는 것 같았다. 이윽고 그의 말소리가 들렸다.

"좋은 목수는 나쁜 연장을 가져선 안 되지요."

"예?"

1부 발광의 집

"지금 가지고 계신 그 흉측한 피아노를 버리십시오. 일주일 기한을 드리겠습니다. 제 말 안 들으시면 제가 도끼를 들고 가서 피아노를 패 버리고 새 걸 들여놓겠습니다."

헉! 그 피아노는 교회의 장로님이 주신 건데 그걸 어떻게 버리느냐고 말 좀 하려는데 찰카닥 전화 끊는 소리가 들렸다. 미스터 K에게 들은 얘기지만 그는 낡을 대로 낡아 털털거리는 화물트럭을 끌고 다니면서 벼룩시장용 천막가게에서 일을 한다. 그가 도끼를 들고 와 낡은 피아노를 패버리고 새것을 들여놓는단다. '새것?', 선희는 성급히 다이얼을 돌렸다.

"저…, 피아노 말인데요…."

그러나 이번에도 그녀가 해야 할 말을 시작도 하기 전에 전화가 끊어졌다.

다음 날 아침 그녀는 우표가 붙어 있지 않은 그의 편지를 받았다. 우편함에 손수 끼워 넣고 간 게 분명했다.

절간 주위에 많이 피어 있는 불두화로 남아 있는 지 여사님은
내겐 일찍부터 혼으로 보였습니다. 나는 믿었지요.
내가 이 여인을 만날 것이다. 지금이 아니라도 좋아.
하여간 언젠가 나는 너를 만난다.
다른 사람의 소개에 의해서가 아니라…
그건 자연적이라는 표현보다는 어떤 숙명적인
그런 만남으로…, 그러나 서두르지 말자고 했습니다.

일곱 난쟁이의 방

작년 크리스마스 날

마침내 당신은 동서의 벽이 무너진 독일 엽서를 보내셨고

브란덴부르크 찻집 창문에 비친 자신의 모습이

바싹 마른 겨울나무 등걸 같이 보였다고 했던가요?

그때 당신은 유리창에 비친 까칠한 자신의 모습에서

분단조국을 보고 있었습니다.

나는 당신을 만날 날을 기다리고 기다렸습니다.

지독한 열병도 앓으면서요….

정오가 지난 시간이었다. 초인종이 울렸다. 한병욱이 문 앞에 버티고 서 있었다. 신품 야마하 피아노가 쥐 오줌 얼룩과 습기로 민망하리만치 꼴사나운 지선희의 창고방 중앙 벽에 보란 듯이 들어앉았다. '발광의 집'이라고 새긴 목판이 방 안 대들보에 매달려 흔들흔들 웃고 있었다.

병욱과 선희는 바닷가에 있는 '맨해튼 북카페'에 마주 앉았다. 그녀는 처음으로 이 남자의 얼굴을 자세히 볼 수 있었다. 알맞게 넓은 이마에, 미국 영화 〈사랑과 추억〉에 나오는 닉 놀테를 빼다 박은 눈매가 날카롭게 번뜩이다가 이내 장난기 어린 로빈 윌리엄스로 바뀌기도 했다. 탓할 데 없이 잘 생긴 코 밑에 일직선으로 굳게 다문 입술은 50년 가까이 지켜온 그의 자존심을 빚어 만들어진 작품일까…. 무슨 말을 하랴! '그런 값비싼 피아노를 어떻게 그냥 받느냐'

는 의례적인 인사로 말문을 열 수 있을 만큼 의례적인 일이 일어난 게 아니었다. 해야 될 말을 시시콜콜 궁리하지 않고 그냥 철석철석 파도로만 말하고 있는 바다가 부러웠다. 순간순간 어떤 절박감이 남자의 호흡에서 느껴졌지만 그는 내내 입을 꾹 다물고 있었다.

담뱃재가 길어진 것을 본 그녀는 재떨이를 남자 앞에 밀어놓으면서 슬쩍 그의 침묵을 흔들어보았다.

"여긴,"

그녀가 물었다.

"미국엔, 혼자 오셨다고요?"

그는 담배 한 개비를 새로 뽑아들었다. 그리고 빈 커피 잔을 번쩍 들어 리필을 부탁했다. 잠시 그의 표정을 살피던 선희가 화제를 바꾸려 할 때 그가 말했다.

"일곱 난쟁이와 같이 살아요."

그는 너털웃음을 흘렸다.

"일곱 난쟁이요?"

"그 아이들⋯ 언제 한번 소개해드릴 수 있을 거예요."

그녀는 병욱이 무슨 말을 하고 있는지 알 길이 없었지만 그저 말 없이 그의 얼굴을 쳐다보고만 있었다.

"괜찮아요."

그가 말했다.

"오늘은 지 여사님이 물어보고 싶은 거 다 물어보세요."

마침내 말문을 열어주는 게 그녀는 반가웠다.

"그럴까요? 그… 천막가게 말고 다른 데서 잡(job)을 알아볼 수 없을까요? 쇠파이프 드는 거, 자르는 거… 중노동이잖아요?"

그는 예상하고 있었다는 듯이 고개를 주억거렸다.

"천막가게를 찾아오는 이곳 한인들 중에 내가 극작가였다는 걸 모르는 사람은 없을 거예요. 말들 많이 하죠. 왜 하필이면 그따위 벼룩시장용 천막가게냐? 출판사도 있고, 책방, 신문사도 있는데…."

"저도 같은 말 하려던 참인데요…."

그는 담배를 깊이 빨았다가 뱉었다.

"작가로 돌아간다는 건 차치하고라도… 내가 뭔가를 쓰기 위해선 나 자신이 우선 정리되지 않으면 안 되는데…."

그는 말을 잠깐 끊고 선희를 먼 눈빛으로 바라보고 있었다.

"전, 글을 새로이 쓰기 전에 독자부터 만난 겁니다. 지 여사님이 저의 유일한 독자이십니다."

"예?"

"그나마 유일한, 유일한 저의 독자라니까요."

그는 호주머니에서 종이와 연필을 꺼내더니 '베를린'이라고 써서 보여주었다.

"지 여사님은 이미 몇십 년 동안 굳게 닫혔던 내 속의 문을 열어준 사람이에요."

그는 갑자기 소리를 낮춰 한마디 더 했다.

"어떻게 그 아름다운 '베를린'을 두고 떠나오셨어요, 그것도 이 모양때기 없는 사막 땅으로?"

"글쎄 말예요…, 한 선생님이야말로 거기 한번 가보셔야 되는
데…."

"갈 뻔했었지요."

잠시 화제가 끊어진 사이로 파도가 높이 솟았다 떨어졌다. 병욱
이 물었다.

"장벽 무너질 때 거기 계셨던가요?"

"그때 저도 그냥 도끼 들고 가서 한바탕 쳐부수는 건데… 남편이
먼저 허물어지는 바람에…."

"아, 독일 통일을 못 보고 돌아가셨군요."

"복도 없는 양반…."

그녀는 식탁의 땅콩 한 알을 집어서 바닷물 쪽으로 세게 던졌다.

"흡수통일이라 하던데…."

"흡수통일, 흡수통일, 단순히 그렇게 말하면 독일 국민을 폄하하
는 말이에요. 독일 통일은 동독 사람들의 자각이나 개방이 없었으
면, 특히 문화개방이 없었으면 생각도 할 수 없는 사건이었죠. '펜은
칼보다 강하다'고…. 문화의 파급력이 얼마나 강한지 저는 봤어요."

"그 말씀은… 독일 통일을 유도하고 선두에 서서 이끌어온 게 서
독 쪽이 아니고…"

"한마디로, 독일 통일은 동독인이 선택하고 서독인이 응답한 것
이라고 말할 수 있어요. 서울을 떠나 베를린에 도착했던 날, 티브이
를 보고 저는 놀랐어요. 동베를린 사람들이 서베를린의 가수가 노
래하고 있는 티브이 장면을 지켜보고 있는 거예요. 우도 린덴베르

크라는 록 가수가 있어요. 서독 가수지요. 그이가 당시 동독 공산당 서기장 호네커를 비난하는 가사로 노래를 하는데….”

“그걸 동베를린 사람들이 보고 있는 장면이 서베를린 티브이에 나오고 있었다고요.”

“하도 신기해서 ‘여기 분단국가 맞아?’ 했다니까요. 물론 동독 땅덩이 안에 들어 있었던 동서베를린은 독일의 섬 같은 특수구역이었으니까 서독 전체의 다른 도시와는 다른 정책으로 유지되는 면이 많았어요. 동베를린에서 관리하는 전철이 서베를린으로까지 들어와 여기저기 들러서 다시 동베를린으로 가고….”

“통일되기 전 얘기죠?”

“전이죠.”

“그러니까 개성에서 전철 탄 이북 사람이 경계선을 넘어서 파주, 일산을 거쳐 다시 개성으로 가는 건가요?”

“그러니까…, 서베를린 사람이 동베를린에서 하차하는 건 아니고요. 그쪽 사람이 서베를린에 하차하는 것도 안 되지만, 이를테면 파주에서 일산을 가려면 그걸 타요. 우선 차비가 싸니까 많이들 이용했어요.”

“탑승자가 낸 돈은 동베를린의 수입이 되고요?”

“그렇죠. 전철만 왕래하는 게 아니었어요. 종교인들, 연예인들 할 거 없이 계속 문화교류를 하다 보니 차츰 동독인들은 알게 된 거죠. ‘서독에는 자유가 있구나. 정부에 반기를 들 자유도 있구나’.”

“그러다가 우리에겐 왜 그런 자유가 없는 거냐 했겠군요.”

"가만히 있겠어요? 누구보다도 빈곤층의 사람들이? 움직이기 시작한 거죠. 같은 사회주의 국가인 체코나 오스트리아를 거쳐서 동독을 탈출하는 사태가 벌어졌죠. 그것도 뭐 한반도에서처럼 한두 명, 두어 가족이 탈출한 게 아니에요. 첫날부터 7000명이 탈출했으니까…."

"와아, 7000명이나…?"

"베를린 장벽이 무너지기 직전인 1989년의 가을까지 몇 명이 탈출했는지 아세요? 23만 3000명이 자유의 땅으로 온 거예요."

"동독 인구가 몇 명이었는데요?"

"1800만요, 그것도 경제적으로 아주 빈곤한…."

"흠…."

"서독은 빈곤층을 위한 사회보장제도가 워낙 잘 돼 있었으니까요…. 그러니 보세요. 통일되자마자 우선 한 일이 뭐겠어요? 동독 쪽의 사회적 약자부터 돕기 시작한 거죠. 서독 사람들이 얼마나 투덜댔겠어요. 허지만 역사를 보면 언제, 어디에나 지각 있는 사람들이 있어요. 여름휴가를 먼 해외로, 혹은 유럽으로 떠나던 서독 사람들이 여행지를 동독으로 바꿨어요. 그 돈으로 수돗값, 전깃값 절약하면서 동독인들을 돕고 있는 걸 보고 정말…."

"할 말 없네요…."

"명절 때만 일시적으로 무얼 보냈던 게 아니에요. 시도 때도 없이 나눠 주면서 살더니 통일이 되니까 하는 말이 뭔지 아세요. '그러게 우리가 지속적으로 돕다 보니까 자연스럽게 동서독 전체가 커졌잖아'."

병욱은 고개를 깊이 끄덕였다.

"부럽잖아요. 우리나라 꼬라지를 보면… 말만 하면 '종북파'로 목을 조이고…."

병욱은 빈 담뱃갑을 으스러져라 움켜쥐고 있었다.

"빌리 브란트가 폴란드 방문했을 때…,"

병욱이 다시 입을 열었다.

"유대인을 추모하는 기념비 앞에서 무릎을 꿇고 참회의 눈물을 흘리는데…, 그 사진하고 기사를 오려서 서울 친구놈한테 보냈더니 답도 없더군요. 가슴이 터지는 것 같더라는 답장을 기다린 게 잘못이었죠. 적어도 독일이 얼마나 일본과 다른가를 알았다는 답이라도 올 줄 알았어요."

"'무릎을 꿇을 땐 한 사람이었지만 일어선 건 독일 전체였다'는 기사를 읽으면서 '야아, 야코죽이는구나!' 했어요."

병욱과 선희는 동시에 한숨을 내쉬었다.

"한 가지만 더 부탁드릴 게 있는데요…. 안된다고 말씀하시지 마세요."

병욱이 조금은 주춤거리며 말했다.

"엊그제 〈바베트의 만찬〉이라는 영화를 봤어요."

그는 영화의 내용을 조금 들려주었다. 프랑스혁명 때 가족을 모두 잃고 도망자 신세가 된 프랑스 최고 요리사 바베트라는 여인의 망명생활 얘기였다. 로또 당첨으로 생긴 돈을 몽땅 털어, 자기가 피신해 있는 가난한 섬마을 사람들에게 어마어마한 호화판 만찬을 베푸는 장면이었다.

"저를 위해서 저의 바베트가 되어달라는 부탁입니다."

"네? 바베트라면…?"

그녀는 자세를 곧추세웠다.

"편지로 말씀드렸듯이 저는 지 여사님을 압니다. 요리솜씨까지 모두요…."

그는 지갑에서 현금을 꺼내 선희 앞에 놓인 책갈피에 끼워 넣었다. 요리 재룟값일 터인데 설명은 하지 않았다. 생각해보니 서로 만나게 된 지 얼마 되지도 않은 남자다. 그가 자기를 너무 속속들이 잘 알고 있다는 것 하나 때문에 그의 모든 말이나 행동이 그녀에게 정당화되고 있었다. 그의 말은 곧 힘이었고 그것을 저지할 아무런 것도 그녀에겐 없었다. 그의 부탁에는 어딘지 순수한 무엇이 배어 있었기 때문이었을까? 아무러나 쉽게 한 말은 아닐 터였다. 그는 엄청나게 큰 폐활량을 가지고 있으면서도 억제하고 또 억제해서 자기가 원하는 만큼의 작은 소리로 호소하듯 불어대는 금관악기 같았다. 그녀가 대답했다.

"어렵지 않아요. 하지만 그 전에 제 부탁도 하나 들어주세요."

그녀는 그의 거처를 방문하고 싶다고 말했다. 뜻밖의 요청에 놀란 듯 그는 입을 일그러뜨린 채 땅바다만 내려디보고 앉아 있더니 이윽고 이렇게 말했다.

"지 여사님을 초대하자면… 제게 굉장한 용기가 필요합니다. 그건 저의 자존심이기도…."

말끝을 흐렸지만 거절하지는 않았다.

그의 하숙방 앞에 도착했다. 지하 창고 철문에 '일곱 난쟁이가 사는 집'이라고 쓴 나무판때기가 붙어 있었다. 열쇠를 꽂으며 그는 멋쩍은 웃음을 흘렸다. "픕…, 나 같은 놈에게도 따뜻한 방이 다 있고…." 그는 혼자 중얼거렸다. 여기 지하차고를 통과해야 그의 방으로 들어가는 거구나…. 생각하는 찰나 무거운 쇳덩어리 문이 열렸다. 열렸다기보다는 서서히 비켜섰다고 해야 맞을 듯하다. 으윽, 퀴퀴한 담뱃재 냄새가 역했다. 창고 문을 쇠꼬챙이로 걸어 열려 있는 상태로 놔둔 그는 더듬더듬 안으로 들어갔다. 잠시 후, 탁! 하는 소리와 함께 천정에서 뿌연 알전등이 들어왔다. 방 안의 물건들이 하나씩 하나씩 눈에 들어왔다. 여기였다. 여기 이 지하창고가, 그가 그의 일곱 난쟁이와 산다는 아홉 평짜리 단칸방이었다. 선이가 살고 있는 차고, '발광의 집'에 비하면 이건 비교도 안 되게 좁았다.

누렇게 찌든 책들이 한쪽 벽에 여기저기 어지럽게 꽂혀 있었다. 잔등이 굵는 대막대기는 녹슨 못꽂이에 걸려 있고 그 옆엔 조그마한 소반이 비스듬히 매달려 있었다. 통로도 없이 방 한가운데를 가득 차지하고 있는 침대는 말이 침대지 그냥 마구잡이로 만든 평상 같았다. 벽걸이인 줄 알았던 소반을 침대 위에 내려놓더니 찻잔을 그 위에 올려놓았다. 그가 말했다.

"어디라도 찾아서 앉으시지요…."

그러고 보니 선희는 아직도 해변의 백로처럼 외발로 엉거주춤 서 있는 중이었다. 침대 귀퉁이에 궁둥이를 들이밀어 앉기는 했지만 그녀는 차 마시는 거 관두고 밖으로 나가자고 말하고 싶었다. 그때다. 어디선가 설핏 음악이 흘러나오고 있었다. 바그너의 〈트리스탄과 이졸데〉 서곡이었다. 그랬구나, 다리미대 밑에 놓인 그 시커먼 물건이 오디오였구나! 푸~. 선희는 침을 꿀컥 삼켰다.

"바그너만큼은 제 방에선 제대로 감상할 수 있죠…. 어두우니까요. 괴테도 만나고 단테와 얘기도 나누고…."

그녀는 그저 그냥 고개만 끄떡거렸다. 열려 있는 채로 놓인 도장밥 갑도 눈에 들어왔다.

"도장밥 같은 게 미국서도 필요 있나요?"

그녀는 엉뚱한 질문을 했다.

"그건, …고향이니까요…. 우리 아버지 방엔 늘 도장밥이 있었죠…."

고향의 것들, 고향의 호박씨, 고향의 해바라기씨가 침대 밑에 틀어박힌 벼룻돌 위에 흩어져 있었다.

"그런데…"

조금 망설이다가 그녀는 용기를 냈다.

"…말씀하셨던 일곱 난쟁이들은…?"

"아아, 그 아이들요? …흠, 아무한테나 보여주진 않는데…."

그는 차를 마시려다가 잔을 잔받침에 되돌려놓았다. 그리고 리모

컨을 집더니 앰프의 버튼을 눌렀다. 남자의 목소리가 나왔다. 한병욱의 목소리였다.

"그래그래, 첫째 놈, 넌 일루 앉아, 수줍은 넷째! 넌 내 뒤로 앉고…. 글구 너, 너, 너는 이리로, 응 그렇지. 넌 항상 화도 안 내고 즐거운 놈이니까 이리 와, 내 무릎에 드러누워. 자아, 자아, (딱! 손뼉 치는 소리) 이제부터 내 얘길 듣는 거다. 알았지? (헛기침 소리) 지선희 씨가 주는 관심이 뭐, 요 엽서만 한 거라고 해도 상관없어. 물론 엽서 속의 상황이 땡볕 내리쬐는 여름이었다고 했다면, 혹은 일상의 그런 여자들한테서 온 거라고 하면 조금은 달라졌을지도 모르지만 그건 중요치 않아. 우선은 그때 엽서를 받았을 때 내가 처한 상황하고 그 여인이 처한 상황하고가 딱 매치된 거야. 알겠니? 만난 거라고! 작년까지만 해도 닫혀 있던 문이 금년에는 열려 있더라고 했어. 브란덴부르크 문 옆이라 했지? 눈 오는 거리를 걷다가 문득 쇼윈도에 비친 자신의 모습을 발견했어. 근데, 뭐라고 했지? 마른 나무 등걸 같이 늙어버린 자신의 모습에 놀랐다고 했단 말이야."

그의 모노드라마는 계속 되었다.

"생각해보란 말야. 니들도 알지? 1년 내내 돈 내라는 지불 고지서밖에 올 게 없는 내 편지함, 응? 거기서 내가 그 엽서를, 베를린 엽서를 발견한 거란 말야. 이 여인이 왜 이걸 썼을까? 나름대로는 최소한 미스터리일 수밖에 없잖아? 근데…, 근데 그걸 뛰어넘는 얘기가 나오더라고. 여기는 통일이 되고, 자기는 늙어가고, 응? 내 땅에 분단이 그렇게 오래 계속되고 있다는 얘길 하고 있잖아. 자, 그랬을 때, 난 생각한 거야. 저 쓸쓸함 속에 내가 있구나. 알아듣겠니? 결국 내 상상력을 개발시켜준 이 여인으로 인해 내가 그 상황 속에 들어간 거라고. 거길 들어가 더듬었더니… (잠시 숨을 돌리는 듯 그의 말이 끊기더니 이내 계속 했다.)

어디까지 말했지? 응, 맞아. 내가 그 상황 속에 들어가 더듬었더니 이 여인이 그냥 사람 왁자지껄하는 데 있는 게 아니야. 조용~한 서구의 찻집이어야 되더라고. 일종의… 뭐라 할까… 심적으로는 비슷한 세계 속에서 각기 살아가고 있는 사람들이 거기 있더라니까. 그럼 이 여잔 무얼 하고 있냐? 다른 친구들이 베를린 시내에서 쇼핑할 시간에 이 여인은 여기서 무얼 하고 있었냐? 늙어가는 자신의 몸뚱이 애길 왜 그때 했겠어. 난 금방 그 여인에게 뛰어간 거라고, 알겠어?"

그의 목소리가 금방 아주 낯선 어린아이로 바뀌었다.

"금방 찾으셨나요?"

난쟁이 아이 중 하나의 말소리를 연기하는 것이다. 곧 다시 목소리가 자기로 돌아가 그의 대답이 나왔다.

"…그 여잔 바바리코트를 입었어. 넋을 놓고 창가에 앉아서 하염없이 내리는 눈발을 보고 있더라고…."

또 한 번 난쟁이 목소리로 바뀌었다.

"소설이네요…, 헤헤."

그가 말했다.

"읽히는 장면 아니니?"

녹음기를 잠깐 끈 그는 지선희에게 "우리 요 난쟁이놈들 박수 소리 안 들리시나요?" 하고 외쳤다. 그녀는 그를 차마 쳐다볼 수가 없었다. 그냥 꼼짝도 안 하고 앉아 있었다. 아무 표현도 가능하지 않았다. 그의 방 쪽창을 통해 들어온 달빛과 잎사귀들이 그의 얼굴에 무늬져 있었다. 그녀는 그에게 뭐라고 말을 해야 될 것 같았다. 그러나 그러지 못했다. 그녀는 밖으로 나왔다. 크리스마스를 몇 주 앞둔 거리의 소음 속에서 그녀는 길을 잃었다.

한병욱이 베푼 만찬이 있는 날이었다.

장소는 지선희의 셋집, 일명 '발광의 집'에 열다섯 커플, 서른 명이 초청되었다. 현관 앞에 '어느 디아스포라의 만찬'이라고 쓴 종잇장이 바람에 너풀거리고 있었다. 선희는 백포도주를 준비하고 캘리포니아산 멜론 조각 위에 독일 싱켄을 곁들이고, 포도알과 에멘탈러 치즈 조각은 대나무 꼬챙이로 꿰어 자몽 껍질 위에 장식을 했다. 마늘버섯크림수프가 나간 후, 메인디시로는 자우어크라우트를 곁들인 슈바인스학세와 베이징덕을 내고, 독일식 베이컨 감자 샐러드와 파인애플 샐러드 등도 준비했다.

손님들이 와인잔을 부딪치며 제법 만찬 분위기를 탈 때 부엌에서 바쁘게 돌아가던 지선희는 잠깐 방 안을 엿볼 수 있었다. 에구머니! 그녀는 손으로 입을 막았다. 만날 때마다 옷 한번 제대로 걸쳐본 적이 없는 한병욱이 깡그리 다른 사람이 돼 있었다. 언제 갈아입었는지 말끔한 베이지색 정장에 녹두색 바탕의 꽃무늬 넥타이를 매고

만면에 미소를 짓고 서서는 마치 자기가 이 집 주인이나 되는 양 정중하게 손님들에게 서비스를 하고 있는 게 아닌가! 넋을 잃고 서 있던 그녀는 프라이팬 타는 냄새에 놀라 다시 부엌으로 돌아오긴 했지만 그때부터는 아무것도 할 수가 없었다. 온몸이 절정에 올라간 현악기의 울림처럼 흔들리고 있는 것을 감지했다. '오호라, 내가 미쳤다.' 그녀는 갑자기 삶에 대한 목마름으로 진한 갈증을 느끼고 있었다.

"지 여사니임, 이제 방으로 들어오셔요오!"

병욱의 목소리였다. 그가 손님들에게 말했다.

"이분이 오늘의 바베트입니다."

모두들 열띤 기립박수를 쳤다. 그녀가 부엌에 있는 동안 병욱이 영화 속 바베트의 스토리를 역설한 모양이었다. 말이 없는 사람이지만 그날은 자신의 본 직업을 찾은 듯 입에서 나오는 대사마다 자신감에 넘치는 연출자의 것이었다.

"저는 알고 있습니다. 우리 지 여사님이 머지않아 귀국하신다는 것을. 남편의 사망신고서를 들고 들어가는데 그 지엄하신 정보부 나으리인들 뭐라고 하겠습니까. 들어가셔야 합니다. 가셔서 글도 쓰고 음악도 만들어야죠."

병욱은 주섬주섬 손가방을 챙겨 들더니 방문 쪽으로 가며 말했다.

"먼저 실례합니다. 우리 일곱 난쟁이가 기다리고 있어서…."

비틀비틀 밖으로 나간 그가 차에 시동을 걸었다. 자동차 뒷바퀴

밑으로 구겨진 맥도날드 빵 포장지 두어 장이 몸부림으로 자맥질을
하고 있었다.

맨해튼비치 저쪽에서 어느새 새벽이 기웃거리고 있었다. 전화벨
이 울렸다. 선희는 마시던 와인잔을 내려놓았다. 병욱의 전화였다.
"고맙습니다…. 수고하셨습니다. 집에 와서 술 한잔 더 했습니
다."
"당신은 누구신가요?"
선희는 취해 있었다. 병욱 역시 취한 목소리로 이 대사를 받았다.
"알려고 하지 마셔요. 이렇게 깊은 사랑 속에 있을 땐 아무도 나
를 알아보지 못할 테니까요."
"음악이 들리네요. 조금 볼륨을 올려주세요. 아, 바흐의 무반주
협주곡…, 카잘스 건가요?"
"이걸 틀어놓고 그녀를 만나지요. 『닥터 지바고』의 라라 같은 지
선희를요. **베를린** 엽서 속에 있는 그 여인은 언제까지고 거기 있을
겁니다."
"그러고 보니 참 이상한 엽서였네요…."
"내가 그냥 집어던져지는 기분…, 난 여기 있지만 실제로 거기 있
어요. 내가 정작 살고 있는 시간…. 지 여사님, 고마웠습니다. 난 지
금 중음(中陰)의 세계에 있어요. 아홉 개의 하늘이 보이네요. 이렇게
당신과 도리천까지 갈 겁니다. 당신을 통하지 않고는 갈 수 없는
길… 그 길은 내가 가야 할 길이었어요. 살아 움직이는 시간…, 살

아 움직이는…."

　겨울이 오면 봄을 기다렸고 봄에게 비웃음을 받으면 여름을 기다렸던 한병욱이었다. 여름이 마구잡이로 박대하면 다시 가을을 기다렸던 그가 그해 또다시 겨울과 맞닥뜨렸을 때, 그는 끝내 쓰러졌다.

(2016년 정월)

2부

생명의 노래

느닷없는 안부

병원 문을 나선다. 그새 소나기가 다녀갔는지 도로가 흠뻑 젖어 있다. 나는 한 마리 외로운 갑충이 되어 땅만 보고 걷는다. 한참 가다 보니 길 끝자락에 익숙한 현관문이 발길을 가로막는다.

문을 열어 나를 안으로 들인다. 소파에 내려놓은 인생이 몇 시간을 그렇게 미동도 없이 앉아 있다. 조용하다. 끝없이 건조한 시간이 방 안을 둥둥 떠다니다가 느닷없이 경련하며 아래로 푹 가라앉는다. 놀란 벽시계, 똑딱똑딱…, 아무 쓸모없는 시간을 혼자서 시끄럽다. 슬픈 노을을 업은 황혼이 거실을 기웃거린다. 암, 죽음, 그것들이 아니었던들 도시 속의 내게 하늘의 노을이 들어왔을 리 없지…. 픽, 나는 웃는다.

"이번엔 췌장이라고요…."

내가 먼저 입을 열었다. 그는 조용했다. 그가 먼저 말해주기를 나는 기다리고 있었던가? 글쎄…, 기억이 안 난다.

나는 문득 자리에서 일어섰다.

"병원 건너편에 사니까… 곧 연락드리겠습니다."

길가의 개나리, 진달래 웃게 놔두고 내 발길은 닿는 대로 닿게 놔둔다.

춥다. 침실로 들어선다. 거기도 온통 어둠, 어둠 혼자 있다. 그 역시 말이 없다.

이제 더는 누구도 그를 어둠이라 부르지 않을 시간, 새벽 3시가 가까워오고 있다. 밤은 깨어 있어도 나는 자야 할 시간이 아닌가! 잠을 베풀어주길 애걸하느라 손을 길게 뻗어 청해보고 또 청해보지만 그는 여전히 아득한 데로 뒷걸음질만 한다. 내 의식은 순간순간 꺼졌다 켜지기를 반복하다가 문득 깊은 어딘가로 잠겨버리고 만다. 우우우 사나운 바람 소리에 감았던 눈을 뜬다. 일어나 커튼을 조금 연다. 잎도 없이 서 있는 플라타너스나무 가지 사이로 얼음 같은 초승달 하나 창백히 있고 아직도 침몰을 멈추지 않은 어제의 내가 방 안에 서 있다.

조금 눈을 붙였던가? 새벽 4시. 멀리서 우르릉 우르릉! 천둥이 몰려온다. 소리가 점점 가까워지고 있다. 아니다, 그것은 털털이 짐트럭 소리다. 덜커덩! 길 위 과속방지턱에 부딪히며 차가 요란하게 흔들리는 것 같더니 다시 머얼리 사라진다. 지방 출장 갔다 이제야 돌아오는 어느 아비의 지친 바퀴 소릴 게다. 이제야 집으로 돌아오는… 이제야 돌아오는…. 눈물이 핑 돈다. 복받쳐 오르는 속울음을 어둠 속에 쏟아붓는다.

거덜 난 잠을 윗목으로 밀어버리고 자리에서 일어나 커튼을 열어 젖힌다. 밤도 이젠 축 늘어져 있다. 그도 제 무게에 눌려 피곤하겠지…. 나는 이제 밤, 그의 얼굴을 똑바로 마주 본다. 오호라, 내가 자진해서 네 시선 속에 자리 잡아주니 네 얼굴에 연민의 빛까지 감도는구나. 고작 '어둠'이란 이름으로 가리어진 너의 젖은 눈을 하마터면 난 알아채지 못할 뻔했지….

그 어둠이란 놈이 아직 내 가슴 밑바닥까지 내려앉기 전, 나는 입원을 결심했다.

저녁식사가 막 배달된 612호실은 면회객으로 시끌벅적했다. 나의 침대엔 '금식'이라는 표지가 걸려 있었다.

의사가 나를 불렀다. CT사진에 비친 나의 내장을 보여주었다.

"보시다시피 크기가 만만치 않습니다. 췌장은 위장 뒤쪽에 붙어 있기 때문에 일단 개복을 통해 조직을 떼어 내어 검사를 합니다."

"그럼 악성 암이 아닐 수도 있다는 얘긴가요?"

성급한 큰아이가 물었다.

"아닐 수도 있지만, 일단은 종양의 위치가 아주 예민한 곳에 있기 때문에…."

"잠시만요, 선생님…."

의사의 말을 중단시킨 아들은 서둘러 나를 입원실로 옮겨다 놓더니, 혼자서 다시 의사실 방향으로 사라졌다.

　해거름이 어느새 병실로까지 스며들고 있었다. 아들이 병실로 돌아왔다. 나는 아무것도 묻지 않았다. 아들의 침묵을 함께 견뎌주고 싶었던가.

　수술 날이 잡혔다.

　"내일 새벽 일찍 올게. 걱정하지 마, 엄마."

　아이가 나를 꼭 안고 등을 토닥여주었다. 아이를 태운 엘리베이터 문이 닫히는 순간 참았던 어미의 울음이 터졌다. 어미는 링거병을 밀며 복도 끝 창가까지 갔다. 행복한 사람들이 퇴근길 위에 빽빽이 걸어가고 있었다. 눈을 벌겋게 뜬 앰뷸런스 한 대가 속력을 내며 응급실 쪽으로 내닫고 있었다. 힘겹게 겨울을 난 꺽다리 포플러나무 한 그루가 그것들을 내려다보고 있었다.

　"혈압 좀 재겠습니다."

　간호사가 나를 병실로 돌아오라고 했다.

　옆 침대 환자의 두 아들이 큰 소리로 떠들고 있었다.

　"나 싱가포르로 돌아갈까 봐. 아예 건너가서 무역이라도 하고 싶어. 자본만 있으면 될 텐데…."

　"흥, 자본만 있으면 된다는 게 문제지. 자본만 있으면 될 거 같아?"

　"왜 언성을 높이고 그래, 형은?"

"사람이 달라져야지, 사람이! 원, 그렇게 온고해가지고 뭘 한다고? 그 나라엔 관리가 없다더냐? 그게 다 이권인데."

그들의 어머니가 손사래를 쳤다. 시끄럽게 떠들어 미안하다고 내게 눈짓을 했다. 병실을 나가면서도 여전히 티격태격하는 그 사람들이 나는 부러웠다. 그까짓 자본이 없으면 어떻고, 있어서 좀 빼앗기면 어떠랴. 산 사람들의 말소리에선 향기가 풍겼다. 벌써 며칠째 햇빛 한 점 들어오지 않는 내 속을 들여다보았다. 벌써 오래전에 죽어 있었다.

마침 담당 의사가 다녀갔고, 레지던트가 두 사람 와서 수술 자리에 동그라미를 그려놓고 갔고, 담당 내과의가 내일 집도할 외과의 K 교수를 소개했다. 걱정하지 말고 잘 자라고 하면서 의사는 내 등을 톡톡 쳐주고 갔다.

잠이 올 리가 없었다. 나는 복도로 나왔다. 아들이 귀에 꽂아주고 간 워크맨에서 음악이 흘렀다. 볼륨을 조금 높였다. 공포감, 불안감, 그리고 무어라 이름 붙일 수 없는 거친 생각들이 어질어질 서로 엉키더니 급기야는 나를 복도바닥에 주저앉혔다. 멀리서 천둥소리가 으르렁댔다. 후드득 후드득 빗방울이 창문을 때렸다. 번개가 번쩍번쩍 정신을 빼가더니 어딘가를 냅다 내갈기듯 벼락을 쳤다.

나는 허둥지둥 병실로 돌아와 연필과 종이를 챙겼다. 다시 휴게실로 나와 테이블 앞에 앉았다. 마침 아무도 없었다. 나는 편지를 쓰기 시작했다.

'존경하는 K 교수님, 그리고 M 교수님께 드립니다.'

이렇게 시작하여 한숨에 써 내려간 편지는 '어찌 감히 용서를 청할 수 있겠습니까'로 끝냈고, 늦은 밤, 나는 쥐도 새도 모르게 병원을 빠져나와 택시를 잡아탔다.

다음날 새벽, 의사실은 발칵 뒤집혔다. 집도를 맡았던 외과의 K 교수의 방에 소집된 스태프들과 담당 간호사들은 고개를 들지 못했다. K 교수는 책상에 놓인 책자, 볼펜, 차트… 등 눈에 보이는 것은 다 집어던지며 고함을 질렀다.

"여기 적어놓은 시간…, 시간마다 체크했어, 안 했어?"

"체크했습니다."

"그럼, 컨폼(conform)은?, 컨폼했냐고?"

"……."

"컨폼을 했어야 하잖아. 확인 말이야, 확인! 이 멍청이들아!"

K 교수는 가운을 벗어 바닥에 내동댕이쳤다.

두어 해가 지나갔다.

우연이었다. 위장에 문제가 생겨서 위장내과를 찾은 날이었다. 간호사들이 나를 알아보고는 수군거렸다. "어머, 어머, 저 사람이야. 수술 전날 뺑소니친…."

의사의 방을 노크했다. 나를 알아본 내과의사의 얼굴에 잠시 엷고 따뜻한 미소가 번졌다. 그가 입을 열었다.

"샌프란시스코의 작은아드님은 잘 계신가요?"

웃음이 팍 터졌다. 그는 수줍은 소년처럼 얼굴을 붉히며 나를 쳐다보았다.

'수술 도중 죽을 수도 있으니 죽기 전에 샌프란시스코에 있는 작은아들 얼굴 한번 보고 와서 수술받겠습니다'라고 써서 병실 침대 위에 놓고 도망쳤던 황당한 여편네에게 그는 아들의 안부부터 물었다. 세상 어떤 시구 한 절이 이 한마디 안부보다 더 따스하고 느닷없었으랴.

나의 눈물주머니가 사르르 떨렸다.

(2016년 5월)

연휴, 귀를 떼서 물 아래 내려놓고

미세먼지는 핑계다. 그냥 밖에 나가기 싫은 거다. 삶이 너무 무겁고 구차할 때 나는 나에게 휴가를 준다. 때마침 어버이날 연휴란다. 오늘은 머리, 그중에서도 나의 가엾은 두 귀에게 모처럼의 사랑을 베풀고 있다. '오늘부터 나흘 동안 너희도 주인 없이 훨훨 살거라.'

통유리 창문을 가득 메운 오월의 푸르름이 바람 타고 너울거린다. 올해따라 지각 개화했던 자목련 몇 송이, 가지 끝에 축 늘어져 간신히 매달려서도 마지막 알몸과 함께 춤을 추고 있다. 내일이면 더는 볼 수 없을지 모르는 그것들…. 나는 그들을 마음 깊이 껴안는다.

약기운에 조금 눈을 붙였었나 보다. 길 건너 채소가게 블라인드 내리는 소리에 눈을 뜬다. 어느새 밤이 떨어지고 있다. 동네 어디 불빛 있는 곳 찾아가 저녁이나 먹고 올까? 생각하다가 전화벨 소리

2부 생명의 노래

에 다시 주저앉는다.

"선생님, 지금 잠깐 들러도 되지요? 일산 들어섰어요. 십 분이면 가요."

글을 쓰다 알게 된 여인이다. 미리 열어놓은 현관문으로 그녀가 들어선다. 거무죽죽했던 내 방이 그녀의 젊음으로 환하게 밝아진다. 차 안에 엄마가 기다리고 있어서 금방 가야 한다고 여인은 말한다. 그녀가 놓고 간 조그마한 비닐백 속에서 온기가 올라온다.

"엄마가 만든 떡인데요, 꼭 좀 갖다드리라고 해서…."

그녀는 내게 어머니날을 말한다.

"근데 어머니께서 나를 어떻게…?"

채 물어보기도 전에,

"아서요."

한마디만 남기고 문을 나서던 그녀가 다시 돌아섰다. 뭐라고 수줍은 듯 소곤소곤 말했지만 보청기를 빼놓고 앉아 있던 나의 귀는 더는 아무것도 담지 못한다.

이렇게 느닷없는 손님을 맞고 보니 정신이 하얘진다. '어머니', 그 그리움의 상징인 사람에 대해서는 언제나 싸아한 우울을 지니고 산다. 어두운 시대, 지구 저편에서 엄마의 부고를 받고 몸을 떨었던 나는 아직도 블랙리스트 속 남편과 함께 입국허가서를 받지 못한 채 그 쓸쓸한 사람들 편에 서 있다. 이제는 얼어서 감각조차 사라져가는 내 손에 갓 쪄진 따끈따끈한 떡을 쥐여주고 간 이 여인에게서 나는 엄마를 만난다. 앉은뱅이 재봉틀 앞에 앉아 삯바느질하던 엄마가 딸을 건너다보고 빙그레 웃는다.

"오늘은 집에 있구나" 하시면서.

봉투 속 쑥버무리가 따뜻하다. 떡을 한 조각 입에 넣는다. 나는 줄곧 엄마의 음성을 듣고 있다. 슬프다. 슬픈 게 좋다. 내게 슬픔은 언제부터인가 꼭 설움 같은 것만은 아닌 게 되었다. 아련함이라 할까. 창밖 밤바람 속에서 떨어질 듯 흔들리는 꽃잎의 떨림 같은 것이다. 꿈에서 본 엄마의 손을 깨어서도 붙잡고 놓지 않으려는 아련한 안타까움 같은 것이다.

달달달…, 엄마의 앉은뱅이 재봉틀 소리는 언제나 딸과 같이 있었다. 딸의 삶에 발동이 꺼질 때마다 엄마는 재봉틀 소리로 묵주알처럼 지나갔다. 달달달….

핸드폰에 문자가 뜬다.

'편하게 입고 계셔서인지 친정 언니를 만난 것 같아 와락 안을 뻔했어요, 선생님.'

나는 뭐라고 회답을 찍으려다가 스마트폰 뚜껑을 닫는다. 하마터면 휴가를 즐기고 있을 나의 귀 얘기를 늘어놓을 뻔했다. '헤어질 때, 뭐라고 했는지 들을 수가 없어서 대답도 못했다우'라고 문자를 찍을 뻔했다.

이런 일로 이따금 속을 끓이는 나를 보면 시인 고은 선생님은 버럭! 소리를 지르신다.

"인제 와서 두 귀가 다 들린다면… 지랄 같은 것이야!"

(2016년 5월)

참 아름다워라

아침 내내 나는 줄곧 한 가지 생각만 하고 있었다. 산이에게 만약 그런 일이 생긴다면? 그런 일이 생긴다면?

시간이 많이 걸릴 듯합니다. 휴직원을 사직원으로 바꾸어주시기 바랍니다.

서울에 계신 음대 학장이 내 전보를 받아 볼 무렵, 나는 독일 뒤셀도르프 대학병원 입원실 복도 바닥에 주저앉아 있었다.
"저기…."
인기척이 있어 눈을 떴다. 고개를 들어보았지만 창밖 쌓인 눈이 너무 부셔서 나는 바로 그의 얼굴을 볼 수가 없었다. 간호사로 보이는 한 여인이 수채화처럼 아른아른 내 눈에 들어왔다. 그녀가 말했다.

"박순희라고 해유. 아기가 많이 아픈가 봐유."

나는 그녀의 부축을 받아 자리에서 일어서면서 '이 병원에 한국 간호원이 있는 줄은 몰랐네요' 했다.

"정식 간호원은 아니구유, 보조하는…."

말끝을 흐리고 엉거주춤 서 있는 그녀의 모습에서 뭔가를 자기 눈으로 더 확인해보고 싶은 것이 있는 듯 보였다.

"오늘은 오전 근무여유. 지가 일 끝나면 이리로 올게유…."

복도 끝으로 사라진 그녀가 다시 종종걸음으로 되돌아오고 있었다.

"그런디…, 뭐라도 좀 드셨나유?"

나는 그녀의 얼굴을 그냥 물끄러미 보고만 있었다. 안에서 시장기가 올라왔다. 호주머니에 손을 넣어 달랑 한 장 남아 있는 50마르크짜리 지폐를 확인했다.

여섯 살배기 산이가 교통사고를 당했다는 얘기가, '당했다'가 아니라 '당했었다'라는 과거형으로 내 귀에 들어왔던 날 나는 공부를 때려치우고 귀국했다. 겉으로 보기엔 아무 문제가 없어 우선은 안도의 한숨을 쉬었지만, 길 가다가 자동차 소리만 나면 움찔해서 엄마 손을 꼬옥 잡고 부들부들 떠는가 하면, 자다가도 느닷없이 울음을 터뜨리는 게 심상치 않아 보였다. 나는 내 제자의 오라버니 되는 분이 있는 대학병원 신경외과에 전화를 걸었다.

"아, 임 박사님요? 외국에 나가신 지 몇 년 되었어요."

전화를 내려놓고 생각해보니 신경외과 쪽엔 더는 아는 의사가 없었다. 하는 수 없었다. 같은 병원 안에서 다른 의사를 찾아갔다. MRI와 뇌파검사부터 했다. 병원 복도에 앉아 검사 결과를 기다리는 환자들은 그 결과가 나쁜지 괜찮은지, 알기도 전에 어느 쪽이든 분명히 이쪽 아니면 저쪽이라고 확신해버리는 게 보통이다. 내 생각이 '나쁜 쪽'으로 기울고 있을 때 간호사가 아들의 이름을 불렀다. 의사는 우리가 의자에 앉기도 전에 입을 열었다.

"독일에서 오셨다고요? 다시 가실 거죠? 이왕 독일로 돌아가실 거면 아들 데리고 가세요. 첨단시설 갖춘 데로요."

"첨단시설이요? 그럼 여긴 시설이?"

"정밀검사하는 데 기계가 다섯이 필요하다면 여긴 그중 세 개밖에 없어요."

그는 말을 계속했다.

"뒤셀도르프 클리닉 찾아가서서 신경외과 '닥터 림' 하면 다 알아요. 그 방면에 권위자죠."

순간 의사와 나의 시선이 정지된 채로 만났다.

"닥터 림이라 하셨나요? 임언 박사요?"

"아시네요?"

"이 병원에 계셨던…?"

"맞아요."

"알다마다요. 제 제자의 오빠예요."

가슴에 불이 붙는 느낌이었다. 나는 임언 박사의 동생, 임진 양의 집으로 다이얼을 돌렸다.

유학 초기에 지냈던 프랑크푸르트 하숙집에 짐을 푼 나는 서둘러 뒤셀도르프로 올라갔다. 아이를 입원시켰다. 임 박사의 배려 덕에 모든 일이 빠르게 진행되고 있다는 생각에 처음엔 탄성까지 나오더니 밀린 피로가 겹쳐오면서 천 근이나 되는 하루하루가 발길질로 힘껏 밀어야만 못 이기는 척 물러났다. 돈 아낀다고 종일 빵 두어 개로 끼니를 때우다 보니 아픈 아들보다 어미가 먼저 자리 깔고 누워버리게 생겼다.

아들이 검사실에 들어간 지 한 시간은 족히 되었을 때 임언 박사가 나를 불렀다.

"척주에 바늘 꽂느라 녀석 고생 좀 했어요. 그래도 잘 참던데요…."

의사는 척수의 기능과 역할에 대해 뭐라고 설명을 해주었지만 그 방면에 무식한 내 귀는 대충대충 듣고 있었다. 내가 알고 싶은 건 검사 결과뿐이었을 게다. 척수 빼고 뇌파검사도 했고 MRI검사도 끝났지만 또 한 가지 중요한 검사가 남아 있다고 했다. 그 검사를 위해 오늘 저녁부터 내일 저녁까지 하루를 꼬박 엄마가 아이 옆에 있어주어야 한다고 그는 말했다.

"무슨 검사인데요?"

"슐라프압추크…, 그러니까… 잠 안 재우고 실시하는 뇌파검사인데요. 검사 전 24시간 잠을 재우면 안 됩니다. 간호원에게 말해놓지요. 장난감, 동화책 등, 준비하라고요. 오늘 밤 9시부터 실시합니다."

밤이 깊어지면서 하품을 연거푸 하던 아이의 눈이 스르르 감겨왔다. 나는 아이를 붙들고 동화책도 읽어주고, 체스놀이도 하고, 볼륨을 높여 음악도 틀어주고, 있는 수단을 다 동원해 잠을 쫓아내고 있었다. 벽에 걸린 전자시계 바늘은 밉살스럽게도 느리게 돌고 있었다. 안 쳐다보려 해도 자꾸만 시선이 그리로만 가서 시계를 못꽂이에서 떼어 테이블 위에 뉘어놓았다. 그 물건은 누워서도 일편단심 '같은 속도로' 백의종군하고 있었다. 벽시계의 침묵은 나의 부당한 요구를 직접 나무라는 것보다 훨씬 공격적이었다.

머리가 천 근이나 되고 눈이 감겨 건디기가 힘들었다. 잠 안 자려고 혼자 박수를 쳐보기도 하는 어린 것이 측은해 그냥 보고 앉아 있기도 힘들어졌다. 무언가 와르르 바닥으로 떨어지는 소리에 화들짝 놀라 감았던 눈을 떴다. 산이가 자리에 없었다. 에구머니, 내가 잠이 들었었나? 나는 병실 문을 열어젖혔다. 복도 끝으로 미친 듯이 달렸다. 밖으로 나가봤다. 얼어붙은 눈길 위로 새벽빛이 번지고 있었다. 개 한 마리도 지나가지 않는 텅 빈 병원 뜰에서 조그마한 머슴아 하나가 허리를 잔뜩 웅크린 채 폴짝폴짝 뛰고 있었다. 머슴아가 말했다.

"엄마 좀 자라고 몰래 나왔지. 난 잠 다 깼어."

나는 와락 아이를 안았다. 펑펑 쏟아지는 눈물을 가눌 길이 없었다. 아이는 엄마의 품에서 처음으로 흑흑 흐느껴 울었다.

검사가 끝나자 박경호라는 남자가 나를 찾아왔다. 어제 아침에 만났던 박순희 씨의 남편이라고 자기소개부터 했다. 자기는 병원에서 허드렛일을 하고 있다고 하면서 아내가 밥을 해놓았으니 같이 가시자고 했다.

병원 바로 건너편 간호사 기숙사엔 조그만 거실과 침실이 있었다. 박순희 씨는 된장국에 계란찜, 김치, 각종 나물 등 한상을 차려놓고 나를 기다리고 있었다. 그녀가 수저를 내게 들려주며 말했다.

"많이 시장허셨것슈…. 어서 드셔유. 객지에서 어린 것까지 아프니 월메나 걱정이 많으시겠어유…. 어서 드시구, 누추하지만 즈이들 침대에서 한숨 눈 붙이다 가셔유."

용수철이 바닥에 닿을 정도로 헐어빠진 그들의 침대에 누워 나는 송장처럼 잤다. 어디선가 찬송가 소리가 들려왔다. 잠시 후 그들 부부가 돌아왔다. 손에는 찬송가 책을 들고.

"교회가 근처에 있나 봐요?"

내가 물었다.

"아아, 즈이들 구역예배 보는 날이여유."

"방금들 부르신 노래, 그 노래 저도 좋아하는데요…."

"아이구, 예까지 들렸구만유."

"정말 고맙습니다. 잘 쉬고 갑니다. 언제 프랑크푸르트 오시게 되면 꼭 미리 전화 주셔요."

일곱 명의 의사진이 모여 장시간 토론을 했다. 임 박사가 상기된 얼굴로 내 앞에 나타났다.

"뇌에다 칼을 대느냐 아니냐를 놓고 의견 일치를 보지 못하고 있습니다. 찬성이 넷이고 반대가 셋입니다."

충격이었다. 내가 물었다.

"임 박사님은요?"

"저는 첨부터 반대했습니다. 수술로 인해 언어장애가 올 수 있거든요."

"언어장애라면…?"

"말을 못하게 될 수도 있고…."

그의 말끝이 어둑했다. 느닷없는 공포와 분노 같은 것이 머리를 쳤다. 나는 과장된 기침 소리로 분노를 숨겼다. 그리고 용기를 내어 한마디 더 물었다.

"그러면 임 박사님의 대안은… 대안은 어떤 것인가요?"

"약으로 해보자는 거죠. 좋은 약이 속속 나오고 있어요."

나는 산이를 데리고 구내 예배소를 찾았다. 열댓 명이나 들어갈 수 있을까 말까 한 다락방 기도실이었다. 마치 예약이라도 해놓은 양, 그날은 우리 둘 외에는 아무도 들어오지 않았다. 나는 산이의 손을 잡고 눈을 감았다. 아이는 엄마의 얼굴만 올려다보고 앉아 있었다. 아이가 '무슨 일 있어?' 하고 물으면 뭐라고 대답해줄까? 두려웠다. 나는 제단 옆에 있는 조그만 풍금 뚜껑을 열었다. 풍금 반주에 박순희 씨의 구역예배 시간에 들려 온 노래를 3절까지 내리 불렀다. '참 아름다워라 주님의 세계는….'

"엄마 노래 슬프다. 의사 선생님이 나 많이 아프대?"

아이가 조심스럽게 물었다.

"으응? 아냐…, 엄만 너무 기쁘면 노래하잖아."

녀석이 또 물었다.

"의사 선생님이 이젠 집에 가도 된대?"

"그럼, 그럼! 집에 가자, 우리."

시간은 시계를 엎어놔도 계속 달렸나 보다.

수술 안 하고 약만으로 다시 건강을 찾은 산이는 이제 그때의 내나이가 되었다. 경희대학교 의료원장으로 초대되어 귀국했던 임 박사는 그동안 저세상으로 가셨고, 젊고 발랄했던 모습은 오래전에 없어져 버리고 노쇠한 할머니로만 남은 산이 엄마는 오만 가지 병에 시달리면서도 아직도 살아 어둑어둑 남은 인생길을 가고 있다.

같이 늙어가는 친구가 전화도 없이 찾아왔다.

"아이고, 팔자다 팔자여. 지 복 지가 차고 나가더니…, 쯧쯧…. 대학교수 자리 아무한테나 생긴다더냐? 하루아침에 그 좋은 자리 차버리고 나가더니, 꼴 좋-다."

"꼴이 어때서?"

친구는 사가지고 온 옷 봉투를 내 앞에 던지면서 혀를 쯧쯧 찼다.

"아, 가만히 죽치고 앉아 있었으면 연금이라도 타먹고 살 거 아냐?"

"내가 지금 굶니?"

"날 봐. 꾸준-히 한 자리 지키고 있었더니 큰 걱정 없이 노년을 즐기잖아. 여태 제집 하나도 마련 못하고…, 이게 뭐니?"

나는 껄껄 웃었다.

"넌 재수가 좋았던가 보다."

"재수? 그건 또 무슨 소리야?"

"우린 조금 있으면 없어. 너도 없고 나도 없어. 재수가 좋았던 사람도, 안 좋았던 사람도 다 사라지는 거야."

친구는, '네 개똥철학 강의 들으러 온 거 아냐' 하면서 냉장고 쪽으로 가더니 물을 들이켰다. 한참 잘 나가던 젊은 교수가 왜 하루아침에 직장을 고만두고 외국으로 나가 그리 오랫동안 고생하다가 거지꼴로 돌아왔는지 아는 사람은 아무도 없었다. 아무도 없게 한 것은 물론 나였다. 남의 일에 관심 많고 말 많은 대한민국 사람들의 입질에 죄 없는 내 아들이 또 한 번 고통을 당하게 할 수는 없었다. 이런 판단을 제법 빨리 내린 나야말로 재수가 좋았던 건 아닌지?

친구가 화제를 돌렸다.

"그래, 요즘 뭘로 시간 보내시는데? 앓는 거 빼놓고?"

"일해."

"일?"

"집배원."

"집배원?"

"찬송가 집배원."

"그게 뭔데? 교회도 안 나간다면서?"

"주일날 예배에서 부를 노래들을 미리 골라서 이메일로 보내주는 일."

"돈 생겨?"

"쳇이야. 이거 맡으면서 '하느님 사랑'이란 말, 그 말을 이해하게 됐어. 그건 음악을 통해서 가장 잘 드러나는 거야. 노래를 부르면서 찬송가를 고르다 보면 매 순간 새롭게 열리는 세계가 있어…. 자주 부르던 노래인데도 매번 새롭고 매번 아름다워. 아름다운 건 슬픈 것과 아주 가까이 있더라. 난 슬픈 게 좋아. 모든 종교는 슬픔으로 부터 시작돼. 찬송가도 거기서 파생되는 것 같아. 어때? 그러고 보니 나도 재수가 좋지? 이 일이 내게 맡겨지다니…."

멀리 떨어져 지금은 먼발치에서 그리움만 삭이고 있을 나의 천사 박순회 씨를 향해 노래를 부르다가 목구멍이 울음으로 막힌다. 그녀는 참으로 아름다웠다. 나는 행복하다. 나는 더 이상 행복하고 싶지 않다.

참 아름다워라

주님의 세계는

저 산에 부는 바람과
잔잔한 시냇물

그 소리 가운데
주 음성 들리니
주 하나님의 큰 뜻을
내 알 듯하도다

(2016년 4월 22일)

엄마의 일기장에서

시간이 힘겹게 지나가고 있었다. 독한 모르핀이 마침내 그녀의 말까지 빼앗아갔다. 여인은 긴 잠속에 빠졌다. 방 안에 움직이는 거라곤 숨죽인 채 원을 그리며 그녀의 죽음을 독촉하고 있는 벽시계 초침뿐이다. 여인의 무거운 눈꺼풀에 경련이 일어나며 누군가를 찾는 듯 고개를 조금 움직였다. 침대 옆에 고개를 떨어뜨리고 앉아 있는 아들의 머리를 손가락으로라도 빗질해주고 싶었던가, 가슴 위로 조금 올렸던 여인의 오른손이 잠시 허공에서 떨리더니 이내 힘없이 바닥으로 떨어졌다. 그녀의 숨소리가 가만히 하늘 어딘가에 정좌했다. 그 뒤의 '고요함'···. 그것은 이 순간을 경험한 사람만이 쓸 수 있는 새로운 언어였다. 격한 가슴을 터뜨린 두 아들의 신음 소리는 가슴이 없어져 버린 울음이었다.

"엄마는 웃으면서 떠났어요."

고인의 큰아들이 혼잣말하듯 중얼거렸다.

"지금도 어디선가 바삐 돌아다니면서 가슴 뜨겁게 사람들을 만날 거예요. 최근의 엄마 속에서 다른 엄마를 보았어요. 긴 세월을 실업자로 살다가 숨지기 얼마 전에야 제대로 된 일자리를 찾은 사람 같았다고 할까? 표현이 좀 그렇네요. 어쨌든 마지막 몇 달 동안의 엄마의 얼굴에서 전에는 보지 못했던 다른 모습을 볼 수 있었어요. 뭐라고 꼭 집어 말하기는 어렵지만 저는 엄마에게 그렇게도 귀중했던 그 마지막 시간을 붙들고 살 거예요. 그건 필시 엄마 자신도 예측할 수 없었던 사건이었다고 생각하니까요."

"8월 중순이었어요…."

임종을 지켜본 작은아들이 말을 이었다.

"프란치스코 교황이 여기 닷새를 머무는 동안 엄마는 매일 티브이 앞에 붙어 앉아 메모를 했어요. ─그건 엄마 입원 중에도 마찬가지였지만요.─ 신문에 난 교황의 사진, 그리고 그의 메시지를 몽땅 스크랩하셨어요. '고맙습니다, 고맙습니다' 하면서요. '엄마, 요즘 무슨 좋은 일 있어?' 물어봤어요. 엄마가 피아노 앞에 앉지 않은지가 꽤 오래되었거든요. 그렇게 좋아하셨던 노래도 안 부르고요…. 그러던 엄마가 그날은 갑자기 피아노를 치면서 존 레넌의 '이매진'을 부르더라고요. 전 얼른 다가가 엄마의 뒤에 서서 노래를 같이 부르다가 슬쩍 엄마의 눈가에 손을 대봤어요. 예상했던 대로 엄마는 울고 있었어요. 기쁨에 차 있을 때는 피아노 치면서 우는 여자…,

그게 우리 엄마거든요.

'좋은 일… 있느냐고? 질문이 넘 약하다, 애. 기적이 일어난 것 같은데….'

엄마의 목소리는 조심스러우면서도 어딘지 힘이 있었어요."

장례를 치르고 나서 두 아들은 엄마의 일기장을 찾아냈다. 날짜도 적혀 있지 않았다. 글은 그녀가 임종하기 두어 달 전에 쓴 게 분명했다.

옛날에 옛날에 한 아이가 있었다.

아이는 가난했다. 아이의 소원은 밥을 한번 실컷 먹어보는 것이었다. 날이 저물어오자 아이는 쌀독에 남은 보리쌀을 닥닥 긁어 죽을 끓이고 있었다. 행상 나간 어머니는 아직도 돌아오지 않고 있었다. 아이는 부지깽이로 부엌바닥에 밥이 수북이 담긴 밥사발을 그리고 있었다. 지나가던 이웃집 아이가 말했다. '한울님한테 빌어봐, 밥 달라고 하란 말이야.' 이웃집 아이는 손가락으로 하늘을 가리켰다.

깊은 밤, 아이는 장독대에 사닥다리를 놓고 가만가만 하늘을 향해 올라갔다. 달님이 아이를 내려다보고 있었다. 아, 달이 바로 한울님이구나. 했다. 그런데 어쩐 일인지 달님도 슬퍼 보였다. '나도 네게 줄 밥이 없구나…' 하는 것 같았다. 아이는 사닥다리 밑을 내려다보았다. '밤고양이'라는 별명을 가진 옆집 할머니가 오늘도 밤길

을 걸고 있었다. '쯧쯧쯧… 어린 것이 배를 을마나 곯았으면 달밤에 지붕까지 올라가 헛소릴 혀?'

아이는 또 한 번 하늘을 올려다보았다. 나뭇가지에 걸린 달이 추웠다. 빨리 새벽이 와야 할 텐데…, 생각했다. 그러다가 잠이 들었다. 아이는 깊은 바다 속으로 잠겨 들어갔다. 밤보다 더 깊은 침묵으로 가라앉고 있었다. 해초들이 아이의 머리를 쓰다듬어주었고 아이는 거기서 사닥다리 없는 푸른 하늘을 꿈꾸고 있었다.

아이가 일흔여덟 해 동안의 긴 잠에서 깼다. 눈을 떠보니 그의 손에는 여전히 조그만 사닥다리가 쥐어져 있었다. '한울님은 너무너무 높은 데 계셔. 좀 더 높은 사닥다리가 필요해!' 하얀 노인이 된 아이는 한숨을 지었다.

교황 프란치스코가 광화문 광장으로 들어오는 모습이 티브이로 나오고 있었다. 노인은 얼른 책상 앞에 앉았다. 이따금씩 '아!' 하면서 책상을 탁 치는가 하면 무엇인가를 열심히 받아 적고 있었다. 교황이 실린 신문기사와 사진을 오려서 스크랩하고 다시 티브이 앞에 바싹 붙어 앉아 무엇인가를 자꾸만 적고 있었다.

100시간의 방문 일정을 끝내고 떠나는 교황님 앞에서 노인은 연상 눈물을 훔쳤다. '고맙습니다, 고맙습니다' 하면서. 그 후 다시 반달이 넘게 그 고질적인 통증 때문에 병원을 드나들어야 했지만 이제 노인의 표정은 어둡지만은 않았다.

노인은 바빠졌다. 아침 일찍부터 지팡이를 짚고 어딘가로 바삐

가고 있었다. 어디를 가는 거냐고 아들이 물어봐도 '나중에! 나중에!' 하면서 살짝 웃어 보일 뿐이었다.

때르르릉! 홍성에 사는 지인으로부터 전화가 왔다. 노인과 젊은 지인의 대화는 자연히 교황 프란치스코가 남긴 감동적인 메시지를 되뇌는 시간으로 채워지고 있었다. 그때만큼은 어떤 젊은이에게도 꿀리지 않는 기억력을 가지고 있는 자신이 기특하다고 노인은 스스로 대견해했다.

교황 이야기가 막바지에 이르렀을 때 젊은이가 물었다.

"선생님에게 가장 감동적으로 남은 그분의 말씀은 무엇이었나요?"

노인은 잠시 침묵하고 있었다. 뭔가를 조심스러워하는 듯한 내포가 느껴지는 침묵이었다. 노인의 눈이 젖고 있었다.

"하나님이 외로우시대요. 힘드시대요. 그러니까 내가 그분 옆에 가서 '내게 기대세요, 이제부턴 내게 의지하셔요', 그렇게 말하래요⋯."

노인은 슬픈 어조로 말했다. 그러나 그의 어투는 어딘지 단호하고 힘이 있었다. 잠시 수화기 속에서는 아무 말도 오가지 않았지만 두 사람은 말없이 서로의 이야기를 듣고 있었다.

이윽고 젊은이가 입을 열었다.

"선생님⋯, 저도 교황님이 하신 말씀을 죄다 적어놨는데요, 지금 선생님이 하신 말씀은⋯ 없었는데요⋯."

"없었다고…요?"

그들은 잠시 침묵했다. 그러다가 이윽고 젊은이가 이렇게 말했다.

"아, 선생님한테만 말씀하셨네요, 선생님한테만요…."

그는 할 말이 갑자기 더 많아진 사람처럼 안절부절못하고 있다고 노인은 생각했다. 전화기를 놓으려 할 때 그가 이렇게 덧붙였다.

"선생님이 지금 하신 말씀, 그게 문자화돼서 제게도 읽을 수 있는 기회가 오길 기다릴게요."

수화기를 내려놓은 노인은 허겁지겁 또 하나의 '교황 팬'에게 전화를 걸었다.

"얘, 교황님이 그런 말 한 거 너도 들었지? '하느님, 외로우시지요? 제게 기대세요', 그렇게 기도하라고."

전화 저쪽에선 아무 말이 없었다.

노인은 그러나 낙담하지 않았다. 노인은 서둘러 밖으로 나갔다. 할 일이 많았다. 그가 갑자기 왜 저렇게 터무니없이 바빠졌는지, 누구도 알 길이 없었다.

노인은 다시 아이가 되었다. 첨부터 다시 시작해야 할 일이 너무도 많았다. 아이는 계속 뭐라 중얼거리며 길을 걸었다.

"한울님, 진작 말씀하시지 그러셨어요. 예수님도 울 때가 있다는 것 말예요. 겟세마네 동산에서 기도하시면서 울었다는 건 알아요. 십자가에 달리실 때, '할 수만 있다면 이 죽음의 잔을 면하게 해달라'고 외치셨다는 얘기도 주일학교에서 들었어요. 하지만 어쨌든 한울님은 무지무지 높은 데 살잖아요. 내 쬐끄만 사닥다리로는 손도 안 닿는 데서 말이에요. 따르는 사람도 엄청 많고요. 그런 분이 쓸쓸해서 저 같은 아이에게라도 의지하고 싶다니… 어찌 상상이나 했겠어요. 고마워요, 고마워요, 이제부터는 나한테 와서 다 말하세요. 배고프다 하시면 내가 밥도 해드리고, 어둡다고 하시면 내가 막 뛰어나가 새벽을 끌고 올게요. 글구…,"

아이는 연방 주먹으로 눈물을 문지르며 말했다.

"오늘 아침엔 저희 집에서 커피 드시고 가셔요. 빵도 있고 버터도 있고 베이컨도 있네요."

한울님이 웃으시면서 말했다.

"이왕이면 오이피클도 얹어서 줄래?"

"그러믄요. 그러고 보니 저희 집에도 이젠 먹을 게 많네요."

아이는 뛸 듯이 기뻤다. 아이는 사닥다리를 번쩍 들어다가 광 속에 던졌다. 그리고 한참 머뭇거리다가 이렇게 말했다.

"글구, 글구요…, 너무 늦었지만… 그래도 말할래요. 한울니임, 사랑해요…."

(2016년 5월)

그녀의 킬리만자로

그녀가 떠난 후, 나는 아주 희한한 감정을 경험하고 있다. 도대체 무슨 만남이 그리도 번개처럼 짧았으며 그 번개 속에서 그녀는 내게 무슨 말을 전해주려 했던 것인지, 아니, 우리가 진실로 만나기나 했던 건가…. 힘없이 마주 본 눈동자 안에 철 지난 크리스마스 데커레이션이 어른거렸던 그날 저녁도 그녀는 똑같은 말을 되풀이했다.

"선배, 나 조금만 더 살고 싶어…."

대설(大雪)도 지나고 겨울이 본격적으로 추위를 몰고 올 때였다. 막 잠자리에 드는데 전화벨이 요란하게 울렸다.

"선배, 저 소영이에요. 내일 새벽 6시에 제 병실 좀 찾아주시겠어요?"

"병실?"

"수술실이요. 제가 위암 수술을 받아요."

잠시 말을 잃고 있을 때 다시 그녀의 차분한 목소리가 들렸다.

"수술받는 동안 선배님이 수술실 문 앞에 앉아 계셨으면 해요. 죄송해요. 갑자기 무리한 청을 드려서…."

병원 위치와 병실 호수를 알려준 그녀는 주사위를 굴리듯 느닷없이 자기 말만 내 앞으로 던져놓고 전화를 끊었다.

좋은 대학 나오고 신춘문예 소설부문에도 당선되는 등, 이래저래 문필활동도 많이 하고 있는 중견예술가이니 친구인들 오죽 많으랴! 그런데 왜 나까지 오라고 할까? 그것도 만난 지 얼마 되지도 않아 자기를 아직은 잘 알지도 못하는, 말뿐인 선배를? 반년 전쯤 영화감독 송능한의 '시나리오 쓰기 특강' 반에서 만나 불과 대여섯 번 카페 같은 데 마주 앉아 이런저런 얘길 나눈 적이 있는 것, 그게 다였다.

날이 밝자, 어쨌든 병원으로 갔다. 수술실 앞에 당도한 그녀를 목격했다. "말기래요." 손을 잡아주는 내게 소영은 담담하게 말했다. "있어주시는 거죠, 수술실 앞에?" 나는 얼떨결에 그럼요! 하고 대답했다. 벌써 와 있으리라 예상했던 가족, 친척, 친구는 단 한 명도 보이지 않았다. 말 그대로 나는 '혼자서' 수술실 앞에 앉아 있는 거였다. 나는 무얼 해야 좋을지를 몰라 일어났다 앉았다만 반복했다. 기도? 그것도 되지 않았다. 핸드백에서 책을 꺼내 펴봤지만 그것도 읽히지 않았다. 그저 '불안'이란 이름의 의상을 입고 끝내 배역을 받지 못한 배우 초년생처럼 안절부절만 일삼고 있었다.

대기실 복도 거울에 비친 내 모습이 가관이었다. 머리가 날이 갈수록 흉측해져 갔다. 위암 수술을 받고난 후부터 머리가 자꾸 빠진다. 부분가발이라는 걸 샀다. 외출할 때만 몇 번 얹어보았다가 급기야는 내팽개쳐버렸다. 머리통이 가려워 견디기가 힘들었다. 방바닥에 팽개쳐진 부분가발은 사극 속 단두대를 연상케 했다. '내 인생 막장에 머리칼만이라도 지긋이 제자리를 지켜줘도 이리 서글프진 않잖아!' 불편한 심기를 드러내자 똑같은 위암 수술을 받은 옆 침대 환자가 한마디 더 거들었던 생각이 스쳐갔다.

"인생 개박살난 거죠!"

소영이 퇴원했다. 항암치료를 받으러 다닌다는 소식이 들렸지만 나 또한 이런저런 잔병치레로 이부자리를 떠나지 못하고 있었던 터라 전화 한 번도 걸어보지 못하고 있었다.

그러던 어느 날, 소영이 우리 집 근처까지 왔다고 얼른 나오라며 전화를 했다. 까칠한 얼굴로 운전대를 잡고 앉아 있던 그녀가 말했다.

"선배하고 드라이브도 하고 커피도 마시고 싶어서요…."

나는 얼른 차에 오르긴 했지만 운전은 내가 하는 게 낫겠다고 했다.

"아니요, 제가 해요. 제가 할 수 있어요."

나는 그녀가 하자는 대로 놔두고 있었다. 그녀는 골목길로만 골라 드라이브를 했다. 신호등에 파란불이 들어와도, 뒤차가 빨리 좀 가라고 빵빵거려도 아랑곳하지 않고 서 있다가 자기가 마음 내켜야 다시 움직이곤 했다. 조금 넓은 큰길로 빠져나가면 운전하기가 수월할 터인데도 굳이 과속방지턱이 많은 좁은 길로만 차를 몰면서 혼잣말하듯 중얼거렸다.

"천천히 가고 싶어요…, 천천히요…. **과속방지턱**이 있으니 좋잖아요?"

시나리오를 쓰면서 삶을 연기하듯 살고 있는 그녀는 하는 말마다 대사의 일부였다.

우리는 조그맣고 아늑한 찻집에 마주 앉았다. 많이 수척해진 얼굴에 꽉 다문 입술은 핏빛 자존심으로 짙게 칠해져 있었다.

"어쩌자고 이 먼 델 혼자 운전하고 와요, 그래?"

나는 이렇게 말문을 열었다. 그녀의 눈에 느닷없이 뜨거운 것이 올라왔다. 갑자기 실내에 산소가 부족한 것 같아 창문을 조금 열었다.

"내가… 뭘… 해줄 게 있어야지…."

"해주고 계시잖아요…. 그날도 제 수술실 앞에 앉아계셨고…."

이때다 싶었다. 나는 속에 묻어두었던 궁금증을 조심스럽게 열어보았다.

"소영 씨… 이제야 묻는 건데… 왜 하필 나였수? 친구도 그렇게 많은 당신이?"

그녀는 눈을 감았다. 결국 내가 또 말을 이었다.

"…그냥… 그게…, 아냐 아냐, 괜한 걸 물었나 봐…."

나는 식은 커피를 꿀꺽꿀꺽 마셨다.

그녀는 계속 입을 떼지 않았다. 나는 그따위 얘기를 꺼낸 것을 후회도 했지만 그러면서도 결국 아무런 대답도 듣지 못하게 될까 봐 조금은 조바심이 나기도 했다.

"…난 당신에 관해 완전 무지한 사람 아니우?"

그녀가 눈을 떴다. 하지만 그녀는 내 질문과는 전혀 무관한, 더 깊은 어디를 들여다보고 있는 것 같았다. 나는 조용히 자리에서 일어났다.

"미안해, 내가 지금 무슨 말을…."

"앉으셔요, 선배…."

그녀의 말소리는 나를 두말없이 다시 그 자리에 앉히기에 충분할 정도도 단호했다.

"암이라는 불치의 병으로 인해 내 인생이 떡칠이 돼 있는데… 누가 저 때문에 아파하겠어요…. 잠깐 동안 저를 속일 수는 있겠지요…."

나는 듣고 있었다.

"저도 왜 제가 선배더러 제 수술실 앞을 지켜달라고 했는지… 분명하게 말씀드릴 수는 없어요. 확실한 건, 선배는 제게 뭐라고 위로해주지 않아도 제겐 위로였어요. 죽음을 앞둔 한 인간의 공포를 알고 있는 것 같았어요. 물론 선배도 '암'이란 병 앞에 서보셨어요. 그때 제가 문병을 갔었지요. 그런데 제 경우와는 달리 선배는 문병 간 우리들을 웃기고 앉아계셨어요. 오히려 어떤 '해방감'에 넘쳐 있었어요. 어떻게 이럴 수가 있을까? 궁금해하면서도 물어보질 못했어요."

나는 커피 리필을 부탁했다. 그리고 핸드백 속에서 담뱃갑을 꺼냈다. 한 개비를 꺼내서 손가락 사이에 끼었다. 소영이 눈이 휘둥그레졌다. 내가 말했다.

"담배 피우냐고? 걱정 마. 이렇게 한 개비를 뽑아서 들고 있을 뿐이죠. 스트레스를 이런 식으로 풀어요. 글 쓸 때도 난 이걸 왼쪽 손가락 사이에 끼고 쓰면 훨씬 글이 잘 풀리거든."

그녀는 이해를 못 하겠다는 듯이 고개를 좌우로 저었다.

"난 담배를 믿어요. 얘가 내 곁에 있어주어야 해요."

"담배를 그냥 피우시지 왜 들고만 계셔요?"

그녀가 물었다.

"피우려고 연습 무지 했죠. 실패했어요. 기침 때문에."

얘기가 곁길로 빠지고 있었지만 그것은 의도된 것이었다. 나는 그녀의 질문에 답할 자신이 없었던 것이다. 그러나 그렇다고 담배 얘기만 할 수는 없었다.

"그건 그렇고…,"

나는 그녀를 똑바로 마주 보았다.

"아까 나더러 해방감에 차 있다고 했지요. 아마 해방되는 바로 그런 순간에 나를 본 것일 거예요. 난 그런 위인이 못돼요. 조금만 혼자 놔두면 다시 그 고질적인 '두려움'에 움츠러들어요. 지금 나를 해방시키고 있는 건 소영 씨예요. 소영 씨가 내게 일감을 주었고 지금도 계속 주고 있어요. 우리가 이제부터 그걸 하면서 같이 살자구요."

소영의 얼굴이 호기심으로 조금씩 밝아지고 있었다. 나는 계속했다.

"모르고 있겠지만, 난 몇 번이나 죽음의 민얼굴을 보았어요. 볼 때마다 그놈은 나보다 절대적으로 강했어요. 난 잽도 안 되는 약자고요. 자살도 시도해봤지만 성공을 못 했어요. 병원비도 없는데 몸은 자꾸 아프고 안 되겠다 싶었어요. 자살은 남아 있는 식구들한테 못할 짓이고, 그냥 이렇게 누운 채로 한 달만 안 먹으면 저절로 죽겠구나 싶더라구요. 그냥 마냥 누워 있었지요. 그러다 어느 날 베갯머리에 놓인 오선지에 노래를 하나 쓰게 됐어요. 문익환의 시에 곡을 붙이다가 난 벌떡 일어나 앉았어요. 그의 유명한 시, '마지막 시', 맨 끝에 이런 구절이 있더라구요. '동주(윤동주)와 같이 별을 노래하면서/ 이 밤에도 죽음을 산다'라는…. 그 '죽음을 산다'라는 말에서 난 '남의 죽음이 아니라 나의 죽음을 죽어야 한다'는 릴케의 말을 떠올렸어요. 운명 같은 게, 혹은 그 외의 어떤 누가 명령한 죽음이 아니라 '나의 죽음'을 죽어야 한단 말…. 어때요? 나보고 '해방감'에 넘쳐 있더라고 했지요? 맞아요. 난 그날부터 내가 살아야 할, 내 죽음을 죽어야 할 당위를 찾은 거예요."

소영이 자리에서 일어나 나를 와락 안았다. 안고 그대로 꼼짝도 안 했다.

그해가 가고 정월이 하순으로 접어들 때였던 것 같다. 그녀의 두 번째 비상전화가 걸려왔다. 잠결에 갖다 댄 수화기에서는 방금 꿈 속에서 듣고 있었던 먼 농가의 멍멍이 소리가 아득히 들려올 뿐이었다. 나는 다시 이불을 뒤집어썼다. 그러나 아니었다. 나는 불현듯 소영을 떠올렸다. 맞아. 지금 자기 입원실로 와달라고 애원하는 그녀의 목소리가 아닌가! 그 소리엔 이미 죽음이 묻어 있었다. K 대학 병원 호스피스병동이란다.

303호실 문을 조심스럽게 열고 들어섰다. 침대가 셋인 것 같은데 둘러보아도 그녀는 없었다. 그저 눈인사로 스치다가 다시 문을 열고 나오려 할 때 바로 출입문 구석 침대에서 '선배…' 하고 힘없이 부르는 여인이 있었다. 머리를 완전히 삭발한 여인이 코에는 위장 속 찌꺼기를 빼내는 호스를 낀 채 내게 손짓을 하고 있었다. 나는 섬뜩해지는 가슴을 누르고 가까이 다가가 그녀의 알머리를 가슴에 안았다. 그녀는 울지 않았다.

"선배…."

지독한 진통제 기운에 눈을 제대로 뜨지도 못하는 그녀가 나를 불렀다. 나는 연달아 '괜찮아, 괜찮아…' 말하면서 쓰고 간 헝겊모자를 벗어 훤하게 벗겨져 가는 내 머리통을 보여주었다.

"나도 중 다 됐어…. 우리 같이 중 되자…."

그녀는 내 속마음을 받아들이는 듯 고개를 약간 끄떡였다. 그리고 이렇게 말했다.

"시간이 없어요. 우리 둘이 송별만찬을 나누자고…. 그래서 오셔 달라고 했어요…."

그게 무슨 말이냐고 묻기도 전에 그녀는 목이 몹시 탄다고 얼음 좀 갖다 달라고 했다.

복도로 나왔다. 환자들의 요를 여기저기 널어놓아서 온통 지린내로 차 있었다. 이 방 저 방에서 들리는 울음소리, 기도 소리, 찬송가 소리 속을 지나 간호사실로 들어서니 이미 알고 있다는 듯 간호사는 젤리로 만든 붉은색 얼음과자를 한 접시 건네주었다. 그리고 빈종이접시도 몇 개 건네주었다. 플라스틱스푼을 집어든 소영은 떨리는 손으로 접시마다 각각 한 개의 얼음과자를 담아놓고, 이 병실에 있는 모든 환자와 간병인들에게 나누어주라고 부탁하는 게 아닌가. 나는 어리둥절했지만 하라는 대로 했다. 이윽고 그녀는 나더러 '아아' 입을 벌리라고 했다. 자기 손으로 먹여주어야 한다고 하면서. 한 스푼을 내 입에 넣어주다가 손이 심하게 떨리면서 얼음과자가 땅바닥에 떨어졌다. '헉'! 하며 그녀는 배를 움켜쥐었다. 심한 통증이 오고 있었다. 그 경황 중에도 그녀는 더듬더듬 내게 이별의 말을 했다.

"이제 됐어…요. 가슴 벅차요…. 고마웠어요…, 선배…."

간호사가 나더러 나가달라고 했다.

나는 밖으로 뛰쳐나왔다. 자동차가 서로 먼저 가겠다고 빵빵거리고, 슈퍼마켓 앞에서 인간들이 눈 까뒤집고 싸우고, 그 앞에 매여 있는 사철탕용 똥개가 아무에게나 컹컹 짖어대는 시끌시끌한 세상 속으로 밀치고 들어간 나는 어디로 가는지도 모르는 낯선 길로 마구 헤집고 들어갔다.

다음 날 오후, 부음이 전해왔다.

나는 하늘을 올려다보았다. 저승도 이승처럼 과속방지턱이 있나, 하늘길 쿨렁 휘어지며 새 한 마리 푸드덕 솟아오르다가 다시 평행선을 이루며 날아가고 있었다.

그녀는 왜 내게 왔던 것일까? 쫓기는 표범이 최후를 마치는 곳, 그곳이 킬리만자로라고 했다. 그녀는 나를 찾아온 것이 아니었다. 그녀는 아마 내게로 쫓겨 온 킬리만자로의 표범이었을 게다.

뿔

온 낮, 온 밤을 티브이 앞에 앉아 있다.

자살, 자살, 자살… 줄지어 자살을 한다. 배우 안재환이 자살한 지 한 달도 안 되어 최진실이 목을 매어 죽었다. 티브이 채널33은 아예 영안실 앞에 카메라를 고정해놓고 이틀째 광고방송을 곁들이며 장사를 하고 있다. 웬 조문객이 이리도 많담…? 고인이 그러겠다.

"이렇게 인기가 하늘을 찌를 줄 알았더라면 진즉 죽을걸…."

악성 루머로, 악플로 시퍼렇게 덤벼들었던 세상이 갑자기 젖은 눈으로 다가와 '고인이시여, 하늘나라에 가서는 행복하소서' 한다. 구차하게 붙어 있던 목숨 하나 바치니 모두가 부처님이다. 대자대비하시다. 모든 걸 이해하고 모든 걸 용서한단다.

'나'가 없어졌다. '나'가 '시신'으로 바뀌었다. 불 속에 한번 들어갔다 나오니 '분골'이란다. 한 줌의 재가 된 '나'에게 '영혼'이라는 고상한 명칭이 붙여지자 모두가 침묵한다. 놀랍다. 이 모든 일이 금방 끝났다.

자살하면 저승 가서 저주받는다는 말은 대체 어디에다 근거를 두고 하는 얘길까? 병이 길고 꼴도 꾀죄죄해지니 그저 세상에서 흔적 없이 사라지고 싶은 충동을 느낄 때가 있다. 하지만 자살만은 안 된다는 불문율이 이따금 나를 불편하게 한다. 계절이 바뀌어도 간당간당 붙어 있는 오 헨리의 아이비처럼 마지막 잎 하나에 미련을 걸고 물기 없이 부옇게 지워져 가는 꼴이 보기 싫다. 자살로 삶을 마감한 헤밍웨이, 로맹 가리, 버지니아 울프, 전혜린 등이 뜨겁게 눈앞을 지나간다. 나 따위가 감히 그 대열에 이름을 올려놓으려 해? 하시는 분도 계시겠지만 상관할 바 아니다.

"일종의 우울증 현상이라고 보면 됩니다."
벌써 며칠째 잠을 못 자 벌겋게 충혈된 눈을 뒤집어 보며 의사가 말했다. 수면제를 섞은 알약 일주일분을 받아들고 천천히 집을 향해 걸었다. 어깨는 돌덩이를 올려놓은 듯 무겁고 온몸이 땅으로 꺼져 들어가는 것 같다.
동리 냉천초등학교 앞을 지나고 있었다. 교문 안에 놓인 벤치를 발견했다. 좀 앉았다 가도 되냐고 경비아저씨에게 물었다. 꿍! 하고 천 근이나 되는 인생을 등나무 밑 벤치에 내려놓았다. 연휴라 그런가, 오늘따라 유난히도 넓은 운동장이 사막처럼 휑하다.

뽈

병원 갈 때 싸들고 간 빵을 꺼내 입에 넣었다.

푸드덕! 비둘기 한 마리가 내 앞으로 날아와 가만 가만 눈치를 보며 다가선다. 빵 한 쪼가리를 떼어 던져준다. 이어 푸드덕 푸드덕 두 마리가 더 날아왔다. 금시 일곱 마리가 되었다. 모두들 허기진 듯 씹지도 않고 삼켜댄다. 어디선가 한 줌 바람이 몰려와 빵 부스러기와 비둘기 떼를 담장 옆 미루나무 주위로 몰아갔다. 바람 속에 커피 냄새가 묻어왔다.

"아저씨, 여기 커피 자판기 있나요?"

경비아저씨는 나더러 앉아 계시라고 하면서 금방 한 잔을 뽑아다 주었다. 종일 좁디좁은 경비실에 혼자 앉아 있는 사람을 만나니 갑자기 동병상련의 심정이 되는 걸 어찌하랴!

고맙습니다. 아저씨도 한 잔 뽑아 드시라고 동전을 건넨다.

이제 내겐 커피도 있고 비둘기도 있다. 이만하면 외로움도 조금은 가셨고 우울할 것도 없다고 중얼거리려다 그만둔다. 다시 그렇지 않은 쪽으로 기울 것이 두렵다.

몸을 일으킨다. 문득 고개를 돌려 내가 앉아 있던 벤치를 살핀다. 아무도 없다. 비둘기도 커피도 바람도 모두 비어 있다. 하얀 햇빛 깔린 학교 운동장엔 텅 빈 허전함만 남아 있다. 돌아다보지 말걸…. 내 쓸쓸함은 기어이 원점으로 기울었다.

집에 도착했다.

문제가 있을 때마다 늘 명쾌한 답을 주는 친구, S에게 전화로 물어보았다.

"뭐가 문제니, 도대체? 자살하면 왜 죽어서 저주를 받는다는 거야?"

내 물음은 다분히 시비조다. 대답은 간단했다.

"그거 다 헛소리야. 죽어도 돼. 죽으라고, 언니!"

컥! 웃음이 터졌다. 수화기를 얼른 내려놓았다. 전화를 금방 끊은 데는 뭔가 스스로의 바보스러움을 더는 보여주기 싫은 듯한 묘한 착잡함이 있었다. 마치 떠오르다 빨랫줄에 걸린 풍선처럼 목이 걸려 나는 오르지도 내려오지도 못하고 있었다. 행여 구조선이라도 보내주나 했던가? 야속하달 것까지는 없지만 지체 없이 사약을 내리는 친구의 말 한마디가 내 귀퉁배기를 치는 순간 뭔가 불쑥 올라오는 것이 있었다. 뿔이다.

그리고 조금 후.

그 뿔에서 물발 센 분수가 하늘로 솟아올랐다. 뜨거운 삶의 출렁임이 공중으로 치솟으며 무지개를 토하고 있었다.

음악을 눌렀다. 안토니오 바치니의 〈고블린의 춤〉은 나를 삶의 궤도 안으로 확실하게 유도했다.

볼륨을 왕창 높였다. 내 목소리도 높였다.

"죽으라고? 나더러?"

(2008년 10월 3일)

뿔   113

기억할 수 있어 맑은 날

구월도 어느새 중순으로 접어들고 있었다.

평생 집 없이 떠돌다 잠시 머문 동네, 신촌 봉원사로 가는 오르막 길엔 그때만 해도 주택보다는 배추밭, 고추밭이 오히려 그 땅의 주인처럼 넓게 들어앉아 있었다. 절 길을 따라 한참 더 오르다가 오던 길을 돌아다보면 집도 배추도 다 한 몸으로 보였다.

"이렇게 비도 부슬부슬 오고 으스스한 날엔 고향집 맨드라미꽃 진한 뜰에 술 한 잔 따라놓고, 황진이 같은 여인 생각으로 사무치는 것도 맛이 있으련만…."

윗집 시인이 시 같은 말을 읊조리며 지나가던 아침나절까지만 해도 아직 빗소리는 나직한 속삭임으로만 서성거리고 있었다.

"그래, 한바탕 사무쳐 보잖고 어딜 가우?"

내가 물었다.

"소나기 한탕 할 거라는데 배추밭 좀 둘러보고 와야지. 고추도 그렇고….."

시인은 말 잔등이 같이 좁은 산길을 종종걸음으로 내려갔다.

산 밑 버스종점에서 봉원사로 오르는 산마루 길이 안개비로 자욱이 지워지고 있는 정오의 평온 속에서 나는 주말의 오수를 즐기고 있었다. 그때였다. 쾅! 하는 벼락 소리와 함께 하늘이 찢어졌다. 거센 바람이 툇마루까지 몰려와 쪽창을 흔들어댔다. 죽은 척하고 마당에 엎드려 있던 모래알들이 한순간에 떼거리로 쓸려와 마루 밑 구석에 갇혀서 오들오들 떨고 있었다. 나는 잽싸게 몸을 일으켰다. 어디선가 오래 화를 삼키고 있던 악마의 눈빛이 도사리고 있는 것 같았다.

"장 보러 갈 거 없어. 그냥 대충 먹고 자자."

병으로 누워 있는 남편이 소리쳤다.

나는 텃밭으로 나갔다. 어느새 줄기가 늙어 뻣뻣해진 아욱잎을 한 주먹 뜯어다 쌀뜨물에 된장 풀어 대충 저녁상을 차렸다.

아기에게 젖을 물린 채 초저녁 아시잠에 빠졌던 나는 후두두둑 앞마당을 두드리는 빗소리에 번쩍 눈을 떴다. 쪽문을 열었다. 물이 무더기로 쏟아지고 있었다. 한 시간도 넘게 쉬지 않고 퍼부은 노박비가 넓은 앞마당을 물바다로 만들더니 장독대 옆으로 패인 틈바구니에서 콸콸 흙탕물이 솟아올랐다. 거칠게 터진 수문 같았다.

"여보, 일기예보, 일기예보 들어봐!"

남편이 티브이를 켰다. 중국 쪽에서 흘러온 아열대성 기단과 아한대성 기단이 충돌을 했단다. 태풍과 저기압이 습한 바다 공기를 몰고 와 그 온난전선과 한냉전선이 결투를 하는 중에 이런 폭우 현상이 일어난 것 같다는 뉴스였다.

"허, 날씨 한번 끝내주네!"

윗집 시인이 철퍽철퍽 빗길을 올라오면서 외쳤다.

"으째 벌써 와요? 배추 뽑아 돈 좀 만들어갖고 오는 줄 알았지…."

"아이고, 비 뿌리고 천둥 처쌓고…. 가게 문도 일찍들 닫던 걸요."

뇌우(雷雨)를 몰고 온 하늘은 온 산동리를 집어삼킬 듯이 뒤흔들다가 저녁 7시경이 되자 그 토악질을 잠시 멈췄다. 미친 듯 두들겨 패던 바람 역시 잠시 그 몽둥이를 땅에 내려놓은 듯 조용해졌다. 이윽고 하늘을 뒤덮은 먹구름 저편에서 지는 해가 잠시 흰 이를 드러내고 반짝 웃었다. 후유, 이젠 맘 놓고 자도 되겠다 싶었다.

얼마나 잤던가? 아기 울음소리에 눈을 떴다. 그것이 밤 2시경이었다는 것을 알게 된 것은 나중이었다. 우르릉 탕탕! 번개를 업고 마구 퍼붓는 빗소리에 도무지 정신을 차릴 수가 없었다. 더듬더듬 전등 스위치를 찾아 눌렀다. 정전이었다. 동리 사람들의 아우성에 방문을 열어젖혔다. 에구머니! 물이 대청마루 위까지 올라와 그 위로 부채 두 개가 둥둥 떠다니는 게 아닌가!

"일어나, 여보!"

퇴원한 지 며칠 안 돼 기운 없이 누워 있는 남편을 불렀다.

"우리 죽겠다. 빨리 나가요!"

우리 집보다 한 발쯤 지대가 높은 땅에 돌로 지반을 든든히 다져 지은 옆집 창문에서 누군가 소리를 지르고 있었다. 그 집 하숙생이 었다.

"애기부터… 애기부터 이리 주세요!"

아기를 그에게 넘겨주고는 뒤를 돌아다보았다. 산골짜기를 타고 쓸려 내려오는 물살이 어찌나 거센지 남편에게 다시 갈 일이 난감 했다. '세간 건질 생각 말고 그냥 거기 있어!' 하는 남편의 고함이 들 렸지만 나는 아랫배까지 올라온 물을 헤치고 겨우겨우 건넌방 툇마 루까지 갔다. "여보! 어딨어?" 어둠 속에서 남편을 불렀다. 이때였 다. 뒤에 있던 육중한 무엇이 내 등을 들이받아 버렸다. 나는 쓸려 가는 물속 깊은 데서 정신을 잃었다.

"호정아…, 호정아…."

아들 이름을 부르며 혼수상태에서 깨어날 때, 나는 토끼와 거북 이가 있는 용궁에 와 있다고 생각했다.

"남편도 무사하십니다."

이렇게 말하며 내 침대 옆으로 다가온 사람은 용왕이 아닌, 세브 란스병원 응급실 의사였다. 몸에 부상이 많아서 파상풍 주사를 놓 았으니 크게 걱정 안 해도 된다고 그는 말했다. 그제야 나는 내 몸뚱어리를 둘러보았다. 다리, 팔 여기저기에 상처투성이고 한쪽 허벅지엔 붕대가 감겨 있었다. 담당 간호사가 내 귀에다 입을 바싹 대고 조심스럽게 말했다. 산골짜기에 제대로 된 토관(土管)도 묻지 않고 지은 봉원동 무허가 주택이 몽땅 떠내려갔다고, 사망자를 포함한 부상자도 수십 명에 달한다고 하면서 조간 호외신문을 보여주었다.

남편을 응급실에 놔둔 채 나는 퇴원을 서둘렀다. 동리 산 밑에 이르자 택시기사는 산길이 너무 심하게 패여서 더는 못 올라간다고 했다. 흙탕물은 아직도 음산한 소리를 내며 콸콸 흘러내려 오고, 물살에 떠내려 오다가 으깨진 배추와 고춧대가 여기저기 흩어져 사람들 발길에 채고 있었다. 나는 제자 아이의 부축을 받으며 절룩절룩 걷기 시작했다. 대신교회 앞을 지나가다 걸음을 멈추었다. 아들 이유식 만들 때 썼던 하늘색 플라스틱그릇이 여기까지 떠내려와 낯선 수탉 한 마리가 우리 아기 밥그릇에 든 모이를 쪼아 먹고 있었다. 뭔가 눈치가 보였던지 닭은 식사를 하다 말고 갸우뚱 고개를 돌려 이 방해자를 올려다보았다. 나는 조금씩 산길을 오르기 시작했다. 문득 우리 집이 있는 골목에 시선을 돌렸다. 아뿔싸! 다리에 힘을 잃은 나는 그 자리에 주저앉고 말았다. 살던 방도, 마루도, 부엌도, 기둥도 흔적 하나 없이 사라지고 없었다. 시인의 월셋집도 사라졌다. 그날 밤 나를 들이받고 부서진 옷장 문짝이 무의미한 형태로 땅바닥에 드러누워 있었다. 산동리 사람들은 그렁그렁한 눈으로 나를

2부 생명의 노래

구경하고 있었고 그들의 시선 속에서 나는 이 처절한 상황을 일일이 의식하는 일마저도 피해 가고 있는 자신을 보았다.

옆집 아줌마가 난 지 8개월밖에 안 되는 호정이를 안고 헐레벌떡 달려왔다. 나는 젖을 물렸다. 젖이 나오질 않아 아기가 울음을 터뜨렸다.

"쯧쯧…. 놀라서 그려. 젖인들 왜 안 마르겠어."

이웃집에 젖동냥이라도 가야 한다고 아기를 다시 품에 안은 아줌마는 종종걸음으로 사라졌다.

누가 통지했는지 친지들과 학교 제자들이 모여들었다. 이화여대 교목은 학생처장이 보냈다는 솥과 냄비를 가지고 왔다. 대한적십자사에서 온 구호물자 박스가 배달되었다. 위문 온 사람들이 아직도 물이 홍건히 고여 있는 마당에 드문드문 박힌 바윗돌을 딛고 둘러서자 예배가 시작되었다. 목사님의 긴 기도가 끝나고 눈을 떠보니 모처럼 받아놓은 구호물자 박스와 솥, 냄비가 몽땅 사라져버렸다. 도둑을 맞은 것이다. 나는 앙천대소를 했다.

"우헤헤헤! 이건 완전 할리우드 영화네요!"

사람들은 내가 웃게 내버려두었다. 모두들 차라리 내게서 시선을 거두는 것 같았다. 나는 목사님을 쳐다보며 이렇게 말했다.

"몸이 물속에 처박히는 순간 제가 무슨 생각을 했는지 아셔요, 목사님? 기도를 했느냐고요? 살려달라고요? 근데, 아니었어요. 얼씨구? 왜 하필 물에 빠져 죽는담? 이거였어요. 단지 그거였어요. 사형대에 올라가다가 층계에서 헛발을 디뎌 미끄러진 사형수가 '아이쿠, 하마터면 죽을 뻔했네…' 했다더니, 호호…. 그게 그렇더군요. 하나 님은 오히려 한 발짝 멀리 계시더라고요."

잠시 사위가 조용했다.

우스개처럼 지껄여대고 있는 이 여인의 얼굴에 별안간 무섭게 차가운 슬픔이 칼날처럼 번득였다. 그리고 마침내 터졌다. 가슴이 없어져 버린 울음이.

당시 조교 월급은 밥 빌어다 죽도 못 쑤어먹을 정도로 적었다. 무심한 하늘은, 남편 병원비가 걱정되어 퇴원도 앞당겨 시킨 이 박봉 조교의 게딱지만 한 전셋집을 빼앗아간 것이다.

'비'란 놈이 메가폰을 잡은 이 할리우드 영화는 아직 끝난 것이 아니었다. 내친김에 아주 멋진 '반전'까지 시도할 줄을 누가 알았으랴.

물벼락 맞고 며칠 안 된 어느 날 엄청 놀랄 만한 선물을 전해 받은 것이다. 음악을 전공했다는 사람이 악기 살 돈이 없어 저녁이면 학교에 남아 피아노를 쳤던 내게 새 피아노 한 대가 들어온 것이 아닌가.

"물속에서 용왕님이 보내셨나 봐요!"

제자 아이가 손뼉을 치며 좋아했다. 수재의연금 120만 원으로 열세 평 전셋집도 근처에 얻었다. 이화대학교 학생회가 '수재민 돕기 캠페인'으로 모아 갖다준 쌀이 어찌나 많은지 먹다 먹다 나중엔 갖가지 색깔로 변한 쌀벌레 토벌하느라 잠을 못 잘 지경이 되었다.

2부 생명의 노래

배추로 돈 좀 마련해보겠다던 시인 부부의 장례식이 있었던 다음 날, 나는 그가 손질하다 놓고 간 배추밭 길에 혼자 올랐다. 짚으로 허리띠를 두르고 김장철을 기다렸던 배추들은 온데간데없고 텅 빈 들판을 허전한 바람만이 지키고 있었다. 그 많던 나비들은 모두 비 되어 날아갔는가, 한 마리도 볼 수가 없었다.

죽은 시인이 내게 속삭였다.

"버틸 힘이 없었겠지…. 배추, 애들도 그만큼 서 있었으면 됐 지…."

이제는 누렁 잎으로만 쓰러져 있는 그것들 곁에 앉아 나는 끝도 없이 눈물을 쏟았다. 이따금 찾아드는 고추잠자리를 눈으로 좇다가 문득 마주친 파란 하늘이 왜 그리도 슬퍼 보였던지….

매년 이날이 오면 비가 안 와도 비가 온다. 그날은 내 몸이 아프 고 배추가 아프고 맨드라미도 병색이다. 내가 용궁으로 간 날, 시인 이 살해당한 날, 나는 알았다. 폭력은 도처에 있다는 것을. 그것들 은 시시각각 아름다운 형상으로 나타나 우리를 무릎 꿇게 한다는 것을.

(2013년 8월 말)

기억할 수 있어 맑은 날

남편의 마지막 여인

1988년을 불러 세워야 이야기를 시작할 수 있을 것 같다.

그때 그는 겨우 쉰다섯이었다. '죽음'은 말 그대로 '죽음'이었다. '있음'이 '없음'으로 돌아서는 사건, 참으로 내겐 굉장한 무엇이었다.

며칠간 뜨지도 않던 해가 지는 모습으로 창가에 서 있었다. 나는 불현듯 집을 뛰쳐나왔다. 강 쪽으로 가는 버스를 탔다. 남편의 상여 가 지나갔던 라인강 변엔 아직도 빛바랜 핏빛 색조들이 삭이지 못 한 채로 너울거리고 있었다. 주체할 것도 없었다. 그냥 주저앉아 펑 펑 울었다.

열흘 전, 행렬 속 친지들이 불렀던 구슬픈 상두꾼의 노래가 물결 따라 멀리멀리 흐르고 있었다.

2부 생명의 노래

어허 어하 못 가겠네

어허 어하 못 가겠네

팔월 땡볕 목 타거들랑

나무 그늘 쉬었다 가소

어허 어하 못 가겠네

어허 어하 못 가겠네

"어떻게 그런 생각을 했어? 독일 땅에서 만장을 들고 상두꾼 노랠
부르다니?"

그날 장례에 참여했던 선배가 물었다.

"글쎄요, 그이 친구들하고 후배들이 준비했으니까요…."

"고인이 그렇게 유언을 했을 리도 없고…. 당신넨 교회 나가잖
아?"

"뭐 어때서요? 장례식은 찬송가 부르면서 기독교식으로 했고
요…."

"그러니까 말이야."

"그인 예수를 좋아했지만 무슨 교 무슨 교 안 따졌어요. 제 나라
돌아가고 싶어도 거절당하고 타향에서 목숨을 거둬야 했던 자기를
위해 장례식만이라도 우리네 식으로 해주고 싶어 했던 친지들에게
오히려 고마워하며 떠났을걸요."

현관에 들어서자 큰아이가 뛰어나왔다.

"혼자서 어딜 갔었어? 수지 엄니 오셨어."

"엉?"

수지 엄마가 나를 안았다.

"기어이 가셨구나."

"어떻게 알고?"

"응, 학회 때문에 프랑크푸르트 대학에 들렀다가 전화해봤더니…."

그녀는 내 등을 따뜻이 쓸어주었다.

"학회 끝났어?"

"낼 끝나."

커피를 끓이러 부엌 쪽으로 가던 나는 문득 수지 엄마를 돌아다보았다.

"가만! 당신! 자동차로 왔지?"

"응. 왜?"

"나 좀 싣고 가. 나 취리히에 급히 만날 사람이 있어."

"같이 가면 나도 좋지. 만날 사람이 누군데?"

"가면서 천천히 얘기해줄게."

다음 날 정오, 학회를 끝내고 돌아온 친구가 현관에 들어섰다.

"서둘러, 진희야. 해 지기 전에 국경 넘어야지. 가다가 점심 간단히 먹자."

나는 모처럼 신이 났다. '오늘부턴 휴가다, 휴가!' 나는 두 아이를 힘껏 안았다.

"와아, 울 엄마, 오늘은 화장도 했네! 예쁘다!"

작은놈이 내 뺨에 뽀뽀를 했다.

"엄마, 이번 휴가, 진짜로 신나게 보내기다. 알았지?"

"그래그래, 너희들도 이젠 나가서 탁구도 치고 그래. 그동안 넘 퍽킹 힘들었어, 그치?"

"취리히에 누가 있는데?"

수지 엄마가 차에 시동을 걸며 물었다.

"가봐야 알아."

"가봐야 알아?"

"얘기가 길어."

나는 안전벨트를 맸다. 차가 고속도로로 올라서자 속도를 냈다. 그녀가 다시 물었다.

"무슨 얘긴데 그리 뜸을 들여?"

"암튼 아우토반 위에서 껌 씹어가며 할 얘긴 아냐."

"좋아, 그럼 우리, 음…, 그래! 다름슈타트로 빠질까? 점심 간단히 먹고 가는 거야, 어때?"

우리는 고속도로를 빠져나와 다름슈타트 시청 쪽으로 방향을 잡았다. 차를 세운 곳은 유학 초기 우리가 이웃으로 살 때 부부 동반으로 잘 가곤 했던 조그마한 카페, '안 데어 가세(An der Gasse)'였다.

커피를 한 모금 느긋이 삼키고 있던 나는, 궁금해서 견딜 수 없어하는 수지 엄마의 시선과 다시 마주쳤다.

"언제부터야, 그 남잘 안 게?"

"남자? 누가 남자랬어? 여자다, 여자! '율리아'라는 스위스 여자!"

얘기는 2년 전으로 돌아갔다. 항암주사를 맞은 남편이 모처럼 곤히 잠든 초저녁 시간이었다. 잠 좀 제발 오래 자게 돼야지…. 복도로 살금살금 나가, 코드를 뽑아놓으려는 순간 전화기가 부르르 떨었다.

"율리아 핏서라고 합니다. 취리히에 사는….."

율리아? 모르는 사람이었다.

"지니? 지니라고 불러도 되겠지요?"

"네…, 그런데… 저를 어떻게?"

"며칠 전, 한국 사람들이 모이는 장소에 갔다가 당신의 목소리를 듣게 되었어요. 합창과 어우러져 부르는 당신의 솔로 음성이 저를 멈춰 서게 했지요. 여기저기 수소문해 전화번호를 얻어냈답니다."

좀 어리둥절한 채로 서 있는 내게 그녀가 말했다.

"노래 테이프가 있으면 제가 구입하고 싶어서요."

"네? 네…, 보내드리는 건 어렵지 않지만, …이런 일이 처음이라서….."

"누구도 지니처럼 노래할 수 없다고 말하면 이해가 될는지요….

천상의 소리입니다"

"천상의 소리…? 그거 날라리 점쟁이 아냐? 섬뜩하지 않던?"
수지 엄마가 물었다.

"아니. 전혀! 오히려 기품 같은 게 느껴졌어. 곧바로 노래 테이프를 보내주었지. 며칠 후에 짧은 메모하고 현금 500마르크를 봉투 속에 넣어 보내왔어. 웬 돈을 이렇게 많이 보냈냐고 전화하니까 '신'의 말씀대로 했대."

"신?"

"응. 남편은 아프지, 돈은 없지, 죽을 맛일 때였지. 거리도 그리 멀지 않으니 독일로 여행 올 일이 생기면 한번 들를 수 있겠냐고 물었지. 아픈 남편 놔두고 내가 스위스로 갈 수는 없잖아. 그랬더니 '우린 이렇게 만나고 있지 않느냐'는 거야. 이번에야말로 조금 섬뜩하더라."

"그래서?"

"그러고는 한 두어 주일쯤 후에 봉함엽서를 받았어. 첫 단락에 대충 이렇게 씌어 있었어."

'이 편지 한 장을 쓰는 데 3일이 걸렸답니다. 나도 음악을 전공한 사람이지요. 열일곱 살에 팔과 다리를 다친 후, 첼로를 그만두어야 했어요. 글씨 쓰는 것조차 어려워 일기도 하루에 겨우 두서너 줄밖에 못 쓴답니다. 그러나 신은 내가 이런 몸을 가지고도 할 수 있는 일을 주셨지요. **기도**

하는 일이죠. 큰 은사지요…. 지니의 남편이 많이 아프다는 것, 그리고 지니가 무척 힘들어한다는 걸 알고부터 두 분을 위해서도 기도하고 있습니다. 내게 그런 일을 맡겨주신 신께 깊이 감사하면서요.'

수지 엄마가 '잠깐, 잠깐!' 하면서 내 말을 끊었다.

"그거 그 여자가 어떻게 알았어? 늬이 남편이 중병에 걸려 있다는 거? 네가 말해준 거야?"

나는 고개를 저었다.

"그럼 어떻게 알았어?"

수지 엄마의 말소리가 높아졌다.

"제길, 어떻게 알았느냐가 뭐이 그리 중요해? 어디서 들었겠지. 이상한 건 오히려 내 쪽이었어. 처음부터 이 여자에게선 진실이 느껴졌어. 생각해보니까 난 이 여자와 연결되면서부터 단 한 번도 '그 여자가 말한 게 정말일까?' 해본 적이 없었어. 그냥 믿어졌어. 진실을 말하고 있다는 것, 나를 알고 있다는 것, 나를 위해, 그리고 어려운 사람들을 위해 정성을 다해 기도하고 묵상한다는 것…, 그런 게 다 믿어지더라니까."

수지 엄마는 더는 아무 말도 하지 않았다.

다시 차에 올랐지만 그때부터는 둘 다 쉽게 입을 열지 않았다. 어디쯤 가서 결국 입을 튼 것은 나였다.

"눈치챘겠지만, 난 지금 율리아에 대해서 함부로 입을 열지 못하고 있어. 천기를 누설하는 것 같기도 하고…. 모르겠어…. 사실은 네가 뭘 물어봐도 난 아는 게 없어. 모르는 것들이 나를 옥죄니까 더는 견딜 수가 없어 길을 떠난 거야."

"알았어, 알았어. 신경 쓰지 마."

수지 엄마는 손을 저었다. 하지만 나는 그녀의 팔을 꽉 잡았다.

"한 가지만, 한 가지만 더 얘기할게. 내가 최근 겪고 있는 일을 당신이 겪었다고 생각하고 들어봐."

"됐다니까, 글쎄!"

"애 아빠 장례식에 애 아빠가, 죽은 그이가 왔었대."

"그게 무슨 소리야?"

"율리아가 전화했어. 그 여자에겐 부고도 안 보냈는데, 그날 장례식 치르고 집에 들어오니까 전화가 온 거야. 율리아한테서 말이야."

"그래서?"

"남편이 자신의 장례식을 보고 이 여자한테 연락했대. 너무도 감동적이었다고 하더래. 학생들이 부르는 상두꾼의 노래가 그렇게 좋았다고. 율리아가 장례식을 봤을 리 없잖아? 상두꾼의 노랠 불렀는지 찬송가를 불렀는지 그 여자가 어떻게 알아? 더 들어봐. 우리 그이가 그랬대. 지금 진희가 너무 슬퍼하고 있으니, 자긴 잘 있다고 전해 달랬다는 거야."

"누가?"

"누구는 누구? 남편이지! 남. 편. 이. 그. 여. 자. 한테!"

"에혀, 나 원 헷갈려서…."

수지 엄마는 차선을 바꾸며 말했다.

"오늘은 우리 집에서 자라. 총론부터 다시 들어야지 각론만 듣다 보니 정신 사나워 살겠냐!"

나는 눈을 감았다. 그리고 서둘러 멀리 잠으로 빠졌다. 얼마를 잤을까, 바깥 인기척에 눈을 떠보니 어느새 우리를 태운 자동차는 짙은 안개가 턱밑까지 들어와 있는 독일 국경을 넘고 있었다.

*　　*　　*

나는 결국 아라우(Aarau), 수지네 집에서 하룻밤을 묵기로 했다.

암 선고를 받은 남편과 함께 루체른(Luzern)에 사는 의사 친구를 만나러 왔었던 것도 벌써 한 해 전의 일이었다. 돌아오는 길, 하룻밤 쉬고 갔던 수지네 집 게스트룸엔 우리 부부가 썼던 트윈 침대가 그대로 있었다. 나는 그 위에 내 피곤한 몸을 던져버렸다.

"30분만 잘게. 저녁밥 다 되면 불러."

사랑해서 함께 살기로 했지만, 아이 둘을 데리고 가난을 짊어진 채 새살림을 꾸려나가다 보니 사랑해야 한다는 이글거림도, 잘 살아야 한다는 부르짖음도 점차 그 빛을 잃어가고 있었다. 꿈에도 그리던 스위스에 왔건만 죽을 병 앞에 인간의 행복은 가차 없이 무시당하고 있었다. 많은 고성과 10세기부터 유명한 왕가의 주요 거주지였음을 자랑하는 아라우 주 관광을 수지 엄마는 극구 권했지만 우리 부부는 사양했었다.

구시가지가 내려다보이는 산 중턱에 둘이는 그냥 그렇게 오래도
록 손을 잡고 앉아 있었다. 바람도 고즈넉이 숨을 죽이고 젖소들도
풀 뜯기를 쉬고 있는 오후의 들녘은 온통 초록빛이었다.

그날 저녁, 우리는 그 고요를 그대로 안은 채 잠자리에 들었다.
잠 속에서 나는 아침 브뢰첸(아침용 따뜻한 빵)과 우유를 배달하는 우
차의 방울 소리를 들었다. 눈을 떠보니 남편은 옆에 없고 빨간 장미
한 송이가 내 머리맡에 놓여 있었다. 나는 남편이 남긴 쪽지를 발견
했다. '사랑해, 진희야!'

"고만 일어나! 뭐 좀 먹고 자야지!"

수지 엄마가 나를 흔들어 깨웠다.

"아주 죽어 자더라."

어느새 수지 엄마는 그녀의 십팔번 요리, 감자탕을 만들어 저녁
상을 푸짐하게 차려놓고 있었다.

"어서 먹어. 수지 아빠도 출장 중이니까 우리끼리 실컷 떠들자."

식사가 끝나자 그녀가 전화기를 내 앞에 밀어주며 율리아에게 전
화를 걸라고 했다.

"왜, 벌써?"

"벌써라니? 너 그 집 방문한다는 날이 오늘 아니었어?"

"그딴 거 말 안 했어. 자기는 언제든지 집에 있으니까 언제든지
오랬어."

"좋아. 그럼 낼 오전 중에 간다고, 지금 전화해."

"알았어. 좀 이따 할게."

식사를 한 후, 우리는 페퍼민트향이 짙게 풍기는 머그잔을 하나씩 들고 거실 소파로 자리를 옮겼다. 어느 사이 낮의 빛을 거두어치운 어둠이 창밖을 점령하고 있었다. 물기 축축한 바람이 가슴으로 파고들었다.

"비가 오려나?"

수지 엄마가 혼잣말을 했다.

"한줄금 오겠는데…."

그녀는 내게 등을 돌린 채로 계속 중얼거리다가 설핏 나를 돌아다보았다.

"운명하실 땐 어땠어? 암 중에서도 제일 힘든 게 그거라던데…."

나는 눈을 감고 묵묵히 앉아 있었다. 그러다가 갑자기 그녀를 불러 세웠다.

"술 없니?"

"있지. 뭐로 할까? 예거마이스터, 어때?"

"소화제 말구…, 보드카나 슈납스 종류 없어?"

"아알겠음다, 마님!"

드디어 뱃속이 뜨거워지고 있었다. 나는 갑자기 웃음이 터졌다. 깔깔깔 웃고 또 웃었다. 웃는 일 말고는 할 일이 없었다.

"애, 애, 진희야! 너 왜 그래?"

"어제까지만 해도 절망이 견딜 만했던가 봐. 계속 눈물만 쏟았는데… 나 오늘 왜 이러니?

　왜 이렇게 웃음이 나오지? 무슨 시련이 또 몰려오고 있는 거야?"

　그녀가 등 뒤에서 나를 가만히 안았다.

　"미안해, 미안해. 괜한 걸 내가 물어봤다."

　"누구지, 그 친구? 그 시인 이름 뭐지?"

　"무슨 시인?"

　"'어떻게 벼룩한테 물을까? 그의 선수권이 몇 개나 되는지?' 그런 시 쓴 녀석…, 노벨문학상 탔잖아. 『질문의 책』이라는 거. 흥, 이래 봬도 나도 질문이 많단 말야."

　"질문이 뭔데?"

　"우리 그 남잔 왜 왔다가 왜 그리 서둘러 떠난 거야? 엉? 어쩌면 너무 서둘러서 이 세상에 온 건가? 물어볼 새도 없이 우린 갑자기 정말 너무 먼 데로 온 거 아냐?"

　수지 엄마는 흐늘거리는 나를 안고 토닥여주었다.

　멀리서 성당 종소리가 밤 두 시를 알리고 있었다.

　예상했던 비는 오지 않고 있었다. 둘이 조용히 침대에 붙박여 있는 동안 하늘은 용케도 울지 않고 조용함을 유지하고 있었다. 우리 둘의 이야기는 끝이 없었다.

　"그인, 아까 그 시인, 파블로 네루다 같은 데가 많았어. 어린아이처럼 느닷없이 뚱딴지같은 질문을 하는 거야. 그럴 때마다 나도 갑자기 어린아이가 되는 거 있지?"

"소문났잖아. 저 집 부부는 현실은 안 살고 꿈속에서만 산다고."

"그러니까 당신 지금 내 꿈 깨지 마. 그냥 들어. 운명하기 전 어땠냐는 당신 질문에 대한 대답도 되니까. 독한 주사 맞고 코 골고 자다가 눈을 떴어. '여보, 천사가 여드름이 나면 어떻게 되는 거지? 좋은 징존가, 나쁜 징존가?' 몸이 성할 때 같으면 나도 잽싸게 대사 한 컷 날렸겠지. 그런데 우리 부부에겐 이젠 그런 시간도 허락되지 않고 있었어. 느닷없이 통증이 온 거야. 독한 진통주사를 맞고 깊은 잠 속에 빠졌다가 깨어나면서 그러더라. '흠, 보이지 않는 걸 보게 하려면 고통이 수반돼야 하는군…'."

수지 엄마는 말없이 내 이야기를 들어주고 있었다.

"그 호기심 많고 반짝이던 '아이'의 눈은 간데없고 갑자기 웬 낯선 '철학자'가 거기 폼을 잡고 앉아 있는 거야. 그 순간처럼 그이가 '혼자'라는 걸 느껴본 적이 일찍이 있었던가 싶더라."

"……."

"우리 속의 '아이'…, 그 '아이'까지 목을 눌러 죽이는 게 '인간의 죽음'이구나 하는 생각에 갑자기 더 허망해지더라."

"…눈에 선하다, 느이 남편, 그 엉뚱한 발상들…."

"말 마. 진통주사 맞으면서도 틈틈이 문병 온 사람들을 웃기고 있는데… 정말 어처구니가 없어서…. 같은 방에 입원한 환자들이 문병 온 가족들을 만나느라 휴게실로 나간 사이였어. 문병 온 보홈대학교 학생 두 명을 앉혀놓고 그이가 하는 소리 좀 들어봐. '내가 잠을 청하고 있는데 옆 침대 새로 들어온 환자분이 방귀란 놈을 꿔더라고. 가만히 듣다 보니 독일제가 아냐. 한국산이야. 사랑방, 머슴방귀, 응? 소리가 크진 않은데 그래도 상당한 권위 같은 게, 자존심 같은 게 섞여 있는…, 허지만 약간 미안해하는, 기름기 없는 방귀, 알겠어?'

이렇게 시작한 그이의 희극무대는 결국 중간에 '산통 깨졌다'로 끝났어. 의사가 들어왔기 때문야. 의사가 나가니까 이번엔 학생 하나가 나서면서 '선생님은 힘드시니까 좀 쉬세요. 얘기는 우리가 할게요' 하는데 그이가 어찌나 기침을 심하게 하는지 내가 이제 얘기들 고만하자고 말렸어. 그랬더니 그이가 손을 저으면서 뭐랬는지 알아? '놔둬. 이제 내게 남아 있는 친구가 누가 있다고 그래? 말하게 놔둬' 그러더라."

"원래 젊은이들을 좋아하셨잖아."

수지 엄마가 말했다.

"'젊은이', '늙은이' 얘기가 아니잖아. 조금 있으면 자기 곁에 아무도 없는 세상, 그 어둠 속을 보고 있는 거야. 결국 지나고 보니까, 그게 그이가 사람의 말을 들을 수 있고, 사람에게 얘기를 할 수 있었던 마지막 시간이었어. 한 학생이 말했어. '글쎄, L 목사님이 뤼셀스하임에서 설교하실 때 정부 비판을 했다고 교인들이 저게 설교냐, 정치연설이지! 하고 핏대를 올렸대.' 또 한 학생이 말을 이었어. '그러게 너무 한쪽 편에만 치우쳐서 얘기하는 거 같은 인상을 주면 안 된다니까!' 하고. 듣고 있던 그이가 칵칵 힘들게 가래를 뱉어내면서 이러더라. '진리를 말하는 사람은 뭐가 어쨌든 불을 토하듯 얘기하고 나서 엉덩이 확 까고 엎드리는 거야. 칠 놈은 쳐! 얻어맞는 거지. 나중에 일으켜 주는 이가 꼭 있어. 한울님이지'."

나는 얘기하다 말고 수지 엄마를 돌아다보았다.

"수지 엄마! 당신 자?"

"듣고 있어."

그녀는 손등으로 눈물을 찍어내고 있었다. 나는 계속했다.

"이건 그이가 코마 상태로 들어가기 직전 얘기야. 학생들이 가고 나서 우리 큰놈이 편지 한 장을 들고 들어왔어. 파리에서 택시운전을 하고 있던 망명객, 홍세화 씨가 보낸 편지를 우편함에서 꺼내왔어."

'구름 사이에 뜬 달을 보고 앉아 택시 손님을 기다리는 동안 두 분께 편지를 씁니다.'

"이렇게 시작된 그의 편지를 읽어주다가 남편과 난 그냥 부둥켜안고 통곡을 한 거야. 결국 그 울음소리가 남편의 마지막 육성으로 남게 되었지만…."

*　　*　　*

다 왔다는 신호로 수지 엄마가 눈썹을 치켜올렸다. 6, 7층쯤으로 보이는 아담한 아파트 현관문으로 양동이와 막대기걸레를 든 한 여인이 안으로 들어가려다가 우리를 발견하고는 누구를 찾느냐고 물었다.

"아아, 율리아 핏서요? 2층이에요. 엘리베이터 타지 말고 걸어 올라가도 됩니다."

수지 엄마가, 긴장하고 있는 나를 부축해 층계를 오르며 말했다.

"아니다 싶으면 오래 있지 말고 일어나. 시간 걸려도 신경 쓰지 말고…. 나 이 근처에서 볼일 보고 있을 거니까."

수지 엄마가 돌아서 가고 나서도 나는 한참을 문 앞에 서 있었다. 안에서 변기 물 내리는 소리가 났다. 막 초인종을 누르려는 순간, 드르르륵! 슬라이딩 도어가 열리면서 앞치마를 두른 한 여인이 빈 쟁반을 들고 나왔다.

"아, 오셨군요. 기다리고 계십니다. 저는 요 길 건너 베이커리에서…"

베이커리 아줌마 뒤로 휠체어를 굴리며 문 앞으로 다가오고 있는 한 여인이 보였다.

"율…리아…?"

이름을 불러보려 했지만 목소리가 안 나왔다. 뜻밖의 '휠체어'…, 그리고 강렬한 빛을 발하는 그녀의 눈동자가 내 가슴을 거세게 뒤흔들었다. 나는 허리를 굽혀 그녀를 조심스럽게 안았다. 나보다 나이가 10년은 아래인 것 같은데 자기가 언니처럼 내 등을 쓸어주고 있었다.

그녀는 문득 휠체어 방향을 반대편으로 틀더니 문이 열려 있는 옆방으로 가면서 잠깐만 거실에서 기다려달라고 했다. 책이 빼곡히 찬 것이 문틈으로 보였다.

엉거주춤 소파에 앉은 나는 방 안을 둘러보았다. 예상했던 '십자가'는 안 보였다. 서재로 들어가는 문 옆에, 성경 속의 유명한 이야기, '혈루병을 앓는 여인이 예수의 옷을 만지려고 무리 속에서 손을 뻗치고 있는 모습'이 커다란 그림액자로 걸려 있고, 비틀스 연주회 포스터가 야트막한 냉장고 위쪽 벽에 붙어 있었다. 그녀의 '첼로'는 아직 눈에 띄지 않았다.

"미안해요, 지니. 방금 프리드리히에게서 연락이 와서…, 아, 내 약혼자였었죠,"

'…였었죠?' 무슨 얘긴지 금방은 알아들을 수 없었지만 나는 그냥 고개만 끄떡였다. 그녀는 방금 베이커리집 아줌마가 배달해준 과자를 내 앞으로 밀어놓으면서 '커피를 드시겠습니까?'하고 물었다. 나는 냉수를 마시고 싶다고 했다. 그녀가 방 안의 냉장고 앞을 향해 휠체어를 돌릴 때 나는 얼른 일어나 냉장고 문을 열어주었다. 그 안에는 생수 몇 병이 들어 있을 뿐 다른 것은 없었다. 왜 그 생수병 몇 개가 마음에 그렇게 걸렸는지…. 여하튼 나는 우선 물부터 벌컥벌컥 마셨다.

"오늘 마침 친구 차편이 있어서…."

겨우 이렇게 말문을 열어보았다. 그녀는 고개를 끄떡이면서 내 얼굴에서 시선을 떼지 않았다. 손님을 맞는 주인이 '반갑다'는 말 한마디 없이 그렇게 빤히 바라만 보고 앉아 있다니…. 기대했던 건 아니지만, 그 흔해빠진 말, '고인의 명복을 빕니다.' 따위의 인사말도 없었다. 어쨌거나 그녀의 불가사의한 침묵은 내 호기심을 불러일으키기에 충분했다. 나는 정색을 하고 그녀를 마주 보았다.

"저도 한번 뵙고 싶었지만…, 남편이 당신을 꼭 만나보라고 해서…."

"아, 이냐시오가요?"

"세례명을 부르시네요."

"우린 늘 그렇게 불렀지요…."

"'우리'라고 하셨나요?"

"아, 죄송해요. 이냐시오가 내게 부탁했어요. 자기가 저세상으로 건너갈 때까지 자기와 내가 서로 연락하고 있다는 말을 아직 지니에겐 하지 말아 달라고요."

"모르고 있던 얘기네요."

"네…."

"그걸 어떻게 이해하면 될까요?"

"그가 말기 암 판정을 받고 난 후 몇 번 점쟁이가 집에 다녀갔다고 했어요. 그럴 때마다 지니, 당신이 소리소리 지르면서 누가 점쟁이를 집에 불러들였느냐고 화를 냈다고요. 그러니 나중에 자기가 직접 얘기할 때까지 기다려달라고 하더군요."

"네…."

그리고 보니 내가 율리아 얘기를 몇 번 꺼냈는데도 남편은 그냥 듣고만 있었던 생각이 났다. 적어도 숨을 거두기 직전까지는. 나는 조금 망설이다가 이렇게 물었다.

"실례가 되면 용서하십시오. 혹시 점도 보시나요?"

율리아가 양 손바닥을 펴 보이며 어깨를 으쓱 올렸다. 그녀는 고개를 약간 도리도리하며 이내 화제를 돌렸다.

"지니의 노래도 그가 보내주었어요."

"그건 내가 보내드렸는데요."

"지니는 노래 두 곡을 테이프로 보내주었지만, 그는 LP판으로 보내주었어요. 발도르프재단에서 녹음한 앨범…."

나는 물 한 모금을 삼켰다. 무서운 통증이 밀려오고 있을 때 내 귀에다 대고 간신히 한마디 했던 남편의 음성이 들려왔다. '율리아는 점쟁이가 아니야, 그 여자의 영안(靈眼)…, 영안이…. 꼭 한번 만나봐.'

그녀는 한참을 말없이 앉아 있었다. 그리고 마침내 한결 더 차분해진 목소리로 이렇게 말했다.

"지니의 노래를 듣고 있노라면 신 안에서의 기쁨, 완전하고 무한한 기쁨이 실제로 느껴진다고 했어요. 이냐시오가…."

"그이가요? … 신 안에서의 기쁨…. 무슨 뜻인지 잘 모르겠어요. 그런 말을 할 수 있었을 때는 자기의 삶이 이어질 것이라는 희망 같은 거라도 있을 때가 아니었나요?"

"아니요, 그가 자신의 죽음을 마주 보고 제대로 그 죽음을 사용하고 있을 때도 그런 말을 했어요."

나는 문득 내가 부른 노래 테이프를 귀에 꽂고 누워 있던 남편을 떠올렸다. 그녀가 말했다.

"이해 안 되시지요…. 이건 경험해야 아는 것이니까요…."

"무슨 말씀인지…?"

"지니, 신을 경험한 사람은 모든 걸 신께 물으면서 살아요. 이냐시오가 그 무서운 아픔을 견뎌내면서 신을 만나고 있을 때, '신 안에서의 기쁨'을 써 보낸 편지가 있어요."

그녀는 서재 쪽으로 휠체어를 굴려 내 남편에게서 받은 편지 몇 통을 가지고 나왔다. 그리고 그중에서 한 개를 집어, 내게 넘겨주었다. 병중에 쓴 편지라 글씨가 고르지 않았다.

사랑하는 율리아,
나는 지금 지니가 좋아하는 베토벤의 〈신의 영광〉을 귀에 꽂고 이 편지를 씁니다.
난 내 병으로 인해, 뼛속에 암세포가 퍼져간다는 이 병으로 인해, 이제는 내 생명이 완전히 신의 손에 들어가 있다는 것을 압니다. 하지만 때때로 나의 이 신에 대한 절대 신뢰에, '만약 하나님께서 내 병을 고쳐주신다면, 나는 하나님이 나에게 이 지상에서 맡긴 사명을 이행할 뿐 아니라 그의 명령에 절대 순종할 것이다'라는 부칙이 들어가 있는 것을 깨닫게 됩니다. 지극히 순수하게만 보이는 신에 대한 헌신적 이기주의가 신에 대한 절대 신뢰, 거기에 대한 전율스러운 외경을 손상시킬 가능성이 있습니다.
이제 나는 죽음을 향해 한 발 더 가까이 가고 있습니다.

결론만 얘기한다면, 나의 기도가 지금은 바뀌었다는 겁니다. 얼마 전까지만 해도 저는 그랬지요. 하나님, 당신이 시키는 일을 하게 해달라고요. 이제는 다릅니다. 하나님, 이 지상에서 제게 아무것도 시키지 않으셔도 됩니다. 당신과의 합일, 우주의 근원인 당신과 하나면 됩니다. 당신에 대한 절대적 신뢰를 말씀드리는 겁니다.

나는 손바닥에 얼굴을 묻었다. 하마터면 주체 못 하고 엉엉 울어버릴 뻔했다. 아주 잠깐 동안이었지만 율리아를 '여자'로서 질투했던 자신이 부끄러웠다. 그녀가 내 무릎을 가만히 만져주었다.

"당신 남편이 그랬어요. 성령은 말로 부르면 잘 안 온다고요. 노래를 통해서 온다고요."

"그이가요?"

"지니는 아무 노래를 불러도 그 속에 종교가 있다고 하더군요. 맞는 말이라고 했어요. 저기 저 포스터 보셨나요?"

그녀는 비틀스를 가리키며 말했다.

"존 레넌의 노래도 그래요…."

이 여인이 지금 무슨 얘길 하는 건가? 나는 벽에 붙은 존 레넌을 올려다보다가 다시 그녀 쪽으로 고개를 돌렸다.

"록이나 팝도 좋아하시나 봐요?"

그녀의 얼굴에 처음으로 햇빛 같은 웃음이 차올랐다.

"그러고 보니 이냐시오가 지니에겐 그 얘길 못 했겠군요. 그래요. 하긴 그것도 이 율리아와 둘이서만 나눈 얘기였겠네요."

2부 생명의 노래

나는 그녀의 다음 말을 기다리고 있었다.

"지니에 대한 그의 사랑이 어떤 것인지 그때 또 한 번 확인할 수 있었지요."

율리아의 표정이 한층 더 밝아졌다.

"두어 달 전인가, 아침나절인데 전화가 왔어요. 목소리가 그날은 다른 때와는 달랐어요. 무슨 좋은 소식이라도 있나 했으니까요. '대체 이 여자를 어떻게 혼자 두고 떠날 수 있을지…' 하면서 껄껄 웃더라고요. 저는 일단 마음을 놓았죠. '통증 때문에 걸어온 전화가 아니다!'라는 확신도 있었지만, 그날 이냐시오의 모습은 달랐어요. 마치 짝사랑에 빠졌던 청년이 소녀의 얼굴에서 첨으로 긍정의 미소를 목격한 날, 날아갈 듯 자전거를 타고 바람 속을 달리다가 제풀에 동그라져 활짝 웃는 모습이었다고나 할까…. 지니가 록카페에 가서 밤새도록 춤을 추고 새벽에 돌아와서는 지금 잔다는 거예요. 건드리지 말아달라고 부탁까지 하면서요."

"오 마이 갓…." 나는 앉은 자리에서 벌떡 일어났다가 다시 하르르 주저앉았다.

"당신에게 고자질했군요. 아픈 사람 집에 놔두고 여편네가 하드록카페에 가서 머리통 흔들고 왔다고…."

"나 그거 알아요. 헤드뱅, 그거, 나도 십 대 나이 때 해봤어요. 아무나 못해요. 그게 머리통 흔들려고 하는 게 아니잖아요. 더구나 당신의 경우엔 달라요. 암을 앓는 남편 옆에서 간병에 지쳐버린 여인이 그걸 했어요. 다들 욕하겠지… 하면서도 지니는 스스로 먼저 자신을 두들겨 팬 거예요. 세상의 거추장스러운 것들을 몽땅 부숴버린 거죠. '지니는 신선이다!'라고 내가 소리쳤어요. '신선'! '만들어내는 사람'이란 뜻이지요."

나는 그녀를 와락 안을 뻔했다.

왜 그 순간 나는 느닷없이 그런 생각을 했을까? '그럼 당신은 교회에 나가지 않느냐?' 물어보고 싶었다. 그녀가 이미 대답을 했다. 일요일이면 가끔 이곳 공원 안에 있는 큰 회당에 나가 찬양을 한다고, 그 예배는 기독교, 불교를 포함한 여덟 개의 종교단체들이 모여서 나누는 축제라고 했다. '축제'라는 말이 맘에 들었다.

시간은 빠르게 가고 있었다. 무엇보다도 내가 찾는 물건이 보이지 않아 궁금했다. 첼로가 안 보인다고 말해보았다. 그녀는 자기의 긴 스커트를 위로 천천히 추켜올렸다. 아, 그녀의 다리는 양쪽이 다 의족이었다. 두 다리가 잘려나갈 때의 얘기를 들려주고 있는 율리아의 목소리는 오히려 담담하고 차분했다. 열일곱 살 때, 의부에게 강간당한 후, 그녀는 뒷산 낭떠러지로 몸을 던졌다. 자살 미수에 그친 그녀에게 사회보장제도가 잘 돼 있는 스위스 정부에서는 의족을 마련해주었고 장애인을 위해 건축된 이 아파트를 제공해주고 매달 최소한의 생활비도 지급한다고 했다. 그러고 보니 내게 보낸 500마르크도 그 돈에서 나눠 준 것이 아닌가. 나는 잠시 할 말을 잃고 앉아 있었다.

"율리아…"

나는 무슨 말이라도 꺼내 무거운 침묵을 밀어내고 싶었다.

"당신의 냉장고를 열어봤을 때…."

"아, 그거요. 호호. 오늘부터 닷새 동안 단식을 하려고요. 냉장고를 비워놓은 거죠. 가끔 그렇게 해요. 아까 지니가 우리 집에 들어설 때, 내가 서재부터 들렀잖아요? 내 약혼자 프리드리히에게서 연락이 왔거든요. 3년 전에 세상을 떠났어요. 약혼해놓고 결혼 전에요. 자주 텔레파시로 소식을 들어요. 내일부터 그를 위해 단식기도를 해야 돼요."

텔레파시가 어떤 건지 알 수 없었지만, 남편이 자신의 장례식에 참석했었다는 얘기도 그 '텔레파시'를 통해 들었겠구나 하는 생각이 불쑥 들었다.

"지니 남편은 이제 잠시 평온을 찾은 것 같아요. 장례식 치르고 나서는 자주 텔레파시가 왔어요. 당신이 깊은 슬픔에 빠져 있을 때마다 내게 연락이 왔어요. 자기 잘 있다고 전해달라고. 요즘 며칠 동안 조용해요. 훨훨 날아갈 수 있게 도와주세요. 그는 죽은 게 아니에요."

"네?"

"죽음 저쪽에서 할 일이 주어질 거예요. 그 일을 위해 우린 기도해야 돼요."

"죽음 저쪽…이라니요?"

율리아는 고개를 깊게 끄덕이면서 내 앞에 '신지학'이라 쓴 책 한 권과 성경책을 밀어놓았다.

"읽어보시기 바랍니다. 귀한 책입니다. 지금, 지니가 겪고 있는 고통은 신이 함께 계신다는 더 할 수 없는 생생한 증거라는 것을 알게 해줄 겁니다."

현관 앞에 수지 엄마가 기다리고 있었다. 아무것도 묻지 않고 한참 내 얼굴만 쳐다보고 있던 그녀가 갑자기 내 등을 탁 쳤다.

"야, 너 얼굴 완전 갔어!"

차는 속력 내어 세상 속으로 달리고 있었지만 나는 아직도 인간의 노정에 던져지지 않고 있었다.

                    *   *   *

며칠간의 피로로 초절임이 된 나는 프랑크푸르트행 열차에 오르자마자 객실 의자를 길게 잡아당겨 거기 누워버렸다. 몸이 오슬오슬 떨리기 시작했다. 아스피린을 두어 알 삼켰다. 프랑크푸르트역, 역무원이 택시까지 잡아주어 집에 무사히 돌아올 수는 있었지만 동이 트면서부터는 고열에 시달려 결국 병원 응급병실로 실려 가야만 했다.

퇴원하자마자 나는 율리아의 전화를 받았다.

"이냐시오가 몇 번이나 연락을 했어요. 지니가 많이 아프다고요."

이런 경우, 어떤 대답을 주어야 할지에 대해 기차 안에서 그렇게 수도 없이 머리를 굴렸건만 나는 역시 대답을 하지 않는 쪽을 택하고 있었다. 똑같은 전화가 다음 날도, 그 다음다음 날도 왔다.

"율리아, 제발, 제발 이런 수고, 이젠 고만하시길 바라요. 내가 지금 무얼 할 수 있다고 생각하십니까? 죽은 사람은 죽은 거 아닌가요? 그동안 고마웠어요."

언성이 조금 격해지는 것을 스스로도 느꼈을 때, 나는 말을 멈췄다. 잠시 후, 나는 아주 먼 곳에서 가냘픈 새 울음소리를 들은 것 같았다. 미안한 마음에 그녀를 다시 불러보았지만 그녀는 거기 없었다.

수화기를 내려놓았다. '따르르릉!' 이번엔 수지 엄마 차례였다.

"왜 그렇게 전활 안 받아? 어디 나갔다 왔어?"

"고마웠어. 정말 이번에 수고 많이 했어."

"며칠 내 방에서 쉬었다 가라니까 무슨 고집이야?"

"그이가 죽긴 죽었더라. '집'이라는 거…, 거긴, 기다리는 가슴이 있어야 되는 거 아냐?"

"너 우는구나?"

"우는 거, 그것도 이젠 고만 할래. 다 구차해. 저 위에 편히 있을 거야."

"뭐 안 좋은 일 있었구나, 율리아네서?"

"없어."

"근데, 왜 그 집에서 나오자마자 우리 집 제치고 '기차역'에 데려다 달래?"

"그냥… 머리가 터질 것 같아서…. 수지 엄마, 나 쉬고 싶어. 또 연락할게."

말 그대로 머리가 터질 것 같았다. 나는 발코니로 나갔다. 오래 돌봐주지 못했던 제라늄꽃 화분 앞에 쪼그리고 앉았다. 시들시들한 누렁 잎을 마디마다 달고 있는 꽃대 맨 끝에는 아직도 초롱초롱한 꽃들의 눈길이 있었다. 남아 있는 몇 가닥의 생명줄을 미풍에 맡긴 그들의 몸짓은, 아직도 뿌리 없이 떠돌고 있는, 신에 대한 나의 믿음을 저만치서 조용히 지켜보고 있는 것 같았다.

*　　*　　*

시간이 많이 흘렀다. 얼마나 흘렀을까?

창밖의 계절이 바뀌고 있었다. '가을인가?' 했더니 어느새 눈발이 날리고 있었다. 남편이 묻힌 오펜바흐 병원묘지 작은 나무 팻말 옆에 다람쥐 한 마리가 앞발을 비비고 있었다. 무심코 고놈을 지켜보고 있노라니 그 산을 오르내리며 도토리를 줍던 남편의 뒷모습이 어른거렸다.

"묵 먹고 싶지 않아요?"

남편이 저 위에서 픽 웃으며 대답했다.

"이 좋은 계절, 고작 묵이나 떠올리다니! 어디선가 매화가 빨갛게 달아오르는데…."

부활절은 그해에도 한결같은 모습으로 찾아왔다. 동리 교회당 안팎이 잔치 분위기로 들썩거렸다. 수지 엄마를 비행장에서 마중한 나는 교회 청소년회관에서 나누어주는 케이크 몇 조각과 커피를 들고 숲길로 들어섰다. 길가 벤치 위로 하루의 마지막 햇살이 지나가고 있었다.

"집보다 여기가 낫지? 앉았다 가자."

수지 엄마는 앉지 않고 그냥 서 있었다.

"앉으라니까. 저녁은 좀 이따 요 앞 동리 중국집에서 먹지, 어때?"

그녀가 내 쪽으로 돌아섰다.

"너 왜 나한테 말 안 했니, 율리아가 하반신 못 쓰는 장애인이라는 거?"

"응? 그거, 말해줬어야 했나?"

"좋아. 그 여자 얘기만 꺼내면 넌 입을 닫아버렸으니까."

"근데, 당신 지금 왜 그래? 나한테 화내는 거 같다?"

"그래, 율리아 그 여자 지금 어딨니?"

"그걸 왜 나한테 물어?"

"모른단 말이지? 그 여자가 어디 있는지 아는 사람이 하나도 없다 이거네."

"무슨 소리야? 당신 근데 어디서 무슨 소릴 듣고 온 거야?"

그녀는 벤치에 풀썩 주저앉으며 고개를 절레절레 흔들었다.

"한 두어 주일 전일 거야. 그 집 근처를 드라이브하다가 그때 그 베이커리에 들러봤어. 빵을 사면서 슬쩍 물어봤지. 율리아 잘 있느냐고."

"그랬더니?"

"자기도 얼마 전에서야 그 집 드나드는 청소부 아줌마한테 들었대. 예수님이 못 박히기 전 사순 시기 동안 그 고난에 동참해야 한다면서, 성금요일 지날 때까지는 청소도 하러 오지 말고 시장도 봐올 필요가 없다고 하더래. 그러고 나서 일주일쯤 지났을 땐가, 경비원이 율리아네 집을 노크해보니 아무 대답이 없더란다. 문을 따고 들어가 보았대. 가구들은 고대로 고 자리에 다 있는데 휠체어만 없어졌더래. 지금까지도 행방을 몰라 경찰이 총동원돼서 찾는 중이래."

밤 시간, 우리는 테이블에 촛불을 켜놓고 마주 앉았다. 나는 와인 몇 잔을 거푸 마셨다. 눈가가 천천히 더워지고 있었다.

"자살한 거 아닐까? 죽은 게 아니면 왜 아직도 찾질 못…?"

수지 엄마가 말하다 말고 설핏 나를 꼬나보았다.

"근데, 넌 걱정도 안 하는 것 같다?"

나는 와인잔에 남은 술을 마저 비웠다.

"율리아, 그 여자, 자살 같은 거 안 해."

"뭐야, 너 뭘 알고 있는 거야?"

나는 율리아가 내게 들려주었던 그녀의 의붓아버지 얘기를 수지 엄마에게 털어놓았다.

"그 여자에게 직접 들은 얘기야. 율리아는 의붓아버지에게 강간

당했던 날 그를 살해하려 했어. 만취 상태로 잠들어 있는 그의 머리통을 묵직한 프라이팬으로다가 내려치려는 순간 그자가 눈을 번쩍 뜬 거야."

"그래서?"

"벌거벗은 채로 현관문을 차고 도망가더래."

"세상에…. "

"율리아는 자살을 해버리기로 결심했어. 다음 날 동이 트기도 전에 뒷산 높은 바위에 올라가 그냥 낭떠러지로 뛰어내렸어."

"그때 부러진 거구나, 두 다리가?"

"부러지기만 한 게 아니라 나중엔 썩어 들어가더래. 결국 양쪽 다리를 잘라내는 수술을 하고 의족을 달게 된 거지."

"맙소사."

"아버지라는 사람부터 죽여버리고 자기도 죽겠다 생각했는데…, 그랬는데…"

"그땐 하느님 안 믿을 때였나, 율리아가?"

"믿는 건 고사하고, 하나님 만나기만 하면 가만 안 둔다고 했대. 그 좋아하던 첼로도 교회 사람에게 주어버리고는 심한 우울증에 시달리고 있는데, 글쎄 그 와중에, 하나밖에 없는 동생이 차 사고로 죽었다는 소식이 온 거야."

"아이고, 하나님…."

"무서운 일이지. 신과 인간이 손을 잡지 못한 미켈란젤로의 그림을 봐. 〈아담의 창조〉…, 그 그림이 뭘 말해주는 거겠어. 사랑과 화해의 속죄양 없이는 신과 인간의 손은 영원히 잡히지 않는다는 걸 상징적으로 보여준 게 아니겠어. 우리 그이는 '회개'라고 쓴 종이를 벽에 붙여놓고 몇 달 동안을 그렇게 처절하게 회개기도를 하더라."

"회개는 무슨? 그런 착한 양반이…."

"사랑한 죄. 남편이 있는 여인을 사랑한 죄…. 어느 날 외출했다가 들어와 보니까 침대에 엎드려 기도를 하는데, '지금의 이 무서운 고통'을 '속죄양'으로 받아줄 수 없겠느냐고 하더라…. 남편이 율리아한테 그랬대. 자긴 이 모든 죄 짐을 벗어놓고 떠나고 싶다고."

"……."

"다 내려놓으라고 했대, 율리아가. 가진 것 다. 물질만 얘기한 거였겠어? 사랑, 연민, 가족…, 어디 그뿐야? 지식, 율법, 체험…, 모두 다 내려놓으라고 했대."

"말이 그렇지. 그걸 어떻게 보통사람들이 할 수 있어. '선택된 사람'이 아니고서야…."

"'선택받은 인간'에 대해 첨으로 관심을 갖게 된 건 내 경우엔 율리아를 만나고부터야.

물론 토마스 만의 『마의 산』을 읽을 때도 크게 충격을 받긴 했지만 그건 소설이니까…. 근데 율리아의 삶을 보니까 『마의 산』, 그게 소설이 아니더라. 다른 건 몰라도 난 이젠 이건 알 것 같아. '은총'이란 말이 왜 있는지 말야. 하느님은 '은총'을 베푸는 거지, 행복, 돈, 뭐 그딴 걸 베푸는 게 아냐. 불행을 은총으로 받아들이게 될 때까지 율리아는 기도하고, 정기적으로 금식하면서 성경을 계속 읽었던 거야. 그러던 어느 날, '아버지'를, 그 '의붓아버지'를 용서해달라는 기도가 나오더래."

"아⋯."

"그 여잔 당신이 말한 '날라리 점쟁이'나 그 흔해빠진 '엉터리 예수쟁이'가 아니야. 그 여자의 영안은 우리가 ― 내가 말하는 '우리'라는 건 우리 같은 엉터리 크리스천 말야 ― 지식으로 알 수 있는 한계를 훨씬 넘어서 보고 있었어."

"그럼 왜 첨부터 그냥 믿음이 돈독한 '크리스천'으로 보이질 않았어? 만나본 적도 없는 사람이 보인다느니⋯ 황당한 소리 많이 했잖아."

"크리스천이 뭔데? 나사렛 예수는 황당한 소리 안 했어? 지금은 어찌 생겨먹었든 예수 편이라도 많지. 그땐, 그때 예수가 십자가에 달릴 땐 어땠냐구. 혼자였잖아. 인간은 '혼자'로 남지 않으면 하느님이 내려주는 은총의 소리를 들을 수가 없다는 걸 이번에 율리아를 통해서, 그리고 남편을 통해서 알게 되었어. 율리아가 그러더라. 결국 '하나님은 없다'까지 내려가 보지 않은 신앙은 깊게 뿌리 내리기가 어렵다고. 율리아⋯, 그 여잔 지금도 분명 어디에 있어. 혼자서⋯."

"혼자서⋯, 하지만 혼자가 아니다⋯?"

"⋯⋯."

우리는 자리에서 일어났다. 식당으로 가는 길, 한참 생각에 잠긴 듯 말이 없던 친구가 불쑥 한마디 했다.

"흠, 소설이다, 소설…."

"소설이면 실패작이지, 호호…. 소설은 역시 사랑하는 데까진데 종교 냄새를 피웠으니…."

둘은 마주 보며 웃었다.

(2015년 4월 17일)

2부 생명의 노래

3부

예수님은 가끔
버스도 타나
보다

립스틱과 홍삼

사랑에 빠지는 행위는

자기 자신의 허점을 넘어서고 싶어 하는

인간 희망의 승리이다.

_알랭 드 보통

또 한 살 먹은 날이다. 금년따라 부쩍 나이 든 기분이다. 서너 개 연달아 배달된 홍삼 선물을 쳐다보다가 자꾸만 슬퍼진다. 늘 그렇듯이 끌러보지도 않고 그 '홍가'들을 방구석으로 밀어놓는다.

"내 이럴 줄 알았어. 줄창 겪는 일인데 새삼 의기소침할 필요 없지…."

상자 속의 '홍가'들이 중얼거린다. 며칠 후면 으레 자기들을 필요로 하는 다른 친구들 손에 넘어갈 것도 그들은 알리라. 안에 든 종이쪽지를 읽어본다. 예상대로 포근하고 사려 깊이 챙겨주는 그들의 기원이 들어 있다. 오래오래 사서서 오래오래 자기들 곁에 살아 있으라는. 걸핏하면 인생 끝나는 것 같이 아프고 병원으로 실려 가는 나에게 건강식품 이상 더 귀한 선물이 어디 있으랴. 값으로 쳐도 장난이 아니다.

그런데도 나는 왜 이리 시큰둥한 건가?

홍삼을 꾸준히 먹어야 건강을 유지할 수 있다고 주장하는 친구를 따라 한의사를 찾은 적이 있다.

"아줌니한텐 홍삼이 맞지 않아요!"

의사가 말했다. 말인즉슨 분명 홍삼이 체질적으로 안 맞는다는 얘기였을 텐데 나는 그 순간 얼마나 반색을 했던가!

"그쵸? 안 맞죠?"

반겨 그의 말을 재확인했던 나는, 내심 '그렇죠? 난 아직 그렇게 늙지 않았죠?' 하는 방어적 공격을 하지 않았던가.

홍삼 선물상자 공기포장지 속에서 손가락만 한 것이 때그르르 방바닥으로 굴러 떨어졌다. 앗, 립스틱! 쪽지에 적힌 말이 예쁘다. "친구야, 한 살 젊어졌으니 금년엔 키스하고 싶은 사람 만나 신나게 살아야 한다. 병원 앞엔 얼씬도 말고!"

팅기듯 자리에서 일어난 나는 커다란 벽거울 앞에 섰다. 짙은 레드와인색 립스틱! 지체 없이 입술에 칠한다. 가만! 저 거울 속 저이가 누구야? 와아, 늙은 호박얼굴이 갓 딴 오이처럼 싱싱하다. 아무 말도 하지 마. 그냥 느껴지는 대로 느끼는 거야. 음악 눌러! 때마침 오디오에 놓인 에바 캐시디의 경쾌한 리듬을 타고 방 안을 한 바퀴 돈다. 지금쯤은 까마득히 멀리 가고 있을 빛바랜 내 젊음에게 급히 사랑의 전령을 보내 내 인생이 다시 가동하고 있다는 걸 알려주어야 한다.

제시카 폴링스턴은 그녀의 책 『립스틱』에서 여자들은 립스틱을 사러 가면서 섹스할 때와 같은 짜릿함을 느낀다고 말한다. 맞는 말…인가? 책장을 넘겨본다.

남자가 먹는 립스틱의 양이 평생에 한 개 절반이다. 연애할 때 절반 먹고, 나이 들어가면 나머지를 먹는다. 물론 여자가 화장을 짙게 하면 더 먹을 수도 있겠고, 바람둥이의 경우는 더 많이 먹을 변수가 생길 것이다.

고급 화장품일수록 인체에 무해하다 하니 애인한테 고급 립스틱을 사주는 센스를 잊지 말라는 말도 이 저자는 빠뜨리지 않는다.
그래! 그래야! 내친김에 구질구질 쓰다 남은 찌꺼기 립스틱을 몽땅 쓰레기통에 처넣는다. 너무 오래되어서 건조해진 연지 찌꺼기를 구석구석까지 닥닥 긁어 바르는 궁상, 걷어치우는 거다. 오늘의 화려한 이 에스티로더 립스틱을 기회로 내 인생의 색깔을 바꾸는 거다. 나는 이 결심을 무슨 독립선언이라도 하듯 거울 속의 자신을 향해 외친다. **바꾸자! 바꾸는 거다!**

오늘, 그 립스틱을 보내준 친구가 찾아왔다. 핸드백에서 여러 가지 화장품을 꺼내놓더니 간단한 강의가 시작됐다. 기초화장은 어떻게 해야 되고 그담엔 무얼 바르고 그담엔 무엇으로 지우고, 그담엔 어떻게 문지르고…. 찍어 바르는 화장품 병을 방바닥에 일렬종대로 세워놓고 돌아갔다.

"꼭 이 순서대로 해야 된다?"

"암, 꼭 그 순서대로!"

이 가게 저 가게에서 받은 화장품 샘플을 대충 이것저것 집어다 바르는 내가 보기 싫어서였을까, 아니면 함께 상실해가며 쓸쓸해하는 여인의 것들을 바라보다가 코끝이 찡해진 걸까? 생각에 잠긴 채 뒷걸음질로 춤 스텝을 밟다가 고만 나는 그 순번대로 줄을 선 여섯 개의 화장품 병들을 와르르 쓰러뜨리고 말았다. 또다시 순서가 엉망진창이 돼버렸다. 어쩌랴. 어차피 순서 없이 바르고 순서 없이 살아온 인생인데 지금 와서 무슨 '순서' 따위를 따지랴!

'나는 키스한다. 고로 나는 생각하지 않는다'로 그지없이 그윽하기만 했던 그 시절 나는 꿈만 먹고도 살지 않았던가. '나는 키스할 일이 없다. 고로 나는 생각하고 또 생각한다'로 바뀌어버린 지금, 어쩌면 나는 애써 움켜쥐고 있던 한 줌의 긍정을 영원히 떠내 버려야

3부 예수님은 가끔 버스도 타나 보다

될지도 모른다는 두려움 때문에 홍삼 대신 립스틱을 바람막이로 집어 들었는지 모른다. 나이를 먹어도 늙지 않으려 불로초를 찾는다는 광고를 낸 진시황처럼 나도 광고를 내걸까? '아직도 홍삼 제쳐놓고 립스틱을 집는 내게 최고의 변호를 해줄 유능한 변호사를 찾습니다!'라고 써서?

화장에 거의 목숨을 걸었던 프랑스 왕 루이 15세의 정부 마담 퐁파두르는 이렇게 말하며 숨을 거뒀다.
"루주 단지를 가져다 다오!"
나도 한마디 한다.
"이 글 쓴 사람 몇 살이냐고 묻고 싶거든 그 전에 립스틱 한 개를 더 사서 택배로 보내다오. 그것만이 그 고약한 '젊음'이란 놈에게서 추방된 내 불뚝거리는 심기를 생기로 돌변시켜줄 마력의 도구라는 것을 눈치챘다면."

(≪불교문예≫ 2009년 여름)

강의실의 옥수수

한참을 뒤적여 찾아낸 그때의 사진 한 장, 그것으로 인해 제 가슴엔 지금 평온한 파도가 일고 있습니다. 그 전시회의 대표 제목은 '봄'이었다고 기억됩니다. 어떤 그림 아래쪽에 이런 푯말이 붙어 있었지요. '산에 꽃이 무지하게 피었다.' 그 푯말 위에 걸린 캔버스엔 온갖 색채의 들꽃들이 가득 피어 있었습니다. 저는 그림보다는 그 제목에 눈이 꽂히어 한참 동안 멈춰 서 있었습니다. 제목을 적은 그 작가의 원천, 진실, 자연…, 그런 것들이 저를 놓아주지 않았던 것 같습니다.

무소륵스키의 열 곡의 피아노연작 〈전람회의 그림〉 속에는 '프롬나드'라고 하는 간주곡이 여러 개 들어 있지요. '산책'이라는 뜻을 지닌 이 악구에서 작가는 그의 예찬의 대상인 건축가이자 화가인 친구 하르트만의 작품과 작품 사이를 거니는 작곡자 자신의 모습을 음악으로 표현하고 있습니다.

저는 지금 글 쓰는 반에서 만난 문우들 사이를 산책하면서 그들 속에 있는 당신을 스케치하고 있습니다.

당신은 언제나 그냥 저어쪽에 계시더군요. 글도 아주 한참 기다려야 한 꼭지 들고 오시고요. 당신은 말이 없지요. 당신의 말은 온통 당신의 눈 속 깊은 곳에 있어요. 때로는 촉촉이 젖어 있기도 하지만 침울함과는 다른 것이지요. 시시때때로 햇살 눈부신 한낮의 유리창처럼 활짝 열리기도 하니까요. 사랑하는 남편을 잃은 뒤, 당신이 깊은 상심에서 벗어나지 못하고 있었을 때 생각이 납니다. 저는 일상적인 말로 위로 아닌 위로를 했었지요. "이제 세월이 좀 더 가면 선생님은 그 모든 아픔을 글로 풀어내실 겁니다." 당신은 미소만 짓고 아무 말이 없었습니다. 저 역시 당신보다 먼저 남편을 땅에 묻고 글 쓰는 반에 등록했던 터라 금방이라도 당신의 가슴속 말을 옮겨 적을 수 있을 것 같은 착각에 빠지기도 했었습니다.

'대체 어떤 글을 쓰려고 저렇게 뜸을 들일까?' 궁금해지기도 했습니다.

그러던 어느 날 당신은 글을 써 가지고 왔습니다. '아이구, 맘 같아선 여기 이분을 좀 더 잘 그렸어야 했는데, 재주가 있어야지요…' 하면서 몹시 쑥스러워하시더군요. 시골에서 콩나물을 길러, 내다

팔기도 하고 이따금 가난한 이웃에게 나누어주기도 한다는 어떤 할아버지에 대한 애기였어요. 현란하게 재주 부린 글솜씨보다는 따스한 당신의 마음 방을 들여다볼 수 있었던 글…. 교수님은 '글이 참 맑다'고 하셨습니다. 며칠 후, 문우들 몇을 그 할아버지 농장으로 초대한 당신은 콩나물을 꾹꾹 눌러 한 보따리씩 사서 우리들에게 안겨주었습니다. 받는 사람보다, 주면서 그리도 기뻐했던 당신의 모습이 아직도 잊히지 않습니다.

어제 아침, 산책길이었습니다. 거센 빗줄기로 땅이 군데군데 패인 기찻길을 지나 풍동마을 밭도랑 좁은 길로 들어섰어요. 밤새 바람이 불어도 너무 분다 싶더니 아니나 다를까, 키 큰 옥수수들이 불그스레 수술 달린 아기를 밴 채 여기저기 쓰러져 있더군요. 저는 한참이나 자리를 뜨지 못하고 그것들 속에 붙들려 있었습니다. 저렇게 누워 있는 옥수수는 처음 본다고 생각했어요. 조금 시무룩해지더군요. 바로 그때 '당신의 옥수수'가 제 목덜미를 스쳐가면서 간지럼을 치는 거예요.

지난 금요일이었지요. 교실에 들어섰어요. 아직 이른 시간이라 학생들은 간식부터 먹고 있었지요. 그런데, 어? 그날 간식은 다른 날과 달랐어요. 그들은 도넛이나 과자가 아닌, 찐 옥수수를 뜯고 있었어요. 커피에다 찐 옥수수라? 참으로 희한한 조합이네… 하면서도 저는 총무가 쥐여주는 따끈따끈한 옥수수를 얼른 받아들었어요. 먹기 전에 방 안을 둘러보았지요. 그 광경은 저의 옛 기억 속에 있는 '옥수수 먹는 장면'과는 다른 그림이었어요. 모두가 책상에 앉아 일제히 정면 칠판 방향을 쳐다보며 뜯고 있는 옥수수…, 그게 어쩐지 조금 재미있어 보이기도 하고 낯설어 보이기도 했어요. 온 식구들과 동리 사람들이 앞마당 멍석 위에 둥글게 둘러앉아 베수건을 두른 바구니에서 '앗 뜨거, 앗 뜨거' 하면서 꺼내 불었던 옥수수 하모니카…, 배가 불러오면 그대로 하늘 보고 드러누워 '별 하나 나 하나' 노래를 불렀던 시절이 스쳐가더군요. 어쨌든 저는 마냥 신기하고 황홀해서, 이걸 쪄서 들고 온 분이 누구냐고 물었어요.

여든을 바라보는 당신은 문우들 먹이려고 새벽시장에 나가 찰옥수수를 한 박스 사, 겉껍질 벗기고 쪄서는 그 먼 길을 이고 오셨더군요. 감동이었습니다. 우리들은 그날 이후 일주일 내내 당신 얘기로 홈페이지 댓글을 달구고 있습니다. 당신의 사랑에 우리들까지도 간 맞게 쪄져서 전혀 주춤거리지 않고 당신이 만들어놓은 마술의 마당에서 춤을 추고 있습니다.

용서하십시오. 저는 아무런 노림수 없이 당신에게 이 글을 쓰고 있습니다.

당신은 어쩐지 아기 예수의 탄생을 축하하려고 먼 길을 떠난 네명 동방박사 중 아르타반이라는 사람을 닮았습니다. 병으로 죽어가는 사람들이 그를 붙들고 애원했지요. '제발 나를 좀 살려주십시오. 우리에겐 병원 갈 돈도 없습니다.' 그는 그들을 뿌리칠 수가 없었습니다. 아기 예수에게 드리려던 보석을 그들에게 다 나누어주다 보니 제시간에 아기 예수께 도착할 수가 없었습니다. 결국 역사에 남은 동방박사는 그를 제외한 세 사람뿐이고 사람의 가슴에 남은 동방박사는 아르타반, 한 분입니다.

써놓고 보니, 어쩌면 당신은 이렇게 종이쪽지에 써서는 안 되는 꽃이었습니다. 산꽃처럼 그냥 '무지하게 핀' 당신이 저를 흔들어놓은 아침입니다.

2016년 7월,

송경순 님께 드리는 편지입니다.

나는 당신을 알지 못했습니다

내가 아주 아기였을 때도 분명 당신은 거기 있었습니다. 내가 태어난 곳이 안면도 해변이었으니까요. 하지만 어머니는, 그리고 아버지도 당신을 '바다'라고 부른 일이 있었던가 싶어요. 그냥 '물'이라고 하시고 "물가에 가지 마라" 하셨어요. 일정 때였으니 학교에서는 당신을 '우미(海)'라고 부르지 않으면 회초리로 얻어터지기도 했지요.

초등학교 입학할 무렵 물가에 자리한 인천으로 이사 와서도 나는 당신을 그다지 눈여겨보지 않았던 것 같습니다. 배고픈 시절이라 주린 배를 채우기 위해 무엇이라도 입에 풀칠할 수 있는 것을 찾아 도토리가 있는 산이나 나물을 캘 수 있는 논두렁으로 돌아다녔으니까요. 이따금 조상님 제사상에서나 볼 수 있었던 생선도 그의 고향이 '물'이라는 것만 알았을 뿐, '바다'라는 생각은 하지 못했던 것 같습니다.

날이 어두워지면 오빠와 나는 당신과 몸을 붙이고 있는 갯벌이라는 데로 나갔지요. 내가 생철로 된 큰 물통을 번쩍 들고 덩 덩 덩 막대기로 치고 있노라면 '훈도시(일본말로 남자의 음부를 가리는 폭 좁고 긴 천)'만 입은 작은오빠는 한 손으로 횃불을 들고 한 손으로는 갯벌 구멍에서 우르르 기어 나오는 조그마한 방게와 왕발이게를 정신없이 주워담았지요. 잡은 게를 물통 가득 들고, 배고픈 걸 조금이라도 잊으려고 목청 터져라 노래를 부르며 귀가하는 오빠와 내 앞에서 당신이 아무리 필사적으로 포말을 뿜어댄들 들리기나 했겠습니까. 말하자면 나와 당신은 말 한마디 걸어보지 않고 지낸 이웃이었다는 얘기입니다. 바다 물속이 제집이건만 배가 다가와서 궁둥이를 밀어도 자기가 있는 곳이 어디인지조차 몰라 결국 어부들에게 붙잡히길 잘한다는 바다 해바라기(Ocean Sunfish) '몰라몰라(*Mola mola*)'처럼 나는 당신 곁을 맴돌면서도 당신을 의식하지 못하고 자란 '몰라몰라 소녀'였던 것 같습니다.

물이 시냇물이 되고 하천이 되고 강이 되고 바다가 되듯이 바닷가 어린 아기도 점점 자라 소녀가 되고 계집아이가 되고 여인이 되었습니다. 이제 여인은 그 배고팠던 시절을 까마득히 잊게 되었습니다.

부산 해운대를 찾은 여인은 그제야 당신의 큰 얼굴과 몸짓을 처음으로 제대로 볼 수 있었답니다. 곱디고운 보랏빛 석양을 업고 하얀 모래사장으로 밀려오는 당신 앞에서 한 청년이 느닷없이 울음을 터뜨렸던 것 기억하시는지요? 그는 '사랑한다'는 말을 자기 대신 당신이 해주길 애원하고 있었습니다. 당황한 당신은 뒷걸음치는 물결로 말했지요. '난들 이 사랑을 어찌 담을 수 있겠느냐'고. 장난기 어린 당신의 얼굴은 견딜 수 없을 정도로 사랑스러웠지요. 결국 그 청년과 여인은 당신을 향해 맨발로 돌진했습니다. 당신과 셋이서 얼싸안고 하나의 몸짓으로 미친 듯이 물결쳤던 그날을 어찌 잊을 수 있겠습니까. 우리는 진정 당신에게 빠졌고 당신은 우리 두 사람에게 빠졌던 날이었지요.

그날 당신이 이 '몰라몰라'의 궁둥이를 거칠게 밀고 난입해 들어오지 않았던들 아마도 당신은 언제 어디에서나 만날 수 있는 그저 그런 바다요, 언제나 푸른색 유니폼을 입고 바꿀 생각조차 못 하고 사는 그냥 그런 거대한 물 덩어리로만 기억됐을는지도 모르겠습니다.

아무려나 당신은 제게 짙은 그리움을 남겨주고 떠났습니다. 아니, 떠난 것은 당신이 아니라 저였습니다. 당신은 그 청년을 시켜 제게 조그마한 진주 한 알을 이별선물로 주게 하였지요.

그 후 나는 스무 해도 넘게 육지로만 돌아다녔으니 설사 이따금 당신을 떠올린다 해도 시간의 두꺼운 벽 뒤에 가려진 당신은 그저 이따금 마음속 잔영 속에서만 맑게 웃음 짓는 조그만 반짝임에 불과했다고나 할까요.

그런 내게 어느 날 부고장이 날아든 것입니다. 갑자기 당신이 죽게 되었다는 소식입니다.

2007년 초겨울이었지요. 서해안 기름유출 사고로 당신이 태안반도 앞바다에 쓰러졌을 때 나는 엄청 많은 사람들이 당신을 내려다보고 서 있는 것을 목격했습니다. 해상 크레인을 실은 배가 정박 중이던 유조선과 충돌하는 바람에 원유 1만 9000톤이 바다에 유출됐었지요. 당신은 시체로 누워 있고 기름에 범벅이 된 당신에게서는 악취가 풍겨 사람들은 숨조차 제대로 쉴 수 없었지요. 하늘은 차라리 죽고 싶은 빛깔로 가라앉고 있었어요. 갈가리 부서진 햇빛의 잔해가 남은 힘을 다해 마지막 반짝임을 보여주다가 차츰차츰 힘없이 흩어지고 있는 사이로 목을 길게 뺀 등대는 차마 울지도 못하고 먼 발치에 서 있었습니다.

"바다가 죽네…. 바다가 죽네, 우리넨 어찌 살라고…."

앞치마로 눈물을 닦으며 슬피 울고 있는 아낙들 곁에 우두커니 서 있는 나는 어느 모로 보나 한낮 '초상집 구경꾼'에 불과했습니다. 저는 보았습니다. 당신과 살갗을 마주 대고 함께 고통을 나눠온 그 고장 어민들과 당신 사이엔 '서로'가 있는 것을. '서로'가 없이 혼자 병하고 서 있는 나를 그들은 제발 좀 비켜서기나 하라는 듯 궁둥이로 밀었지요.

바다도 아플 수 있고 바다도 이렇게 비참하게 죽을 수 있다는 것을 그날 처음 알게 된 나는 기실 지금 무슨 엄청난 일이 일어났는지 조차도 알지 못하고 있었습니다. 당신의 죽어가는 살갗을 만지며 싸늘해져 가는 가슴을 마른 헝겊으로 닦아주고 있는 그들 속에서 나는 설 자리를 찾지 못하고 있었습니다. 나는 주춤주춤 뒷걸음질을 하다가 물속으로 첨벙! 빠져버렸습니다. 바보 물고기 '몰라몰라'처럼 말입니다. 느닷없이 목격한 당신의 죽어감이 몸서리치게 무서워져 나는 있는 힘을 다해 등지느러미를 움직여 도망치고 있었습니다. 가다가 낙지, 전복, 굴, 가리비 등을 만나면 나는 본능적으로 저쪽, 당신이 고통 받고 있는 곳을 돌아다보았습니다. 아직도 멀리 군데군데서는 당신의 은밀한 숨소리가 떨림으로 반짝이는데 기름과 눈물로 범벅이 된 당신은 스스로의 무게로 깊이깊이 가라앉고 있었습니다.

그때 나의 발꿈치에 무언가 닿는 것이 있었습니다. 그것은 배가 아니었습니다. 당신의 사랑스러운 자식이었지요. 그 많은 물고기와 소라와 돌들까지도 깊이 잠들어 있는 무언의 장소에 혼자만이 아파하고 신음하며 진주를 만들고 있는 당신의 작은 조개였습니다. 그 옆에 어머니의 손길 같은 해초로 흔들리고 있는 당신을 목격하는 순간 나는 고만 눈물을 쏟고 말았습니다. 당신은 죽은 것이 아니었습니다. 파란 내일을 꿈꾸며 진주를 잉태하고 있는 당신의 아기 조개는 이따금 배시시 웃기도 하였습니다.

오늘도 나는 그 옛날 당신과의 조우에서 얻은 진주알을 만지작거리며 해변을 거닐고 있습니다. 당신의 바보, 이 '몰라몰라'를 '알아알아'로 당신이 불러줄 때까지 나는 당신의 곁을 떠나지 않고 어슬렁거릴 것입니다.

(2008년 봄)

연아가 잔다

교실이 어두웠다. 창문 블라인드를 한껏 위로 올려보았지만 하늘은 무겁게 내려앉고 있었다.

3층 음악치료실, 벽시계 바늘은 달리 갈 곳도 없이, 정해진 무한정 코스를 한 번의 주춤거림도 다급함도 없이 계속 돌고 있었다. 그날도 나는 연아를 기다리고 있었다. 모차르트의 클라리넷 협주곡, 2악장이 열어주는 아프리카 평원 속으로 막 발을 올려놓는 순간, 땡땡땡! 수업 시작을 알리는 종이 울렸다.

'연아가 늦네….'

나는 창가로 갔다.

도시의 어둠 속에 눈발이 날리고 있었다. 건물 주차장으로 급격히 핸들을 꺾는 회색빛 승용차에서 바람을 일으키며 솟아오른 눈발

속, 암회색 수묵화 위로 붉은 점 하나가 천천히 이쪽으로 다가오고 있었다. 차가 주차장에 멈춰 섰다. 안개등이 꺼졌다. 차에서 내리는 여섯 살배기 연아와 엄마의 모습이 가물가물 보였다. 나는 직감했다. 오늘은 뭔가 결정이 내려질 것을.

똑똑!

"연아?"

내가 문을 열었다.

"선생님, 안녕하셨어요? 해야지!"

연아 엄마가 아이를 내게 살짝 밀며 말했다.

"우리 연아, 선생님하구 눈 맞추기─!"

나는 눈에 촉수를 높여보지만 끝내 시선을 안 주는 아이…, 오늘은 한 번만이라도 연아를 안아보리라 했던 내 긴 팔이 힘없이 아래로 떨어졌다.

엄마는 개방형(감시용) 유리가 붙은 옆방으로 가고, 연아와 나만 교실에 남겨졌다. 그날도 예외 없이 연아는 자기만의 세계에 갇혀 있다. 연아는 누구와도 교류하지 않는다. 자폐아 중에는 여러 가지 형이 있지만, 나는 특히 '무관심 유형'과 '수동적 유형'의 아이들을 만나고 있었다. 접근을 거부하다가도 타인이 상호작용을 시도하다 보면 더러는 이에 반응을 보이더라는 선험자의 책을 읽고부터 나는 실낱같은 희망의 끈을 놓지 않고 있었다. 음악을 전공한 나로서는 말을 전혀 안 하는 연아에게 '말'과 가장 가까운 '노래'를 통한 접근을 시도하고 있었다.

연아가 무심코 두들기는 타악기의 리듬을 다른 타악기의 리듬으로 답을 해준다든가, 아이가 느닷없이 지르는 괴성에 소통을 느끼게 할 수 있는 음악적 반응을 리듬으로, 때로는 노래로 보여준다든가, 아이가 그리는 낙서를 즉흥적 음악연주로 응답해주는 시도를 해보았다. 그 외 이른바 '사회성 발달'을 위한 특별한 교안도 짜서 여러 방면으로 접근해보았지만, 의사가 말하는 이 '만성적 자폐증 환자'를 위한 수업은 내게는 수업도 치료도 아닌, 말 그대로 '간판 붙여놓고 도적질하는 시간'이었다.

느닷없이 머리통을 벽에 박으면서 소리를 지르고, 타악기를 번쩍 들어 바닥에 팽개쳤던 날, 나는 내 머릿속에 있는 '그 짓'을 진짜 저지를지도 모른다는 생각이 불쑥 들었다. 그러다가 한 주일이 지나고 다시 아이와 마주하면 나는 똑같은 농도의 슬픔과 절망으로 가라앉길 반복하고 있었다.

음악치료 수업이 시작되었다. 치료실은 갖가지 타악기들로 방 한 귀퉁이가 채워져 있고, 다른 쪽에는 피아노가 뚜껑이 열린 채 놓여 있었지만 그것들은 연아와는 아무 상관이 없다. 그날도 연아는 피아노 건반을 아무 데나 두들겨보다가 이내 집어치우고 다른 타악기들을 별 흥미 없이 툭툭 건드렸다. 그러다가 느닷없이 피아노 위로 올라가 우두커니 그 위에 앉아 있었다.

"밖에 눈이 많이 오지?"

말을 붙여보지만 아이는 관심 없이 긴 하품만 뱉어냈다. 나는 연아 앞에 놓인 피아노 의자에 앉아 아이를 올려다보았다.

"있지? 지금 저어 시골에도 눈이 온다, 너. 시골 가봤니? 근데 있지? 눈이 많이 오면 시골에선 길이 막혀버려. 길만 막히는 줄 알아? 산도 막히고, 가슴도 막히고 다아 막힐 때가 있다, 너."

어쩐 일인지 연아가 잠시 가만히 있었다. 듣고 있는 것인가? 연아는 눈을 감고 있었다. 나는 하던 이야기를 계속해보았다.

"이틀째나 이틀째나 자꾸자꾸 눈이 퍼붓는데…."

문병란의 시를 이렇게 이야기로 풀어 들려주고 있는데 연아가 갑자기 쿵! 내 무릎 위로 굴러 떨어졌다. 나는 잽싸게 아이를 끌어안았다. 연아와 나 사이를 잇는 줄 하나가 팽팽히 섰다. 아이는 이내 깊은 잠에 빠졌다. 천년의 잠 속에서 우리 연아가 드르륵 드르륵 코를 골기 시작했다.

땡땡땡, 수업을 끝내라는 종소리였다. 나는 자는 아이를 쿠션 위에 조심조심 뉘어놓고 감시창이 있는 옆방으로 가보았다. 엄마도 깊은 잠에 빠져 있었다.

"어머니, 연아…, 제 무릎에서 잠만 잤어요…. 그냥 자게 놔두었어요."

그 순간, 내 내부의 소리가 이렇게 말하라고 윽박질렀다.

'어머니, 연아에게 더 좋은 선생님이 분명 있을 거예요….'

내가 끝내 저질러 말하지 못한 것을 엄마는 들었던 것인가, 그녀

　　　　　3부 예수님은 가끔 버스도 타나 보다

는 서둘러 내 말을 잘랐다.

"아이고, 선생님, 이 세상천지에 우리 연아가 잠들 수 있는 가슴을 내어주신 분은 선생님 한 분이셔요. 즈이 아빠한테도 안 가는 아이예요. **잠만 자면 어때요….**"

설움 울컥 솟구친 엄마의 눈동자가 나와 만났다. 만난들 내 어찌 그녀의 시선을 감당할 수 있으랴.

연아의 잠 속에서도 쉬지 않고 퍼붓고 있을 진눈깨비가 어느덧 함박눈으로 변해 있었다. 주차장 쪽으로 하얗게 사라져가는 모녀의 손이 공포처럼 꽉 쥐어 있었다. 교실 창문에 말뚝같이 서 있는 나를 향해 길게 젓는 여인의 한 손은 어떤 전언을 머금고 있는 것일까….

나는 여러 개의 북을 교실 바닥에 내려놓았다. 그리고 양손에 북채를 들고 미친 듯이 내려쳤다. 탕 탕 탕…, 그것은 내 속의 밥줄과 충돌하는 소리였다. 나는 그날, 오랫동안 머릿속에 눌려 있던 '그 짓'을 저지르고 말았다. 사직서를 냈다.

(2015년 5월 21일)

예수님은 가끔 버스도 타나 보다

북가좌동 모래내, 버스정거장
할아버지 한 분
팔순을 넘긴 듯한 세월을 끙! 하고 버스에 올려놓는다.
버스가 움직이질 않는다.
아 돈을 내셔야 빠스가 떠나죠오!
운전기사의 시퍼런 고함
얼마나 전능해 보이는지, 승객들
하던 잡담을 멈춘다.
아 빠스값 없어요?
차 안의 기둥을 온몸으로 움켜잡고
가까스로 서 있는 할아버지 눈동자엔
흰 달 하나 희미하게 떠 있다.

아 돈 낼라면 빨리 내고, 돈 없으면 빨리 내리라니까요오!

다시 불호령 떨어질 때

숨죽인 정적 뚫고 총알처럼 앞자리로 날아온

아이 하나

할아버지 손을 덥석 잡는다.

기사 아저씨, 이분은 할아버지잖아요오.

여기 돈 있어요. 또 이런 할아버지 타시면 이걸로 아홉 분 더 태워주세요.

아이는 만 원짜리 지폐 한 장을 요금통에 넣고 버스에서 내린다.

승객 한 사람 얼른 뒤쫓아 내리더니

아이 호주머니에 만 원짜리 지폐 한 장 쑤셔 넣어주고 골목길로 숨는다.

나도 따라 내린다.

할아버지를 태운 버스는 미친 듯 속력을 내며 정거장을 떠난다.

나는 벤치에 주저앉는다. 눈을 감는다.

도대체 나는 어느 지점부터 다시 돌이킬 수 없게 된 건가.

내 속에 슬픔이 고인다.

매 맞는 말(馬)의 목을 잡고 통곡했던 니체의 광기를

내 안에 들인다.

아프다.

파아랗던 하늘에 어느새 가득 자갈구름이 깔려 있다.

어쩌란 말이냐. 하늘이 별 요사를 다 떨어도

그냥 오늘은 보고 싶지 않은 것을.

*   *   *

시도 아니고 산문도 아닌 이 글을 교수님께 보여드렸다.

"직접 겪으신 일이군요⋯."

나는 '아니오'라고 대답하지 않았다. 아들, 호정이가 들려준 이야기였지만 나는 그 얘기를 접한 날부터 줄곧 나를 그 버스 안에 앉혀놓았던 거다.

"이분은 할아버지잖아요."

이 말 한마디로 세상을 바꿔놓은 '아이'의 자리에 나를 앉혀놓고 나는 이따금씩 그날을 체험한다.

오늘도 나는 버스 안에 있다. 대학생들, 중고등학교 학생들, 그리고 피로에 지친 회사원들⋯, 모두가 그들의 버스승차 자격증을 단말기에 댄다. 통과, 통과, 통과⋯. 그때다. 그 할아버지가 버스에 오른다. 할아버지에게는 단말기 속에 들어갈 카드도, 자격증도 없다. 황동규의 시 속에 있는 "신분증에 채 안 들어가는 삶, 꿈⋯", 그런 것만으로는 가차 없이 승차거부를 당한다.

다시 내 귀에 아이의 음성이 들린다.

"이분은 할아버지잖아요!"

우리 어른들이 내질러야 했을 신음소리가 어린아이의 것이었다.

어른들이 말하는 소위 도덕이니 윤리니 하는 건 다 '교육'이라는 틀에서 나온 것이다. 어쩐지 그 아이에게서는 그런 게 보이지 않는다. 자연 속엔 그런 틀이 없다. 아이는 자연이었다. 그래서 아마 예수님은 어른보다 아이들을 더 사랑하셨나 보다.

그날 아침나절에도 나는 이미 집을 나서고 있었다.

"어디 가?"

아들이 물었다.

"그냥…."

밤새 바람 불고 봄비 추적이더니 집 앞 꽃 잔디도 흙탕물을 뒤집어쓰고 있다. 행인들 발에 짓밟혀 시커멓게 멍들어 있는 제 꽃잎을 묵묵히 내려다보고 서 있는 목련나무, 그가 내민 손이 떨리고 있다. 키가 작아 그 손을 잡을 수 없는 꽃잔디의 쓸쓸함이 마음을 적셔온다. 나는 한참 동안 그냥 그들을 바라보고만 있다. 버스 한 대가 내 앞에 섰다. 무조건 차에 올랐다, 어디로 가는 건지 알아볼 것도 없이.

버스 안 뒤쪽에 자리 하나가 비어 있다. 그 아이가 앉아 있었음직한 자리를 찾아 냄새를 맡았다. 울다 울다가 햇빛이 되었을 이 땅의 아이들을 나는 온몸으로 흡입해 주워담고 있다. 버스 안은 살아 있는 것으로 가득하다. 나는 그 안에서 미소 짓고 있는 모든 자유로운 영혼과 만나고 있다. 내가 회복되고 있는 것인가? 느닷없이 아이가 된 내가 그 안에서 아주 작은 점으로 떠오르기 시작한다. 정말 '나'일까? 정말 나였으면….

(2014년 4월)

>>> 이 글은 필자가 아들에게 이야기를 듣고 작품화하여 ≪한국산문≫ 2014년 4월호에 실은 것이다. 그런데 유튜브(YouTube)에 2016년 7월 9일 자로 게시된 〈여자아이의 한마디에 어른들은 고개를 숙였읍니다〉라는 영상의 핵심 내용이 이 글의 전반부와 똑같다는 얘기를 듣게 되었다. 어떻게 된 영문인지 알아볼 일이다.

기도 당번

　그냥, 노래 부르는 게 좋았다. 여럿이서 노래하는 게 즐거웠다. 하필이면 왜 교회라는 델 가서 노래를 부르냐고 하는 이도 있었다. 그냥 이유 없이 즐거웠다. 이따금 '기도 당번'에 걸리는 것만 피할 수 있다면 더 행복할 것 같다고 말했다. 기도문을 미리 작성해 교인들 앞에 나가 대표로 읽을 때, 그 쪽팔리는 기분, 정말 못할 짓이었다. 어쩌다 모처럼 잘 준비해서 사람들 앞에서 낭독하노라면 내 기도를 듣던 하느님이 '야, 야! 그만 됐다, 내려가 봐라' 하시는 것 같았다. 어느 날은 다른 교우들의 기도처럼 제법 잘 흐른다 싶어 '얼쑤, 이거 봐라!' 내심 놀라기까지 하면서 읊어 내려가고 있는데 별안간 눈앞에 희랍인 조르바가 어른거렸다. 그는 킬킬 웃었다. "됐다 됐어. 그, 그 냄새 나는 지적인 광대놀음 집어치워!" 하는 것이었다.

교인들은 기도시킬까 봐 슬슬 뒷걸음질치는 나를 알아차렸다. 돌아가면서 하는 '기도 당번'에서 나를 빼주었다. 그럭저럭 '기도 공포증'에서 벗어난 지 얼마 되지 않던 어느 날이었다. 친구의 부친이 영면에 들었다는 소식을 받았다. 곧장 세브란스병원 영안실로 향했다. 호상이라고들 했다. 아, 그날 저녁 내가 겪었던 일은 지금 생각해도 등에서 식은땀이 난다. 우리 교회 교우들이 많이 모였고, 고인이 속해 있던 다른 교회에서도 많은 사람들이 와 있었다. 예배를 인도하는 이정배 목사님은 고인이 좋아하셨다는 찬송가를 다 같이 부르자고 했다. 평소에 내가 좋아하는 찬송가가 거의 장례식 때 부르는 노래이니 슬픈 노래라면 한 소리 한다는 내가 얼마나 눈물 나게 잘 불렀겠는가. 말로는 잘 안 되던 기도가 노래로는 그 충만감이 예술의 최고 경지까지 올라가 스스로를 전율케 했다.

그러나, 맙소사.

내게 쏟아진 은총은 거기까지였다.

목사님이 자리에서 일어섰다.

"지금 이 시간에는 우리를 대표하여 고인의 따님과 친구 되시는 **조병옥** 선생께서 **기도**를 해주시겠습니다."

설마… 나? 우리 교회 교우들이 일제히 나를 쳐다보았다. 그들은 고개를 약간 숙인 채로 싱글싱글 웃고들 있었다. '기도 당번'이 싫어서 교회 나가기 싫다고 한 나를 하필이면 이런 자리에서 이렇게 느닷없이 불러 세우다니…. 목사님, 나중에 봅시다. 나는 목사님을 노려보았다. 대표기도? 원고도 없이? 그딴 거 해본 일도 없거니와 나라는 문상객은 돌아가신 고인의 얼굴 한 번 뵌 적도 없고 함자도 모른다. 와아, 이 날벼락! 옆에 앉은 교우가 '어서!' 하면서 나를 쿡 찔렀다.

아마 족히 20초 동안은 그냥 눈 감고 서 있기만 했을 게다. 내 옆에 고개를 숙이고 있던 교우가 참다못해 내 다리를 꼬집었다. 어찌하랴, 나는 무작정 막막한 바다로 뛰어들었다.

"재경 씨 아버님…, 저는 어렸을 때 엄마 따라 장례식 구경을 간 일이 있었습니다. 사촌 오빠가 6·25 전쟁으로 죽었거든요. 사람이 죽었는데 울지는 않고 노래만 부르고 앉아 있다고, 예수쟁이들은 다 미쳤다고 한 일이 있습니다. 그런데 오늘 아버님 떠나시는 자리에 이렇게 친구 송재경과 함께 찬송가를 부르다 보니 떠나시는 아버님도, 남아계신 어머님과 자녀분들도 모두 다 행복해 보이네요. 분명 아버님은 지금 하나님 옆에 계신가 봐요…. 부디 편히 가서요. 부디 편히 가서요…."

나는 기도를 어떻게 끝내야 좋을지 몰라 눈치만 보고 서 있다가 그냥 절을 꾸벅하고 자리를 떴다. 기도 순서 맡으면 청산유수로 읊어 내려가는 많은 교우들의 눈을 피해 나는 장례식장 구석 쥐구멍을 찾아갔다. 위로랍시고 한마디 해주는 친구도 있었다. "에이, 그게 진짜 기도지, 뭐. 잘했어, 잘했어" 하면서.

그날 밤 나는 잠자리에서도 '기도' 생각만 하고 있었다. 죽은 남편의 말이 떠올랐다.

"그, 그 교회 사람들 물 흐르듯이 읊어대는 기도, 당신은 절대 흉내 내지 마. 하나님에 대한 절대적인 신뢰는 잘못 길들여진 기독교적인 이기주의와 결부되면 신에 대한 '절대 신뢰'가 그 완전성을 잃게 돼. 사람이 아니라 하나님이 들을 기도를 하면 돼."

그의 말소리가 생생히 살아 있는 어느 해 겨울을 무 자르듯 잘라본다.

그야말로 젊기가 밭에서 갓 뽑은 무 같았던 삼십 대 중반이었다. 그해 크리스마스, 나는 지독한 감기에 걸려 있었지만 늘 해왔던 '교도소 정기위문방문'은 예정대로 진행했다.

이곳 여사(女舍)의 일상이 획기적으로 바뀌고 있습니다. 교수님이 보내주시는 책들 때문입니다. 머리끄덩이 잡고 쌈질만 하던 저희들이 이 구석 저 구석에 자리 잡고 앉아 독서를 하고 있는 모습, 조병옥 교수님께 보여드리고 싶습니다.

　　　　　　　　　　－ 교수님 오실 날만 기다리는 여사(女舍) 일동 올림

'검정필'이라는 교도소 도장이 찍힌 편지를 펴들고 신바람이 난 나는 본격적으로 책 모음 캠페인에 들어갔다. 금요일마다 열리는 음악대학 채플 시간에 어느 날 자진해서 설교를 맡은 나는 대전교도소의 실정을 들려주고 책 모으는 데 협조해줄 것을 호소했다. 결국 학장은 음악대학 선교비를 몽땅 교도소로 보내는 책 구입비로 쓸 수 있게 해주었다.

크리스마스 선물은 200여 권의 책 보따리만으로도 묵직했지만 거기다가 교도소에서는 일반적으로는 투입이 금지돼 있는 사탕과 초콜릿 선물도 예외적으로 허락을 받아냈다. 음대 학생회 임원들과 나는 그야말로 동화책 속 산타할아버지 보따리처럼 큰 짐 하나씩을 어깨에 메고 대전교도소행 기차에 올랐다.

이름만 번들한 '교도소 위문단', 고작 몇 달쯤 하다가 고만두게 될지도 모른다는 불안감도 없지 않았지만 어쨌든 대학 안에서 책 모음 운동은 계속되었고 이따금 주일날을 택해 그들의 일요예배 시간에 참석하는 것 또한 아무런 마찰 없이 진행되고 있었다. 우리는 그들과 친해졌고 드디어는 내가 교도소 마당에 들어서면 기다리고 있던 재소자들이 반가워서 마룻바닥을 발로 구르는 정경이 벌어졌다.

바깥세상과 차단된 교도소 안 우물 속을 무심코 들여다보다 그 시커먼 어둠이 무서워 섬뜩했던 첫날에 비하면 그즈음 우리는 한 달에 한 번씩 내 집처럼 드나들며 그들과 만나고 친분을 나누고 있었다.

무어라고 말했는지 생각은 안 나지만 나는 간단한 크리스마스 메시지를 낭독했다. 그들과 함께 찬송가책 속 성탄 노래도 불렀다. 책 증정 순서가 끝나자 나는 준비해 간 사탕을 나누어주기 시작했다. 교도관에게 특청을 했다. 사탕과 과자만큼은 교도관님들의 도움 없이 내가 직접 한 사람 한 사람의 손에 놔드리도록 해달라는. 그 청이 받아들여진 것도 전례 없는 일이었다. 내 앞에 두 손을 모으고 기다리는 그들의 눈을 하나하나 마주 보며 사탕보다 달게 달아오른 나의 연민을 듬뿍듬뿍 안겨주었다.

"교수님!"

교도관이 나를 불렀다. 지금 지병으로 병실에 누워 있는 재소자가 여러 명 있으니 사탕을 다 나눠 주지 말고 좀 남겨달라고 내게 부탁을 했다. 그때 내가 즉답으로 던진 말은 두고두고 생각해도 '내 입에서 설마 그런 말이?' 하는 장면이다.

"걱정 마십시오. 듬뿍듬뿍 나눠 드려도 남을 것입니다. 떡 다섯 개와 물고기 두 마리로 오천 명을 먹이고도 남은 떡이 열두 바구니나 되었다는 예수님 얘기 아시지요?(누가복음 9장 12~17절) 넉넉할 터이니 걱정 마십시오."

이 말이 평소에 성경도 안 읽고 기도도 잘 안 하는 내게서 나왔다는 게 나 자신도 믿기지 않았다.

나는 얼굴이 유난히도 핼쑥한 한 여인 앞에 섰다. 사탕을 그의 양손바닥에 한 움큼 놓아주려 할 때 느닷없이 내 손목을 두 손으로 움켜잡은 사람…, 언뜻 보아 쉰 살은 넘긴 것 같았다. 여인은 낮은 소리로, 그러나 가쁜 호흡으로 내게 말했다.

"당신은… 누구신가요…?"

그때 마주쳤던 그녀의 시선을 어찌 잊을 수 있으랴. 순간 우리를 지켜보고 있던 감시관(간수)이 우리 둘 앞으로 미끄러지듯 다가섰다. "무슨 일입니까?" 호통을 치는 통에 놀란 내 감기 재채기가 온

방 안을 뒤흔들었다. 나는 묵묵히 '사탕 나눔'을 계속했다, 내 손을 뜨겁게 잡았던 그분에게는 아무 대답도 하지 못한 채. 그날 행사는 한 재소자의 간절한 감사기도와 '주기도문' 낭송으로 끝났다.

'오늘 우리에게 일용할 양식을 주옵시고….' 교회에서 예배 볼 때마다 한 번씩 읊어대는 문장이다. 그들이 기도 속에서 감사하는 것은 '**오늘**의 양식'이었다. 내일 먹을 것도 한 달 후에 먹을 것도 다 준비된 나 같은 사람의 기도가 아니었다. 하느님께서 들어주시는 기도는 저런 게 아닐까…. 내 머릿속엔 그 문장만 맴돌고 있었다. '오늘 우리에게 일용할 양식을 주시고….'

교도소에서도 크리스마스가 명절이라고 인절미를 만들었던가 보다. 배가 몹시 고팠던 재소자 한 명이 막 쪄낸 인절미 한 쪽을 훔쳐 먹는 순간 교도관한테 들켰다. 안 먹은 척하느라 꿀꺽 삼키다가 목구멍이 막혀 응급실로 실려 갔다는 소식이 들려왔다. 나는 말을 잃었다. 기도도 되지 않았다. 그들 기도 속의 '오늘 우리에게 일용할 양식을 주옵시고…'만 떠올리고 있었다.

나중에 가까운 교도관을 통해 알게 된 일이지만, 내 손목을 꽉 잡았던 그 중년 여인은 소위 '불고지죄'로 잡혀온 사람이었다. 전쟁 때 실종된 아들이 어느 날 밤 느닷없이 어미 앞에 나타났으니 어미는 어서 자수하라고 하고 아들은 "안 됩니다, 오마니! 잡히게 되든 즉시 자살하라 캤습니다" 하고. 결국 경찰의 추적을 받던 중에 총알을 맞고 아들은 어머니 앞에서 쓰러지고 그 여인은 생전에 들어본 일도 없는 어처구니없는 죄명으로 이 지옥에 5년째 들어와 있는 것이다. '불고지죄'….

　'오늘 걱정'은 오늘에 족하니라.
　내일 일은 내일 걱정하여라.

　이 성경 구절을 읽다가 내일이 없었던 그들을 떠올린다. 그렇게 오래도록 내게 푸른 옷의 모습으로 남아 있는 이 땅의 어머니들…. 그들이 오늘도 내게 기도하게 한다. 이 시간에 내게 고이는 기도는 '기도 당번'이 쓴 명문이 아니다.

다섯 글자 안부

　가끔 그게 궁금했다. 만약 암 선고를 받는다면 그 느닷없는 망연자실 앞에서 나는 무슨 생각을 할까?

　지금은 저세상 사람이 된 남편, 그의 첫 반응은 어땠던가? "이제 겨우 뭐 좀 시작해보려던 참이었는데…." 그는 같은 말을 되풀이했다. 이웃에 살았던 법대 교수 이범준 박사는? "그럼 내가 가발을 써야 되는 건가요…?" 이것이 그녀의 첫 반응이었다. 유방암이란 말에 충격을 받은 피아니스트 서 씨는 48시간 동안 설사를 했다던가.

　스위스 출신의 심리학자 엘리자베스 퀴블러로스에 따르면 암이란 병 진단을 받고 그 죽음을 받아들이기까지 대략 다섯 단계를 거친다고 했다. 자기의 병을 '부정'한다. '왜 하필 나야?' 하며 '분노'한다. 조금만 더 살게 해주면 착하게 살겠다며 '타협'을 시도하다가 증상이 심해지면서 극도로 '우울'해진다. 그러다 결국 죽음을 '수용'하게 된다는 것이다.

나라면 어찌할까?

나는 상상했다. 암보험도 들어놓은 게 없으니 엄청나게 빈약한
주머니 사정부터 무너져 내리겠지…. 치료비로 자식들을 빚더미에
올려놓을 게 뻔하니 어찌하면 좋은가…. 그냥 목적지도 없이 어디
든지 울고 싶은 빛깔을 찾아 집을 나설 것 같기도 하고…, 차라리
너덜너덜 남아 있는 삶을 폭발시켜버릴까, 아니면 버지니아 울프처
럼 호주머니마다 돌을 잔뜩 집어넣고 저녁 빛 잠기는 물속을 향해
걸어 들어갈까, 아니, 어쩌면 이 허망한 인생 멱살을 잡아 일으켜 세
워놓고 '나는 죽지 못한다'는 것을 필사적으로 설명해주고 있을지
모른다. 그러거나 말거나 그 암이란 놈은 내가 채 죽기도 전에 나를
죽여서 흰 꽃으로 둘러싸인 영안실에 눕혀놓겠지….

그런 나에게 보란 듯이 '암'이란 놈이 찾아왔다. 나의 첫 반응은
어떠했던가?

그 스위스 심리학자가 말한 '병을 부정함'이나 '왜 하필 나야?'는
없었다. 나는 픽 웃었다. 그러고는 의사에게 말했다.

"흠…, 이제부터 특별 디스카운트 받게 되겠네요…. 위암환자 치
료비는 50퍼센트만 낸다던데…."

하이고, 이 무슨 꼴사나운 내지름인가! 그래도 명색이 예술가인
내가, 글도 조금 쓴다는 내가 이 결정적인 신(scene)에서 겨우 한다

는 소리가 하필 디스카운트라니…, 요샛말로 '허걱' 할 만한 일이 아닌가!

수술도 하고 퇴원도 하고 죽 먹다가 이제는 밥도 먹게 되니 나름대로 회복되고 있다고들 말하는데도 그 학자의 말 중 네 번째 증상만은 극도로 심해지고 있다. '우울증'이다. 밤이 되면 증세는 더 악화되고, 호주머니에 돌도 집어넣지 않았는데도 버지니아 울프의 심연 바닥으로 잠겨 그 속에서 허우적대다가 눈을 뜬다. 때로는 흠뻑 젖은 파자마를 비 맞은 강아지처럼 털어야 한다.

늦은 오후, 집 근처에 있는 암병원 정원을 산책한다. 얇게 퍼진 솜구름이 쓸쓸한 저녁 빛을 등에 업고 낮추 날아간다. 환자복을 입은 한 노인이 벤치에 앉아 있다. 일흔을 넘긴 지도 오래돼 보이는 그의 얼굴엔 병색이 짙다. 맞은편 벤치에 나도 앉는다. 그도 나도 아무 말이 없다. 그나 나나 말 붙임 없이도 배겨날 수 있는 나이다. 눈앞에 마주 보고 있는 사람의 관심 부재에도 전혀 어색해하지 않는다. 가을 끝자락의 스산한 바람이 땅에 떨어진 마른 이파리를 이리저리 몰고 다니며 쉰 목소리로 서걱거린다.

땅바닥 한곳만을 응시하고 있던 노인이 문득 얼굴을 들어 맞은편에 앉은 나를 쳐다본다. 그리고 이내 시선을 땅 위로 떨어뜨린다. 무엇이든지 이 노인이 물으면 대답해주리라 했던가? 하지만 나도 다시 시선을 아래로 돌린다. 계속 말이 없다.

서둘러 겨울맞이를 준비하느라 바삐 돌아다니던 왕개미 한 마리가 핏기 없고 까칠한 그의 손등 위로 바쁘게 기어 다닌다. 그는 아랑곳하지 않는다. 마치 오래된 한 그루의 고목처럼 꼼짝도 않고 그 자리에 앉아 있다. 그의 손등 위에서의 산책을 마친 왕개미가 어디론지 사라지자 그는 잠깐, 아주 잠깐 내게 눈길을 준다. 어쩐 일일까. 나는 그 순간 그의 얼굴에서 반짝하고 빛나는 청춘의 모습을 포착한다. 짜글짜글한 주름살 사이로 고스란히 남아 있는 소년을 본다. 그 눈빛은 아침 산책길에 만나는 꽃 속의 이슬 방울 같다고나 할까…. 나는 그에게서 눈을 떼지 않고 있다. 같이 나눌 수 있는 화제가 없는 것이 슬프다. 가족은 있느냐고 묻는 것은 오히려 잔인한 짓이라고 생각하는 나의 생각은 옳은 것일까? 암 선고를 받은 환자에겐 '함께 고독해지는 것' 외에는 위로가 되는 일이 없다는 사실을 나 스스로 경험하고 있지 않은가. 그는 손수건을 꺼내 한참 동안 두 눈을 누르고 있다. 울고 있는 것일까? 노인은 눈을 닦다가 말고 나를 똑바로 쳐다본다. 아니, 나를 향해 눈을 떴지만 나를 보고 있는 것은 아니다. 아, 그때 나는 그의 충혈 된 두 눈에 공포가 가득 차 있는 것을 본다.

"많이 편찮으셔요?"

기어이 물었다. 그는 내게 잠깐 눈길을 줄 뿐 여전히 입을 떼지 않는다. 지팡이에 의지해 간신히 자리에서 몸을 일으킨 그는 입원실을 향해 천천히 발길을 옮긴다. 자동식 유리문이 열리고 노인을 삼켜버린다. 그가 사라진 곳을 오래오래 지켜보는 나를 느닷없이 깨운 건 주머니 속에 있던 휴대폰이다. 아들이 보낸 문자가 떠 있다.

"엄마, 괜찮아?"

놀라운 일이다. 이 갑작스러운 다섯 글자의 반짝임이 단 한 순간에 나를 뜨겁게 보듬는다. 바로 조금 전까지만 해도 나는 그와 나를 하나로 느끼지 않았던가. 나이가 일흔을 넘겼다는 사실과, 깊이 병들어 있다는 상황까지, 그리고 숨을 쉬고는 있지만 '살아 있는 것'과는 벌써 이별을 준비하고 있는 것까지 말이다.

사방에 노을이 지고 있다. 비둘기 두 마리가 깃을 치며 어디론가 돌아가고 있다. 나도 집을 향해 걷는다. 그냥 지나가도 괜찮을 바람이 목에 두른 앵두색 수건을 흔들어대며 제발 살아 있으라고 외쳐댄다. 그리고 이내 작은 소리로 속삭인다.

"너희들이 온갖 것으로도 이 바람 한 점보다 더하지 못하리라."

(2009년 11월)

생일 축하해!

'스위스'라는 별명을 가진 화가가 있다.

'가난하지만 맘만 먹으면 스위스도 사들일 수 있는 사나이'라고 누군가 말했을 때, 구태여 그게 무슨 뜻이냐고 물어본 사람은 아무도 없었다. '제 방 한 칸도 마련 못 한 주제에 스위스는 무슨?' 하고 핏대를 올릴 사람이 있을 법도 한데 그러나 그런 일은 없었다. 오히려 사람들은 그 이야기를 들을 때마다 그가 정말로 스위스를 사들일 수 있는 날을 상상하며 즐거워하기까지 했다. 두말할 것도 없이 그는 사들인 '스위스'를 모든 가난한 사람들에게 나누어줄 테니까.

그날따라 그는 담배를 손에서 놓지 못하고 연거푸 피워댔다. 무슨 일이 또 생긴 게다. 평소에 안 걷던 골목길을 이리저리 빙빙 돌아서 숙소로 돌아왔다. 아직 11월 중순도 채 안 됐지만 지하 1층 그

의 방은 춥고 습하다. 히터를 올리려다가 고만두고 그냥 현관에 쪼
그리고 앉아 있던 그는 다시 밖으로 나온다. 담뱃가게 지붕 위로 먹
구름이 하늘을 버티고 있다. 바람 소리 스산한 걸 보니 비가 올 모
양이다.

"생일…."

혼자 중얼거리며 손아귀에 있던 빈 담뱃갑을 으스러지도록 꽉
쥔다.

"형! 담배 사러 나왔우?"

후배 영두와 윤욱이 기습적으로 그를 방문한 것은 바로 이때였
다. 보지 않고 있어도 마음으론 언제든지 볼 수 있는 그들이지만 이
렇게 쓸쓸한 날, 몸으로 나타나준 게 그는 반가웠다. 목구멍 깊숙이
빨아들인 담배 향이 잠시 평온을 실어왔다. 방으로 들어왔다.

"형! 무슨 일 있었죠? 아까부터 한숨만 쉬고…?"

영두가 참다못해 물었다. 고개를 푹 숙이고 있던 스위스 형이 무
겁게 입을 열었다.

"…아무 계획 없이 길을 걸었어."

이렇게 말문을 튼 그가 들려준 얘기는 어찌 보면 별스러운 것도
아니었다.

차디찬 길바닥에 보자기 한 장 깔아놓고 앉아 있는 여인이 있었
다. 삐쩍 말라 절벽 같은 여인의 젖가슴에 아기가 매달려 젖을 빨고

있었다. 힘없이 떴다 감았다 하는 아기의 눈동자는 어디도 아닌 곳을 향해 있었다. 입을 옴실거리다 잠시 잠들었는가 하면 다시 입을 옴실거리다가는 끝내는 '으앙~!' 울음을 터뜨렸다. 젖이 안 나오는 모양이었다. 그는 얼른 지갑을 꺼내 지폐 한 장을 여인의 손에 쥐어 주었다.

"아이구, 세상에… 이렇게나 많이…, 고맙습니다."

만 원짜리 지폐를 소중히 접어 허리춤에 넣으며 그를 올려다보는 아기 엄마의 얼굴이 환히 밝아졌다.

"오늘이 우리 이놈 생일인디… 이걸로 옷 한 벌 사 입힐라요. 고맙습니다. 고맙습니다…."

이야기를 들려주면서도 마음은 여전히 안절부절못하고 있는 '스위스 형' 앞에 윤욱은 재떨이를 가만히 들이밀었다. 손끝에 간신히 매달려 있던 긴 담뱃재가 더는 못 버티겠다는 듯 '툭!' 재떨이 위로 떨어졌다.

가쁜 숨만 몰아쉬고 있던 그가 멋쩍은 듯 '픽!' 웃으며 자리에서 일어섰다. 입고 있던 잠바를 신경질적으로 벗어 아무 데로나 집어 던졌다. 안주머니에 있던 지갑이 땅에 떨어지면서 몇 바퀴 굴렀다. 지갑을 잽싸게 다시 집어든 그는 지갑 갈피 속에 남은 돈을 물끄러미 들여다보다가 남아 있는 지폐의 멱살을 움켜잡았다.

"너절한 놈! 4만 원하고 천 원짜리 몇 장 남았다고? 이 돈으로 무얼 하겠다는 건데? 하루 저녁, 포장마차 찾아가 쐬주 한 잔에 낙지

한 접시 먹으면 고만일 돈야! 그걸 그래 그냥 들고 돌아와? 그 아이 **생일선물**로 몽땅 주고 온다는 생각은 왜 못해? 너절한…"

그의 거친 숨소리에 밀어 올려진 윤욱과 영두의 가슴이 터질 듯 부풀어 올랐을 때 '스위스 형'은 손에 움켜쥐었던 지폐와 동전들을 방바닥에 매대기쳤다.

짝짝짝짝…, 영두가 박수를 쳤다. 박수를 치는 동안 지갑 속에서 탈출해 공중을 날고 있던 4만 몇천 원은 8만 몇천 원이 되고, 80만 원이 되고, 800만 원이 되어 '스위스' 알프스를 하얀 눈밭으로 에워 가고 있었다. 윤욱이 소리쳤다.

"결국 스위스를 사셨네, 뭐!!"

"내 말이!"

순간 서로의 얼굴을 마주 본 윤욱과 영두의 눈에 불꽃이 반짝였다.

잠시 방 안에는 세 사람만의 내밀한 이야기가 침묵으로 오고 갔다. 이윽고 '스위스 형'의 입가에 희미한 미소가 어렸다. 참으로 오랜만에 누군가와 나란히 서서 별빛을 보고 있다고 그는 생각했다. '젖을 물고 엄마를 쳐다보는 아기의 눈이 청노루 눈에 비친 맑은 구름 같더라'고 말하는 '스위스 형'의 눈에 이슬이 맺히고 있었다.

세 사람은 한마음으로 그 아기를 떠올리고 있었다. 바지 뒷주머니에 꽂힌 지갑을 한 손으로 꽉 쥔 영두가 윤욱에게 고개를 끄떡이자 윤욱이 '스위스 형'을 쏘아보았다. 셋은 일시에 자리에서 일어났다. 그들은 아기와 엄마가 앉아 있을 전철역을 향해 뛰기 시작했다.

생일 축하해!   199

비가 조금씩 뿌리고 있었다. 아직 눈은 아니었지만 그들 가슴속엔 어느새 하얗게 하얗게 눈발이 날리고 있었다. 영문도 모르는 골목길 강아지가 덩달아 컹컹 짖으며 그들 뒤를 따라잡고 있었다. 이 모든 것들이 스위스였다.

'아가야, 미안해…. 조금만 기다려. 글구 **생일 축하해…, 생일 축하해!**'

(2016년 11월 초)

3부 예수님은 가끔 버스도 타나 보다

4부

초콜릿을 나눈 남자

초콜릿을 나눈 남자

퇴원하던 날, '라파엘로 초콜릿'을 택배로 받았다.

"초코릿 선물을 받으면 좋은 사람이 생긴다는데….."

아들이 어미의 옆구리를 쿡 찌르며 환하게 웃었다. 싫지 않았다. 시도 때도 없이 고개를 쳐드는 '나이'란 놈을 슬그머니 윽박질렀다. 이걸 뜯지 말고 잘 두었다가 '그'와 함께 먹으리라, '그'가 아니고 '그녀'라도 좋다.

아침이 밝았다. 깍깍깍. 얼마 만에 듣는 까치 소리인가. '그'도 안 오고 '그녀'도 안 나타난다면 나 혼자라도 기차표 끊어 어디로라도 갈 참이었다.

휴대폰이 부르르 떨었다. 전화 창에 이름이 떴다. Y 교수? 글쎄…, 초콜릿을 나눌 사람은 아닌 것 같지만, 또 모르지…. 내 지루한 일상에 힐끗! 뒤라도 돌아보게 해준다면…?

내가 그에 대해서 알고 있는 건 몇 가지밖에 없다. 정년퇴직하고
도 늘 바쁜 사람이라는 것, 인과 덕을 겸비한 선비 같은 분이라는
것, 책을 많이 읽고 여행을 자주 다니는 분이라 커피 마시며 나눌 얘
기는 무궁무진 많을 거라는 것, 그리고…, 물론 사랑하는 마누라가
있다는 것 등이었다.

"오늘 선생님이랑 데이트 좀 하려고요…."

'데이트'라는 말이 주는 바이브레이션이 싫지 않았다. '가만있자.
옷, 옷…. 왜 이럴 때 입을 산뜻한 옷 한 벌도 없는 거야. 가을 색으
로 한 벌 사놓을걸….'

초인종이 울렸다. 냉장고에서 얼른 '라파엘로 초콜릿'을 몇 개 골
라 핸드백에 쑤셔 넣고 현관문을 열었다. 에구머니, 화들짝 놀란 나
는 손바닥으로 입을 막았다. 연보라빛 얼굴을 활짝 연 쑥부쟁이, 거
기에 이름 모를 들꽃들이 사이사이로 얼굴을 내민 커다란 꽃바구니
를 가슴 터지게 한 아름 안고 서 있는 이 남자는 내가 평소에 알고
있던, 조금은 근엄해 보이는 Y 교수가 아니었다. 영화 〈프리티 우
먼〉에 나오는 리처드 기어의 미소로 재배치된 그의 이미지는 나를
조금은 들뜨게 만들고 있었다.

도시를 빠져나와 시골길로 들어섰을 때 내가 물었다. 어디로 가
시는 거냐고. 그는 조금만 더 가면 알게 된다고 했다. 가을이 어느
새 찬바람에 부대끼기 시작한 듯 그의 전성기에서 등을 돌리고 있

4부 초콜릿을 나눈 남자

었다. 나는 차창을 열었다. 멀리서 목쉰 새 한 마리가 길게 울었다. 그는 차를 세웠다. 문득 먼 곳을 향해 던지는 그의 시선은 나직한 적막이었다. 그가 입을 열었다.

"선생님…, 그거 아서요? 남의 얘기를 잘 들어주시는 분이라는 거? 선생님은 오늘 제 얘기를 들어주셔야 해요. 부탁드립니다."

무언가 말하기 힘든 얘기가 예고되고 있었다. 나는 대답 대신 핸드백에 손을 넣어 초콜릿을 꺼내 작은 봉지 하나를 그의 손에 놓아주고 나도 한 조각 입에 넣었다. 눈을 잠시 감았다. 이슬을 뜨듯 신비로운 곳에서 초콜릿의 달콤함에 빠져 있을 때였다. 옆에서 부스럭부스럭 소리가 났다. 나는 눈을 떴다.

짐짓 사랑이 무언지, 우정이 무언지 금방이라도 확인시켜줄 것 같던 그가 아니었던가. 그는 초콜릿 봉지를 와자작 뜯자마자 한 번에 입에 쑤셔 넣고 아드득 깨물었다. 계속 아드득아드득 씹어 꿀꺽 소리 나게 삼켰다. 나는 일찍이 초콜릿이라는 걸 이렇게 건빵 쪼가리 씹어 삼키듯 먹어치우는 사람을 본 일이 없다. 한 조각 혀끝에 놓인 내 입속 초콜릿 조각이 슬픔처럼 천천히 무너지고 있을 때였다. 차창을 내린 그가 느닷없이 물었다.

"선생님, 혹시 송도 바닷가에 가보신 일 있나요?"

설마 오늘 당장 나를 송도 바닷가로 초대하려는 건 아니겠지.

"H와 난 처음으로 주위를 살피지 않으면서 손잡고 해변을 걸을 수 있었지요…."

헉! 오늘의 주인공은 내가 아니었다. 느닷없이 'H'가 등장했다.

초콜릿을 나눈 남자

나는 H의 영결식에 가지 못했다. 나도 입원하고 있었기 때문이었다. 그녀가 Y 교수와 '손잡고 걷는 사이'라는 것도 처음 듣는 얘기였다. 나는 지체 없이 Y 교수의 '그녀'에게 자리를 내어주었다. 그리고 지금은 내 곁에 없는 나의 '그이' 곁으로 갔다. 함께 걸었던 인천 송도 해변길이 내 앞에 펼쳐졌다. 황혼이 불을 지르고 있던 모래사장에서 나의 '그이'가 내게 건네준 쪽지를 읽다가 고만 허르르 쓸쓸함 쪽으로 무너졌다.

사랑한 그 후….
나는 하늘과 바다를 가득히 안았다
그리고 그녀는 욕심스럽게 이 하늘과 바다를
빈틈없이 차지해버린 것이다
이제 나는 없어져 버렸다
그리고 다시 그녀 속에 태어난 것이다
계절을 넘긴 해변처럼
아니면, 발길이 끊긴 묘소처럼 삭막한 이 가슴에
타는 듯한 장미를 피워준 사람아

"우린 동이 트는 줄도 모르고 바닷가를 걸었어요."
Y 교수가 그의 여인 이야기를 계속하고 있었다. 완벽한 동상이몽 속에서 하마터면 나도 똑같은 말을 동시에 뱉을 뻔했다. 남의 얘기를 잘 들어주는 사람이라 날 찾아왔다고? 나는 지금 그의 얘기 바깥

에서만 어른거리고 있는데…. 내 머리가 도리도리를 했다. '이러면 안 되지! 꽃을 들고 오신 분인데!'

나는 그의 말에 귀를 기울여야 했다.

"그날 만나기 전 우린 약속을 했었지요. 똑같은 책을 읽고 좋았던 구절들을 골라 서로 이야기를 나누기로요. H가 먼저 줄줄이 읊기 시작했어요. 다 외웠더라고요. 제가 택한 구절을 똑같이 그녀도 골랐더군요. 신기했어요. 그런데 더 놀라운 건 그녀도 나도 책에 밑줄을 그어오지 않은 거예요. 책갈피 갈피마다 종이쪽지를 끼워 가지고 왔어요. 그녀가 느닷없이 깔깔 웃더군요. '저는 글쟁이의 자존심 같은 거 때문이지만 선생님마저 밑줄을 긋지 않고 종이쪽지만 끼워 오시다니…' 하면서. 이야기를 나누다 보니 우린 너무도 닮은 데가 많았어요. 똑같은 거에 의해 감동하고 똑같은 거에 의해 같이 슬퍼지고…."

조금씩 Y 교수의 말에 파도가 일기 시작했다. 파도는 점점 높게 바람을 타고 있었다. 우르르 몰려왔다가 일제히 뒷걸음질로 물러서는 소리가 내 귀에도 들려오고 있었다. 그의 바다는 나의 바다였고 서로 밀치고 부둥켜안는 물 덩어리는 햇빛을 받아 눈부셨다. 나와 그는 바흐의 푸가처럼 각각의 모티프를 발전시켜가며 대위법으로 흐르고 있었다.

하늘이 이 땅에 내고도 질투했을 소녀여,
이 바다인들 너를 어찌 담을 수 있으랴

즉흥시를 읊는 나의 '그이' 음성 사이사이로 Y 교수가 무슨 절절한 애기를 내게 했는지 그의 눈이 많이 충혈돼 있었다.

그는 손수건을 꺼내어 눈두덩에 댔다. 그가 흐느껴 울고 있었다.

"죽기 이틀 전, 호스피스에 갔더니… 커튼을 둘러달라고 하더군요. 한 번 안아달라고… 그러고는…, 그러고는 그렇게 울더니…, 그렇게… 떠났어요…."

Y 교수와 나를 둘러싼 모든 제각각의 것들이 일시에 같은 서러움으로 용해되는 순간, 나는 내 속에 감춰졌던 '어머니'로 그를 바라보고 있었다. 그러나 그것은 역시 순간이었다. 나는 내 바로 옆에서 그렇게 슬피 울고 있는 한 인간을 손 한 번 잡아주지 않고 우두커니 앉아 있어본 적이 일찍이 있었던가 싶었다. 지금 내가 무얼 어떻게 할 수 있단 말인가.

자신의 기구한 운명의 모가지를 한 번에 비틀어 죽이기라도 하듯 그는 자동차 시동키를 세게 틀었다. '부르릉!!'

인가가 조금씩 사라지면서 실외 납골당에 도착했다. 유리장 속에서 그분의 여인이 미소 짓고 있었다. 망자의 사진 옆에 그가, 준비해 온 십자가를 접착제로 붙이는 동안 나는 그를 혼자 있게 놔두고 납골공원 언덕길을 오르고 있었다. 길은 넓게 내려앉은 하늘과 맞닿아 있었다. 시신으로조차 입국할 수 없었던 망명객, 남의 땅 외진 곳 기찻길 옆에 혼자 잠들고 있을 나의 '그이'를 생각하며 나는 끝도

　　　　　　　　　　　　　　　　　4부 초콜릿을 나눈 남자

없이 걷고 있었다.

멀리서 Y 교수가 나를 부르는 소리가 들렸다.

"자, 이젠 우리 맛있는 거 먹으러 갈까요오?"

그가 던진 모처럼의 뽀송뽀송한 이 말 한마디가 두 사람이 각자 끌고 왔던 다성음악의 수평적 멜로디를 수직으로 정지시켰다. 마침내 푸가 음악의 마지막을 알리는 두 음이 한 음 유니슨(unison)으로 만나진 것이다.

그가 물었다.

"그런데… 공 박사님과의 만남…, 어떻게 그렇게 책으로 쓰셨어요? 사회의 눈도 있고, 자신을 지켜야 할…"

그는 나의 수기 『라인강변에 꽃상여 가네』를 화제에 올렸다.

"글쎄요…. 모르겠어요. 내가 지키고 있는 것들이 하루아침에 무가치해 보였을 수도 있고요…, 쓰실 건가요?"

"쓰고 싶어요. 그런데 아마 못 쓸 거예요."

"왜요?"

"그녀가 원할까요?"

"하긴, 저도 똑같은 물음을 오래 싸들고 다녔으니까요."

"결국, 고인이 오케이 하셨군요."

"아뇨. 어느 날 갑자기 그냥 앉아서 쓰기 시작했어요."

"어느 날 갑자기요…."

"'나는 죽었다'라는 데서부터 출발하니까 더는 감정 소모 같은 거

안 하더라고요."

산을 내려오면서 나는 핸드백 속에서 눈치만 보고 있을 나의 라
파엘로 한 조각을 꺼내 가만히 입속에 밀어 넣었다. '초코 선물을 받
으면 좋은 사람이 생긴다는데…' 하며 내 옆구리를 쿡 찔렀던 아들
생각이 스쳐갔다. 코코넛에 크림맛이 가득했다. 초콜릿 깊은 곳에
서 아몬드가 아드득 씹혔다. 내 안의 '외로움'처럼.

(2015년 가을)

똥구덩이 첫사랑

열 살도 채 안 된 계집아이가 똥을 뒤집어쓴 날 엄니는 사색이 되었다.

배곯았던 기억밖에 없는 일제 말기, 어느 가을 초입이었던 것 같다. 그날도 오빠와 나는 봉당에 깔린 멍석에 누워 긴 기다림을 견디고 있었다. 해가 지기까지는 아직도 꽤 많은 시간이 남아 있었다. 좀 전에 들려온 한숨 소리가 내 입에서 나왔다는 것도 모르고 나는 오빠를 나무랐다. '한숨 좀 고만 쉬어! 잔칫날이랬잖아. 떡이랑 전 부친 거 잔뜩 얻어 오실 거구먼.' '후우….' 이번엔 오빠와 내가 동시에 한숨을 내쉬었다.

어둑어둑 저녁이 돼야 초주검이 돼 돌아오는 엄니의 앞치마엔 언제나 부잣집에서 일해준 값으로 얻어 온 찬거리가 들려 있었다. 벽시계가 땡, 땡, 땡, 세 번을 쳤다. 오빠가 돌아누우며 말했다. '세 시밖에 안 됐어….' 내가 하려던 말이었다. 이때였다. 엄니가 대문에 들어섰다. 엄니는 빈손으로 돌아오셨다.

"느이들 인천 좀 댕겨오너라!"

엄니의 표정은 단호했다.

"인천요?"

"망내 할아버지 생신이다. 눈치 볼 것 읎다. 가서, 좋은 것 실컷 먹구 와. 메칠은 배 안 고플 테니…."

엄니는 호주머니에 차비를 찔러 넣어주며 서둘라고 하셨다.

외가 쪽 먼 친척 중에 우리가 '망내 할아버지'라고 불렀던 부자 어른이 있었다. 추운 겨울에도 가난한 조선 사람들은 두루마기도 없어 땟물 꼬질꼬질한 저고리 소매에 두 손을 쑤셔 넣고 움츠리고 다닐 때, '망내 할아버지'는 보들보들한 면으로 된 고급 오버코트에 여우털을 목에 두르고 러시아 귀족 같은 모자를 쓰고 수시로 일본여행도 하시는 것 같았다.

할아버지 댁엔 정말로 맛있는 것들이 많기도 했다. 오빠와 나는 뱃가죽이 뒤집어지도록 먹었다. 어른 키만 한 벽시계가 여섯 시를 칠 때 우리는 일어섰다. 엄니 드리라고 따로 싸주신 전이며 떡을 한 보따리 들고 주안역에 내렸다. 밤은 벌써 와 있었고 '우르릉!' 천둥소리와 함께 굵다란 장대비가 앞을 가늠할 수 없게 쏟아지고 있었다.

"우산 챙겨올걸…."

오빠는 바지를 정강이까지 걷고 괴춤을 가슴까지 끌어올리더니 내 손을 꽉 잡았다.

"이제부터 뛰는 거다!"

"응!"

나는 치마를 올려 머리에 뒤집어썼다.

석바위 언덕 너머에 있는 우리 집은 날 좋은 날 걸어도 반 시간을 잡았다. 저녁 내내 퍼부은 비로 미끄럽고 철퍽거리는 채소밭 좁은 둑길을 정신없이 뛰다가 나는 그만 오빠의 손을 놓치고 말았다. 디딘 땅이 갑자기 아래로 꺼지면서 나는 오빠의 외마디 소리를 들었다.

"어디야?"

똥구덩이에 빠졌다는 말도 미처 못 하고 두 발을 버둥거리고 있을 때 오빠의 절규가 칠흑 같은 어둠 속에서 들려왔다.

"오빠, 혁대 던졌어. 여기야 여기! 꼭 붙잡아!"

허우적대는 내 손에 무언가가 잡혔다.

퇴비로 쓰기 위해 밭도랑을 깊이 파 인분을 모아놓은 웅덩이였다. 오빠의 등에 업혀 간신히 집에 오기는 했지만 머리까지 뒤집어쓴 똥물과 구더기를 씻어내는 일은 참으로 끔찍했다. 엄니가 개수대 앞에 나를 앉혀놓고 물로 얼굴을 연신 닦아내고 참빗으로 머리를 피나도록 긁어내려도 악취는 빠지지 않았다. 쩍 붙어버린 두 눈도 떠지질 않았다.

"아이구, 내 딸 죽일 뻔했잖여. 그 웬수 같은 밥 좀 실컷 멕인다구 부잣집에 보낸 게…."

엄니의 울음소리는 담 밖을 넘어 동네 사람들을 불러들였다. 누가 불렀는지 아랫동네 무당까지 올라왔다.

"일 났네, 일 났어! …처녀귀신 나게 생겼어, 이걸 워쩌?"

"그게 무슨 소리여?"

엄니가 무당의 멱살을 잡았다.

"죽게 됐어, 당신 외동딸!"

"죽다니?"

"아, 시집도 안 간 지지배가 똥구뎅이 빠지면 으떻게 되는지 몰라? 머리를 올려줘야 명을 건진당게. 사내를 못 만나면 제명에 못 죽는단 말여."

똥구뎅이 빠진 처녀치고 스무 살을 넘기는 경우를 못 봤다고 연상 혀를 차는 무당은 시집을 못 보낼 형편이면 굿을 하라고 했다. 아버지의 반대로 굿은커녕 푸닥거리도 못 한 엄니는 몸져눕게 되었다. 무당의 저주를 '허허' 무시하고 싶었지만 내심 엄니는 '딸 죽는 꼴 보지 않으려면 시집을 일찍 보내는 수밖에 없다'는 생각에서 잠시도 벗어나지 못하고 있었다. 그래서였을까? 사내아이들이 자꾸 쫓아다닌다고 말해도 엄니는 딸을 크게 나무라지 않았다. 어서 어서 커서 '똥독'이 아닌 '사랑독'에 빠지는 걸 보셔야 마음이 놓이겠다 싶었는지 엄니는 말끝마다 '넌 대학교 갈은 건 꿈도 꾸지 말어!' 했다.

열일곱 살이 되던 해, 드디어 엄니의 외동딸이 '사랑독'에 빠졌다. K 고등학교 남학생에게서 편지를 받은 것이다. '아, 그것은 분명 사랑이었다'로 시작된 그의 긴 편지를 나는 읽고 또 읽었다. 그리고 어느 날 꿈을 꾸듯 그의 곁으로 달려갔다. 그와 나는 주로 등굣길 전차 안에서 만나 편지를 주고받았고 어쩌다 하루 이틀 서로를 보지 못해도 그리움은 글이 되고 있었다. 그 그리움이란 놈이 목줄까지 차오르면 공부는 때려치우고 이광수의 『무정』 등 소설책을 빌려다가 밤을 새워 읽었다.

나는 그의 편지들을 식구 몰래 쌀뒤주 뒤에 숨겨놓고 있다가 그 부피가 많아지자 아예 책가방 속에 넣어가지고 학교엘 다녔다.

일이 터졌다. E 여고 3학년 때다. 학생들이 운동장에 모여 조회를 하는 동안 훈육주임이 빈 교실에 기습적으로 침투해 학생들의 가방을 뒤져 연애편지뭉치를 압수한 것이다. '풍기문란 단속주간'에 걸려 우리 여학생들의 가방 속 신줏단지가 압수수색 당한 것이다.

이튿날 학교에 가니 교무실 앞에 문제의 학생들이 긴 줄로 서 있었다. 담임선생님이 한 사람씩 호명하면 안에 들어가 '다시는 연애 같은 거 안 하겠다' 맹서하고 편지뭉치를 선생님 앞에서 난롯불에 던져 넣는 것이다. 내 차례가 되었다. 우리 담임선생님은 짐짓 나를 따스한 눈길로 맞아주셨다.

"첫사랑이냐?"

나는 대답을 못하고 머뭇거렸다.

"내가 몇 장 읽어봤다. 교내 신문반에서 글 쓰는 아이더구나."

선생님은 뜻밖에도 편지뭉치를 내게 돌려주었다. 제법 잘 쓴 글이라 차마 태워버릴 수 없어서 돌려주는 것이니 그 대신 일주일 내로 이 교제를 이젠 끊고 공부에 전념하겠다는 약속을 해야 된다고 말씀하셨다. 일주일이 금방 지나갔다. 교내 정구장 옆을 지나다가 선생님과 마주쳤다. 결심했느냐고 물으셨다. 나는 선생님 등 뒤로 돌아가 숨을 한 번 크게 들이쉬고 나서 기어들어가는 소리로 대답했다.

"거짓말하기 싫어요…. 어떻게 지금 당장 고만둘 수가 있겠어요…."

선생님은 뒷짐을 쥔 채로 한참 하늘만 보고 서 있다가 가던 길로 계속 가셨다.

어찌하랴! 한 해를 못 채우고 나의 첫사랑은 내게 선명한 아픔을 남기고 떠나갔다. 나는 똥구덩이에 빠졌을 때보다 더 서럽게 울었다. 결국 나는 그녀를 만났다. 그녀를 자세히 훑어보았다. 내가 그의 '새 여자'보다 못한 것은, 태생적으로 작은 내 젖가슴뿐이라는 결론을 재빠르게 내렸다. 나는 미련 없이 돌아섰다. 아니다. 미련 없이 돌아섰다니! 얼마나 힘들었는데…. 그날따라 비는 왜 그리 퍼부었던지, 그날따라 동네 산자락 라일락 꽃길은 왜 그리 미치게 향기를 뿜어댔던지…. 우산도 없이 혼자 걸으며 얼마나 폭포처럼 울었던가.

4부 초콜릿을 나눈 남자

더는 함께 나눌 수 없게 된 서로를 향한 눈빛의 시간을 잊어버리기 위해 나는 등굣길 전차도 타지 않았다. 고행하듯 이를 악물고 먼 학교 길을 걸어서 걸어서 갔다.

부치지 않은 편지들을 아궁이에 던져 넣고 있던 어느 날, 그의 친구가 찾아와 위로랍시고 해준 말은 엉뚱했다. 어렸을 때 시골 똥구덩이에 빠졌었다는 얘기를 들려주고부터 어쩐지 그녀가 싫어졌다고 말하더란다. 죽일 놈! 나는 픽 웃었다.

엄니가 그리도 목마르게 기다렸던 '딸의 머리 올리는 날'은 내가 스물일곱이 되던 해에 찾아왔다. 축하주를 따라주는 외삼촌께 엄니가 한마디 하셨다.

"인저 맘 놔두 되겠지, 잉? 우리 딸 그노무 똥구뎅이서 건져줄 놈 만났으니 말여."

참으로 많기도 많은 구덩이를 지나왔다. 엄니가 세상을 떠나신 후에도 빠지고 또 빠져야 했던 그 많은 '구덩이'는 헛발을 디뎌 빠질 때마다 용케도 또 다른 긍정을 만들어내 가며 곰삭은 거름이 돼 주었고, 철 따라 내 정원에 꽃으로 찾아주었다. 늘 그렇게, 첫사랑처럼.

(2016년 2월)

식기 전에 한술 떠먹은 사랑

내가 그를 떠난 이유는 어찌 보면 간단했다. 나는 그와 자고 싶었고 그는 무답(無答)으로 시간을 끌었고 나는 그 무답의 진의에 직면하기가 두려워 어느 날 갑자기 그의 앞에서 사라진 것이다. 나는 무작정 서울로 올라왔다. 비빌 데가 없었지만 그렇다고 대구로 다시 내려가고 싶지는 않았다. 그럭저럭 가을을 넘기고 그 길고 추웠던 겨울도 출정을 서두르는 봄을 맞아 서서히 뒷걸음질을 할 무렵이었다. 나는 뜻밖의 장소에서 그를 다시 만나게 된다. 대통령 취임식장에 합창단원으로 참석한 나는 어느 신문사 카메라기자로 불쑥 나타난 그에게서 쪽지 한 장을 받는다.

"오늘 저녁 5시에 창경궁 정문 앞에서 기다리겠소."

나는 가슴이 울렁거려 아무것도 할 수가 없었다. 같은 날 저녁 6시에 선약된 첼리스트에게 전화를 걸었다. 지방에서 올라온 옛 친구를 만나야 하니 5시 약속은 다음으로 미루자고 했다.

5시, 내가 창경궁 정문에 도착했을 때다. 으윽! 이게 무슨? 가슴이 와르르 내려앉았다. 약속한 카메라기자 H 씨와 첼리스트가 담소를 나누고 서 있는 게 아닌가! 그들은 오래전부터 아는 사이였고 또 그들은 각각 나를 사랑한다는 것도 알고 있었다는 게 아닌가!

"오늘 결투라도 하시려구요?"

나는 얼떨결에 생각지도 않은 말을 집어던지고 있었다. 그들은 웃었다. 셋은 저녁이 어둑어둑할 때까지 궁 안을 걸었다.

두 남자가 자기들끼리만 수군거리더니 H 기자가 내 곁으로 다가왔다.

"내 말 들어봐. 우린 오늘 부산으로 다시 내려가야 돼. 당신이 우리 중 한 사람을 선택해야 돼, 알겠수? 기다릴게. 당신이 선택한 사람 옆으로 가면 돼…."

두 남자가 서로 등을 돌리고 길 양편에 있는 편백나무 옆으로 자리를 옮기고 있는 게 아닌가.

시간이 흐르면서 서서히 어둠이 내려오고 있었다. 내심 첼리스트가 그냥 알아서 사라져주었으면 좋겠다 싶었지만 그는 오히려 긴 다리를 쩍 벌리고 자신만만한 자세로 버티고 서서 그에게 다가올 여인을 기다리고 있었다. '아이고…, 쌍코피 터지게 생겼으니 어찌하면 좋단 말인가.' 마음은 가차 없이 '그리움' 쪽으로만 기울고 있었지만 몸은 한 발짝도 움직여지지 않았다. 결국 나는 그 자리에 풀썩 주저앉아 버렸다. H 기자가 먼저 달려와 나를 안아 일으켜 세우는 순간 나는 꿈에도 그리웠던 그의 가슴에 얼굴을 묻어버렸다.

그가 지금 내 옆에 와 앉아 있다. 헤어진 지 반세기가 지난 지금, 그와 나는 일산 암병원 뜰, 벤치에 나란히 앉아 있다. 꽃망울이 금방이라도 터질 것 같은 벚꽃을 올려다보고 있지만 두 사람 중 누구도 그들의 오래된 말을 끄집어내지 못하고 있다.

나는 문득 그를 쳐다보았다. 그의 마른 입술이 바르르 떨렸다.

"많이 힘드세요? 무리하시지 말고 병실로 들어가시지요…."

내가 벤치에서 일어서려 하자 앉으라고 손을 저었다. 그는 여전히 입을 꾹 다물고 나를 먼 눈길로 바라보고만 있었다. 병원 건물 흰 벽에 반사된 그의 얼굴이 더없이 파리해 보였다. 항암치료로 다 빠지고 몇 개 안 남은 머리카락이 오후의 졸음 섞인 바람 위로 힘없이 흔들린다. 대체 어디에 들어앉아 저리도 오래 말없이, 마음 없이 앉아 있는 걸까? 나는 기다렸다. 그의 묵묵함의 자리로 나도 아예 궁둥이를 밀고 들어앉으려 할 때 그가 심한 기침과 함께 입을 열었다.

"그래요. 난 당신을…, 당신이라고 불러도… 되겠어요? 난 당신을 사랑했어요…. 그게 당신을 내게서 떠나게 한 이유인지도 모르겠어요."

나는 깍지 끼었던 손을 풀었다. 그는 이야기를 계속했다.

"분명히 해둬야 할 말이 있어요. 난 그때 당신을 범할 수도 있었어요. 그런데 당신이 뭐라고 했는지, (기침) …뭐라고 내게 말했는지

4부 초콜릿을 나눈 남자

기억해요? 아주 어릴 때 일본 병정에게 성희롱을 당한 일이 있다고 말했어요."

나는 고개를 끄떡였다. 숨을 깊이 몰아쉰 그는 말을 계속했다.

"순간, 이 소녀를 와락 안을 수도 있었겠지만 그녀의 솔직한 고백 앞에서 난 오히려 상스러울 수가 없었어요. 내 심정을 이렇다고 표현할 수 있을 때까지는 시간을 필요로 했어요. 그녀에게 하고 싶은 말이 드디어 수면 위로 차올랐을 때, 그래서 그녀의 거처를 찾아갔을 때는 이미 그녀가 서울 친척집으로 떠난 후였지요."

잠시 침묵이 흘렀다. 그는 눈을 감은 채로 다시 입을 열었다.

"난 당신이… 오늘… 이렇게 찾아줄 줄 생각도 못했…"

계속 기침이 그의 말을 막았다. 나는 들고 간 물병 뚜껑을 열어 그에게 건네주었다.

"그때 내가 미국 유학을 떠나지만 않았어도…"

"미국이란 나라가 이 지구상에 존재한다는 걸 미워한 건 그때부터였지요…, 호호."

내가 슬쩍 농담을 던졌다.

"… 결국 반세기의 헤어짐이 끝나고서야 병든 내 앞에 이렇게 나타나다니…"

그는 잠시 말을 끊고 물을 마셨다.

"이제야 고백하는군요…. 당신이 떠난 후, 난 내 인생에서 진정으로 위로받을 수 있었던 존재를 놓쳐버렸다는 것을 알게 되었지…. (그는 슬그머니 말을 놓았다.) 내 인생 해거름에 당신을 만나다니…. 어제 전화받고 잠을 이루지 못했어."

그는 물을 한 모금 입에 물고 가운 주머니에서 무슨 약인가를 꺼내 입에 털어 넣었다. 말기폐암환자의 기침 소리는 참으로 듣고 있기도 힘들었다.

"말 안 하셔도 돼요. 힘드신데…."

나는 적당한 선에서 말을 그만두도록 해주고 싶었지만 그는 계속했다.

"아냐, 조금만 거기 그렇게 있어."

나는 목수건을 끌러 그의 목에 감아주었다.

"…두서없이 얘기해도 그냥 들어줘. 당신과 헤어진 후, 난 몇 여자를 만났어. 미국에서도. 귀국해서는 '결혼'도 했지. 난 늘 허탈한 느낌이었어. 서로가 이해되지 않는 부분이 점점 많아지면서…. 뭐랄까, 마구 슬퍼지는 거였어. 말하자면 밖에 나와서는 눈곱만큼의 그리움조차 없었던 아내를 저녁이면 육체적인, 생리적인 관계로 욕망을 꾸역꾸역 채우는 거…. 얼마 안 돼서 난 우울증에 시달렸고… 그러다가 어느 날 혼자 긴 여행을 떠났지. 뭘 어떻게 다르게 해보겠다는 목표가 있어서가 아니야. 그냥 단지 내가 살아나지 않으면 안 되겠다는 거…. 당신은 이해 못 할 거야."

"사랑해서 결혼한 거 아니었나요?"

"사랑? 그래…, 내가 지금 '사랑' 얘길 하려는 걸 거야. 사람들은 그렇게 어렵게 생각하는 거 같지 않지만 난 금방 후회했어. 간단히 말하면 난 혼이 합쳐지지 않는 사람과 살부터 섞었던 거야. 날이 갈

수록 거기 익숙해지고 얼마 지나니까 자신이 싫어지고 미워지는데도 난 일종의 죄의식에 잡혀 결혼에 응했던 거야. 부부로 살면서도 몸과 몸이 섞였을 때에야 확인되는 존재의식이… 마치 빈 껍질만 쥐고 있는 것 같은…(기침)….”

“몸을 통해서 혼을 만날 수도 있지 않나요?”

“아니….”

그는 단호히 나의 말을 끊었다.

“나도 그런 줄 알았는데 그건 아니었어. 난 남자와 여자의 만남이 보다 깊고 넓고 높은 의미를 지녀야 한다고 믿어. 의미가 없는 만남이란 마치 마약에 중독된 것처럼 단지 살만을 탐하지. 의미가 있어야 해. 그렇지 않다면 동물적일 수밖에 없어. 난 그때 나 자신이 점점 그렇게 되어가는 걸 알았어. 슬프더군.”

“결국 부인을 떠나셨다고 들었어요….”

“그녀가 먼저 말하더군. 이혼하자고….”

“아기는?”

“아기는 생기지 않았어요.”

그는 나오는 기침을 참으려고 손수건을 입에 대고 있었다. 이제 그만 들어가자고 해도 그는 ‘조금만…’ 하면서 얘기를 계속했다.

“…그래, ‘사랑’이라고 하는 것이 정확하겠군. 온통 사랑으로 서로가 닿고 사랑으로 서로 원하는 관계, 그것만이 사람 앞에서 당당하고 신 앞에서도 당당할 수 있다고 믿어. 특히 남자와 여자 관계는 그렇더군. 가슴으로 이해되지 않고 ‘있어지는’ 관계는 언제나 허망해. 난 결국 본능의 문을 닫아걸었어. 무엇보다 내 몸이 갖고 있는 욕망을 가차 없이 질책하고 학대했어. 그러지 않고는 나를 지탱할 수 없었던 거야."

"그럼 남해 쪽으로 이주했다는 소문이 병 때문만은 아니었군요. 요양차 떠나신 줄 알았는데…."

그는 고개를 가로저으며 '이제 그 얘길 해서 뭘 하겠느냐'고 했다. 잠시 내게서 시선을 거두고 먼 산을 보고 있던 그는 다시 얘기를 계속했다.

"반년 전쯤 될 거야. 당신이 유럽에서 돌아와 서울에 살고 있다는 소식을 듣고… 난 만나야 된다고 생각했어. 전화번호를 알아내어 다이얼을 돌렸지. 아들이 받더군. '어머니가 병원에 입원하셨어요.' 난 얼떨결에 전화를 끊었어. 그러다가 다시 걸었어. 주소 좀 달라고 했지 …."

"처음엔 발신자 이름도 없는 유기농 채소가 자주 택배로 와서 이게 누군가 여기저기 물어보고 그랬어요."

"당신을 만나는 데 용기 같은 게 필요했던 것 같지는 않아…. 어쨌거나… 난 또 몇 해를 소식 없이 지낸 거지. 결국 죽음을 앞에 놓고서야 만나자는 말을 했으니…."

계속 힘들어하는 그를 더는 볼 수가 없었다. 나는 일어섰다.

"잘하셨어요. 전화 잘하셨다고요. 전 바로 병원 앞 동리에 사니까 언제든지 연락하셔요."

저녁녘 전화를 걸어온 그는 얘기의 결론을 이렇게 마무리했다.

"사랑으로 섞인 사람들이라면 이렇게 살지 않았을 거야. 누가 누구를 묶고 묶이는 것이 아니라 진정한 해방, 진정한 기쁨을 주고 진정한 행복의 실체를 확인시켜주는 사이로…, 극복이 아니라 녹여주는…."

그가 잠깐 숨을 고르고 있는 동안 내가 말했다.

"선생님은 갈데없는 로맨티스트예요."

"그래요…, 이제 난 새 세상을 향해 발을 내디뎠어. 당신을 사랑한다는 것이 기쁘다. 당신은 나로 하여금 세상의 본질을 밝게 보는 눈을 주었어. 지금 밖은 바람이 몹시 분다지? 겨울이 마지막으로 봄을 시샘하느라고 그러나 봐. 잘 자요."

그와 내가 걸어온 여정 때문이었을까? 그의 말이 더없이 감미로웠다. 거울에 비친 두 눈이 물이 되어 일렁이고 있었다.

늦은 밤 나는 기어코 또 한 번 다이얼을 돌렸다. 그는 아직 자지 않고 있었다. 그가 잠드는 시간까지 나는 옛날 얘기 하나를 들려주겠다고 했다.

"선생님, 생각나실지 모르겠어요. 저를 만나러 나오실 때 즐겨 입으셨던 노란색 셔츠… 달맞이꽃 연노랑이죠. 어느 날 선생님 숙소 옆을 지나다 보니까 선생님의 그 달맞이꽃 연노랑 셔츠가 빨랫줄에 걸려 바람에 춤을 추고 있는 거예요. 저는 잠시 정신을 놓고 그 빨래를 올려다보고 있다가 그만 친구네서 얻어 들고 오던 고추 모를 땅에 떨어뜨렸어요. 저는 떨어뜨린 고추 모는 놔둔 채 허둥지둥 뛰어가 선생님의 달맞이꽃 셔츠를 화닥닥 걷어서 들고 뛴 거예요. 호호호….”

나의 웃음소리는 그러나 이내 깊은 공허 속으로 와해되면서 나를 주춤하게 했다. 어찌하면 좋은가? 병원으로 달려가 볼까? 그의 침묵이 나를 무섭게 했다. 벌써 목숨이 지고 있는 건 아닌가? 전화 다이얼을 다시 돌렸다. '부욱, 부욱' 통화 중이다. 결국 나는 한걸음에 병실로 달려갔다. 짓무른 눈가에 달맞이꽃 같은 엷은 미소를 지은 그가 말했다.

“달맞이꽃 셔츠 얘기 차암 좋았어. 흠…, 사랑은 그렇게 순수한 건데… 우리의 의지와는 무관한 것인데….”

나는 그의 손등에 내 손을 잠시 얹어놓고 있다가 돌아섰다.

그리고 그는 나를 더는 불러 세우지 않았다. 그날도, 그날의 내일도.

뮌헨의 휴일

카메라만 달랑 메고 뮌헨 거리관광에 나섰다. 여러 번 다녀간 곳
이지만 혼자만의 자유를 누리기는 오늘이 처음이다. 마리엔 광장
쪽으로 방향을 잡았다. 루트비히스가(街)를 지나 테아티너 거리를
거닐면서도 나는 줄곧 그 생각만 했다. 누가 내 뒤를 밟고 있다. 뒤
를 돌아다보지 말자. 뒤를 돌아다보지 말자…. 영화 제목은 잊어버
렸지만 노처녀 캐서린 헵번의 뒷모습에 뜨거운 시선을 꽂고 있던
이태리 영화배우 로사나…, 로사나 뭐더라? 그 눈부신 아이보리색
신사복의 사나이가 지금 내 뒤를 쫓고 있다.

마리엔 광장 노천카페 한구석에 자리를 찾아 앉았다. 맥주부터
주문했다. 뢰벤브로이 맥주병을 번쩍 들어 달아오른 내 얼굴에 비
벼댔다. 아, 이 안온한 차가움이라니!

'어떤 놈이 나더러 늙었대? 캐서린 헵번이 그 영화 찍을 때도 서

른 중턱을 훨씬 넘겼을 때야. 난 마흔 중턱을 넘겼지만 그건 아무도 짐작 못 해!'

나는 손거울을 꺼내 얼굴을 들여다보았다. 에구머니! 이게 꿈인가 생신가! 거울 속 저편에 아이보리색 재킷을 걸친 로사나가 나를 뚫어지게 쏘아보고 앉아 있는 게 아닌가! 아냐, 쏘아보는 대상이 내가 아닐 수도 있어. 선글라스를 꼈으니 딴 데를 보고 있는지도 모르지… 한번 돌아다볼까? 아냐, 그렇게 싸게 놀 때가 아니지… 그럼 어쩌나… 그래도 궁금하다. 가만있자, 얼굴 좀 다시 손질하고…. 나는 다시 손거울을 꺼냈다. 어?? 이게 어떻게 된 일이야? 거울 속 로사나가 없어졌다. 온몸의 힘이 허르르 빠져나가는 것을 느꼈다. 나는 몸을 홱 돌려 그가 있던 자리를 살펴봤다.

"구텐탁, 프로이라인(미스)…."

그는 어느새 내 옆구리까지 바싹 다가와 손을 내밀었다. 유럽 사람은 남자나 여자나 처음 만나는 사람과도 곧잘 악수로 첫인사를 한다.

"게하르트 훼퍼입니다. 여기 같이 앉아도 되겠습니까?"

"네? …네."

반짝이는 흰 이를 드러내며 그는 사람 잡는 미소를 던지고 있었다. 마흔 살은 아직 안 돼 보였다. 가슴 뛰는 소릴 들킬세라 나는 공연한 헛기침을 연거푸 했다.

"혹시 야판(일본)에서 오셨나요?"

"네? 켁헤헤…."

떨고 있던 속 공기를 나는 생각지도 않은 야릇한 웃음으로 뱉어 내 버렸다. 그리고 저절로 말문이 트였다.

"실망인데요⋯."

"아, 실례를 한 것 같습니다. 저는 그냥⋯."

"용서해드릴게요. 독일인은 자국민 다음으로 반기는 게 일본인이 니까요⋯."

"아니⋯, 무슨 말씀을⋯."

그는 내게 양해를 구하고 맞은편에 앉았다. 선글라스를 벗는 순 간 나는 처음으로 로사나의 환상에서 깨어났다. '녀석, 선글라스 좀 그대로 걸치고 있지⋯.' 그의 콧등 아래쪽만 보았을 때가 천국이었 다는 생각이 스쳐갔다. 그는 내게 명함을 내밀었다. 언뜻 훑어보니 영화제작자 겸 영화감독이었다. 명함과 그 사내의 얼굴을 번갈아 훑어보고 있던 나는 '당신도 뭐 마실 거를 시키라'고 제법 여유 있게 말했다. 매력 없이 생긴 남자는 여자를 긴장시키지 않는다는 걸 알 았다. 그는 궁금해 못 견디겠다고 하면서 내게 물었다.

"독일인이 자국민 다음으로 일본인을 선호한다는 얘기는 무엇인 가요? 2차 대전 동맹국이었다는 거 때문인가요?"

"그건 오히려 제가 물어볼 말인데요. 독일인이 일본인 다음으론 누굴 좋아하는지도 저는 아는데요⋯."

"⋯⋯?"

호기심에 찬 그의 눈동자가 아까보다는 귀여워 보였다.

"개⋯ 아닌가요?"

"하하, 개라고요?"

"그담엔 고양이고요…."

"아니, 아니…, 프로이라인…."

그는 자기 무릎을 여러 번 쳐가며 웃었다.

"저, 프로이라인이 아니라 프라우(미세스) 공인데요…."

"아, 프라우 공…, 그런데 좀 아까 그런 얘긴 어디서 들으셨는지
모르지만…"

"고양이 다음으로 귀히 여기는 게 있죠…, 개똥!"

"나인, 나인(아니, 아니), 하하하…."

그는 앉았던 자리에서 일어나 하늘을 향해 두 손바닥을 벌리고
한 바퀴 돌더니 다시 자리에 앉았다.

"아직 안 끝났는데요…. 개똥 다음으로 인정해주는 게 있죠. '터
키 노동자들'…. 당신네들 필요에 의해 수입된 노동인력, 온갖 냄새
나고 더러운 일은 다 맡아서 하는…."

그의 표정이 순식간에 파랗게 굳어졌다.

"제 뒤를 쫓으셨나요?"

나는 한참 망설였던 질문을 했다.

"그럼요."

그는 서슴지 않고 대답했다.

"굉장히 당연한 일을 하신 것 같이 대답하시네요."

"그럼요. 음… 짧은 만남, 짧은 대화였지만 프라우 공이 저를 완

4부 초콜릿을 나눈 남자

전 매료시켰습니다. 저는 지금 제가 제작하고 감독하는 영화에 출연할 여배우를 찾고 있습니다."

뭣이라? 놀란 나대신 식탁 위의 냅킨이 하릴없이 펄럭댔다.

"한국 여자를 찾고 있어요."

나는 '캑' 하고 웃었다. 그는 왜 웃느냐고 물었다.

"혹시 삐쩍 마른 한국 여자를 찾으십니까?"

농담이 흘러나올 정도로 나의 긴장이 제법 풀려가고 있었다. 잠시 코밑수염을 만지작거리며 앉아 있던 그는 짐짓 심각한 표정을 지으며 나를 제법 다정하게 불렀다.

"들어보세요, 프라우 공. 난 당신을 거의 네 시간 이상 지켜보고 있었어요. 당신이 묵고 있는 루트비히스 호텔에 친구 만나러 갔다가 로비에서 보았죠. 여러 친구들과 이야기를 하는 모습, 장난치는 모습, 그리고 헤어지는 장면도 멀리서 지켜보았어요. 식사하실 때도 바로 옆 테이블에 앉아 당신을 지켜보고 있었답니다."

"진짜로 웃기시네요…. 호호, 설마 시방 나더러 영화 출연하라는 건 아니겠죠?"

"프라우 공, 아무것도 결정된 게 없습니다. 오늘 저녁에 각본을 가지고 조감독이 찾아갈 것입니다. 우선 읽어보시고 제게 전화를 주시면 제가 호텔로 찾아뵙겠습니다. 프라우 공이 맡으셨으면 하는 주인공은 율리아와 테레사라는 쌍둥이입니다. 그럼 오늘은 이만…."

미처 뭐라고 말도 못 하고 있는 사이에 그는 커피값을 계산하고 손을 흔들어 보이며 사라졌다.

　나는 자리에서 일어났다. 숙소 쪽을 향해 걷기 시작했다. 캐서린 헵번으로 '마리엔 광장'에 왔던 조 아무개가 율리아로 변신해 '테아티너 거리'를 걷고 있는 것이 쇼윈도를 통해 보이고 있었다. 나는 윈도 속의 여인에게 손을 흔들어주면서 계속 걸었다. 나를 정지시키는 것은 아무것도 없었다. 그 많은 신호등이 줄줄이 초록빛으로 열리고 있었다. 운이 풀리고 있을 때 독일인들이 하는 말을 나도 한번 질러보았다. "그뤼네 벨레!(Gruene Welle!)" 초록의 물결이 계속 출렁이고 있었다.

　뒷머리 옆머리를 삥 돌려 기계로 밀어 올리고 머리 꼭대기에만 고실고실한 파마머리가 남아 있어 마치 '백두산 수리취'를 연상케 하는 헤어스타일의 청년이 시나리오를 들고 왔다. 조(助)감독으로 이 일을 맡은 사람이라고 자기를 소개했다.

　"쾰른 티브이 방송국에서 훼퍼 스튜디오에 위촉한 작품입니다. 제목은 '2021년'이고요…. 45분을 한 꼭지로 다섯 시리즈를 찍는데 일단 한번 읽어보시고 전화 주십시오."

　"그러니까 티브이 드라마인가요?"

　내가 물었다.

　"스토리는 드라마로 엮어지지만 반 이상이 다큐입니다. 읽어보시면 아실 겁니다."

　각본을 받아들고 나는 공원 벤치를 찾아 가 앉았다.

　　　　　4부 초콜릿을 나눈 남자

주로 제3세계를 취재하는 문화부 기자 겸 리포터, 팀(Tim)은 유태계 독일인이다. 한국인 간호사 율리아(세례명)와 가정을 이루고 이곳 뮌헨 근교에서 10년 가까이 살고 있다. 어느 날 그는 한 기독교 기관에서 연구를 위촉받는다. 인도, 가나, 콩고, 태국 그리고 한국을 여행하며 그들 각 나라 토속적 종교문화의 역사와 실태를 조사하고 기독교와의 접목을 위한 미래의 비전을 제시하는 프로젝트다.

극심한 가난으로 인해 여기저기로 흐트러진 가족의 생존 여부도 모르고 살고 있던 율리아는 남편 팀이 그 프로젝트를 위해 한 달 이상 한국을 여행하게 된다는 말을 듣고 자기의 쌍둥이 자매 테레사를 찾아봐 달라고 부탁한다.

자매가 나란히 서서 영세받을 때의 사진을 지니고 남편이 한국으로 떠난다. 남편에게서 반가운 전화가 온다. 드디어 테레사를 찾았다는….

프랑크푸르트 공항, 쌍둥이의 감격적인 상봉 장면을 읽다가 나는 훼퍼 감독에게 전화를 걸었다.

"제가 율리아인가요, 테레사인가요?"

"둘 다죠."

"네? 둘 다요?"

"아, 네…, 그건 기술적으로 가능합니다. 프라우 공, 늦어도 12월 초부터는 크랭크인해야 하니까 각본 읽으시는 즉시 여기 조감독과 애길 나누시고 떠나셔야 됩니다.”

“아직 하겠다는 말 안 했는데요….”

“물론 안 하셨죠. 계약 조건부터 사소한 디테일까지 일단 조감독과 얘기를 나누시고 나면 그 담엔 카메라 감독을 만나시고, 그리고 여기 오신 김에 율리아의 남편 역을 맡은 클라우스까지 만나셔야 합니다. 그럼….”

“잠깐만요. 제가….”

“말씀하십시오.”

“추천할 만한 한국 여자가 있어서요… 얼굴도 아주 예쁘고, 끼도 있고…”

“아, 프라우 공, 제가 바빠서… 짧게 말씀드립니다. 저는 배우를 찾을 때 사진으로 찾지 않습니다. 감각으로 찾지요. 일단 끝까지 읽어보셨으면 합니다.”

나는 끽소리 못하고 수화기를 놓았다.

밤사이 각본을 다 읽고 아침 8시에 호텔 카페에서 조감독과 마주 앉았다.

“제 심정을 솔직히 말씀드리겠습니다, 헤어(미스터)…”

“베르크입니다.”

“헤어 베르크. 우선 이 율리아라는 주인공 속에 제 감정 이입이 힘들 것 같아요. 배우가 아니라서 그런지… 별로 구미가 당기는 역이 아니네요.”

"네…, 그럴 수도 있겠죠. 벌써 촬영이 완료된 거부터 말씀드리지요. 율리아와 테레사는 쌍둥인데 이 자매가 다섯 살 때 한국 어느 성당에서 영세를 받아요. 그 장면은 벌써 찍어 왔어요. 나중에 보시면 아시겠지만 그 아이들의 모습이 프라우 공과 비슷해요. 우연이죠."

"맙소사…."

"한국의 전통예식 장면, 그리고 장례식의 상여 등 모두 찍어 왔어요. 그리고 참, 또 하나…, 어젯밤 감독님과 스태프들 모임에서 결정된 건데 이 작품 전체의 흐름을 이야기로 해주는 내레이션이 굉장히 중요하거든요. 그런데 그걸 프라우 공이 맡으면 정말 좋겠다고 했어요."

"내가요?"

"프라우 공의 독일어 발음은 '포라겐(vorragen, 뛰어난)'하다고, 아주 음악적이고 역동적이라고 감독님이 말해서…."

"그거 하면 출연료도 올라가나요? 하하. 농담입니다."

"우선 율리아와 테레사가 나오는 신만 찍는 데 3주, 내지 4주를 잡습니다. 출연료는 3만 5000불 잡고 있습니다. 물론 내레이션은 엑스트라로 지불하고요…."

"와아, 많이 주네요…. 촬영은 어디서…?"

"대체로 우리 휘퍼 촬영 스튜디오에서 하죠"

나는 말했다. 출연하고 싶지만 조건이 있다고.

1. 여행 갔다 돌아온 남편과 키스하는 장면은 다른 것으로 대치해주어야 한다.
2. 율리아는 한국에서 인력수출로 파독된 간호사이지만 간호사를 고만둔 후 독일에서 작곡 공부를 하고 있는 사람이면 좋겠다.
3. 한국을 위한 시리즈에서 주제곡은 내 작품이라야 하고 피아노 치는 장면도 내가 직접 출연한다.

말없이 내가 하는 말을 종이쪽지에 적던 '수리취 머리'는 자리에서 일어나면서 장난기 어린 한마디를 던지고 사라졌다.
"남편 역 맡은 배우가 아주 미남인데 키스 신 빼라고 해놓고 후회 안 하실지…."

나의 제안 중 2번, 3번을 놓고 각본 쓴 사람하고 합의가 어려워 결국 나는 이틀 동안을 더 여관방에서 뒹굴어야 했다. 여관비는 물론 그쪽에서 물어준다고 하면서 조금만 더 기다리라는 전갈이 왔다. 저녁 늦은 시간에 감독이 헐레벌떡 나를 찾아왔다. 2, 3번이 내 뜻대로 통과되었단다. 나는 내레이션도 맡겠다고 쾌히 승낙했다. 문제의 1번, 키스 신은 그날 봐서 자연스럽게 조종하자는 아리송한 말을 남기고 감독은 호텔을 떠났다.

다음날 아침, 카메라 촬영감독이 나타났다. 그는 호텔방까지 올라와 카메라 테스트를 했다. 허수아비처럼 서 있는 내 주위를 뱅뱅

236

돌며 앞으로 찍었다, 옆으로 찍었다, 발랑 누워서 찍었다…, 이렇게 해봐라, 저렇게 해봐라, 주문도 많았다. 물론 나는 꼼짝없이 응해야 했다.

그가 떠나고 나니 문제의 주연 남우가 오신다는 기별이다. 나는 괜히 긴장되어 거울 앞으로 가 앉았다. 희한한 일이었다. 파슬파슬 말라가던 중년 여인의 피부는 어디로 사라진 건가! 비 갠 날 풀숲에서 튀어나온 청개구리 같은 보송보송한 얼굴의 소녀가 거울 속에서 놀란 눈망울로 나를 마주 보고 있었다.

드디어 나타났다. 키는 1미터 84 정도? 나이는 아직 사십 미만? 하얀 얼굴에 숯덩이 눈썹, 두 눈썹이 잘못하면 붙을 정도로 양미간이 좁은데 그 사이로 치솟은 콧등 위로 몇 개의 검은깨가 뿌려져 있다. 짧게 깎은 턱수염은 그런대로 그의 매력 포인트 같았다. 그는 그 흔해빠진 독일식 악수도 뒤로 미루고 묵묵히 내 주위를 두어 바퀴 돌고 있었다. 나는 우선은 기다렸다. 기다리다 보니 그 기다림이 인내의 한계를 지나 내 속에서 슬슬 역겨움이 올라오고 있었다. 한마디 했다.

"내가 심히 어지러우니 어디 좀 앉아주시겠어요?"

"아아, 물론이죠. 실례했습니다. 클라우스입니다."

그는 손을 내밀었다. 자리에 앉아서도 그는 턱수염만 조근조근 만지고 있을 뿐 말을 걸지 않았다. 멋쩍고 아니꼬운 기분을 이런저런 앉음새 고침으로 달래고 있을 때 이 천하의 무례한 녀석이 정색을 하며 물었다.

"어떻게 영화를 찍을 생각을 하셨나요?"

나는 당황하지 않았다. 싸움은 진작부터 내 속에서 시작되고 있었기 때문이다.

"글쎄요…, 그쪽은 어떻게 영화배우가 될 생각을 하셨나요?"

"아, 저요. 전 연극학과를 나왔거든요."

"전 음악학과를 나왔거든요."

"아, 좋습니다, 좋습니다…."

"뭐가 좋은데요?"

"네? 으하하하핫…."

"실망하셨나요? 가슴이 안 커서?"

"오오, 프라우 공!! 어떻게 그런 말씀을…. 오, 나인, 나인…, 전 그냥 오늘 서로 사귀러 나온 건데…."

그는 화끈 달아 붉어진 얼굴을 두 손으로 쓸어내리고 있었다.

"사귀러 나오셨으면 예의를 갖추셔야지. 사람을 세워놓고 몇 바퀴 돌지를 않나…. 독일대학 연극학과에서는 그렇게 가르치나 보죠?"

"아이고, 잘못 했습니다, 프라우 공. 사과드리죠, 하하하."

그는 두 손을 내게 내밀며 말했다. 나도 씩 웃어주었다.

우리는 공원으로 나갔다. 내가 비둘기들에게 빵조각을 던져 주고 있는 사이에 그가 아이스크림을 사다 내게 다정하게 먹여주며 '로만 홀리데이' 같은 '뮌헨 홀리데이'를 만들자고 말했다. 나는 아직도 속이 안 풀려 한 대 더 올려붙였다.

"그쪽은 그레고리 펙 근처도 못 가게 생겼지만 나야 오드리 헵번의 골체미(骨體美)를 능가하는 매력의 소유자죠. 날 왕녀 모시듯 하지 않으면 어떤 결과가 올지 알고 계시겠네요!"

그는 제발 살려달라고 했다. 둘은 파안대소를 하며 서로를 가볍게 안았다.

1983년 12월 1일, 드디어 크랭크인 하는 날이 왔다. 헤어진 지 22년 만에 극적인 해후를 한 자매의 모습부터 촬영에 들어갔다. 피아노 앞에 앉은 율리아는 테레사를 위해 자신이 작곡한 노래를 들려준다.

오 자유, 오 자유
나는 자유하리라, 자유하리라.

나는 비록 얽매였으나
나는 이제 돌아가리
자유 주시는 내 주님께

간주를 치면서 나는 그 위에 한 청년의 절규를 읊었다.

나는 기도와 묵상 속에서 어렸을 때 본 영화의 마지막 장면을 연상합니다. 나치스에 대항하여 싸우는 프랑스 레지스탕스 운동에 참가한 대학생이 마침내 나치스에 잡혀 형장으로 끌려갑니다. 앞에 가는 사람은 묵주를 손에 들고 묵묵히 묵상하며 걸어갑니다. 그런데 그 뒤에 오는 사람은, '나는 아무 일도 안 했다'고 계속 투덜거립니다. 이때 앞에 가던 사람이 뒤에 가는 사람을 향하여 말합니다. '바로 당신이 아무 일도 안 했기 때문에 우리는 모두 죽음으로 끌려가는 것이고 또한 죽어야 하는 것입니다'라고. 오늘 우리를 처단하는 국가보안법이라는 악법이 내일은 당신과 당신의 자식을 국가보안법위반으로 몰아 재판할 것입니다. 기억하십시오.

— 김현장

바퀴 달린 차를 타고 카메라가 피아노 치는 내 주위를 몇 바퀴를 돌며 촬영했다. 동생 테레사의 얼굴이 정면으로 찍힐 때는 율리아인 내가 그녀의 자리에 가서 앉아 있고, 테레사의 뒷모습만 찍을 때는 나의 뒷모습을 닮은 뮌헨 대학교 학생이 대역을 하고 나는 계속 피아노를 치며 노래를 불렀다.

마침내 가장 자신 없는 연기를 해야 되는 시간이 왔다.

한 시간 이상의 승강이 끝에 문제의 '키스 신'을, 그냥 '와락 껴안는 장면'으로 대치하자는 데 합의를 봤다. 아무려나 그것도 만만치 않은 연기 실력을 요했다.

4부 초콜릿을 나눈 남자

남편이 몇 달간의 아프리카 취재 출장을 마치고 집으로 돌아오는 날이다. 초인종이 울리면 아내 율리아가 바람같이 현관으로 뛰어나가 남편의 목에 매달리는 장면, 그리고 다시 얼굴을 마주 보며 애무를 하는 장면을 찍는데 스물네 번의 엔지(NG)를 냈다.

"못 살아, 못 살아…. 다른 건 그렇게 능청스럽게 잘하더니 왜 이 어렵지도 않은 걸 가지고 시간을 끌어, 끌 길!!"

총감독과 카메라 감독이 번갈아가며 땅을 쳤다. 12시 점심시간을 넘긴 지도 반 시간이 지났다. 카메라 감독이 머리를 설레설레 흔들며 투덜거렸다.

"큰일야. 이 신이 오전에 끝나야 오후에 '바다 신'으로 들어가는데…."

그는 내 손을 끌어다가 모니터 앞에 앉혀놓고, 도대체 자신의 연기의 어디가 어색한지 직접 보면서 연구 좀 하라고 신경질 섞어 말했다.

남편 역의 클라우스도 화가 잔뜩 나 있었다. '자, 자, 다시 시도해봅시다!' 감독이 '짝짝!' 손뼉을 치자 필름번호 작대기 치는 사람이 내 귀에다 입을 대고 속삭였다.

"남편이란 녀석이 뭐 어디 섹시한 데가 있어야지…, 쯧쯧…. 눈을 아예 감고 뛰어요, 그냥…. 나 같은 미남을 생각하면서…."

"눈 감고요? 푸!"

"뒤에서 찍으니까 눈 떴는지 감았는지 알 게 뭐야!"

감독이 한 손을 높이 쳐들었다.

감독: 자, 이번엔 성공시키는 겁니다! 배고파도 5분만 참읍시다!

조감독: (손을 번쩍 든다.) 조용!

감독: 다스 리히트(Das Licht, 조명)!

　　프란츠!

프란츠: 순서 259! (필름번호작대기를 탁 친다.)

감독: 무직(Musik, 음악)!

음악 담당 마르쿠스: 로이프트(Laeuft, 갑니다)!

감독: (방 안에 있는 율리아를 향해) 큐!!

그런데 얼씨구? 방문을 차며 뛰어나올 줄 알았던 율리아가 이번엔 아예 나오질 않았다. 감독은 한 번 더 외쳤다. 큐!! 나는 지칠 대로 지쳐 있었다. 남편이 아니라 남편 할애비가 오셨다 해도 뛰어나갈 기운이 없었다. 문이 열렸다. 팔십 먹은 노인네 표정을 한 율리아가 입을 헤 벌린 채 뒤뚱뒤뚱 걸어 나왔다.

우헤헤헤헤…! 스태프들이 촬영장 바닥에 와르르 쓰러졌다. 입을 딱 벌리고 한참 제자리에 서 있던 감독이 내게로 다가왔다. 그는 나를 안아주었다. 그리고 비명처럼 소릴 질렀다.

"여러분, 이 말괄량이 코레아너린(한국 여인) 때문에 오늘 오전 촬영은 더는 못 합니다. 수고하셨어요!"

한국 바닷가 촬영을 앞두고 나는 가슴이 설레어 점심밥도 대강대강 먹어치웠다. 뮌헨 근처에 바다는 없으니 아마 뮌헨 남쪽 테간 호수에 가서 찍겠지….

머플러가 바람에 잘 날릴 수 있도록 코디네이터는 하늘하늘한 것으로 골라 매주었다. 블라우스도 바람에 우아하게 날려야 된다고 얇고 부드러운 것으로 입혀주었다.

"프라우 공, 준비됐으면 2층 3호실로 올라오십시오."

스피커에서 조감독의 목소리가 들렸다.

신바람이 나서 층계를 두 개씩 경중경중 뛰어 올라간 나에게 조감독은 창가에 서서 포즈를 잡으라고 했다.

"무슨 포즈요?"

내가 물었다. 그는 내 말엔 대답도 안 하고 뒤에다 대고 "예행연습 시작합니다!"하고 소릴 질렀다. 선풍기에서 바람이 일고 내 머플러가 날렸다. 내가 물었다.

"바다를 바라보라고 안 그랬나요?"

"맞습니다."

"바다가 어디 있는데요?"

"프라우 공은 그냥 이 창문에서 고향을 그리는 눈으로 먼 바다 수평선만 내다보면 됩니다."

"근데, 수평선이 어디 있는데요?"

스태프들은 또 한 번 '못 살아, 내가!' 하면서 킬킬댔다. 바다는 벌써 찍어다 놨다는 것이다. 나는 머플러를 신경질적으로 풀었다. 이제 그만하고 집으로 가겠다고 말했다. 모두들 배꼽을 쥐고 웃었다.

4주 동안의 촬영을 마친 나를 위해 그들은 송별파티를 열어주고 꽃다발도 안겨주고 기념촬영도 했다. 파티라고 하지만 모두들 풀이 죽어 있었다. 도대체 이 여자가 떠나고 나면 무슨 재미로 나머지 촬영을 계속하느냐는 것이다.

짐을 싸놓고 샤워를 하는데 전화가 울렸다. 감독의 목소리였다.

"큰일 났습니다. 프라우 공이 일주일이라도 더 머물러 주셔야겠습니다. 부탁합니다. 그렇게만 해주신다면 개런티는 물론 드리겠습니다. 프라우 공 붙들어놓으라고 모두들 데모를 하고 있어요."

"그럼 전 아무것도 안 해도 출연료 주신다고요?"

"그냥 옆에 앉아서 지금까지처럼 재미있는 말만 던지시면 됩니다."

"남편에게 전화해보고요….."

나는 결국 일주일을 더 그들과 함께 꿈속에서 살다가 현실로 돌아왔다. 마중 나온 남편과의 껴안음엔 단 한 번의 엔지도 없었다.

>>> 11년 전 수기에 실렸던 글을 손본 것이다.

대학원 나온 귀신

어느 날 갑자기 몸부림치듯 가버린 시집…, 돌이켜보면 참으로 희한하고 어처구니없는 얘기다.

"시집살이요?"

그녀는 픽 웃었다.

"당신도 시집살이라는 거 했을 것 아냐, 그 얘기 좀 듣자."

"그 얘긴 왜 또?"

차 한잔하자고 조용한 커피하우스로 불러낸 선배가 뜬금없이 꺼낸 화두는 '시집살이'였다. 얘기의 발단은 한국 여성의 '다소곳함'에 감동 먹었다는 독일인의 한국 방문기가 실린 잡지책이었다.

"이 타이틀 좀 봐. '한국 여성의 다소곳함'? 이게 언제 적 얘기냐?"

들고 있던 잡지책을 핸드백 속에 쑤셔 넣으며 '응?' 하고 그녀를 꼬나보는 선배의 야지광스러운 표정은 아직 자기의 질문에 대답을 하지 않았잖느냐 는 재촉으로 보였다.

"아직도 글 써요, 선배? 은퇴하셨다며?"

"딴소리 말고 대답이나 해. 나 급해. 설명은 나중에 듣고."

"글쎄…, 시집에 들어가 살긴 했지만…."

"살긴 했지만?"

"그게… 남들이 말하는 그런 시집살이가 아니고요…."

그녀는 기지개에 하품을 섞었다. 커피값은 자기가 낼 터이니 그 케케묵은 시집살이 얘기는 고만두자고 하고 싶었다. 눈치를 챈 선배는 그녀를 찾아온 이유를 설명했다. 독일 쾰른 방송국에서 다큐멘터리 티브이영화를 만들기 위해 한국을 방문하게 되는데, '코리아의 결혼문화, 어제와 오늘'이라는 제목으로 자기에게 글을 위촉해왔다고 했다.

"글쎄요…, '한국의 결혼문화'라…. 그것도 여자의 경우, 아까 그 독일인 잡지에 실린 '여자의 다소곳함'이 그려져야 하는 거 아닌가? 나와는 무관한 거 아뉴?"

"닥치고, 당신 얘기나 해."

"저 같은 막돼먹은 여자 얘기가 오히려 더 땡긴다?"

그녀는 잠시 새초롬한 표정을 짓더니 이내 기꺼이 이야기 문을 열었다.

"…황당하더라고요."

"뭐이?"

"시집이라는 걸 간다는 게 말예요. 아니, 멀쩡한 정신을 가진 한 성인 여자가…, 26년 동안 한이불을 덮고 잤던 엄마를 내동댕이치고, 아닌 밤중에 낙산 꼭대기, 낯선 사람들만 드글드글 하는 집으로 잠자리를 옮긴다는 게…. 그러고는, 이제부터 죽으나 사나 찍소리 말고 거기 엎어져 살아야 된다는 거, 그게 얼마나 웃겨요?"

"그래, 낙산 꼭대기로 시집을 갔어, 계속해."

기다랗게 앉아 있던 선배가 허리를 곧추세우며 녹음기를 눌렀다.

"3일 예정으로 신혼여행이랍시고 무슨 온천엔가 가긴 했지만, 4년도 넘게 알고 지낸 남자하고 온천에 가서 뭐 할 게 있겠어요. 하룻밤 달랑 자고 서울로 다시 왔죠. 사흘 예정에 하루가 모자라니까, 어쩌겠어요, 대한극장 옆 아스토리아 호텔에 들어가서 하룻밤을 마저 때우고 집으로 온 거죠."

"시집으로?"

"행길에서 택시를 내렸어요. 골목길은 차가 올라갈 수도 없게 좁으니까요…. 헐떡헐떡 그노무 강파른 언덕길을 걸어 올라가는데…, 길가 대문 앞에 쌓아놓은 연탄재가 뿌옇게 날아다니지, 퀴퀴한 마른 똥 냄새가 코를 괴롭히지…. 하여간…, 완전 낯설고 으스스한 산동네였어요."

"인생극장 첫 무대가 '달동네'라…."

선배는 판소리에 추임새 넣듯 대꾸를 했다.

"오버하지 마세요, '달동네'란 단어 안 썼어요."

"알았어. 계속해."

"올라가니까, 와앗다! 그렇게 크고 반듯한 미음 자 한옥집이 그 후진 산꼭대기에 있으리라 누가 상상이나 했겠어요. 나무토막에 쇠 꼬챙이를 불에 달궈서 글씨를 지진 문패가 붙어 있었어요. 박 아무 개? 가만있자…, 내가 박가네로 시집왔던가? 그이의 얼굴을 쳐다보 았죠. '으응, 그거…, 여기 문간방 사는 사람 이름이야' 하더라고요. 대문을 들어서니까 바로 오른쪽 문간방 앞 쪽마루에 문제의 그 '문 간방 여자'가 팔짱을 턱 끼고 모로 서서 새로 들어온 이 나그네를 꼬 나보고 있더라고요. 그 여자가 바로 이 미음 자 집 주인이고, '나'라 는 새댁은 말하자면 셋집으로 시집을 온 거라는 건 한참 후에야 알 게 되었죠. 암튼 방은 여러 개더라고요. 이 방에서도 사람이 나오 고, 저 방에서도 나오고, 사랑방에서도 나오는데…, 그제야 눈으로 식구 수를 세어봤어요. 식모 아이까지 열한 식구, 거기다 내가 맏며 느리래요."

"아아니, 맏며느리란 것도 모르고 시집을 갔단 말야?"

"그 사람이 맏아들이라는 건 알고 갔지만…."

"허, 그게 무슨 소리야?"

"글쎄, 나도 모르겠어요. 그때 친구들이 그랬죠…, 예라, 이 헛똑 똑아!"

"내 말이…."

"허기사, 내가 뭐 동생들 몇이냐고 캐물어보지도 않았으니까요."

선배는 입을 헤 벌린 채 고개를 도리도리하고 있었다. 그 많은 식구를 누가 다 먹여 살리고 있더냐, 시아버진 직업이 있더냐, 남편의 수입은? 다다다다 연속적으로 캐물었지만 그녀는 '지금 호구조사 왔우?' 하면서 '선배가 그냥 각색해서 쓰라'고 했다.

　"선배, 재밌는 얘기 하나 해줄까? 이것도 '결혼문화'에 속하는 얘기니까…. 친척 어른들이 새색시 방으로 우르르 들어왔어요. '어디, 농 속 좀 구경할까? 예단도 보고…' 하면서 장롱 서랍을 열려고 하더라고요. 그날, 사건이 터진 거죠."
　"사건?"
　"결혼 에피소드 제1탄…, 가만, 그 얘기하기 전에 서곡을 먼저 말씀드려야겠네요. 전 시집을 가야 되는 이유부터가 웃겼어요. 아버지가 오래 편찮으시다가 돌아가시고, 대식구가 별다른 벌이 없이 살아가려니까 집안 형편이 말이 아니었을 때였죠. 다른 형제는 다 사내들이니까 거기 눌러살게 되겠지만, 딸은 시집가버리면 한 식구 밥사발은 더는 게 아니겠어요."
　"가만…, 왜 그, 재벌 아들, 재일교포는? 대학원 다닐 때 왜 한참 데이트하고 그랬잖아? 차버렸어?"
　"차버리긴요. 전 애당초 그 친구에겐 관심도 없었는걸요. 다른 여자 중매해준다는데도 그 양반이, 이 중매쟁이가 더 스마트하다느니 어쩌니 하면서 자꾸 학교로 찾아와서…, 그래서 소문만 무성했던 거죠. 돈 많고, 차 좋은 거 끌고 다니고, 호텔 고급식당에서 양식 먹여주니, 옆에서들 '그 남자 찍어라' 했죠. 젠장, 그런데 필이 꽂혀야

말이죠. 결국, 2000원짜리 '간짜장' 사주는 사람을 택했죠."

"자알 났다, 평생 간장이나 찍어 먹고 살 팔자야. 그래 간장한텐 필이 꽂혔고?"

"푸, 그땐 필 따위 따질 형편도 아니었죠. 그냥 '간장'이 맘 하나는 착한 거 같으니까 찾아가서 '나 데려가구려' 했죠. '난, 아무것도 없으니 그냥 몸만 간다. 한 달 내로 날 데려가라.' 이게, 여자가, 남자에게 청혼한 말이라니까요."

"우헤헤…, 그럼 당신이 먼저 청혼했구려?"

"옛날에 뭐 따로 청혼 같은 거 했나요."

"그랬더니 뭐라고 합디까?"

"생각 안 나요. 그냥 뭐라고 그이가 말하기 전에 제가 따다다다 일사천리로 다 말 한 거 같아요. 지금도 생생하게 생각나는 건, 이 한마디예요. '결혼하고 싶은 이유는 단 한 가지다. 집안 형편이 이젠 끼니조차 에울 길이 없게 됐고 버는 사람도 없다'."

"푸하!"

선배는 앉음새를 바꿨다. 그녀는 계속했다.

"'몸만 가겠다. 내 몸 하나만 데려가도 오히려 당신 집에서 나를 데려가는 값을 내야 된다고 생각한다. 이불, 장롱, 그리고 예단 같은 건 생각도 말기 바란다.' 물론, 그이는 그딴 게 뭐 문제냐고 하더군요."

"그래서, 정말 알몸만 갔수?"

"그럼요."

"그럼요? 그럼 면사포니, 결혼식장 비용이니 그런 건 다 저쪽에서…?"

"면사포는 빌리고요, 식장값은 누가 냈는지 기억 안 나요. 나중에 알게 된 거지만, 그 집도 돈 없기로 말하면 저희 집보다 크게 나을 게 없더라고요. 암튼 시어머니께서는, 그래도 남들 눈이 있으니 옷이니 이불이니 그런 건 준비해야 된다고 하시면서 은밀히 옷감을 끊어 결혼식 한 달 전에 보내셨더라고요."

"그랬구나…, 그럼 약혼식은?"

"난, 돈 없으니 약혼식 같은 것 하지 말자고 했는데 시댁에서는 꼭 해야 된다는 거였어요. 청요리 집 방 하나 빌리고, 양쪽 집 식구에다, 친구 몇 명 불렀죠. 드디어 걱정했던 '예물교환 순서'가 됐어요. '어흠, 예물교환이 있겠습니다!' 주례 선생님의 말이 떨어지자 반지—물론 코딱지만 한 다이아 반지지만요—, 쌍가락지, 거기다 손목시계까지 주르르 제 까칠한 손에 채워지더군요. 그땐 몰랐죠. 그게 다 나중에 내가 갚아야 할 빚인 걸…. '에에, 이번에는 신부가 신랑에게 예물을…' 하는데, 화들짝 놀란 신랑감이 저를 쳐다보더라고요. 근데, 제가 느긋하게 웃고 있으니까 이 남자가 더 당황한 거예요."

"왜?"

"제가 그 전날, 청계천시장에 같이 갔다가 농담처럼 한 얘기가 있었거든요. 그 얘기를 실제로 그 장소에서 재연할까 봐 겁이 난 거예요. 픕! 내가요, 토끼털이 안에 깔린 레자 장갑을 하나 사서 주면서, '이게 약혼선물이에요' 했거든요. 그걸 약혼식장에서 꺼내 보여주려고 하니 남편이 얼마나 놀랐겠어요. 저를 팔꿈치로 지그시 누르면서 뭐랬는지 아세요? '어제 약혼선물… 미리 받았습니다. 제가 현금으로 달라고 했어요. 신혼여행 때 쓰려고요'."

"야아, 아니, 그럼, 당신은 정말 그 토끼털 장갑을 약혼식 예물교환 때 주려고 했단 말야?"

"그냥, 글쎄요, 잘 모르겠지만, 사람이 너무 가진 게 없으면 부끄러울 것도 없나 봐요."

"그래도, 신랑감이 고빌 잘 넘겼다, 얘…."

"거짓말 잘 못하는 사람인데 그날은 어떻게…, 하지만 그거 곧이들을 사람이 있었을까요? 제가 전날 장갑 사서 주면서 말했거든요. 이런 걸 아무 부끄럼 없이 예물로 주고받을 수 있는 약혼식 시대는 언제 올 건지 모르겠다고요. 두고두고 미안한 건 오히려 친정식구들에게였죠. 내가 벌써 예물을 준비했다고 해놓고는 그런 해프닝을 벌였거든요."

그녀는 커피를 한 모금 삼키면서 선배에게 재미있느냐고 슬쩍 물었다. 선배는 녹음기를 잠깐 들여다보더니 계속하라는 손짓을 했다.

"하여간…, 아까, 그 얘기로 돌아갈까요? 시집가서 장롱 서랍 빼던 날 얘기…."

"그래그래, 친척들이 혼수인지 예단인지 구경한다고 장롱 앞에 모였다고 했어…"

선배는 기대고 있던 의자를 앞으로 당겨 테이블에 팔꿈치를 대고 앉았다.

4부 초콜릿을 나눈 남자

그녀의 얼굴에 장난기가 돌았다.

"근데, 이 장롱이란 게… 엉터리로 만든 싸구려라서 서랍이 한 번에 빠지질 않는 거 있죠? 시집 친척 어른들이 진땀을 빼는 거예요. 오른쪽이 먼저 빠지면 왼쪽이 안 나오고, 왼쪽이 빠지면 오른쪽이 안 나오고, 손바닥으로 귀퉁이를 치면 한쪽만 쑥 들어가고…"

그녀는 말하다 말고 자지러지게 웃었다.

"응? 도대체 그 속에 들어 있는 거라곤 내 속옷 몇 개, 버선, 속치마뿐인데…."

"그래서? 서랍이 안 빠져서?"

"할 수 없죠, 뭐. '제가 도와 드릴까요' 하면서 일어섰어요. 발바닥으로 한 귀퉁이를 냅다 차서 서랍 한 개를 빼, 방바닥에 확 뒤집어 놨어요. 또 한 개를 빼는데 그 친척 어른들이 에구머니, 에구머니 하면서 우르르 일어나 방문 열고 도망치듯 나가더라고요."

"맙소사. 시집이 발칵 뒤집혔겠다."

선배의 등줄기가 다시 의자 뒷부분으로 밀려갔다.

"시어머니는 얼굴이 파랗게 질리셨고…, 뭐 시집에 비상이 걸린 거죠."

"남편은?"

"신경 쓰지 말라고 하더군요. 부모님 방에 가서 나 대신 사과하고 우리 방으로 건너왔더라고요."

"당신은? 당신은 사과 안 하고?"

"어떻게 안 할 수 있어요…. 무릎을 꿇었죠, 뭐. 부모님이 무슨 말씀이 있을 때까지 훌쩍거리고만 있었어요. 오빠들의 사리마다(팬티)를, 다 낡고 구멍 난 걸 여기저기 기워 몸에 걸치고 계신 친정어머니, 외동딸 시집보내는데 솜 한 톨 살 돈이 없어서 당신이 덮고 자던 이불을 솜틀집에서 틀어다가 시집가는 딸년 이불을 만들어준 엄마 생각을 하니까 기양 울음보가 터져버렸죠. '오늘은 아무 말도 하고 싶지 않으니 느이 방으로 건너가라' 하시더군요."

"아니, 그냥, '난 예단 그런 거 해 올 능력이 없었습니다' 하면 됐지 왜 서랍을 방바닥에 엎어, 엎길?"

"일을 저질러놓고도 그때는 저 자신도 저를 이해할 수가 없었어요. 시간이 지나고 나서 제가 남편에게 털어놨어요. 난 결혼을 하지 말았어야 될 사람이었다고. 당장 내일 먹을 것도 없는 집구석에서 결혼식이라는 어마어마한 일을 치르고, 시집으로 옮겨오기까지 얼마나 애상 받치고 속을 끓였던지 막상 식을 올릴 때가 다가오니까 그노무 결혼식인지 뭔지 안 하고 싶었다고 고백했어요. 지금 친정에서는 딸년 시집보내고 밥이나 제대로 먹고 있는지 신경 쓰이는 판에 예단은 무슨 개뼉다귀냐, 같이 살게 될 식구들 선물도 아니고 사촌에 팔촌까지 왜 내가 선물을 해야 되는 거냐, 뭐 대충 이렇게 말하면서 울었던 것 같아요."

그녀의 눈에 분노 같은 것이 번쩍였다.

"선배, 그때 그 새댁이 지금 이렇게 까칠까칠 늙어가고 있는데, 그렇게 세월이 흘러갔는데도 아직도 그 나라에선 결혼식 치를 때마다 그, 그, 말도 안 되는 짓거리들을 하고 있다고 고발하는 글이나

4부 초콜릿을 나눈 남자

쓰시지 그래요. 사랑이면 됐지 뭔 놈의 돈을 그렇게 처들이고 지랄들인지….”

“그래, 시댁 식구들한테는 뭘 좀 준비는 해 갔어?”

선배는 녹음테이프를 뒤집어 끼우면서 물었다.

“뭐, 쥐꼬리만 한 조교 월급으로 변변한 거 사갔겠어요. 그나마 못사는 오빠들이 보태줘서 나름대로 선물이랍시고 몇 가지 사간 거죠. 전 그때도, 거기다 예단이란 말은 붙이지 않았어요. 그냥 식구들에게 인사하는 선물이라고…. 그게 그건지 모르겠지만….”

“그러나저러나… 흠…, 당신이 신랑을 소중히 여기고 사랑했다면 그런 무모한 행동이 나왔을까?”

“한마디로, 꿈이 없고 사랑이 없는 결혼이었으니까요. 시집을 친정 식구 입 덜어준다고 간다는 얘긴 중국영화에서나 봤지…. 결혼이고 나발이고 세상 살고 싶지도 않았을 때예요. 그다음 날 일어난 일을 봐도 알 수 있죠.”

“또 무슨 일?”

“해 질 녘이었어요. 남편은 어디 나가고, 시어머니는, 이틀 후 저를 삼일근친인가 뭔가 보낸다고 필요한 과일, 고기… 그런 거 사러 장에 가셨고요. 시뻘겋게 타던 저녁노을이 보랏빛으로 변하면서 서서히 햇살이 사위어가는데…, 괜히 눈물이 나오더라고요. 현제명의 ‘해는 져서 어두운데, 찾아오는 사람 없어…’라는 노래가 어울리는 그런 저녁이었어요. 오버코트를 어깨에 걸치고, 누구 건지 거기 털신발이 놓여 있기에 그걸 신고 동리 구경을 슬슬 나가봤어요. 섣달 중순쯤이니 날씨가 꽁꽁 얼어붙어서 길에 사람들도 안 보이고 해서는, 한 발짝 두 발짝 산 밑을 향해 걸어 내려갔어요. 골목길에 자장면집이 보였어요. 침이 꿀꺽 넘어가면서 동생들 생각이 나더군요. 동네 자장면집 앞을 지나노라면 '누나도 짜장면 좋아하지? 나두…' 했던 동생들…. 암튼 난 어느새 큰 행길까지 내려왔어요. 그때 버스 차장 목소리가 운명처럼 저를 부른 거죠. '왕십리 합승요! 왕십리요!' 9인승 합승 차장이 손님을 부르는 소리에 저도 모르게 차에 올랐어요."

"뭐야? 어딜 가려구?"

"왕십리가 친정이잖아요."

"에구머니…."

선배가 손바닥으로 자기 입을 막았다.

"바로 우리 친정집 가는 합승이었죠. '20분, 25분 정도면 가는 거리니까 얼른 가서, 대문에서 엄마 얼굴 몇 초 동안만 보고 지체 없이 돌아오는 거다!' 드디어 친정집 대문 앞에 왔어요. 가난한 집 대문이라 판자 틈으로 안이 다 들여다보였죠. 형제가 넷이나 있는 집인데 그날따라 집안이 조용했어요. '무슨 일이 있는 건가? 엄마가 아프신가?' 불안해지기 시작했어요.

'엄마아! 나야, 엄마 딸!'

큰 소리로 엄마를 불렀어요. 잠시, 집안이 찬물을 끼얹은 듯 조용하더니 '꽈당!' 방문 차는 소리가 났어요.

'옴모이, 이게…, 이게 무슨 소리다니?' '누나다, 누나야!' '뭐여?'

한꺼번에 여러 사람 소리가 겹치면서 대문이 활짝 열렸어요."

"세-상에…."

"오빠와 동생들은 반가워서 저를 번쩍 들어 공중으로 떠올려 메고 방으로 들어갔지만, 문제는 친정어머니였어요. 딸년이 시집에서 쫓겨나지 않고서야 이 꼴로 밤중에 나타날 리 없잖아요. 신랑도 없이, 달랑 혼자요."

선배는 마른 침을 꼴깍 삼켰다.

"오빠들, 동생들, 다 남자잖아요. 여자형제라는 게 달랑 하나밖에 없다가 시집이라는 걸 가버리는 바람에 집이 초상집 같다면서 저를 번갈아가며 얼싸안고 좋아들 하는데 엄마는 숨도 못 쉬고 버들버들 떠시는 거예요. '엄마, 나 쫓겨난 거 같아? 내가 왜 쫓겨나? 그냥 집에 혼자 있는데 갑자기 자장면이 먹고 싶더라고. 그래 야금야금 산을 내려오다 보니까 행길까지 왔어. 근데, 왕십리 가요, 왕십리! 합승 차장이 소릴 지르는 거야. 그래서 탔지.' 이때 엄마가 자리에서 벌떡 일어나셨어요. '아이구, 이 지지배가 시방 뭐라고 한다니? 느이들 당장 나가 택시 불러라!' 하시는 거예요. 오빠들, 동생들은 '좋다 말았네' 하면서 택시를 잡으러 나가는데, 엄마는 동리 사람이 행여나 이 말도 안 되는 새색시 몰골을 볼까 봐 머리에 수건을 씌워서는 택시에 밀어 넣더라고요."

"와아…, 정말 믿기지 않는 얘기다. 어떻게 그런 엉뚱한…."

"저도 안 믿겨요…."

"그래, 집에 돌아가니까 남편이 뭐랍디까?"

"남편은 아직 안 돌아왔고요, 시어머니께서는 나폴레옹처럼 이쪽 마루 끝에서 저쪽 마루 끝으로 왔다 갔다 안절부절못하고 계시다가 드디어 대문간 어둠 속에 웅크리고 서 있는 며느리를 발견한 거예요. '너…, 지금 어디 갔다 오는 거냐!' 무섭게 소리를 지르시더라고요. 한참 말을 못하고 서 있다가, 용서해주세요, 무릎을 꿇었죠. '… 엄마가 보고 싶어서….' 입을 열기가 무섭게, '뭐가 어쩌고 어째! 낼모레면 친정 근친 갈 아이가 고 샐 못 참아서 그 거지꼴로 밤중에, 응? 너, 친정에서 그렇게 가르치던? 대학원까지 나왔다는 애가 그따위로 교육받았어? 그래, 신발은? 시에미 신발짝까지 끌고 친정 가니까 느이 엄마가 뭐라시던? 엉?' … 할 말이 없더라고요."

"크크크…, 털신발이 시어머니 거였구나. 못 살아, 내가…."

선배는 바람 빠져나간 풍선처럼 주저앉았다.

"그래, 남편은?"

"나중에, 남편에게 이실직고했죠. 웃음을 못 참고 입에다 손을 막고 다가오더니 절 슬그머니 안아주더라고요. 그렇게도 엄마가 보고 싶었냐고 하면서."

"야, 야! 너 시집 잘 간 거다. 그런 남편이 어딨니!"

"……."

"그런데…, 왜 헤어졌어? 쌈 한 번 안 하고 살더니…, 엉?"

"쌈 한 번 안 했으니까 헤어졌죠…."

"뭐라구?"

"그래요…."

4부 초콜릿을 나눈 남자

"그래요?"

"난 결혼하는 게 아니었어요…. 결혼은 내게 굉장한 혼란을 가져왔어요…. 난 내가 어떤 사람인지 몰랐다가 결혼이란 걸 한 후에야 어떤 것이 원래의 나였는지 기억해내려고 애쓰더라고요. 도대체 '나'라고 기억하고 있는 '나'가 '정말 나'인지…,"

그녀는 계속했다.

"그 사람과 나, 일대일, 둘이서 맘 맞춰 살기도 힘든데 그 사람과 나 외의 사람들은 하루 종일 집에 앉아서 바둑 두고 앉아 있어. 맘들은 다 착한데 책임을 지는 사람은 없어. 시어머니가 혼자 새벽부터 밤중까지 시장바닥에 나가 사과장수해서 벌어온 돈이 얼마나 되겠어요?"

"남편은?"

"뻑하면 입원해. 뻑하면 병가를 내서 누워 있어야 돼. 빚은 자꾸 쌓여가지…. 어머니와 내가 어떻게 어떻게 해서 빚을 일부나마 갚을 만하면 또 장기 입원을 해. 조교 월급 보태봤자 얼마나 됐겠우."

"흠…, 첨 듣는 얘기네…."

"또 있어요. 첨 듣는 얘기 또 있다고요. 난 남편 퇴원 수속 할래도 돈이 모자라서 이 집 저 집 돈 꾸러 다니다 집에 돌아와 보니까, 집에선 시루떡 쪄놓고 돼지머리 삶아놓고 무당을 불러다 굿을 하고 있습디다. 무당은, 남편이 병들고 집안 형편이 기우는 게 다 며느리 잘못 들어온 탓이라고 소리소리 지르고, 어머니는 잘못했다고 무당 앞에서 두 손을 싹싹 빌고, 응? 급기야는 그 무당이 내 얼굴에 무당

방울을 흔들면서 뭐랬는 줄 아세요? '물러가라, 물러가라, 대학원 나온 귀신 물러가라!' 응? 내가 가만히 있었겠우? 멱살을 잡아서 그냥 냅다 돼지대가리 차려놓은 상 위로 밀쳐버렸죠."

"아이고머니, 그래서?"

"그래서 끝이지, 뭐. 그날이 바로 내 시집살이의 끝이 보이기 시작한 날일 거예요. 시집간 지 며칠 되지도 않은 새댁 앞에서 '왕십리 가요~!' 하고 소리소리 질렀던 합승버스 아저씨는 그때 벌써 내게 뭔가를 예고해준 거 아닌가 싶어요. 그 후에도 그 아저씬 '왕십리 가요!'를 계속 부르짖었을 텐데… 난 왜 거기서 헤어나질 못하고… 결국 남편의 오랜 병이 치유되고 나서야 떠날 생각을 하게 된 건지…."

"물 좀 마셔야겠다."

선배가 물 한 컵을 주문했다. 그녀는 혼잣말하듯 중얼거렸다.

"흠, 옛날 얘기네요…. 얼마 안 되는 돈이지만 월급 타면 누구 눈치 볼 것 없이 그냥 엄마에게 달려가 '엄마, 자장면 먹으러 가자' 할 수 있었던 집, 엄마가 사는 집으로 돌아가자 결심했다고 남편한테 통고를 했어요. 선배, 미안해요. 이젠 고만 얘기하고 싶네요."

"그래…. 언제 한번은 들어보고 싶었던 거야…. 취재도 취재지만 나도 이혼한 사람이니까 당신하고는 나눌 얘기가 많을 거라 생각했어. 그런데…."

"이혼한 사람하고도 얘기가 잘 안 되는 게 바로 이혼 얘기던데요. 이혼의 사유는 육면체인데 한 면만 보고 온 사람하고 얘기 암만 해봤자…."

선배도 그녀도 잠시 입을 다물고 있었다.

더러러러럭! 알커피 가는 기계가 두 사람의 난처한 침묵을 순식간에 갈아버렸다.

다음 날 아침, 그녀는 선배의 전화를 받았다. 아무리 생각해도 자식을 둘이나 가진 여자가 이혼을 그렇게 쉽게 했다는 게 이해가 안 돼서 썼다가 지우고 썼다가 지우고를 반복하다가 전화를 걸었다고 했다. 선배는, 그녀의 남편이 '민주화운동'에 동참하지 않으니까 서서히 둘의 사이가 멀어진 건 아니냐고 조심스럽게 물었다.

그녀는 주저 없이 대답했다.

"아유, 아니에요. 전 민주화운동도 제대로 해보지 못했는걸요. 오히려 그분들한테 미안한 걸요. 어려서부터 반골기질이 많다는 얘긴 들었어요. 억울하게 얻어맞는 아이를 보면 사내놈처럼 달려들어 힘 센 놈에게 욕지거릴 퍼붓는다든지…. 옷 잘 입고 자가용으로 학교에 오는 아이들한테는 '그게 네 힘으로 번 돈이냐?' 따지고…. 암튼, 하지만, 나라니 민족이니… 그런 걸 생각하면서 신문도 보고 뉴스에 귀도 기울인 건 광주에서 독재 타도 부르짖다 죽은 친구 때문이었어요. 물론 다른 이유도 있죠. 가령 나라가 저렇게 반 동강이 나 있고, 그것 때문에 죄 없는 가족들이 서로 떨어져 아파하고 있는데 그 아픔을 낫게 할 수 있는 길이 '통일'이다 할 때, 내가 아는 예술가 친구들은, 그들이 갖고 있는 아주 즉물적인 생각은, '그게 지금 당신과 나 사이에 무어 크게 상관이냐'예요. 어떻게 상관이 없어요? 음악가는 음악이나 하고 그런 건 정치가한테 맡기라고요? 맡겼으면 잘하나 지켜봐야 될 것 아닌가요. 맡긴다고 투표해놓고 그담엔 '그들이 무슨 도적질을 하는지, 무슨 거짓말을 하는지 알 바 아냐! 나는 정치가가 아니니까!' 그러고들 있잖아요? 여기, 독일을 보세요. 전쟁 끝나니까 나치 청산부터 했어요. 우리도 쓸어버릴 건 진즉부터 쓸어버렸어야 했지요."

선배는, 그런 얘기는 자기가 쓸 글의 주제하고는 상관이 없어서인지 말꼬리를 돌렸다.

"그분은 뭐라고 합디까, 당신이 떠난다니까?"

그녀는 대답 대신 한숨만 지었다. 선배가 다시 물었다.

"그 흔해빠진 따귀 한 대도 못 얻어맞고 떠났수?"

"따귀요? …서로 불쌍해서 헤어지지 못한 세월이 얼만데…. 별거할 때 이혼합의서에 도장 찍어놓고도 아이들 때문에 얼마나 시간을 끌었는데요…. 도저히 못 헤어지겠다고, 도로 기어들어 가겠다고 전화를 했어요. 비 오는 날 밤에 공중전화 부스에서 질질 울면서요…."

"누가?"

"제가요."

"그랬더니?"

"당신이 지금은 그렇게 약한 소릴 하지만 얼마 안 가서 또 똑같은 이유로 앓아누울 게 뻔하니 이왕 결심한 거 그대로 밀고 나가자고 하더군요."

"아이들은 어떡하고?"

"첨부터 두 아이 다 내게 주지 않으면 난 그냥 불행하거나 말거나 이혼 안 하고 눌러앉아 기다리겠다고 했어요. 양육비고 뭐고 내가 벌어서 할 터이니 당신은 유학 가서 공부나 실컷 하라고 했어요. 자기가 경제석으로 어떻게 해볼 도리가 없어서였든지…. 암튼 생각보다 시간 끌지 않고 내가 요구한 '친권 포기서'를 써주었어요. 경제적으로 능력이 있었더라도 아마 내게 아이들을 내주었을 거예요. 아이들에겐 아빠보다 엄마가 더 필요하다는 걸 안다고 하면서 내가 하자는 대로 해주었어요."

"참 드문 남자다…."

"욕심이 없는 사람이에요. 그래서 같이 사는 사람을 고생시키는지도 몰라요. 제가 자기 곁을 떠나고 나서야 나름대로 야심을 갖고 공부도 하고 작품 활동도 하게 됐죠. 같이 백년해로는 못했지만 우린 서로 진심으로 행복을 빌면서 살아요. 가끔 책도 사서 보내주던데요."

"재혼했다며?"

"재혼하면 책도 못 보내주나요?"

"애도 있구?"

"네."

자정이 지난 시간이었다. 그녀는 또 한 번 선배의 전화를 받아야 했다. 목소리가 귀청을 찔렀다.

"당신, 나 놀리는 거지? 아무리 그래도 이게 결정적인 이혼 사유가 되냐?"

그들은 일시에 방바닥에 주저앉았다. 그리고 각자가 원하는 만큼씩 웃고 또 웃었다. 그녀는 '이미 그녀가 말한 것'보다 '아직 말하지 않은 것'에 꼬투리를 잡으려는 선배가 기특하고 귀여웠다. 하지만 그녀는 한 번 더 화제를 비켜 갔다.

"언니, 통계학적으로 문제를 추리하려 했으면 뭣 하러 날 찾아왔우? 언니도 이혼했지만, 언닌 그럼 '난 이러이러한 이유로 이혼했다' 얘기하고 다니우?"

"그건 또 무슨 얘기야?"

"언닌 바보다."

"뭐?"

"나 아까 사기 치는 거 못 봤우? 온갖 교양이란 교양은 다 불러들여 점잖게 떠들었잖아. '쌍, 나중엔 깍두기 씹는 소리도 듣기 싫어져서 집을 뛰쳐나왔어.' 그런 톤으로 말할 걸 그랬지? 하하…, 그래도 언니한테 만큼은 많이 털어논 거라우."

"야, 너희들, 성생활은 제대로 한 거냐?"

선배는 비장의 마지막 카드를 뽑은 듯 제법 거드름 섞인 말투로 물었다.

"제대로? '제대로'가 뭐 어떻게 하는 건데?"

전화 저쪽에서 뭐라고 징징대는 소리가 들렸지만 그녀는 가만히 수화기를 놓았다.

수다를 떨고 나면 허전한 법이다. 그녀는 전화 코드를 아예 뽑아 놓고 소파에 누워 옛날을 더듬고 있었다.

이혼이 성사되면서 그녀 일상의 모든 소음은 차츰 악음(樂音)으로 굽이치기 시작했다. 월급을 타는 날은 어머니를 모시고 자장면집을 찾았다. 탕수육을 드시면서 어머니는 "고놈들 데리고 오지…" 하셨다. 그날도 작은 손주놈 '팬티' 얘기를 또 한 번 하고 싶은 게다.

"궁민핵교 입학식 하던 날, 이 할미가 운동 빤스를 사 입혔단다. 그게 월마나 큰 걸 사줬는지, 흐흐흐…, 돈 없으니께 한 번에 콩 거 사서 오래오래 입힐라구 한 건디, 핵교 애들이 놀린다고 할미 없을 땐 안 입는 겨."

"엄마, 이젠 엄마 돈 걱정 안 시킬 거야. 나 진급했어. 월급 많이 받아. 전임강사 됐거든."

마주 보는 엄마의 눈이 젖고 있었다. 입 하나라도 던다고 어느 날 바람처럼 시집을 가버렸던 딸의 얼굴에도 이젠 주름살이 여기저기 자리를 잡아가고 있었다. 딸은 새삼 엄마의 손을 만져보았다. 통통했던 살점은 다 빠져나가고 핏줄만 두둘두둘 올라와 있는 엄마의 거친 손을 잡으며 딸이 물었다.

"엄마, 그때 엄만 왜 아무것도 안 물어봤어? 왜 이혼했냐? 한 번도 안 물어봤잖아."

"묻긴 뭣 하러 물어? 내 딸이 이혼한다 생각했음 그만한 이유가 있는 게지!"

그녀는 새삼 노인의 얼굴을 처다보았다. 언제부터 엄마는 그의 고함을 삼켜버리신 걸까? 언제부터 엄마는 그의 본래의 표정을 잃은 것일까?

그녀는 찹쌀탕수육 한 점을 어머니 입에 넣어드렸다.

"엄마, 엄만 엄마가 얼마나 근사한 사람인지 알고 있어?"

"근사하다구?"

"응! 멋있어. 엄마가 내 엄만 게 자랑스러워. 딸이 이혼한다는데 어쩌면 그렇게 담담했우? 화도 안 내구…."

"화를 안 내다니? 아, '대학원 나온 귀신' 물러가라는디 어떤 에미가 화 안 나? 자장면 불어터진다. 어서 먹기나 혀!"

아, 엄마는 다 알고 있었구나…. 멀리서 나직하게 천둥소리가 그녀 대신 우르릉거렸다. 그녀는 화제를 바꿨다.

"엄마, 나 어렸을 땐 어땠어? 핵교 다닐 때 말야?."

"핵교 다닐 때?"

"오빠들이 그러던데, 나 정의파였다구."

"무슨 파? 하이간 지집애가 걸핏하면 쌈질하고 들어오는 겨."

그녀는 깔깔깔 소리 내어 웃었다. 엄마의 웃음 진 입술 사이로 몇 개 안 남은 썩은 이들이 서로서로 기대고 앉아 딸을 내다보고 있었다.

(2014년 5월 어머니날)

우산을 펴라

몇 가지 검사 결과가 나왔다. 대체로 짐작했던 대로다. 좀 후유증이 있을 검사가 아직 남아 있으니 입원준비를 하란다.

"또? 무슨 검사?"

아들이 벌컥 화를 낸다. 울화가 치민 건 내 쪽이 한 수 위다. 집에 들어서자마자 싱크대에 죽 냄비를 엎어버렸다.

"병원만 드나들다 인생 종 치겠다."

이번엔 꼭 가봐야지 맘먹고 별렀던 '금아 피천득 추모 강연회'에도 참석 못 하게 되었으니…. 홧김에 죽을 죽이고 밥을 지었다. 큰 뚝배기에다 얼갈이김치를 듬뿍 놓고 밥 한 주걱을 얹은 다음 참기름 확 뿌리고 고추장으로 시뻘겋게 비볐다.

"엄마, 시방 뭐 하는 거야?"

아들이 소리를 질렀다.

"놔둬! 내 인생 다 쌔려 넣고 박박 비벼서 나도 멀쩡한 사람처럼 한번 먹어볼란다! 두 달을 멀건 죽만 먹었어, 두 달을!"

"택배요오!"

소포를 뜯었다. 혹시 입원하게 되면 필요할 거라고 이것저것 싸서 넣은 후배의 따뜻한 마음이 통 안에 그득 차 있다. '병원 들어가시면 목에 두르고 자는 수건도 필요합니다. 양말도 필요하고요. 비어 있는 지퍼백에는 빨래를 넣으세요. 세면도구 넣으시라고 조그만 백도 보냅니다.' 그러다 뭔가 무거운 것이 집혔다. 쪽지가 붙어 있다. '우산도 되고 양산도 되니 아무 때나 쓰고 나가세요!' 꽃무늬가 있는 장밋빛 우산이었다. 손잡이의 버튼 하나 슬쩍 건드리니 일순간에 '팍!' 날개를 편다. 걸렸던 체증이 확 내려가는 것 같다. 킥! 웃음이 터진다. '내 안에 아직 웃음 같은 게 숨겨져 있었던가? 출렁일 즐거움이라도 남아 있었단 말인가?'

양산을, 펴진 채로 햇빛 드는 창가에 놓는다. 어둡고 습한 거실에 와인색 장미꽃이 활짝 피었다. 사위가 화안해진다. 입원? 잊어버리자! 음악을 올려놓는다. 왈츠다. 누구의 왈츠더라? 하여간 왈츠다. 빈(Wien)이다. 2박째와 3박째를 어긋나게 연주하는 '빈 왈츠'. 아득한 그 옛날 서른 안팎의 여인이 왈츠를 춘다. 캐럴 리드가 감독한 영화 〈제3의 사나이〉를 촬영했다는 프라터 유원지를 휘저으며 스텝을 밟는다. 아, 그녀가 다시 존재한다. 추락을 일삼았던 그녀가

4부 초콜릿을 나눈 남자

위로, 하늘로 솟구친다. 그녀는 왈츠의 선율을 따라 흥얼거린다. 커튼을 활짝 연다. 몰토크레센도(몰아치듯 커지는)의 세찬 바람이 거실 커튼을 한껏 불어 올린다. 그것은 커튼이 아니다. 영화 〈전쟁과 평화〉에서 애인 멜 페러와 왈츠를 추는 오드리 헵번의 눈부신 흰색 드레스다. 음악이 안톤 카라스의 치터 소리로 바뀌며 더욱 애조를 띈다.

불빛이 따스한 맥줏집 안은 여름휴가를 즐기는 사람들로 꽉 들어차 있다. 친절한 오버(Ober, 접대하는 사람)의 안내로 우리 일행은 호젓한 창가에 자리를 잡는다. 일행 중 한 남자가 자리에서 일어선다. 나의 일일 파트너 K 씨다.

"사랑하는 숙녀 여러분! 조금 있으면 장미를 파는 예쁜 오마(Oma, 할머니)가 들어오실 것입니다. 오늘 제가 우리 어여쁜 여인들에게 빨간 장미를 한 송이씩 사드릴 겁니다."

"와~!" 일행 속 여인들이 자리에서 일제히 일어서며 손뼉을 친다. 빈에서 공부를 하는 학생, K 씨는 그 맥줏집의 유래까지 소상히 설명해준다. 맥주잔이 돌고 맛있는 슈바인스학세(구운 돼지고기 요리) 그리고 자우어크라우트가 식탁 가운데 놓이자, 짜잔! 레스토랑 악사들이 들어선다. 바이올린 켜는 남자는 알프스 사냥꾼 복장에 새털 단 모자를 썼고 아코디언 주자는 어찌나 잘 생겼는지 브래드 피트는 저리 가라다. 일행은 모두가 취했다. 맥주에 취하고, 사랑에 취하고….

바로 이때였던 것 같다. 나의 파트너가 자리에서 후다닥 일어서며 신음 소릴 낸다. '맙소사, 아가씨이…, 당신 이 꽃 어디서 났어요?' '꽃?? ….' 나의 무릎 위엔 어느새 누군가가 가져다 놓았는지 빨간 장미꽃 한 다발이 — 한 송이가 아니고 말이다 — 놓여 있는 게 아닌가! '헉? 누구지?' 나는 넓은 방 안 구석구석에 시선을 돌려본다. '아, 저기다!' 긴 다리에 발목 끝을 살짝 꼰 채 두 팔은 가슴에 개어 얹고 벽에 비스듬히 기대서서 이쪽을 뚫어지게 보고 있는 홍안의 청년, 어둠 속에서 그의 눈이 번득인다. 가슴이 뛰었다. 나는 꽃을 안은 채 자리에서 일어섰다. 발끝으로 발레리나처럼 서서 종종걸음으로 다가가 청년에게 말을 건넨다. "샬 위 댄스?" 그는 기다렸다는 듯이 두 팔을 활짝 벌려 그녀를 안는다. 악사들은 즉시 다른 왈츠 곡으로 바꾼다. 프란츠 레하르의 〈금과 은 왈츠〉다. 방 안이 뜨거워진다. 여행객들이 기다렸다는 듯이 줄줄이 일어선다. 홀이 온통 **춤 바다**가 된다.

음악이 끝나자 사람들은 나를 번쩍 들어 피아노 의자 위에 세워 놓고 기립박수를 친다. 레스토랑 주인이 흥분했다. "자, 자, 여러분! 오늘 우리 모두에게 기쁨을 안겨준 이 코리아 아가씨의 이름으로 제가 여기 오신 모든 손님들께 맥주 한 잔씩을 선사하겠습니닷!!" "와~~!" 분위기는 절정을 향해 터질 듯이 고조된다.

그러다 어느 순간, 음악이 급정거를 한다. 암전이 되었다. 멀리 어둠 속에 스포트라이트가 켜진다. 이윽고 얼굴에 미소를 가득 담은 악사들이 조용조용히 우리 테이블로 다가오면서 바이올린을 켜는 게 아닌가! 아, 그들이 어찌 알았을까? 오늘의 프리마돈나가 이 노래를 좋아하는 줄을. 아일랜드의 민요….

무얼 망설이랴. 그녀는 노래를 부른다. 우리 말로….

> 한 떨기 장미꽃이 여기저기 피었네
> 한 떨기 장미꽃이 여기저기 피었네
> 꽃들은 졌건마는 꽃망울도 없나
>
> 한 떨기 장미꽃이 여기저기 피었네
> 저 달은 침침하고 저 산은 적막타
> 발걸음 돌리지 못해 여기 나는 잠자리

나는 줄곧 청년의 강한 시선을 감지하며 노래를 부른다. 박수와 환호 속에서 노래가 끝나자 음악은 다시 왈츠로 바뀌었다. 차이콥스키의 〈호두까기인형〉 중에 나오는 〈꽃의 왈츠〉 전주와 함께 모두는 자신의 파트너와 마주 섰다. 부드러운 하프 소리가 점점 커지고 빨라질 때 나는 새처럼 날아올랐다. 흐르는 물소리를 따라 계곡에서 계곡을 날아다니고 산속의 산을 부르다 급기야는 부서져서 깨지는 폭포로 주저앉고 말았던 밤, 밖에는 억수로 비가 쏟아지고 있었다.

우리는 준비해 간 우산을 폈다. 둘씩 팔짱을 끼고 전철 정거장까지 걸었다. 내가 문득 뒤를 돌아다보았을 때다. 바로 아까 그 홍안의 청년이 우리 쪽으로 뛰어오고 있었다. 그는 나의 손등에 키스를 하고 "필 글뤼크(Viel Glück, 행복하세요)!" 하더니 어디론가 종종걸음으로 사라졌다. 흰색 우산 밑으로 보이는 긴 두 다리를 나는 오래오래 지켜보고 있었다.

　다음 날 아침.

　밤새 내린 여름비가 아직도 울음을 멈추지 않고 줄기차게 쏟아지고 있었다. 우리 일행을 태운 택시가 빈(Wien) 기차정거장 역사에 도착했을 때였다. 바로 어제의 그 하얀 우산이 역사 건너편 길을 가고 있었다. 가슴이 뛰기 시작했다. 나는 두 눈을 손바닥으로 가렸다가 다시 떼고는 그쪽을 쏘아봤다. 설마 그 청년이? 맞다. 바로 그 우산이다. 하얀 박꽃색 우산! 나는 몇 발짝 그가 걷고 있는 쪽으로 발걸음을 뗐다. 불빛 있는 빵가게 앞에서 박꽃 우산은 방향을 바꾸어 내게 등을 돌렸다. 우산 밑의 긴 두 다리는 비에 젖은 돌길을 지나 불 꺼진 가스등 밑으로 사라지고, 여인의 가슴 밑바닥 깊은 곳에는 그 밤의 싱글 바이올린 소리만 허탈과 공허로 흔들리고 있었다.

　그래…, 나는 지금, 굶주린 아기가 어미의 가슴을 찾듯 빈(Wien), 나의 젊은 날의 따스한 품을 더듬고 있다. 무섭게 텅 빈 공간, 무수히 비상하는 환상의 조각들 속에서 빈의 것들을 주워 모아 나의 퇴색한 벽면 위에 조각보를 만들고 있다. 오랜 세월, 그 많은 병마가 나를 짓밟고 배신한 뒤, 썩은 박 넝쿨처럼 힘없이 주저앉은 내 실의 (失意) 위로 소나기 같이 밀려 닥친 지난날의 환한 얼굴들, 그 풍성한 긍정은 놀랍게도 나의 작은 우산, 빨간 우산 속에 숨어 있었던 것이다.

아프냐? 우산을 펴라!

(2016년 10월)

5부

어무이, 미안하다

대통령의 월셋집

대통령은 하야하라!
하야하라 하야하라!

이것도 나라냐!
이것도 나라냐!

광화문광장,
계절도 아랑곳없이 내쳐졌다. 하늘 혼자 가을이다가 하늘 혼자
촛불이더니 끝내는 우수수 제풀에 저무는 가을 나무 잎새, 그들 중
한 닢을 주워들고 한밤중 집으로 돌아왔다.

잠이 안 온다. 광장을 꽉 메운 수십만의 상기된 얼굴들과 그 함성

은 아프도록 아름다웠다. 얼마나 기다렸던 시끄러움이었던가! 중학생, 고등학생들도 많았다. 청년 실업률이 34퍼센트나 되는 나라, 대학을 나와도 그들에게 내일이 없는 나라다. 어쩌다가 이런 나라를 물려주고 가야 되나…. 거뭇한 자세로 아이들 뒤에 촛불을 들고 서 있는 부모들에게서 그렁그렁한 눈빛을 보았다.

1976년, 돌이켜 보니 그때도 단풍이 절정이었다. 그날을 떠올릴 때마다 나의 하루는 구겨졌다가도 환하게 열린다.

요즘은 내비게이션이 길을 인도해주지만 그때 우리는 도시교통지도만 달랑 들고 집을 나섰다. 프랑크푸르트에서 몇 년 살았지만 지척에 있는 에센이란 도시엔 초행길이었다. 우리는 크고 웅장한 집만 골라 찾아다녔다. 그러다가 문득, 이 마을에 사는 사람들이라면 다 알고 있겠지 싶어서 길 가는 사람을 붙잡고 물어보았다.

"하이네만 대통령 댁이 이 근처라던데요, 혹시…?"

"아, 힐다 하이네만요? 이 길로 곧장 올라가다 보면 플라타너스나무 밑에 하얀 벤치가 두 개 나란히 놓여 있어요. 바로 그 아파트지요."

힐다는 독일 3대 대통령 구스타프 하이네만의 부인 이름이다. 구스타프 하이네만은 1974년 여름까지 대통령직에 있다가 1976년 7월 고향인 이곳 에센에서 그의 생을 마쳤다.

우리 네 식구가 힐다를 찾아간 것은 그해 10월 중순이었다.

청회색의 조그만 이층집 아파트들이 주욱 들어서 있는 큰길가 벤치에 앉아 아이들이 주고받았던 얘기가 지금도 내 귀에 생생하다.

"야, 난 대통령이 사는 집이라고 해서 무지 큰 줄 알았잖아. 요렇게 쬐끄만 아파트가 무슨 대통령 집야?"

열한 살짜리 큰놈이 입을 열자마자 여덟 살짜리 작은놈도 나풀댔다.

"우리 아파트보다 작잖아?"

그 사이, 주차를 시키고 온 남편이 아이들에게 일러주었다.

"이건 대통령 관저가 아니라 대통령네 식구가 사는 아파트야."

여든을 바라보는 고령의 힐다 할머니는 문 앞까지 나와 아이들을 안았다. 그녀는 아이들에게 "아침 일찍 일어났겠다. 피곤하지?" 하며 서너 평쯤 되는 조그만 방으로 우리를 안내했다. 그 방이 주방 겸 차 마시는 방이라고 했다. 벽에는 막 샤갈의 〈도시 위에서〉라는 그림이 담긴 달력이 걸려 있었다. 길 찾는 데 어려움은 없었느냐고 할머니가 묻자 아빠가 대답하기도 전에 아이들이 서툰 독일어로(아이들이 독일 온 지 반년쯤 되었을 때니까) 대답했다.

"우린요, 대통령 댁이라고 해서요, 무지 큰 집일 거라고 생각했지 뭐예요…."

"우리나라 대통령들은요, 무지 돈이 많거든요…."

할머니가 웃었다.

"하하… 그렇구나. 이 월셋집도 나 죽으면 나라에 돌려줄 거란다."

구스타프 하이네만은 1950년 서독의 재군비에 반대하여 내무장관을 사임해야 했고, 법무장관 시절에는 징병 기피 권리를 옹호하며 외로운 싸움을 했던 평화주의자였다. '국가의 대통령'보다 '시민들의 대통령'이 되길 원한다고 말한 그는 대통령의 새해맞이에 평범한 시민들을 초대하는 관례를 설립했다. 대통령 재직 시 빌리 브란트의 동방외교를 뒤에서 도운 것으로도 유명하다. 정신지체인, 장애인 및 외국인을 위한 변호사로도 잘 알려진 사민당 출신 구스타프 하이네만 대통령은 우파 정치인들에게 많은 비판을 받았다. '외국인만 사랑하고 자국에 대한 사랑이 부족한 게 아니냐'는 지탄을 받을 때 그가 대답으로 한 말은 역사에 길이 남아 있다.

"나는 나라를 사랑하는 게 아니라 내 아내를 사랑하지요."

남편이 하고 있는 일을 100퍼센트 도우며 뛰고 있는 부인 힐다가 즉석에서 이 말에 대한 코멘트를 한 것도 신문에 대서특필되었다.

"그건 내가 움찔 놀랄 만한 최고의 찬사네요."

힐다 할머니는 아이들에게 줄 게 있다면서 응접실로 안내를 했다. 비교적 넓은 응접실엔 대통령이 외국 국빈으로 갔을 때 받은 선물들을 비치해놓은 유리장이 한쪽 벽을 다 메우고 있었다. 그 장롱 안에서 그녀는 국빈 방문 때마다 모아놓았던 기념우표 모음 앨범을 꺼내 아이들에게 선물했다. 아이들은 너무 신이 나서 둘이 마주 붙잡고 팔짝팔짝 뛰었다.

남편과 나는, 2년 넘게 떨어져 살아야 했던 아이들을 다시 만나게 해준 힐다에게 정중히 감사의 말을 건넸다. 남편이 독일로 정치망명을 했다는 이유로 박정희 정권은 아이들의 출국을 금지시켰고 우리 부부는 귀국 허가를 받지 못하고 있을 때, 외교적 통로를 통해 아이들이 부모 곁으로 올 수 있게 도와준 어른이 바로 힐다였다.

사가지고 간 치즈과자와 차를 나누며 그해 여름에 돌아가신 대통령 얘기를 하던 중이었다. 힐다가 별안간 손뼉을 딱 치면서 자지러지게 웃었다.

"맞아요! 그때 그, 그… 와이셔츠 단추 떨어진 기자가 바로?"

"아하하! 네, 맞아요! 접니다."

남편은 오른손으로 머리를 긁적이면서 나를 쳐다보았다. 나도 그 스토리를 남편에게 들어서 알고 있었다.

대통령 재직 시 남편이 유피아이(UPI) 기자 신분으로 하이네만 대통령을 단독 인터뷰했을 때였다. 너무 긴장한 나머지 배꼽 근처에 붙었던 와이셔츠 단추가 '펑!' 하고 하늘로 튀어 오른 일이 있었다. 대통령은 금방 실과 바늘을 가져오라 하시더니 손수 달아준다고 했다. 이때 힐다가 얼른 사람을 불러 단추를 달아주었다는 얘기다. 남편은 그때를 떠올릴 때마다 "긴장했던 나를 살린 건 바로 그 단추였다"라고 말한다.

독일 살기가 어떠냐고 그녀가 내게 물었다. 기후는 맘에 안 든다고 입을 열자 남편이 나를 힐끗 쳐다보면서 이내 대타를 쳤다.

"이 사람, 독일에 아주 푹 빠져서 어머니만 아니면 서울 안 돌아가겠대요."

"어떤 것이 그리 좋던가요?"

힐다가 물었다. 남편은 팔목에 찬 시계를 손톱 끝으로 톡톡 쳤다. 눈치챈 힐다가 시간 개념치 말고 얘기하라고 했다. 성급한 남편이 또 끼어들었다.

"이 사람은 요즘 주로 어린이교육과 복지정책에 관한 자료를 열심히 모으고 있어요. 현장을 찾아가 인터뷰도 해가면서요."

"아, 그래요? 음악가인 줄 알았는데…."

이때 남편이 앞머리를 긁적거리며 한마디 더 했다.

"나 같은 남잘 만나는 바람에 이 사람 음악 공부도 제대로 못 하고 밥벌이를 하느라 요즘…"

이번엔 내가 남편의 말을 잘랐다.

"제가 그 '밥벌이'라는 거 하다 겪은 경험담 하나만 들려 드릴게요. 생활비에 보태보겠다고 빚을 내서 조그마한 가게를 냈었어요. 빚만 잔뜩 지고 점포가 넘어갔어요. 법원에서 차압 딱지를 붙이러 왔지요. '아이고, 재산이라곤 내 피아노 한 대밖에 없는데 그것마저 없어지는구나' 했지요. 그런데 피아노에는 딱지를 안 붙이더라고요."

힐다가 고개를 끄떡였다.

"당신의 전공이 음악이라는 걸 알고 온 거죠. 음악가에게서 음악에 쓰이는 도구나 악기는 압류할 수 없는 게 법이니까요."

"첨엔 저를 놀리는 걸로 알았어요."

힐다가 '잠깐만요' 하면서 옆방으로 갔다. 잠시 전화를 받는 것 같더니 얄팍한 책자 한 권을 들고 돌아왔다.

"프라우 공(미세스 공), 이건 내가 최근 아프리카 몇 나라에 가서 발표한 논문이에요. 복지사회에 관한 내용이니 가지고 가세요."

나는 너무 기뻐 자리에서 일어나 그녀의 손을 꼬옥 잡았다.

돌아오는 길 남편이 차 안에서 물었다.

"어땠어?"

"묻지 마. 머리에 꽉 찼어. 감동이야."

"그래도, 한마디는 하셔야지, 사모님?"

"대통령 얘기, 첨 들은 것도 아닌데 오늘은 왜 새삼 이렇게 감동으로 다가오지? '나는 나라를 사랑하는 게 아니라 내 아내를 사랑하지요', 응?"

나는 한숨을 내쉬었다.

"웬 한숨?"

"흠…, 나도 살다가 그런 소리 한번 들었으면 좋겠다. 나는 나라를 사랑하는 게 아니라… 내 아내를…, 응? 그저 입만 열면 당신은 내 나라, 내 조국, 갈라진 땅…."

"함 물어보시지, 지금 당장."

"좋아! (큰기침) 내가 물을 게. 당신은 나라를 사랑하는 게 아니라…"

"내 아내!"

"우우우우…!"

두 아들의 야유 소리가 귀청을 뚫고 있었다.

차창 밖 들판이 내 고향 가을을 받쳐 든 채 달리고 있었다.

(2016년 11월 서울에서)

5부 어무이, 미안하다

봉하마을에서 베드로가 쓴 편지

하나님요,

바보 노무현이 죽었을 때 하나님요, 당신이 낼로 봉하마을로 가 보라 캤지예….

자꾸 짜지 말고 말을 해보라꼬예? 내는 버버리처럼 말또 몬 하고 주디이 다물고 있었지만 오늘은 마 시꺼럽따 캐도 한마디 할랍니더.

하나님요, 말씀 쫌 해보시소. 당신이 이런 일 당하셨다 치입시더.

뭐든지 '하나님 뜻'이라꼬 할 것 같아서 말인데예, 당신이 이런 억울한 일을 하늘에서 당했다 칩시더. 지상의 인간들이 '그게 다 지상에 있는 우리 잉간들의 뜻이라요' 카면 좋겠십니껴? 뭐라꼬예? '그게 다 하늘의 뜻이다'라꼬 말하는 것 자체도 다 잉간들이 그레 말하는 것이라꼬예??

하나님요,
이 봉하마을 바보 노무혀이가 시상 베린 지도 버시러 한 해가 돼뿌렸네예. 그때도 날씨가 끄므레하더니만 오늘도 그때 맹키로 컴컴하고 비가 퍼붓능 게 장난 아임니더.

대통령 고만두고 내려온 날 동네 아주무이가 뭐 묵고시프냐 물으봤지예.
'앗따, 비 오는 날 탁배기에 파적 항 개면 딱이라요' 하민서 연신 '맛이 고마 쥑이뿐다' 했던 그 냥반, 이젠 걸개그림에 그려진 미소로만 우리 잩에 있심더. 서거 당시 경호원한테 '담배 있능기요?' 캤다카는 노무혀이, 지끔 담배 피우는 사진, 죽기 전에 박아놓은 비디오에 나오네예.

'대통령 몬 해묵겠다' 카이까 '와요?' 물어니 '시방 쫌 안 굴러 간다꼬 나보라 경포대라 안 카능교. **경제를 포기한 대통령**이라 카네예.'
하나님요! 경포대 대통령 가는 길에, 와 400만 명도 넘는 추모객이 몰리왔는지 이 베드로는 이해를 몬 하겠어예.

아, 봉하마을…, 저기 텔레비전에 나오네예.
노란 종이뱅기 뿌리대는 속으로 운구차, 운구행렬이 나오능 거

5부 어무이, 미안하다

보입니더. 이자 고속도로로 나왔심더. 죽기 및 주 전에 빠스 타고 법정으로 달릿던 나랏님, 시방 관속에 눕어가 영구차로 상경하네예.

바보 대통령이 부인 덱구 군사분계선 넘는 사진도 나옵니더. "지가 댕기오면 또 더 많은 사람들이 댕기오게 될 껏입니더. 그라면 마침내 이 금단의 선도 점차 지워질 게 아입니꺼?" 칫, 지워지기는 커영 더 찐해지고만 있는데, 바보 대통령, 저 냥반 헷소리했지예. 시상에 '남북문제'를 감정부터 앞세우는 사람들하고 무슨 얘길 합니꺼? 옳타꼬예? 하이고, 하나님, 방금 지 머리를 쓸어주신 게 당신이셨습니꺼?

시민의 광장은 내내 닫혀 있는데 길가에 앉은 아아들은 종이학 접고. 아지매들은 땀 뻘뻘 헐리면서 분향소 신발들을 바로 놓코 있어예. 저 저 길가에서 욕하는 놈들 쫌 보시이소. "골 빈 년들! 지 시에미 시애비 돌아가시면 저지랄 안 할 끼다. 통곡하는 거 쫌 보레이. 다~ 지 서럼에 저 지랄들이지. 빨간물이 든 기라. 저 저 뭐라 카는지 쫌 들어봐라. 뭐라꼬? 헨 정부의 정치 보복을 막아주지 몬해서 미안하다꼬? 미칭 것들!"

하이구야, 저 노래. 존 레논의 〈이매진〉…, 잉간의 오망 가지 허영, 욕심, 몽땅 걸러진 저 노랫 쪽에서 노무혀이 말하능 거 들어보이소. "국민 여러분께 맨목 없심니더" 바보 노무혀이 눈물 헐리는 얼굴 나옵니더. 아까 봉하마을 떠날 때 모습 함번 더 나옵니더. 운전수로만 일항 게 아이라 대통령 집구석의 허드렛일까지 다아 했다카는 대통령 차 운전수 최영이가 눈물을 소매로 문질르면서 마지막 길을 함께 합니더. 손녀의 손이 얼까 봐 아이스크림을 히지에 싸주던 할배 노무혀이, 얼나 때 깨구리 잡고 까제 잡던 마을을 한 바꾸 돌아 봉하마을을 떠나는 장멘입니더. 그날, 이 베드로도 마 존 레논 부뜰고 펑펑 울었뎡 거, 하나님도 아시지예?

대통령이 떠나던 날, 고별식장 장멘과 노제의 행렬이 화면에 뜹니더.

방송인 김제동이가 노제 진행을 맡았지예…. 그 아 땀시 을메나 울었던지….

'아팠던 삶과 죽음을 하느님의 사랑 안에서 치유되게 하소서.' 권 목사가 기도하고, 대통령 노무현 영상이 나오고 유언이 나옵니더. '삶과 죽음이 모두가 한 줌 자연이 아니겠능가. 집 가까이에 아주 작은 비석 하나만 낭가주이소.'

'아무런 호칭 없이 노무혀이라고 불러도 되고, 바보라고 불러도 되서 고맙심더.' 안도현의 시낭송에 이어 시인 도종환이 울부짖심 더. '그분은 가고 우리는 남심니더. 그분은 가고 우리는 남심니더.' 그러고는 김진경이 기원합니더. '그 작고 아름다운 상식이 통하는 나라로 다시 오소서.'

운구차 행렬이 움직일 수 없을 정도로 운집한 많은 시민들이 만장 이천 개를 들고 죽음의 잔치를 벌립니더.

아아, 그러나 몇 분 후 우리는 천 도가 넘는 불 속에 대통령을 던져 넣어야 합니더.

봉하마을 한 아지매, 펑펑 울면서 한마디 합니더. '마 대통령쯤 되마 서울서 맛있는 것도 묵고, 높은 사람들, 국회의원들캉 살지, 이 시골구석에서 뭐 한다꼬 그레 살다 갔노?'

오늘은 이창동 감독의 〈시〉라는 영화를 봤심더. 쓸쓸히 죽은 어느 바보에게 썼다 카는 편지 구절이 마치 담쟁이넝쿨처럼 화면 벽으로 올라가는데, 말또 없이 올라가는데…, 지는 고마 펑펑 울었씸더.

차마 부치지 못한 편지 당신이 받아볼 수 있나요
하지 못한 고백 전할 수 있나요
시간은 흐르고 장미는 시들까요

나는 꿈꾸기 시작합니다
어느 햇빛 맑은 아침 깨어나 부신 눈으로
머리맡에 선 당신을 만날 수 있기를

이창동 감독님예,
지는 어젯밤 꿈에 〈바람과 함께 사라지다〉라는 서양 영화의 마

지막 장민을 또 보았씸더. 비비안 리가 이레 말하잖아요. '내일은 내일의 바람이 불겠지.'

감독님예, 거기서 비비안 리를 쏙 빼고 바보 노무혀이를 집어넣을 쑤 없을까예?

(2010년 5월 노무현 대통령 서거 일주기에 부쳐)

5부 어무이, 미안하다

나의 슬픈 꽃에게

전쟁에는 관객이 없다.
모두가 슬픈 주인공일 수밖에 없다.
_리영희 교수

오빠는 돌아오지 않았어. 비는 그날따라 왜 그렇게 퍼부었던
지….

"이 녀석이 죽은 겨! 이 녀석이 죽은 겨!"

발을 동동 구르며 안절부절못하시던 엄마가 '쿵'하고 쓰러졌어.
'물, 물!' 내가 소릴 질렀어. 물을 한 모금 넘기시고야 겨우 정신이
드신 엄마는 다시 자리에서 일어섰어. 우산을 접은 채로 손에 들고
는 창경원 쪽으로 걸음을 재촉했어. 동리 입구를 가로막고 있는 새
끼줄 밑으로 키를 바싹 줄이고 잠시 사위를 살피던 엄마는 돌연 자

리에서 일어나 잰걸음으로 대학병원 쪽을 향해 뛰기 시작했어. 길가엔 시체들이 널려 있었지. 얼떨결에 뒤쫓아 간 내게 엄마가 소리치는 거야.

"오빠 찾아봐! 하얀 실로 짠 난닝구 입었어. 그거 입은 놈 찾아보란 말여!"

빗길에 여기저기 쓰러져 있는 시체들을 일일이 뒤져서 얼굴을 확인하고 있는 엄마는 실성한 것 같았어. '내 새끼, 내 새끼, 실로 짠 난닝구!(러닝셔츠) 흰 실로 짠 난닝구!' 연상 헛소리처럼 중얼중얼 하시다가 설핏 나를 돌아다봤어.

"안 되겠다. 지지배가 시집도 안 갔는디 시체부터 봐서야! 얼른 집에 가서 큰오빠 오라구 혀!"

난 너무 끔찍하고 무서워서 오도 가도 못하고 벌벌 떨고만 있는데 엄마는 어느새 병원 건물 뒷길로 들어섰어. 엄마 치마꼬리를 죽어라 하고 움켜잡고 따라가면서 열세 살짜리 계집애는 비처럼 울었어. '무서워서 혼자 집에 못 간단 말이야!' 소리소리 지르면서 말야. 엄마는 '창경국민학교 운동장으로 가봐야겠다' 하시면서 좁다란 골목길로 들어섰어. 한여름이면 늘 너를 만나볼 수 있었던 야트막한 흙담 길을 지났을 때 난 엄마 치마폭 속으로 확 들어가 버렸어. 거기에도 죽은 사람들이 여기저기 누워 있었거든. 혹여 오빠 시체가 있나 하고 엄마는 미친 듯이 우산대로 뒤적거렸어.

그게 그러니까 1950년 6월 하순이었단다. 북한 군대가 전차를 앞세우고 기습적으로 수도 서울을 함락한 거야. 사방에서 총소리가 귀청을 때리는데 그 와중에도 난 '미리 시장 봐다 놓은 반찬거리' 하나 없는 게 걱정이 되더라. 밖을 기웃거려 봤지만 시가지가 몽땅 가게 문을 닫아서 쌀 한 됫박도 살 수가 없었지. 내가 산책길에 데리고 다녔던 우리 집 엠(M)… 기억나지? 그 녀석이 인민군한테 잡혀가 지글지글 불에 타고 있더라. 배고픈 인민군이 우리 강아지를 구워 먹고 있었어. 그걸 보고 내가 펄펄 뛰면서 우니까 엄마는 '이 지지배가 지금 강아지 새끼 걱정할 때냐' 나무라면서도 행주치마에 코를 휑 푸셨지.

오빠는 영영 돌아오지 않았어. 전사통지도 없었고.

그렇게 3년을 끌더니 어느 날 전쟁이 멈췄어. 그해 문산과 서울 사이 철로길 옆에서 무슨 일이 있었는지 넌 알지? '포로 교환'이라는 게 있었어. 그러고 보니 너도 먼발치에서 나를 보았겠구나. 미안해, 난 그때 너를 생각할 겨를조차 없었단다. 난 그때 이화여고 합창단의 일원으로 판문점에 갔던 거야. 휴전하면서 바로 만든 소위 '자유의 다리'에서 귀환 국군포로들을 환영하는 노래를 불러야 했어. 이승만 대통령까지 왔으니 조금 긴장했던 것도 있겠지만 그보단 난 '혹시나, 혹시나 우리 작은오빠가 살아서 돌아올지도 모른다'는 생각에 가슴을 졸이고 있었거든.

다시는 기억하고 싶지 않은 우리 민족 비극의 한 장면을 그렇게 가까운 거리에서 보다니…. 북으로 돌아가는 공산군 포로들이 김일성 장군의 노래를 부르며 지나가는 열차만 보면 남쪽 사람들은 열차 창문에 돌팔매질을 하면서 "빨갱이 새끼들! 가다가 뒈지기나 해라!" 소리소리 질렀어. 북녘으로 돌아가는 그쪽 포로들은 "이 간나 새끼들! 이 댐에 내려오면 다 죽여버리고 말갔어! 알간?" 하고….

육군 군악대의 행진곡이 울리면서 '타타타타…' 헬리콥터 소리가 하늘 저쪽에서부터 점점 가까워지고 있었어. 북에 잡혀 있었던 국군포로들이 그걸 타고 온다는 거야. 우린 모두 광장 쪽으로 나갔어. 귀환 포로들이 여러 개의 헬리콥터에서 내리는데, 보니까 하나같이 벌거벗은 몸이야. 내리자마자 팬티까지 벗어서 좍좍 찢거나 버리거나 하면서 마구 소리 내어 우는데… 그걸 보면서 내게 이상한 분노 같은 게 치밀어 오르더라. 내키지도 않는 합창을 하고 나니까 이승만 대통령이 내게 와서 손을 내밀더라. 전쟁 나니까 국민은 죽게 놔두고 자기만 달아나 한강 다리 끊어버린 생각을 하니 악수 같은 거 하기도 싫었지만 어쩌겠어, 대통령인데? '자유의 다리'를 건너 천막 친 막사로 옮긴 군인들 앞엔 흰 쌀밥과 아욱국이 배달되었어. 수저를 손에 쥐고 어깨를 들썩이며 흐느끼고 있는 국군들 속에 우리 오빠처럼 키 크고 마른 군인이 있었어. 나도 모르게 종종걸음으로 그 사람 옆에 다가갔지만 말 한마디 붙이지 못하고 서 있다가 그냥 돌아섰지.

방금 난 반세기도 넘은 옛날 얘기를 했구나. 그런데 이런 얘기를 왜 너한테 하느냐고 버럭할는지도 모르겠다…. 조금만 더 들어봐. 그러니까 그게 2003년 여름 끝자락이었을 거야. 생각해보면 난 그때 아주 획기적 체험을 한 거야. 이름조차 잊은 지 오랜 너를 거기서 만나다니…. 그 외진 땅, 이끼마저 시든 황량한 길목에 긴 이목구비 뾰죽 내밀고 손을 흔들어준 너와 마주쳤을 때, 난 미처 탄성조차 낼 수 없었던 것…, 넌 아니?

그때 난 금강산 육로관광단에 끼어 2박 3일을 북녘 땅 휴전선 근처에 짐을 풀었어. 일정에 따라 일행이 아침나절부터 온천 목욕탕엘 들어간 시간이었어. 개인행동은 금지되어 있어서 좋든 싫든 나도 그들 속에 끼어 온천을 체험해야 했지만, 결국 나는 몸이 좋지 않다는 핑계를 대고 대열에서 빠져나와 건물 주위를 잠시 산책할 수 있었지. 북쪽의 경비원이 뒤를 따라오며 "안으로 들어가시라요. 들어가서 쉬시라요." 연상 성화를 먹였지만 난 그분에게 말했어. '60년이면 사람의 한평생 아니냐고. 한평생을 기다리다가 국경 아닌 국경을 건너와 내 강산, 내 핏줄을 만났는데 그깟 놈의 목욕은 무엇 때문에 하루에 두 번씩이나 해서 시간을 낭비하겠냐'고. 그분은 아무 대꾸도 하지 않았어. 하여간 사진만은 찍지 말라고 부탁하더라…. 물론 그분은 먼발치에서 줄곧 나를 지켜보고 있었어. 아스팔트길 옆 푸석푸석한 흙길을 몇 발짝 걸어 올라가다가 난 또 한 번 경비원의 언질을 받았지. 더 들어가선 안 된다는 거였어. 난 서 있던 자리에 쪼그리고 앉았어. 그때였어. 들판의 바람 소리가 심상치 않아서 무심코 둘러본 내 시선 끝에… 네가 잡힌 거야. 숨이 멎는 것 같더라. 너는 그렇게도 애처롭게 손을 흔들고 있었어. 너 혼자 말이야. 거긴 네가 좋아하는 돌담도 흙담도 없었어. 너는, '왜 그런 눈으로 쳐다보니?' 하고 묻는 듯 고개를 갸우뚱했어.

"메꽃…, 나의 갯메꽃…"

나의 나지막한 탄성이 가슴 가득 차오르는 순간 네가 내게 건네준 엷은 분홍색 미소는 내가 너를 만져도 된다는 뜻 같았어. 냉큼 사진기를 꺼냈지만 북쪽 경비 아저씨가 무서운 얼굴로 나를 내려다보고 있어서 다시 집어넣었어. 너처럼 예쁜 것이 아무도 보아주지 않는 이런 곳에 혼자 피어 있다니, 말도 안 돼. 어린 시절 소래 바닷가, 우리 집 뒷간 옆, 흙담 양지쪽에서 흔하게 볼 수 있었던 너를 우린 '작은 나팔꽃'이라고도 불렀지. 맞아. 넌 언제나 초록으로 엉켜 있는 이파리들 속에서 얼굴을 내밀고 있었어.

그런데 그날은 너 혼자였어. 가슴팍을 크레인으로 도려내 벌겋게 알살을 드러내고 있는 산자락 한구석에 달랑 혼자 피어 있는 너를 목격했을 때 난 어리둥절했어. 넌 혼자 있으면 안 되는 꽃이잖아. 난 너를 지천으로 볼 수 있었던 옛날을 생각했단다. 베어서 아름 아름 묶은 노란 볏단이 여기저기 누워 있는 논둑길로 소를 앞세우고 걸음을 재촉하시는 아버지의 모습이 보였어. 그 뒤를 쫓는 작은오빠의 한 손엔 소먹이 풀과 함께 갯메꽃 넝쿨도 들려 있었지. 그 꽃은 언제나 내 차지였어. 오빠가 너를 내 손에 넘겨줄 때가 되면 네 여릿한 꽃잎은 벌써 오므라져 있었지. 해가 지면 입을 다물어버리

5부 어무이, 미안하다

는 꽃이 너니까. 어쩌다 네 입이 오므라들기 전 얼른 따서 책갈피에 넣을라치면 너는 언제나 진드기처럼 내 손가락에 붙어버리곤 했지. 난 네 이파리와 줄기넝쿨만 가지고도 머리에 쓰는 화관을 만들어 동네 계집아이들 머리에 씌워주곤 했었지, 생각해봐. 만약 너와 나, 그날의 만남이 '휴전선'이 아닌 바로 우리 고향 제물포 갯가였더라도 내 맘이 그리도 애틋했을까? 내가 무슨 말을 해야 좋을지 몰라 네 표정만 살피고 있을 때 넌 이렇게 말하는 것 같았어.

"그래⋯. 여긴 친구 되어줄 풀꽃도 이젠 없어. 그 많던 강아지풀도 다 어디로 갔어. 이따금 내 목에 간지럼을 쳤던 개미 녀석도, 그리고 다른 벌레들도 다 어디로 갔는지 없어."

너는 금방이라도 울 것 같은 얼굴로 계속 말했어.

"내일이면 나도 크레인에 찍혀 어디로 버려질지도 몰라⋯. 여긴 공사 중이거든."

멀리서 종소리가 들려왔지. 정오가 돼서 동행친구들이 모두들 식당으로 돌아가는 시간, 난 너를 몇 번이나 돌아다봤어. 할 수만 있다면 내 손톱으로라도 네가 서 있는 흙더미를 파헤치고 너를 뿌리째 뽑아오고 싶었어.

'메꽃' 하면 생각나는 얘기가 또 하나 있단다. 6·25 사변 때 얘기야. 난 두 번이나 피란을 가야 했단다. 사변 나던 해 가을에는 충청도 친척집으로, 그리고 1·4 후퇴 때는 대구로 내려갔어. 엄마와 어린 동생과 나는 홍성 근처 결성에 사는 큰고모 댁을 피란처로 잡고 서울을 떠났지만 충청도로 들어서면서 마음을 바꾸었어. 아무리 부자라도 한꺼번에 세 식구가 들이닥치면 꺼릴지 모르니 엄마와 동생은 삽교에 사시는 가난한 오촌 집으로 가고 나만 혼자 큰고모 집으로 방향을 잡았어. 수덕사 옆 산길을 혼자 걸으면서 밀려오는 불안감에 울기도 많이 울었지만, '고모 딸이 서울에서 공부할 때, 맘씨 착한 우리 부모님께서 방세도 한 푼 받지 않고 공짜 밥도 먹여주었으니 오히려 내가 자기 집으로 피란 온 걸 반가워할 수도 있어' 이렇게 스스로 달래가며 걸었어.

여름 햇살이 바싹 마른 돌길 위에서 무섭게 타고 있는데 물 한 모금 얻어먹을 데가 없더라.

목이 타고 배가 고파 죽을 것 같은데도 그저 오로지 '고모네만 도착하면 나는 산다!' 속으로 외치면서 난 이를 악물고 걸었어. 한낮엔 동그스름하던 내 그림자가 마침내 고모네 집 쪽으로 길게 누우면서 다리도 점점 길어지더니 드디어 고모네 집 높은 문턱에 허리를 꺾고 누워버린 거야. 난 물 좀 달라는 말부터 했을 거야.

고모와 그 집 딸이 반겨주리라고 믿었던 내가 바보였었지…. 난 그 집에 도착하자마자 콩쥐가 된 거야. 들어봐. 그 집엔 큰 감나무가 세 그루나 있었어. 가지가 휘도록 굵은 말뚝감이 다닥다닥 열려 있는데 팥쥐와 팥쥐 어미는 몇 개씩 따서 아삭아삭 맛있게 먹고, 내가 그걸 보고 옆에서 침을 삼키면 나더러는 까치가 파먹다 떨어뜨린 거나 주워서 먹으라고 하더라.

가지가지 힘든 밭일, 부엌일, 절구질 등은 몽땅 콩쥐에게 시키고 팥쥐 모녀는 마당에 돌아다니는 통통한 닭 한 마리 잡아 폭 삶더니 툇마루에 갖다놓고 닭 모가지 살까지 쪽쪽 빨아먹고 있던 어느 날 해 질 무렵이었어. 열세 살이나 된 계집애가 입을 게 없어 젖꼭지가 다 들여다보이는 구멍 난 러닝셔츠를 입고 땀을 뻴뻴 흘려가며 겉보리 방아를 찧고 있을 때였어. 몇 달 동안 소식도 없었던 엄마가 고모네 대문을 들어서다가 그 광경을 본 거야. 귀하게 키운 외동딸이 불과 몇 달 사이에 알아보기 힘들 만큼 피골이 상접해 있는 걸 목격한 엄마의 표정이 어땠겠어? 고모에 대한 실망과 혐오감을 잠시 안으로만 꾸겨 넣는 듯 엄마는 말 한마디 안 하고 서 있었어. 그러다가 끝내는 터졌어.

"이럴 줄…, 이럴 줄은 정말 몰랐네유, 성님!"

엄만 부르르 떨었어.

"성님네 귀한 딸…, 애비도 없이 컸다구, 내가 끼니때마다 뜨뜻한 밥 멕여 핵교 보냈네유. 저 삐삐 마른 것은 다 닳고 찢어진 난닝구 걸치구는…, 사내 녀석도 어깨 빠진다구 못 든다는 돌공이-, 돌공이루 겉보리 찧게 하시구…."

엄마는 참았던 울음을 터뜨렸지. 엄마는 당장 삽교 오촌 댁으로 가자고 하셨지만 날이 이미 어두워지고 있어서 떠날 수가 없었어. 하룻밤만 자고 가자고 하면서 행랑방에 자리를 깔았지. 딸 준다고 엄마가 들고 오신 조그만 보자기 속엔 내가 피란길에 들고 나온 내 일기장이 있었어. 책장을 펴 드는데 거기 무엇이 있었는지 아니? 내가 책갈피에 눌러놓았던 너, 메꽃이 납작 엎드려 있는 거야. 얼마나 반가웠던지…. 너무도 신기하고 예뻐서 너를 어루만지려는데 꽃에 붙어 있던 꽃대가 뚝 꺾어지면서 방바닥에 떨어졌어. 웬일인지 난 그 순간 또 한 번 우리 작은오빠를 떠올렸어. 그리고 너를 들여다보았지. 꽃 색은 많이 바랬지만 책장에 착 붙어 있는 너는 내가 뭐라고 말해주길 원하는 것 같았어. 다음날 아침, 난 너와 일기장을 가슴에 꼬옥 안고 엄마와 함께 삽교를 향해 길을 떠났지.

6·25 때 얘기는 이만하고 다시 금강산 관광 때 얘기로 돌아갈게. 숙소에 돌아와 흙 묻은 손을 씻을 때에야 비로소 난 알았어. 내가, 너 서 있던 발치의 흙집을 만지고 또 만지다가 돌아왔다는 것을. 뒤척이는 잠자리에 너는 보이지 않고 네 숨소리만 내 작은 방 가득히 차올랐다간 가라앉길 몇 번이었던지…. 꿈속에서도 네게로 가고 또 갔지만 끝내는 마른 풀 한 포기 없는 길 위에서 길을 잃고 말았지. '오빠-, 작은오빠-!' 부르는 소리에 룸메이트가 나를 깨웠어.

그땐 몰랐어. 네가 바로 이 세상에 하나밖에 없는 어린 왕자의 그 장미꽃이라는 걸. 너를 거기 혼자 놔두고 숙소로 돌아올 때에야 알았어. 네가 그 많은 다른 풀꽃들과는 다른 존재로 나와 만나게 되었다는 걸 말이야. 생텍쥐페리의 어린 왕자는 그래도 자기의 장미에 물도 직접 주고, 바람막이로 유리덮개도 씌워주고, 자기의 장미를 위해 온갖 사랑을 쏟아붓기라도 했지만 난, 난 네게 아무것도 해줄 수가 없었어. 분명 너는 내 앞에서 움직이고, 숨 쉬고, 말하고 있었는데도 난 그저 꿀 먹은 벙어리처럼 거기 그렇게 서 있다가 돌아서

5부 어무이, 미안하다

고 만 거야….

아아, 너라는 풀꽃아, 나의 슬픈 꽃아!

낮이면 거기 철조망 흔드는 바람 소리에 더 외롭고, 해가 지면 아직도 남은 절망을 살기 위해 어딘가에서 흔들리고 있을…, 꽃아, 너는 지금 어디에 있니?

(2008년 여름)

어무이, 미안하다

형….

한번 오지게 살아보지도 못한, 비리고 비린 형의 생이 이따금 토악질을 몰고 올 때마다 흥얼거리는 노래가 있었지요.

이 풍진 세상을 만났으니 너의 희망이 무엇이냐
부귀와 영화를 누렸으면 희망이 족할까…

오랜 세월 닳고 닳은 노래, 끝내는 감정 없는 소리로 희석되고, 긴 긴 분노, 그것 또한 녹아내릴 결빙조차 사라져갈 무렵, 형은 그렇게 우리 곁을 떠나셨습니다.

형은 1974년 독일 괴팅겐 대학에서 '4·19와 5·16의 원인 및 결과'라는 논문으로 박사학위를 받습니다. 1982년에는 프랑크푸르트 근교, 오펜바흐에 한국학술연구원을 창립해 독일, 프랑스, 오스트리아 등 유럽의 한국 관련 학술연구를 하나로 모으는 데 힘을 쏟았지요. 그러나 반유신 데모에 참여했고, 광주민주항쟁 때 전두환 정권에 항의했다는 이유로 40여 년을 고향땅에 발 한번 디뎌보지도 못한 채 외지에 버려지게 됩니다.

박정희 대통령이 숨을 거둔 이듬해인 1980년 초부터 앞다투어 귀국길에 오르는 많은 사람들, 소위 운동권 학자들 속에서 당신은 갑자기 '혼자'로 남아 있게 됩니다. 다른 이들과 함께 신청한 여권이 이번에도 형에겐 발급되지 않았습니다. 책임의식이 강하고 남을 먼저 배려하는 것이 몸에 밴 형은 그 경황 중에도 귀국하는 이들의 모든 남은 일들, 뒷바라지까지 해주느라 고달픈 나날을 보냅니다.

어느 날 저녁 무렵, 우리 부부와, 아직 거기 남아 있었던 몇몇 친구가 전화도 없이 형의 처소에 들렀습니다. 형이 보이지 않았습니다. '이상하다⋯, 문도 열려 있는데⋯. 요 앞 슈퍼에 갔나?' 그때 우리 귀에 들려온 물소리에 화장실 문을 열어젖혔죠. 아아, 형! 당신은 결국 더는 참을 수 없었던 당신의 그 대단한 통제력을 변소 바닥에 '우웩!' 토해버리셨더군요.

같이 간 친구들 중 하나가 흰죽을 안치고, 나는 형의 냉장고를 열어보았습니다. 순간 나는 기가 막혀 문짝을 붙잡아야 했습니다. 그 넓은 냉장고 안에는 하얀 밥사발에 담긴 쌀밥 한 그릇이 뎅강 놓여 있을 뿐이었습니다.

내가 야단을 쳤지요.

"형, 뭐야, 살 거야, 말 거야? 맨밥 먹고 사는 거야?"

형은 실실 웃고 있었습니다. 그리고 대답했지요.

"아침에 퍼논 어무이 밥이라예. 2인분 만들어가, 하나는 어무이 앞에 놓고 하나는 내가 묵고…. 그라고… 어무이 밥은 냉장고에 두었다가 지냑에 물 붓고 끓여서 내가 묵지예."

형의 또 다른 진모습과 맞닥뜨린 순간 나는 차마 형의 눈을 마주 볼 수가 없었습니다. 그 하얀 밥그릇은 벽에 걸린 사진 속, 당신의 어머니였습니다. 언제까지고 그렇게 언 방에서 하얗게 재현될 갈라진 이 땅의 모든 어머니였습니다.

"서울에 전화는 하시나요?"

돈도 없는 형이 어찌하고 있을지 다 알면서도 물었습니다.

"어무이한테요? 한 달에 두 번은 하지예. 동전 5마르크 집어옇고, 어무이 접니더. 별일 없지예? 또 전화 할끼라예. 하머, 고마 돈이 딱 끊킵니더. 1분짜리 효도…, 허허…."

형에겐 죽을 주고, 우리는 밥을 지어 함께 저녁을 먹었습니다. 각자 자기가 믿는 하느님에게 식사기도를 하는 동안 나는 눈을 감지 않고 당신의 표정을 똑바로 보고 있었습니다. 천주교 교인은 성호를 긋고, 교회 나가는 사람은 눈 감고 머리를 숙인 채 손깍지를 끼고 있고, 불교 신자는 어떻게 하고 있었더라…? 생각이 안 납니다. 시종 입을 벙하니 벌린 채로 그 광경을 지켜보고 있던 당신은 '아멘' 소리가 들리자 한마디 하셨지요.

"앗따, 하나님도 정신 사납겠다. 기도하는 방법도 희한하게 많네…."

그러고는 한마디 더 하더군요.

"근데, 성서에서 보는 예수의 삶은 수양이 아니라 바로 투쟁이던데… 먹는 거 놓고 이래 기도만 하며, 나라가 살아납니꺼?"

평소에는 쓰지 않던 '투쟁'이란 말을 그날은 서슴없이 쓰시더군요. 그래섭니다. 내가 엉뚱한 반문을 했지요. '김 형도 성경을 읽으시는군요? 아무것도 안 믿는 줄 알았는데….' 그때 뭐라고 대답했는지 기억나시나요?

"나야 뭐 믿어본 거라곤 '동아일보'밖에 더 있읍니꺼…. 어렸을 때 내 자존심은 내가 '동아일보 독자'라는 데서부터 시작되었거든요…. 근데 오세는 동아일보도…"

형은 말하다 말고 다시 화장실 쪽으로 뛰어갔지요. 건구역질 하는 소리가 들렸습니다.

안개비가 조심스럽게 내려앉던 어느 봄날이었지요. 프랑크푸르트 공항에서 서울 가는 친구를 배웅하고 돌아오는 길, 갑자기 숨통이 막히면서 형은 응급실로 실려 갔습니다.

"암입니다, 말기…."

의사의 말에 형은 놀라지도 않더군요.

'혹 김 박사님께서 안기부에 들러 시말서 쓰고 귀국하신다면 받아 줄 용의가 있소이다'라고 쓴 통지서가 국내 안기부(지금의 국정원) 높은 분으로부터 온 것은 그때였습니다.

"반쪽짜리 귀국허가가 떨어진 셈이지예."

형은 비아냥거렸습니다.

"죽기 전에 혼자 계신 어무이 한번 보겠다는데, 마 인심 함 쓰자! 이거제."

서울 집입니다.

형은 아직 집엔 못 오고 안기부에서 조사받고 있는 동안 짐부터 먼저 도착했습니다. 작은 트렁크 두 개에 낡은 부댓자루 하나, 40년 전 출국할 때 김포공항으로 들고 나갔던 누런색 자루, 그리고 그것들과 머물러 있었던 아들의 모든 시간이 현관에 배달되었습니다. 아들을 만나도 울지 않으리라 굳게 이를 악물었던 80의 노모는 굴곡의 당신 얼굴을 수의 같은 부댓자루에 비벼대며 오열했습니다.

동리에 소문이 돌고 있었다고요….

"어이구, 젊었을 때 바람나 집 나간 영감이 맘 고쳐먹고 돌아왔나 벼…."

아들의 머리엔 세월의 눈이 그리도 하얗게 쌓여 있었던 것입니다.

형은 노모의 거친 손을 만지며 이렇게 말했다지요.

"어무이, 걱정 마소. 이자 내가 돈 마이 벌어 어무이 편하게 모실 끼로…."

그러고 나서…, 달포나 지났을까요, 나는 형의 친구, 오 박사의 전화를 받습니다.

"날만 새면 골목길을 바쁘게 왔다 갔다 하더니…. 이력서 들고 열두 군데도 더 뛰어다니더니…. 새벽 기차 불 켜고 지나가는 이른 시간이었어요, 심전도 기계에 매달려 숨을 거두면서…,"

하늘을 찌르는 친구의 통곡 소리에 저 또한 자지러졌을 때, 그의 목이 메어 끝까지 전하지 못했던 형의 유언이 내 무너진 가슴 공간으로 흘러들어왔어요.

"…'어무이, 미안하다….'
이거 한마디 남기고… 눈을 감았어요."

고 김길순 박사 20주기를 맞으며,

친구 일초 드림

1951년 달동네 달순이

　날만 새면 피란민들은 약속이나 한 듯 역사(驛舍) 주위로 모여든다. 몇 달이 지나도, 오고 가는 열차 한 대 없는 대구역 철로길 언저리엔 그날도 사람들이 새들처럼 쪼르르 앉아 있다. 란이와 학이도 거기 한 귀퉁이에 쪼그리고 앉아 있다.

　역사 맞은편에 자리한 고층건물 7층엔 서울에서 피란 온 육군본부 군악대가 연습장소로 빌려 쓰고 있는 강당이 있다. 란이 남매의 거처도 그 건물 지하 한 귀퉁이에 있다.
　'뿌우우…'
　안개 자욱한 오후를 한칼에 내리찍어 지퍼처럼 직선을 길게 긋는 목관악기 소리는 피란민들의 구겨진 가슴을 잠시 열어준다. 이내 다른 악기들이 줄줄이 따라 나오며 오보에가 던진 A음에 튜닝을 한다. 자신도 모르게 재배치된 짧은 시간 속에서 피란민들은 잠깐 긴장을 풀고 몸을 움직여도 보고 희미하게 웃기도 한다.

"누나, 뱀장수 소리 들었지? 어서 올라가 봐."

남매는 오보에 주자를 뱀장수라고 불렀다. 란이는 책상 앞에 늘 어놓은 오선지를 추렸다.

"누나, 퇴짜 맞아도 넘 실망하지 마."

둘의 눈이 마주 보며 반짝였다. 운이 좋으면 다음 달부터는 군악대에서 란이에게 '악보 그리는 일(사보)'을 맡길지도 모른다. 한 주일만 버티고 기다려보는 거다. 란이의 입에서 성급한 안도의 한숨이 새어나오는 순간, 잠시 조용해졌던 7층이 재튜닝을 하고 있다. 그 소리는 당겨진 화살처럼 일직선으로 날아와 란이의 가슴에 꽂혔다.

'어떻게든 살아야 돼!'

란이는 집을 나섰다. 군악대에서도 일을 얻지 못하면 그들 남매는 굶어 죽을 판이다. 만일을 위해서 다른 일도 찾아봐야 했다. 옷가지니 뭐니 해서 팔 수 있는 건 다 팔아 연명을 해나가고 있었던 터라 이젠 내어다 팔 물건도 동이 났다. 시장 골목을 여기저기 둘러보다가 한순간 움칫했다. 얼마 전에 들고 나와 쌀과 바꾼 아버지의 바이올린이 상점 벽에 걸려 있는 게 아닌가. 그녀는 몸을 돌렸다. 뛰기 시작했다. 시장을 빠져나와 좁다란 골목길로 들어섰다가 고만 치마가 쓰레기통에 걸려 넘어지고 말았다. 아버지의 음성이 귓전을 울렸다.

"들고 가라. 어차피 네게 주려던 거잖아. 정 안 되겠으면 이거라도 팔아서…."

　달성공원 앞을 그날은 그냥 지나쳤다. 공원 근처에 있는 작은 장
국밥집 부엌에서 허드렛일해주면서 끼니를 이어가고 있는 화숙이
언니한테 들러볼까 하다가 그냥 돌아섰다. '그 언니도 빈손으로 피
란 내려와 무능한 남편 모시고 혼자서 얼마나 고생이 많은데, 오늘
은 밥 동냥하지 말자', 맘먹었다. 어디서 설탕 타는 냄새가 났다. 냄
새를 좇아가 봤다. 어릴 때 학교 앞에 쪼그리고 앉아 연탄불에 설탕
과 소다를 부풀려 모양을 찍고는 손가락에 침을 발라 조심스럽게
모양을 떼어냈던 '뽑기'. 뽑기 장수가 거기에도 있었다. 그녀는 아이
들 틈새로 비집고 들어갔다. 아저씨는 신문지 한 장을 밀어주며 거
기 앉으라고 했다. 그때다. 그녀의 눈에 신문광고가 들어왔다. '전
속가수 모집, 송죽극장'. 그녀는 극장을 향해 뛰기 시작했다. '단장
실'이란 푯말이 눈에 띄었다. 방을 노크했다.
　"자아, 어디 노래 한번 들어볼까? 무슨 노랠?"
　"눈물 젖은 두만강…."
　"남자 노랜데?"
　"원래 저음이라서요…."
　머리에 포마드를 자르르 바른 남자는 란이가 노래 제목을 말하기
가 무섭게 '자자자자' 아코디언 전주를 깔았다. 이 노래는 어둡고 슬
픈 음색으로 불러야 제격이다. 배도 충분히 고팠겠다, 집에서 손가
락 빨고 있을 동생을 생각하면 무드 살리는 것쯤은 문제도 될 게 없

었다. '두만강 푸른 물에 노 젓는 뱃사공⋯.'

눈살을 잔뜩 찌푸린 채 애절한 표정으로 반주를 해준 '포마드'가 말했다.

"흠, 좋아, 좋아. 뭐 남성 가수 흉내 낼 필요 없겠는데? 송민도 같은 저음 여가수도 있잖아."

이렇게 말하면서도 뭔가 생각에 잠기는 듯 눈을 껌벅거리고 있던 포마드가 무릎을 탁 쳤다.

"좋아! 다음 주부터 나와!"

"네?"

"왜? 싫어? 일당도 줄 거고⋯."

란이는 고개를 푹 수그린 채 서 있었다.

"너 우니? 감격했어?"

"저⋯, 다음 월요일까지 살아 있을지 장담 못 하는데요⋯. 쌀 떨어진 지가 메칠 되었어요. 가불 좀 해주시면 안 될까요⋯?"

란이와 동생 학이가 이곳 경북약품주식회사, 7층 건물 지하에 조그만 방을 얻어 피란 짐을 풀 수 있었던 것은 큰 행운이었다. 사장 윤 씨는 약제사인 아버지의 오랜 친구였다.

그해, 1951년 정월 초순, 서울역은 참으로 어처구니없는 인간지옥을 보여주고 있었다. 밀치고 밀리고 아우성치며 화물차 지붕 꼭대기에 기어오르는 피란민 군중 속엔 이들 남매도 끼어 있었다. 대구 쪽으로 간다는 기차였지만 확실히 그쪽으로 가고 있는 건지, 며칠이 걸려야 목적지에 도착하는 건지 아는 사람도 없고, 묻는 사람도 없었다. 기차는 가고 싶으면 가고, 가고 싶지 않으면 종일을 — 어떤 땐 밤새 — 정지해 있기도 했다. 서로 건네는 말이라곤 '어디까지 밀린 거야, 국군하고 유엔군이?'뿐이었다. 오줌도 똥도 달리는 기차 위에서 해결해야 하는 것은 물론, 혹여 산모가 해산을 한다 해도 화물열차 지붕 위에서 아이를 낳아야 된다는 얘기다. 란이인들 왜 그걸 몰랐으랴. 알고 있는 그녀가, 어딘지도 모르는 낯선 간이역에서 '잠깐이면 돼요!' 하면서 기어이 기차 지붕에서 내려왔다가 벌어진 어처구니없는 비극은, 그녀 자신도 먼 훗날까지 설명을 붙일 알맞은 말을 길어 올리지 못한 하나의 운명 같은 사건이었다.

"누나아, 누나아!"

얼어붙은 겨울 저녁을 뒤흔드는 동생의 비명 소리에 가슴이 철렁 내려앉았다. 란이가 내린 사이에 기차가 움직이기 시작한 것이다.

"스토옵! 스토옵! 여기 사람 하나 안 탔어요오!"

란이는 죽을힘을 다해 달리고 또 달렸다. 기차의 속력은 점점 더 빨라졌고, 미친 듯이 뒤쫓는 발바닥 밑으로 열네 살 어린 소녀의 솟구치는 목숨이 내동댕이쳐지고 있었다. '누나아, 누나아…!' 아스라이 멀어지는 학이의 긴 외침이 선지빛 저녁노을에 묻혀, 저녁밥 짓는 연기조차 사라진 지 오랜 빈 마을을 뒤흔들었다. 얼음이 서걱거리는 눈밭에 철퍼덕 주저앉아 계집아이는 목을 놓고 울었다. 속바지 밑으로 죽은피가 절망처럼 번졌다. 몸이 부르르 떨렸다.

"막차 같던데…, 놓쳤구나, 쯧쯧."

객지의 바람 속에서 엄마의 목소리가 들렸다.

"가자, 집으로….."

얼떨결에 자리에서 일어난 란이는 웬 낯모를 중년 여인의 손을 붙잡고 따라가는 자신을 발견했다. 여인이 끓여준 된장찌개를 먹으면서도 그녀는 계속 울었다.

"근데, 아주머닌 왜 피란 안 가셨어요? 마을이 텅 빈 것 같던데요."

"아들 기다리지. 에미라도 집 지키고 있어야….."

"어딜 가셨는데요?"

"그걸 알면 이렇게 맥 놓고 기다리고만 있겠니….."

여인은 한숨을 지었다.

"학생, 우선 눈 좀 붙여. 국군이 계속 후퇴하고 있다니 여기도 오늘낼해. 내가 정거장에 나가 볼란다. 막차가 또 한 번 지나갈 건지 물어나 보자꾸나."

"네? 막차요? 막차가 있다고요?"

란이는 허리를 곧추세웠다.

"장담은 못하지만, 역장이….."

"네? 역장이 아직 피란 안 가고 여기 있나요? 여기가 그런데 어디죠?"

"신탄진이 조 넘어야."

신탄진….., 신탄진이면 아직 대전도 못 왔는데 사흘이나 걸렸단 말인가.

아직도 서울에 남아 계실 엄마 생각을 애써 안 하려고 머리를 흔들고 털고 귀까지 막아보았지만 소용없는 짓이었다. 영하 20도의 강추위로 꽁꽁 얼어붙은 서울역 탑승장, 죽을힘을 다해 화물차로 몰려드는 피란민 인파 속에, 차마 울지도 못하고 서 있던 엄마…, 머리에 썼던 수건을 벗어 연신 흔들면서 조금씩 조금씩 하얀 점으로 멀어져 간 엄마가 떠오르면 란이는 아주머니 무릎에 엎드려 펑펑 울었다.

이른 저녁을 몇 수저 뜨고 나서 란이는 다시 정거장 쪽을 향해 걷고 있었다. 신탄진역이 보이는 고갯길에 올랐을 때였다. 누군가 정거장 쪽에서 이쪽으로 뛰어오고 있었다. 역장이었다.

"학생, 학생! 막차가…, 막차가 오고 있어. 뛰어, 어서!"

역장이 앞서서 달리면서 릴레이 육상선수처럼 손을 뒤로 길게 뻗었다. 란이는 역장의 손을 움켜잡았다. 열차는 진눈깨비 쏟아지는 겨울 벌판을, 그리고 그렇게도 어린 열네 살 소녀의 나이를 가로질러 달리고 있었다. '아주머니, 용서해주세요, 저만 떠납니다.' 그녀는 또 한 번의 이별을 감수해야 했다.

포마드가 가불해준 돈으로 남매는 쌀을 샀다. 오래 구경도 못한 쇠고기도 한 근 샀다. 자장면도 곱빼기로 시켰다. 학이는 신이 나서 방방 뛰었다.

전쟁은 계속되고 있었다. 그러나 한편에서는, 부산으로 옮긴 정부가 곧 서울을 수복할 것이라는 낭보도 들어왔다. 수복하기 전에 이승만 대통령이 대구에 들러 시민들을 위로하는 행사가 있을 것이라는 소문이 돌았다. 환영식 준비로 군악대는 바빠졌다. 군악대장이 란이를 급히 찾는다는 전갈이 내려왔다. 군악대장 방을 노크했다.

"너, 밤새워야겠다. 사보해야 될 게 엄청 많아."

"밤새우는 건 문제 없지만…"

"문제없지만, 뭐?"

"저기…, 일주일 전에 드린 악보는요?"

"지금 그게 문제가 아니라니까. 대통령 앞에서 연주할 대곡이라고! 급하다고!!"

그는 목에 핏대를 세우며 언성을 높였다. 란이는 망설이지 않았다.

"저기… 엊그제 사보해서 드린 거…, 일주일 후에 돈 주신다고 했잖아요."

그는 또 한 번 소리치려고 양팔을 추켜올렸다가 이내 몸을 굽히면서 조그만 소리로 물었다.

"얼만데?"

"몰라요. 오늘 말씀해주신다고 했어요."

군악대장은 사무직원을 불렀다.

직원이 넘겨준 돈 봉투에 현금이 얼마나 들어 있는지 확인해볼 사이도 없이 란이는 새 일감을 받았다. 밤을 꼬박 새워 차이콥스키의 〈1812년 서곡〉 사보를 끝냈다.

란이 남매는 리허설을 하게 될 극장 쪽으로 가는 버스에 올랐다. 옆에 앉은 호른 주자가 말을 붙였다.

"사보, 란이가 맡았다며?"

"네…, 근데, 악보엔 대포도 있던데…. 무대에서 대포 쏘면 대통령이, 호호, 놀라시겠네요."

"대포 대신 큰북으로 치겠지…. 그나저나 넌 언제 사보 기술을 그렇게 익혔어? 음악 했니?"

"악보 그리는 아르바이트했어요. 학비 버느라고요…."

"용타, 꼬마 아가씨가…."

란이는 학이가 들고 있는 악보를 호른 주자에게 넘겨주며 물었다.

"대통령이 〈1812년〉을 좋아하시나 보죠?"

아저씨가 말했다.

"러시아가 나폴레옹 군대를 물리치고 승리한 게 1812년이니까 그 곡을 골랐겠지."

군악대원들이 벌써 많이들 와서 파트연습을 하고 있었다. 벌떼들이 떼를 지어 윙윙거리는 소리 같았다. 어느 순간부터 천천히 소리가 줄어들었다. 아주 조용해지자 악장이 일어나 다시 오보에에게 '음'을 달라는 큐를 주었다. 'A' 음이었다. 모두들 튜닝을 재점검했다. 다시 조용해졌다. 이때 바이올린 주자 한 사람이 일어서서 몇 가지 익숙한 코드들을 잡아 연결시켜보다가 잘 되었다는 신호로 고개를 끄떡였다.

학이가 소곤거렸다.

"누나, 저 사람은 줄 맞추는 거 다 끝났는데도 왜 또 혼자 일어나 막 바이올린을 켜?"

"튜닝이 끝나도 마지막엔 화음을 짚으면서 들어봐야 튜닝이 잘 되었는지 아는 거야. 모든 악기가 모두 제소리를 내야 전체가 깨끗한 화음을 만들 수 있거든. 쉿, 시작한다."

무대 왼쪽에서 지휘봉을 든 장교가 걸어 나오고 있었다. 사위가 잠시 죽은 듯이 조용하더니 그의 양손이 부드러우면서도 박력 있게 아래로 떨어졌다. 첼로와 비올라의 저음 유니슨 선율이 조용히 밑그림을 그리고 있었다. 지치고 지친 전선의 안갯속, 깊은 시름을 뚫고 무엇인가가 서서히 그 머리를 내밀었다. 그것은 이제 갓 태어난 작은 새의 머리 같았다. 이윽고 피콜로의 작은 구멍에서 새 한 마리가 포르르 날 즈음, '텅!' 팀파니가 팽팽한 뱃가죽을 내려쳤다. 란이의 가슴에 구멍이 뻥 뚫렸다. 눈물이 고였다. 음악이 점차 진폭을 넓혀가면서 〈1812년〉은 장교의 지휘봉 끝에서 개가를 울리고 있었다. 나폴레옹은 이미 쓰러졌다. 러시아는 혁명으로 일어서고 있었다.

남매는 숙소로 돌아왔다. 우선 밥부터 안쳤다.

"누나, 내일도 오늘처럼 극장으로 가야 돼?"

"아침에 우선 사무실로 오랬어. 사봇값 준대."

"우와, 정말?"

학이가 '이제 우린 살았다!' 하며 두 팔을 추켜올릴 때였다. 노크 소리가 났다. '좀 나와봐요' 하는 옆방 아줌마의 목소리였다. 란이가 문을 열었다. 거기엔 꿈에도 생각지 못했던 사람이 서 있었다. 피란 길 오를 때, 서울역에서 눈물로 작별한 란이의 올케언니였다.

"아니…, 언니가…, 언니가 어떻게?"

그들은 부둥켜안고 울음부터 터뜨렸다. 남자형제만 넷에 외딸로 자란 란이는 큰오빠로 인해 맺어진 올케와의 인연을 축복처럼 받아들였다. 아침에 거울 앞에서 코끝을 두드리는 분첩 냄새는 곧 새언니의 냄새가 되었다. 란이는 언니 몰래 책갈피에 분가루를 뿌렸다가 책 읽을 때마다 그 위에 코를 박고 좋아라 했다.

어서 방으로 들어가자는 시누이를 잠시 말없이 지켜보고 있던 언니는 '잠깐만…' 하면서 다시 문밖으로 고개를 돌렸다. 낯선 여자아이가 언니 뒤에 숨어 서 있었다. 언니가 말했다.

"인사드려라, 란이 언다."

일고여덟 살쯤 돼 보이는 이 아이는 인사는 안 하고 그저 방 안 벽을 여기저기 더듬어보면서 발을 주춤주춤 옮기고 있었다. 얼핏 보니 눈은 떴지만 검은 동자는 안 보이고 뿌연 우윳빛 각막이 눈을 덮고 있는 것 같았다. 란이는 문득 언니를 쳐다보았다. 언니는 아이에게 다가가 이렇게 소곤거렸다. '란이 언니랑 조금 얘기하다가 들어올 거야. 꼼짝 말고 여기 앉아 있어야 돼. 알았지?' 아이는 뭐라고 알아들을 수 없는 탁음을 뱉었다. 놀란 학이는 밖으로 슬금슬금 나가버렸다. 올케와 시누이는 건물 밖으로 나왔다. 그들은 담장 옆에 가지런히 접어 세워놓은 큰 박스 몇 개를 땅에 펴놓고 그 위에 앉았다. 언니가 말했다.

"미안해, 아가씨. 놀라지 마. 쟤는 내 막냇동생이야…."

"…? 언니 동생?"

"자폐증이란 병야. 의사소통하기가 힘들어. 눈도 잘 안 보이고 말도 못 해. 듣기는 조금 듣지만 반응은 없어. 오빠하고 혼인할 때, 저 아이 때문에 결혼이 성사되지 않을까 봐 우리 집안에선 이 사실을 신랑한테 비밀로 하자고 했어. 그때 내가… 그러면 안 된다고 말했어야 했는데… 다 내 잘못야."

거기까지 말하고 잠시 눈을 감고 있던 언니는 한숨을 내쉬면서 다시 입을 열었다.

"그냥 숨겨놓고 살면 될 줄 알았어. 누가 전쟁이 터질 줄 알았겠어…. 그새 우리 엄닌 폭격 맞아 돌아가시고, 남은 자식들은 이리저리 흩어져 피란도 가고 군대 입대도 하고…."

올케는 더는 말을 잇지 못하고 가슴을 자신의 주먹으로 두들겼다. 란이는 기다렸다.

"그러니 저걸 누가 돌봐주겠어. 나밖에 없더라고. 엄마 시체는 차마 눈으로 볼 수도 없게 갈기갈기 찢겨 흙더미 속에 널려 있는데…, 저것 혼자… 그 흙더미 위에 앉아 있는 거야."

언니의 참았던 울음이 터졌다.

란이는 자리에서 일어섰다. 무엇보다도 먼저 묻고 싶었던 건 엄

마의 소식이었지만 지금으로선 또 다른 어두운 소식으로 채울 수
있는 가슴이 남아 있지 않았다.

"어머닌 충청도 오촌 댁에 가 계실 거야."

언니가 먼저 말해주었다.

"가 계실 거라니? 그게 무슨 소리야?"

"걱정 말아요. 암튼 어머닌 무사하셔."

란이는 언니의 표정을 살피다가 천천히 몸을 일으켰다.

"언니, 시장하지? 밥 있어요."

"아냐, 오늘은 그냥 갈게."

"가다니? 갈 데나 있어요?"

"…아가씨가 대구에 있다는 것만 알고 무작정 서울을 떠났으
니…, 난 대구라는 데가 이렇게 넓은 줄 몰랐어."

언니는 앉은 채로 얘기를 계속했다.

"결국 어떤 교회당을 찾아 들어갔지. 갈 데가 없으니 도와달라고
했어."

"그래서?"

"목사님이, 열흘 정도는 자기 거처에 묵을 수 있다고 해서 거기
며칠 머물면서 일자리를 찾아 돌아다녔어. 어젯밤, 이 근처 어느 국
밥집 앞을 기웃거리다가 글쎄…,"

"국밥집?"

"거기서 화숙이를 만난 거야."

언니가 화-숙-이를 말할 때, 란이도 입을 맞춰 화-숙-이라고 했다.

　　　　　　　　5부 어무이, 미안하다

화숙이 언니가 란이의 거처를 알려 준 것이었다.

언니의 얼굴이 금시 어두워졌다.

"그나저나 달순이, 쟤, 저 골칫덩어리까지 데리고 왔으니 무슨 대책이라도 강구해야지…. 어디서 청소라도 할 데를 알아봐 달라고 목사님께 부탁해놓았어. 그러니…"

"언니, 이 전쟁 오래가지 않을 거 같아요. 정부가 수복 준비를 하고 있대요…."

"수복? 그거 작년 9월에도 했었잖아. 믿을 수 없어. 평양까지 점령했다가 또 이렇게 밀릴 줄 누가 생각이나 했겠어. 중공군 개입은 또 뭐구?"

언니 등 뒤로 하루의 해가 지고 있었다. 란이는 언니 손을 잡아 일으켰다.

방문을 열었다. 달순이가 달처럼 환하게 웃고 있었다. 아직 한 번도 불행해본 적이 없는 표정으로.

란이는 잠이 오지 않았다. 건물주인 윤 사장에게는 일단 잠깐 들른 친척이라고 해놓고 대책을 강구하자 마음먹었다.

열린 환기창으로 남자들의 말소리가 들렸다.

"그렇다고 이혼하면? 뭐가 달라지는데?"

"뭐가 달라지든 달라지기라도 해야지, 빌어먹을 숨통 막혀서 살겠냐구."

"그렇다고 이혼장에 도장 꽝 찍으면? 그담엔 자넨…"

"알아, 깡통 찬다는 거."

"깡통 좋아하네. 깡통은 아무나 차는 줄 알아? 부자 부모 둬서 고생이라는 거 근처에도 안 가본 놈들이 인생 쪼끔 꼴 안 나면 함부로 지껄이더라."

"아니, 자네야말로 오늘 나한테 왜 그래? 이젠 아주 빈정거리기까지 하는데…?"

이때 누군가 손바닥을 딱딱 쳤다.

"자, 자, 고만들 하자고. 전쟁 땐 전쟁터에서 싸워야 죽든 살든 결판이 나는 건데, 후방에서 나팔이나 불고 푼돈이나 들고 들어가니까 마누라들이 악악대지."

군악대 프렌치호른 주자의 목소리라는 걸 란이는 알 수 있었다. 그가 계속했다.

"난 색소폰이나 배워둘 걸 그랬어. 밤일 나가는 애들 짭짤하게 받던데…."

시종 돈 얘기뿐이었다. 이때 다른 목소리가 끼어들었다.

"여보게, 돼지창자! 자넨 그래도 이따금 막스 베버 같은 녀석이 광내주잖아. 크~! 〈마탄의 사수, 서곡〉에서 네 개의 호른이 '내 주여 뜻대로 행하시옵소서'(그는 호른의 선율을 노래로 읊었다) 하면서 청중을 완존 죽여주잖아. 그 속에 자네 여인도 있었다면서? 엉? 그 여자가 지금 자네 앞에서 돈, 돈, 돈, 한다 이거지?"

그의 말소리는 술에 취해 있었다. 킬킬 혼자서 웃더니 말을 계속했다.

　　　　　　5부 어무이, 미안하다

"흥, 이사하다가 싸움이 났는데…, '뭔 남자가 이삿짐은 나르지 않고 콘트라베이스만 들고 서 있냐?' 그러더라. '흥, 당신은 지금 내가 콘트라베이스를 들고 있는 걸로 보이냐?' 했더니 '그럼 그 애물단지가 뭔데? 그걸로 쌀 한 말이라도 사온 일 있으면 있다고 해봐!' 하더라. 기양 그 자리에서 '헤지자!' 할래다…, 흠, 새끼들 불쌍해서 꿀꺽 참았지. 응! 참았지…. 밤, 자정이 넘었는데 마누라가 돌아오더라. 마누라가 밥상에 앉아 반찬을 씹는데, '깍뚝깍뚝'…, 그러다 국 사발을 번쩍 들어 국물을 들이켜더니 트림을 '그르륵' 하는데…. 야아, 그놈의 소리가 왜 그리 섬뜩하냐…, 응? 도저히 못 들어주겠는 거 있지? 종이 가져와! 그랬지. 꽝! 이혼장에 찍어줬지."

모두들 조용했다. 다시 콘트라베이스의 말소리가 들렸다.

"절~~대로 못 놔. 돈 없어 노상에서 비럭질을 할망정 난 저놈. 콘트라베이스란 놈 못 놔! 저놈의 소리, 그 고뇌에 찬 현들의 떨림 속에…, 응? 거기 푹 빠져 뱃가죽이 등에 붙어 무대 위에서 쓰러질망정, 못 놔… 암, 못 놓지!"

월요일이 내일로 다가왔다. 란이가 송죽극장에 가봐야 하는 날이다. 돈을 미리 갖다 썼으니 어찌 되었든 얼굴이라도 내밀어야 한다. 그녀는 군악대에서 받은 사봇값을 호주머니 속에 넣고 계속 만지작거리고 있었다. 포마드가 준 돈도 아직 제법 남았다. 얼마 만에 만져보는 지폐인가! 오지게 맘먹자. 악극단? 마음 내키지 않는다. 하지만 만약 지금 악극단 출연을 취소한다면 포마드가 준 돈은 반납

해야 하는 것이다,라는 생각은 계속 그녀의 머리를 짓누르고 있었다. 누군가의 잦은 발걸음 소리가 가까워지고 있었다. 올케였다.

"아가씨! 달순이가…, 달순이가 없어졌어."

"엉?"

올케는 밖으로 뛰어나갔다. 란이와 학이도 따라서 밖으로 나갔다. 서로 다른 방향으로 뛰었다. 달순이는 어디에도 없었다. 지치고 배가 고파 집에 돌아와 보니 언니는 아직도 돌아오지 않았다. 란이의 눈이 점… 점으로 감겨왔다. 몇 시나 되었을까? 학이의 코 고는 소리에 눈을 떠보니 어스름 동이 트는 미광 속에 언니의 모습이 보였다. 언니는 미동도 없이 앉아 있었다.

다음 날도 달순이는 돌아오지 않았다. 언니는 달순이 가방 속에서 둘둘 말린 종이를 꺼내 방바닥에 펴놓았다. 그것은 먹으로 그린 피아노 건반이었다. 언니가 말했다.

"크리스마스 이브에 달순일 교회에 데리고 간 적이 있었어. 어린이 합창단이 〈고요한 밤 거룩한 밤〉을 부르는데 달순이가 글쎄 벌떡 일어나더니 '고얀 고얀' 하면서 피아노를 마구 두들기는 거야. 그것도 꼭 한 손가락으로만. 아이가 그렇게 좋아하는 거 첨 봤어. 하긴 어렸을 때부터 그 '고얀'이란 노래 아닌 노랠 입에 달고 살았으니까. 결국 난 달순이 땜에 교횔 다니게 됐지…."

란이가 자리에서 후다닥 일어섰다. 학이도 일어섰다.

"가자, 언니. 근처에 교회 있어."

언니가 대답했다.

"송죽극장 약속했다며? 교회엔 나 혼자 다녀올게."

"시간 약속까진 안 했어. 빨리 일어나요."

태평로를 지나 북성로2가에서 남쪽으로 길을 꺾었다. 중앙교회라는 간판이 눈에 들어왔다.

"그런 아이 안 왔는데요. 저 건너편, 서문교회에 가보시지요."

서문교회는 거기서 멀지 않았다.

집사로 보이는 노인이 마당을 쓸다 빗자루를 곧추세우고 허리를 펴더니, 오냐, 당신들 잘 왔다! 하는 표정을 지었다.

"맞다. 당신들 맞제? 그 가스나 데릴러 안 왔나?"

"여기 있나요, 내 동생?"

"갸가 동생이라예? 밥 묵으라 캐도 밥도 안 묵고…, 고집불통이라. 함 가봐라."

노인이 앞장을 섰다.

교회 휴게실 구석에 쪼그리고 앉아 있다가 언니를 본 달순이는 반가워하기는커녕 한 발 더 구석으로 움츠리면서 '고얀'이라고 중얼거렸다.

부엌일하는 아주머니에게 자세한 얘기를 들을 수 있었다. 예배 시간에 성가대가 노래를 부르고 있는데 갑자기 아이가 앞으로 뛰어나오더니 피아노 건반을 마구 두드리면서 뭐라고 소리를 지르는 통에 예배가 중단되었다고 했다.

"목사님이 새파래져 가 일루 내려오라꼬 글키나 야기해도 들은 척도 안 하는기라요. 보자 하니 가스나가 말또 몬 하지, 느그 어무이 어데 사노? 물으봐도 몬 알아듣지….”

“죄송합니다. 예배를 방해한 것 사과드립니다.”

언니가 아이의 손을 잡아 일으키려 하자 아이는 거세게 손을 뿌리쳤다. 집에 가야 된다고 달래보아도 아이는 ‘고얀 고얀’ 소리를 높이면서 버팅기고 있었다. 결국 학이의 힘까지 빌려 겨우 교회를 빠져나왔다.

3월 중순이었다. 오후 리허설 시간이 지났는데도 7층은 조용했다. 클라리넷 담당 군악대원이 휘파람을 불며 층계를 내려오고 있었다. 란이가 물었다. 오늘은 연습 없냐고. 재수복하게 됐으니 차이콥스키는 ‘사요나라’라고 그는 대답했다.

갑자기 온몸의 에너지가 방전돼버린 것 같았다. 잠시 멍하게 서 있던 란이의 머릿속에 느닷없이 “아니, 그럼 송죽극장은?” 하는 물음표가 꽂혔다. 창밖이 떠들썩했다.

“누나아! 누나아!”

학이의 목소리가 쩌렁쩌렁 울렸다.

“아부지, 아부지 오셨어!”

란이는 이게 무슨 소린가 했다. 오랜 시간 간직하고 있기조차 힘들었던 기억의 지점에 서 계셨던 아버지였다. 그녀는 방문을 열어젖혔다. 부녀는 안고, 안기고 눈물을 쏟았다. 아버지가 말했다.

“서울 가는 기차표 끊었다.”

5부 어무이, 미안하다

광화문 중앙청 앞 8·15 경축 행사장에는 E 여중 합창단과 육군 군악대도 초대되었다. 이 대통령이 차에서 내리자 경축식장을 메운 사람들은 박수를 쳤다. 차이콥스키의 〈1812년〉으로 만나려다 못 만난 대통령을 '1945년'에 만들어진 '해방의 노래'를 부르며 만나게 된 셈이다.

거리의 군중 속에는 란이의 올케와 달순이도 있었다. 그들이 합창을 할 때도 올케는 그 합창 속 단 한 목소리에만 귀를 기울이고 있었다. 그 소리는 그녀의 가슴속에 그리움으로 차올랐다. 그녀는 란이의 모습이 시야에서 사라지고 나서도 자리를 뜨지 못하고 있었다. 그녀의 손지갑 속에는 시누이가 대구를 떠나며 찔러 넣어준 지폐 중 한 장이 아직도 기념우표처럼 남아 있었다. 그 지폐는 때때로 힘겨운 현실 속 강요된 체념의 틈바구니를 비집고 들어와 그녀를 실소케 했다. '나로 말할 것 같으면 대구 포마드의 가불이거든!' 하면서.

계절이 겨울의 정점에 와 있었다. 란이는 담임선생님으로부터 엽서 한 장을 전해 받았다.

아가씨, 8·15 행삿날 E 여고생들 합창하는 걸 먼발치에서 보았어요. 달순이와 저는 이곳 하월곡동 산동리 조그마한 교회에서 청소도 하고 이런저런 잔일 도와주면서 잘 지내고 있어요.

춥지만 해 좋은 날을 택해 란이는 하월곡동행 버스에 올랐다. 소문대로 판자촌이었다. 오름길이 어찌나 강파른지 잘못 뒤를 돌아다봤다간 머리통이 하늘에 부딪혀 뒤집어질 것 같았다. 길가 판잣집들 앞에 쌓아놓은 연탄재가 바람에 뿌옇게 날아다녔다. 란이는 노랫소리가 나는 벽돌집 건물로 들어섰다. 올케가 반가이 란이를 맞았다. 달순이가 올케 뒤를 주춤주춤 따라왔다. 달순이 손에는 피아노건반을 그린 종이가 쥐어져 있었다.

저녁 먹고 가라는 언니의 말을 란이는 거절하지 않았다. 내리막길 작은 골목 끝자락에 야트막한 판잣집 쪽문으로 허리를 한껏 수그리고 들어간 언니가 다시 고개를 내밀었다. 그녀가 손짓을 했다.

"어서 들어오지 뭐해? 춥다."

언니는 칼국수를 해준다고 앞뜰 수돗가에 양푼을 갖다놓고 밀가루 반죽을 했다. 그녀가 말했다.

"들어가 좀 쉬고 있어요. 방은 따뜻할 거야."

방이라는 델 들어갔다. 좁은 장판방 안에서 연탄가스 냄새가 났다. 천정에 조그마한 환기창이 올려다보였다. 한쪽 벽에 막 기대앉으려던 란이는 잠깐 몸의 중심을 잃으면서 쿵 하고 주저앉았다. 밖에서 언니의 웃음소리가 들렸다.

"벽 땜에 놀랐지, 아가씨?"

방의 사면 벽을 모두 얇은 스티로폼으로 막고 그 위에 도배지를 바른 것이었다.

밤을 지새우며 얘기를 나눈 시누이와 올케는 모처럼만에 오랜 회포를 풀었다. 얘기에 팔려 연탄 가는 것도 잊어버렸다. 방이 으스스 추워지기 시작했다. 새벽이 천정 쪽창에 살얼음으로 엎혀 있었다.

크리스마스 이브였다.

하월곡동 교회에 가는 길에 란이는 문구점에 들렀다. 장난감 실로폰을 하나 샀다. 성가대 찬양이 끝나자 목사님이 단상에 섰다.

"다 같이 일어서서 우리 달순이가 좋아하는 〈고요한 밤〉을 같이 부르면 어떨까요? 아기 예수님도 좋아하실 것입니다."

교인들이 자리에서 일어섰다. 달순이가 알아듣기라도 한 듯 종이 건반을 들고 앞으로 걸어 나갔다. 그녀가 건반을 무대에 펴놓고 한 손가락으로 두드리기 시작하자 피아니스트가 전주를 했다.

이때였다.

"목사니임!"

란이가 단상으로 걸어 나오고 있었다.

"죄송합니다. 허락해주신다면 달순이에게 피아노를 치게 해주고 싶습니다. 이 아이는 모두 아시다시피 한 손가락으로 한 음만을 칩니다. 제가 하모니를 붙여주면 아름다운 '고요한 밤'이 될 것 같은데요."

목사님이 허락을 해주었다. 란이는 분산화음으로 전주를 했다. 아이는 검지 하나로 건반을 두들기기 시작했다. C장조의 '솔' 음이었다. "고요한 밤 거룩한 밤 어둠에 묻힌 밤", 여기까지는 '솔' 음을 '공통음'으로 하는 두 가지 화음, 즉 도미솔 화음과 솔시레 화음만

가지고 반주를 해주었다. "주의 부모 앉아서 감사기도 드릴 때" 부분에는 '솔' 음이 없다. '공통음'이 없는 두 화음을 연결시켜야 하니 아이의 손가락을 슬쩍 집어 옆의 음, '파'를 치게 했다가 다시 '솔'로 돌아오는 패시지를 반복하면 되는 노릇이었다. 마지막, "아기 잘도 잔다, 아기 잘도 잔다" 부분은 첫 단락처럼 '솔' 음을 '공통음'으로 해서 무난히 합주를 끝냈다. 그들은 앙코르를 받아 또 한 번 연주를 했다. 달순이가 치는 음의 길이가 불규칙적이고 박자도 잘 안 맞았지만 란이는 '우리가 해냈다!'라는 것만으로도 기뻤다. 세상 누구도 달순이의 음에 튜닝을 하는 사람은 없었지만 '고요한 밤'에 오시는 예수님만은 가능했다. 달순이가 그리도 오래 싸들고 다녔던 집게손가락 끝의 한 음은 그녀의 안, 깊고 쓸쓸한 곳에서 처음으로 고개를 들고 일어섰다. 올케는 의자에 손을 짚고 울고 있었다.

가루눈 흩뿌리는 하월곡동 산길을 내려오며 란이는 몇 번이나 눈물을 훔쳤다.

송영순 나이 25세, 송달순 나이 11세로 추정됨.

주민등록에는 송달순의 언니, 송영순만 올라와 있었음.

K 여관에 들어온 것은 1월 13일 밤 9시 30분, 사체가 발견된 것은 1월 17일 오전 10시. 그들이 자매였다고 '하월곡동 교회' 목사, L 씨가 말해 줌. L 목사는 교인들의 동의를 받아 그들을 화장하였고 혹시 나중에라도 찾아올 가족을 위해 송영순의 유서를 보관하고 있음.

서명, 하월곡동교회 목사 이수남, 하월곡동 파출소장 나경사 란이는 언니가 남긴 유서를 받아들고 산동리를 내려왔다. 뉘엿뉘 엿 지는 해를 등지고 정처 없이 걸었다. 허술한 다방이 눈에 들어왔 다. 그녀는 창가에 놓인 의자에 걸터앉아 편지를 뜯었다.

사랑하는 아가씨,

그날 밤은 만월이었어요. 달순이가 세상에 나온 날도 12월 보름달이 환 했지요. 그래서 그랬던지 달순이는 어릴 때부터 만월만 되면 집 밖으로 나와 사닥다리를 가져다 놓고 지붕 위에 올라가 '고요한 밤'을 부른답시 고 '고얀 고얀'을 부르짖었지요.
아가씨와 함께 크리스마스 이브를 지낸 바로 다음 날이었지요. 보름을 하루 앞둔 달님이 손바닥만 한 저희 집 작은 마당 위에도 떠 있었어요. 뭘 좀 사다가 생일축하를 해주어야지 하고 아이를 혼자 둔 채 슈퍼에 갔 더랍니다. 돌아와 방문을 열어보니 달순이가… 강간당한 달순이가 시 체처럼 누워 있었어요. 몸을 닦아주면서 폭포처럼 울었어요. 꼬박 사흘 을 고열에 시달리더니 끝내 숨을 거두었지요. 아가씨가 준 실로폰을 이 불 속에 놔둔 채.

나는 죽은 아이를 안고 한 방울의 눈물도 흘리지 않았습니다. 온몸으로 부서지는 자유를 안고 이제 아이는 문득 깨어나지 않았을까요. 그 아이 가 그렇게도 원했던 '고요한 밤'은 이 세상엔 없었습니다. 저는 오늘 밤

보았습니다. 이울어가는 달 속을 빠져나와 가만히 날고 있는 장욱진의 그림 속 새를. 모두들 떠나간 자리, 빈 하늘에 반짝이는 몇 개의 별마저 비켜서 자꾸만 어디로 날아가고 있는 그 새는 이제 누구와도 '튜닝'이 필요 없게 되었나 봅니다. 하늘을 다 가졌으니 어딘들 못 가겠습니까.

아가씨,
고마웠습니다, 아가씨…

(2015년 11월)

6부

나는 북이다

어린 바이올린 이야기

이상한 세상이 아닌가. 어린 바이올린은 생각했다. 악기(樂器)로 세상에 태어나 악 소리 한 번 제대로 내본 적이 없는데도 사람들은 아랑곳하지 않았다. '무대엔 못 올릴망정 목을 끈으로 묶어 기둥에 매달아놓다니.' 게다가 나는 미성년자다. 4분의 1 사이즈 바이올린 이란 말이다. 어른들이 쓰기 위해서 만들어진 것이 아니라, 말하자 면 아이들용 바이올린이란 말이다.

가난했지만 마음씨 착한 악공 아저씨가 나를 만드느라 오랜 시간 공과 정성을 다 들일 때만 해도 나는 행복했다. 드디어 그 작업실을 떠나 명실공히 '음악의 첫 장'을 맞이하게 될 날을 상상하며 나는 얼 마나 가슴 설레 했던가.

날씨가 끄무레한 게 비나 눈이 올 기세였다.

"눈 올라나 벼….."

악공의 아내가 빨래를 걷으며 말했다. 창밖 산 밑으로 원목 나르는 트럭이 천천히 내려오고 있었다. 아저씨는 나를 앞자리에 앉히고 시동을 걸었다. 나는 떠나고 있었다. 내가 살던 집이 비교적 가파른 산 중턱쯤에 자리하고 있었다는 것을 확연하게 알려준 것은 산 밑까지 이르는 길고 꾸불꾸불한 길이었다. 아스팔트 큰길과 만나는 산 아랫자락엔 100년도 넘었을 커다란 고목이 숨죽인 채 이별을 감내하고 있었다. 세상 어디로도 떠나지 않고 당당하게 자리를 지키고 있는 큰 나무들이 어린 바이올린은 부러웠다.

"어허, 눈 오네. 이러다간 제시간에 못 가겠는걸."

아저씨는 혀를 끌끌 찼다. 작은 눈송이가 바람 타고 희번덕거렸다. 차의 속력이 점점 빨라졌다. 순식간에 산길을 하얗게 덮은 눈발이 앞 유리창으로 달려들었다. 차창 닦개가 정신없이 왔다 갔다 하고 있었다. 얼마를 달렸던가? 이윽고 차는 나무도 산천도 없는, 고층건물과 돌담만 숨 막히게 들이 차 있는 이상한 나라로 진입하고 있었다. 오토바이의 배기음이 저물어가는 도시의 거리를 무겁게 뒤흔들며 지나갔다. 나는 어디에 온 것일까?

불빛이 환한 어느 상점 앞에 차가 멈췄다. '신신악기점'이라고 쓴 간판이 눈에 들어왔다. 악기점 주인은 내가 누운 케이스에서 활을 꺼내 조이더니 그 위에 송진을 바르고 튜닝을 했다. 이따금 피치카토로 튕겨보기도 했다. 손에 침을 발라 지폐를 센 악공 아저씨는 이내 차로 돌아가 드르릉 시동을 걸었다. 그러고는 이내, 저물어가는 시가지 속으로 까마득히 사라져갔다. 내게는 잘 있으라는 말 한마디 없이.

악기점 주인은 나를 발가벗긴 채로 가게 안 기둥에 매달아 놓았다. 귀에 익은 음악이 들려왔다. 니콜로 파가니니의 현란한 '왼손 피치카토'였다. 그것은 오랜 시간 함께 살았던 악공 아저씨가 좋아하는 음악이라는 것을 나는 기억하고 있었다. 악공의 말이 귓전을 울렸다.

"부디 파가니니 같은, 제대로 된 예술가를 만나거라."

뜨거운 것이 목줄을 타고 올라왔다.

그날도, 그다음 날도 나를 데리러 오는 사람은 아무도 없었다. 손님이 이따금 들어와 이 악기 저 악기 건드려보긴 했지만 어린 바이올린 쪽으로는 눈길도 주지 않았다.

나는 외로웠다. 이야기꾼 악공 아저씨가 그리웠다.

돌이켜보니 그건 내가 악공 아저씨의 작업실에서 막 세상에 태어났던 무렵이었다. 아저씨는 나를 한 손으로 번쩍 들고 또 한 손으로는 내 몸을 닦아주고 길들여주고 줄을 튕겨보기도 하면서 내게 뽀뽀까지 해주었다. 지나가던 길손에게는 차를 끓여 대접도 하고, 어린 바이올린의 고향 얘기를 들려주기도 했다. 바이올린의 앞판은 침엽수로, 소나뭇과인 가문비나무로 돼 있다느니, 뒤판과 헤드, 옆

판은 활엽수인 '오손이 단풍나무'로 만들어졌다느니 해가면서. 내 몸의 일부인 오손이 단풍나무가 어떻게 생겼더라? 생각해보다가 나는 문득 나무들끼리 모여 사는 그 숲으로 돌아가고 싶은 충동을 느꼈다.

내가 도시로 팔려나가기 전날 밤이었다. 악공의 아내가 말했다.
"당신 내일도 또 술 퍼먹고 들어올 거지?"
악공 아저씨는 대답을 하지 않았다. 그의 아내는 혼자 중얼거렸다.
"하긴… 그렇게 정성을 쏟아부었으니 제 자식 같겠지…. 가난이 웬수요."
그날 밤, 나는 잠을 이루지 못하고 있었다. '가난이 웬수'란 말이 밤새 머리를 맴돌고 있었다. 그렇다면 나를 맞이할 사람은 돈이 많은 사람이란 말인가? 악공 아저씨는 나더러 '부자를 만나거라!' 한 적은 없었다. '부디 제대로 된 예술가를 만나거라.' 분명 그렇게 말했다.

손님도 없는 오후였다. 자장면 한 그릇을 시켜 한입에 후루룩 삼킨 악기점 주인은 가게 안 긴 의자에 누워 코를 골고 있었다. 나는 혼자였다. 눈에 보이는 거라곤 커튼 틈으로 비집고 들어온 햇살과 그 위를 타고 날아다니는 먼지들뿐이었다. 나는 생각했다. 저 먼지가 새라면 내게 노래라도 들려주련만…. 눈을 감아보았다. 어디선가 새소리가 들려왔다. 다시 눈을 살며시 떠보았다. 눈앞에 수천 마리의 새가 날아다니고 있었다. 새는 눈짓하며 음악을 마셨고, 작은 바람에도 춤을 추는 각종 악기들의 가지가지 목숨들이 정체되어 있던 상점 안을 음악으로 가득 채우고 있었다. 이 광경을 보고 있는 동안 나는 벌써 음악가였다. '그래! 음악은 내가 하는 것이 아니라 어디선가 나에게 오는 것이로구나. 맞아, 난 그걸 이제야 알았어.'

이제 나는 '외로움' 따위에 대해서는 신경도 안 썼다. '외로움'은 차츰 어린 바이올린 안에서 내적으로 균형을 잡아가고 있었기 때문이다. 나는 이제 더는 얼굴을 찌푸리지 않았다. 그냥 마냥 행복했다.

그 행복은 그러나 고작 하루밖에 못 갔다.

악기점에 한 할머니가 찾아들었다. 할머니는 어린 나를 가리키며 소리쳤다.

"저거다, 저거! 톱 소리 나는 거!"

"네? 톱 소리라니요?"

주인아저씨가 물었다. 할머니가 대답했다.

"아 왜, 두 무릎 사이에 끼고 활처럼 꾸부렸다 폈다 하면서 빠이롱 활로 그어대면 소리 나는 거 있잖우."

"아, 네, 빠이롱 비슷한 소리가 나긴 나죠. 근데, 할머니… 이건 톱이 아니고요, 빠이롱…"

할머니가 손사래를 쳤다.

"알아요. 우리 손주한테 줄 거니까 저 쬐끄만 걸로 주소."

주인은 나를 벽에서 떼어 내려놓았다. 그는 나를 케이스 속에 넣고 지퍼뚜껑을 닫더니 할머니에게 넘겨주었다. 이제 나는 어디로 또 가는 걸까? 이 할머니의 손주라는 아이는 몇 살이나 되었을까?

그러나 나는 할머니 집에 들어서자마자 문전박대를 당했다. 할머니의 딸인 듯한 여인은 영문도 모르는 나를 자기 차 속에 집어던졌다. 부르릉! 시동이 걸렸다. 어디로 또 가는 걸까? '손주'라는 아이를 만나보지도 못한 게 내겐 못내 서운했다. 한 시간쯤 지났을까? 나는 또 다른 낯선 집 응접실에 던져졌다. 나를 싣고 온 여인이 숨을 몰아쉬며 말했다.

"선배, 나 이러다 미쳐 죽겠어. 용돈만 드리면 밖으로 나가는 거 있죠? 벌써 몇 번째 사 들고 들어오는지 알우? 어디서 샀는지 쓰지도 못할 엿장수 바이올린서부터 애들 장난감 바이올린까지…. 이젠 무서워서 용돈도 함부로 못 드리겠어. 요즘 부쩍 더 나빠지신 것 같아."

그녀가 '선배'라고 부른 그 집주인이 나를 케이스에서 꺼내면서 말했다.

"멀쩡해 보이는데?"

"4분의 1 바이올린이래나 뭐래나. 이번엔 첨으로 반듯한 거 사왔어요. 손주 준다고 샀대요."

"그럼 왜 일루 가져왔어?"

"손주가 개뿔 어디 있어. 선배 가져. 선배 건 이혼할 때 박살 냈다며? 악기점에 가서 어른 바이올린하고 바꾸라고."

느닷없는 그녀의 말에 '선배'라는 사람은 입만 벙하니 벌리고 앉아 있었다. 그녀가 자리에서 일어났다.

"가봐야 돼."

현관 쪽으로 나가던 그녀가 다시 고개를 돌렸다.

"부탁 하나만 할게. 미리 생각하고 온 부탁은 아냐. 이따금 선배 시간 있을 때 우리 엄마한테 와서 바이올린 좀 켜줄래?"

'선배'라는 사람은 그녀를 빤히 올려다보고만 앉아 있었다.

"연습하고 자시고 할 것도 없는 쉬운 노래들, 엄마 시절 동요들이면 돼. 자세한 건 이따 전화로 얘기해줄게."

다음날 아침, '선배'라는 여자는 나를 챙겨 들고 전철역으로 나갔다. 대치역에서 내려 골목길로 들어섰다. 어느 집 초인종을 눌렀다. 어제 나를 맡기고 간 여인이 고개를 내밀었다.

"전화도 없이…?"

'선배'가 쉿! 하며 검지를 입에다 댔다.

"엄니 어디 계시니?"

"지금, 뒷방에서 주무셔. 들어와요. 약 드셔서 좀 오래 주무실 거야."

그녀는 커피를 마시고 있던 중이라면서 '선배'한테도 한잔 권했다. '선배'가 말했다.

"어젯밤, 당신 전화 기다렸어. 무슨 일 있나? 마음 쓰다가 그냥 와

본 거야."

"전화 걸 기분이 아니었어, 근데 바이올린은 왜 또 들고 왔우?"

"으응…, 돌아가는 길에 악기점 들러 어른용으로 바꾸려고."

어린 바이올린은 가슴이 쿵 하고 내려앉았다. '나를 또 악기점에 갖다 놓는다고?'

'선배'가 말했다.

"오늘 나 시간 많아. 귀국하고 나서도 왜 그리 시간을 내지 못했는지…. 엄니 일어나시면 같이 나가서 밥도 먹고 그러자. 당신한테 듣고 싶은 얘기도 많아…."

"뭔데, 듣고 싶은 게?"

'선배'는 잠시 침묵하다가 갑자기 정색을 하며 말했다.

"바이올린 말야."

"바이올린, 뭐?"

"엄니 말야. 왜 하필 바이올린만 찾아다니서? 갑자기 그게 궁금해 졌어."

"음…, 글쎄, 어디부터 얘기해야 되나? 아버진 인민군으로 전쟁에 참전했다가 포로가 돼 남쪽으로 끌려왔잖아. 여기 정착하게 되지 않았으면 고향, 원산에서 바이올린을 켜면서 나름 행복하게 살다 가셨을는지도 모르지."

그녀는 한숨을 내쉬었다. '선배'가 물었다.

"엄마하곤 어디서 만난 거야?"

"포로끼리 만날 데가 포로수용소 말고 어딨겠어? 난 그 포로들의 딸이고, 호호."

'선배'는 웃지 않았다.

"아버진 원래 바이올리니스트였고?"

"바이올리니스트는 무슨? 그냥 깡깽이 들고 '뜸북 뜸북 뜸북새' 정도 켰대. 엄마 만나서도 맨날 이북에 놓고 온 바이올린 얘기만 했대."

"돌아가실 때 얘기, 자세히 좀 해봐. 보내준 신문기사는 읽었지만 당신한테 직접 듣고 싶어."

"선배, 다시 글쓰기 시작했구나? 하긴, 좋은 소설 감이지…. 그땐 아버지 병환이 깊어지고 있었을 때야. '인사동 톱 할아버지'라면 모르는 사람이 없을 정도였어. 돈이 없어서 바이올린은 살 수 없고… 한숨만 짓더니 어느 날 어디서 나무 베는 큰 톱을 사 들고 들어오셨어. 어디서 얻었는지 바이올린 활까지 구해서 톱에 활을 그어 소리를 내는 거야. 그, 왜, 무릎 달달 떨면서 켜는 톱 연주, 알지? 얼마나 연습을 했던지 나중엔 정말 들을 만했어. 바이올린 소리보다 더 애절하기도 하고…. 하루는 몰래 아버지 뒤를 따라 인사동 거리에 나가봤어. 신문에 난 '톱 할아버지'를 보러 간 거지."

"그랬더니?"

"사람들은 '야아, 톱 할아버지다!' 하면서 아버지 앞에 모여들었어. '나의 살던 고향은 꽃 피는 산골'을 간드러지게 연주하더니 가래가 가랑가랑 끓는 목소리로 연설을 하시는 거 있지? 대충 이렇게 말

했어. '살아 있는 게 죄짓는 것 같아요. 6·25 때 배곯아본 사람 있
죠? 일제 때, 허기져봤죠? 꿈을 갖고 살았던 우리 선조들…, 초근목
피로 끼니 때우고 딸 팔아 목구멍을 채우면서도… 그래도 언젠가는
꿈을 펼 날만을 기다리다 떠나갔는데, 그분들이 지금 우리 사는 꼴
을 보면 뭐라시겠어?' 잠시 숙연한 모습으로 서 있던 학생들이 '톱
할아버지! 톱 연주 좀 해주세요오!' 소리 지르니까 이번엔 〈오빠 생
각〉이란 동요를 연주하시더라고. 박수받잖아? 박수받고 나면 연설
이 계속 돼. '세상 어느 한구석에서라도 먹을 것이 없어 죽어가는 사
람들이 있는 한, 세상은 똑바로 잡힌 게 아니지요. 북에 사는 동포,
우리 쌀 좀 먹입시다. 그들이…, ─ 아버진 울음이 터져서 잠시 말
을 멈췄다가 다시 말했어 ─ 우리 형제들이 말이요, 밥이 없어 죽어
가고 있어요.' 아버진 아픈 무릎을 간신히 펴고 자리에서 일어나더
니 말씀을 계속했지. 이번엔 목소리가 더 커졌어. '알제리의 한 노
동자가 말이요, 밀려오는 불란서군의 탱크를 향해 빈 도시락갑을
던지면서 빵이나 달라고 소리쳤을 때, 빵 말고 뭐가 더 필요했겠어
요. 여러분, 교회 자꾸 짓지 마세요. 교회는 나중에 지어도 하나님
이 뭐라고 안 그러신다고요. 사람은 그러나 나중에 밥 줄라고 하면
이미 늦어요.' 이렇게 외치시다가 비틀비틀하면서 그 자리에 쓰러
졌어. 흠…, 결국 곡기를 끊고 한 달 넘게 누워만 계시다가 눈을 감
으셨지….."

  나는 케이스 속에서 눈물을 찍어내고 있었다. 그녀는 이렇게 마

6부 나는 북이다

무리를 했다.

"엄마는 아버지 톱을 관 속에 넣어 보내드렸어. 바이올린을 사주고 싶었을 텐데 그것 대신 톱이라도 넣어드린 거지…."

할아버지가 어딘가 살아 계시기만 한다면 나는 나를 할아버지 손에 안겨드리고 싶었다.

"근데…"

"응?"

"엄마는 왜 하필 '아기 바이올린'만 찾았어?"

"나도 한참은 그게 궁금했어. 엄마 병 들기 전에는 그냥 지나가는 말처럼 '느이 아버지 바이올린 하나 사줬으면 좋겠다' 하더니 정신이 조금씩 오락가락하면서부터 는 그냥 바이올린이 아니라 '쬐끄만 바이올린'을 사서 '손주'한테 보내야 한다는 거야. 아버지 소원이었다고."

"손주? 어디 있는데?"

"없지…. 그런데 있어."

"뭐라고?"

"쬐끄만 바이올린 하나 사서 손주한테 주는 게 아버지 꿈이었다니까."

한참 동안 말이 없었다. 둘이 다. 그러나 나는 그녀의 침묵의 언어를 듣고 있었다.

'울 아버지, 그 힘든 세월 버티고 견디는 것 볼 때마다 느낀 거지만, 그걸 극복할 수 있었던 힘은 역시… 꿈, 아버지의 꿈이었어….'

돌아오는 길, '선배'는 나를 어느 낯선 악기점에 맡기고, 큼직한 바이올린으로 바꿔서 들고 갔다. 나는 다시 혼자가 되어 상점 못꽂이에 걸려 있는 신세가 되었다. 날이 저물자 악기점 주인은 철로 된 셔터문을 쾅! 하고 땅으로 내려쳤다. 그리고 어디론가 사라졌다.

나는 또 한 번 무참하게 버려졌다. 어른들에 의해서 말이다. 불빛도 없는 캄캄한 방에서 뜬 눈으로 밤을 새웠다. 나에겐 이제 꿈 한 쪼가리도 남아 있지 않았다. 외로움은 다시 내 안에서 크게 균형을 잃어가고 있었다. 나는 시름시름 앓기 시작했다. 속에서 신열이 올라왔다. 몸이 불덩이가 되었다. 오손이 단풍나무가 활활 불에 타고 있었다. 내가 타고 있었다.

타다가 타다가 **햇빛이 되었다**고 후세 사람들은 이야기하겠지….

(2016년 정월)

토스카니니의 *ppp*

지휘자 아르투로 토스카니니가 남긴 일화는 많다. 그중 대표적인 예를 찾아보면 이런 거다. 연습을 하다 성에 차지 않으면 지휘봉을 꺾어버리거나 팔목시계를 빼 바닥에 내동댕이치고 밖으로 뛰쳐나가는 것이다. 언제, 어느 순간에 아작낸 지휘봉이 날아올지, 언제 그들의 마에스트로가 자신의 팔목시계를 집어던지고 소리를 지를지 알 길 없는 오케스트라 단원들은 항상 긴장해야 한다. 단원 중 하나가 싸구려 시계와 고급 시계를 함께 선물하면서 '연습용'과 '연주용'이라는 쪽지를 함께 넣어주었다는 얘기나, 토스카니니의 생일날 그가 꺾어서 내동댕이친 지휘봉을 모아 새장을 만들어 선물했다는 등등의 일화는 차라리 그녀에게 허허 웃을 수 있는 쉼터를 마련해주기도 했다.

그녀는 이제 일흔을 넘겼다. 어느 날 문득 그녀의 머리에 그 일화가 다시 떠올랐다. 왜 토스카니니는 그렇게 자주 지휘봉을 꺾었을까? 그가 원했던 것은 무엇이었을까? 어떤 이는 말한다. '피아니시시모(ppp)의 완벽한 구현이었다'고. 피아니시시모는 사전에는 '아주아주 작게'라고 풀이되어 있다. '아주아주 작고 부드럽게'라고 해석된 사전도 있지만 둘 중 어느 해석도 성에 차지 않는다는 것이 많은 연주가들의 이야기다.

4월이었다. 산책길에 나섰다.

'꽃들의 도발에 조심하세요!' 친구 J의 댓글은 오히려 그녀에게 산책을 부추겼고 지체 없이 그녀를 뒷산으로 몰았다. 싸한 산 냄새가 기다렸다는 듯 가슴을 열어주었다. 작은 제비꽃이 오종종 피어 있는 사이사이로 그들보다 더 낮은 키로 고개만 내민 작은 민들레가 뒤꿈치 올려 얼굴을 쳐들고 있는 흙길을 따라 언덕 정상에 이른다. 와아, 느닷없이 눈앞에 펼쳐진 만화방창이라니! 역광으로 본 꽃들의 얼굴은 슬프도록 눈부셨다. 연분홍색 드레스를 입은 여인들이 속속 봄잔치 무도회장으로 들어서는 사이로 바람도 초대되어 펄럭이고 있다.

그녀는 꽃 그림자 듬성듬성 어른거리는 바위 위에 무거운 몸을 내려놓는다. 시선에 불을 켰다. 그녀의 시선은 커다란 원을 그리면서 사위를 비행한다. 그러다가 쾅! 어딘가에 부딪혔다. 산 밑에 서 있는 고층건물이 경계선을 긋는 곳에 그녀의 눈이 멈춰 섰다. 춧! 하필이면 왜 거기다 건물을 지어? 누군가 쿡! 그녀 등 뒤에서 웃는 것 같았다. 뒤를 돌아다보았다.

"나야."

"나?"

"있지, 날 찾고 싶으면 날 '보려고' 하지 마. 그러다간 넌 두 개의 기둥에 부딪히게 돼. 네 눈이 두 개니까. 하지만 네가 날 그냥 '들으려고 하면' 부딪히는 일은 없어. 알고 있는지 모르겠지만 난 '흐름'을 통해 사람을 만나니까."

그녀는 눈을 살그머니 감았다. 좀 전의 그 목소리가 귓가에서 되살아났다.

"토스카니니가 왜 그렇게 자주 지휘봉을 꺾었을까, 그가 바랐던 피아니시시모는 대체 어떤 것이었을까? 모르겠다고? 나도 몰라. 하지만 짐작이 가는 건 있어."

귓가의 목소리는 생각에 잠긴 듯 한참 침묵하다가 이렇게 말했다.

"연주자는 악보에 명시된 글자들, 기호들로부터 일단 떠나야 해. 내 말은, 그 글자가 만나게 해주는 '생각'에서 말이야."

그녀는 그의 말이 계속되길 기다리고 있었다.

"조금 아까 너와 내가 만난 곳이 어딘가 생각해봐. 산 밑 고층건물에 네 눈이 부딪혔을 때를 돌이켜보란 말이야. 나는 '소리'야. '음' 말이야. 나를 어디서 만나느냐, 밖이냐, 안이냐 하는 질문은 의미가 없어. 하지만 토스카니니의 경우엔 대단한 차이가 있었던 것 같아.

토스카니니의 *ppp*

'밖'으로부터 그를 만나는 것만이 진정한 음이 아니었을까. 연주자들이 기억으로부터 되살리는 것은 단지 음의 재현에 불과하니까. 어때? 말 되잖아?"

'음은 밖에 있다…?'

그녀는 생각에 잠겼다.

'사람들의 눈이 **안**과 **밖**, **세상**과 **나** 사이에 경계선을 긋는 곳에 자기의 **귀**를 통해 하나의 연결을 창조한 음악가…? 그가 토스카니니인가? 아니면 내가 지금 너무 비약하고 있는 건가?'

그녀는 문득 뒤를 돌아다보았다. 아무도 없었다.

"음은 밖에 있었다"를 되뇌며 그녀는 산을 벗어나고 있었다. 문득 길을 꺾어 좁다란 꽃길로 들어섰을 때, 와아! 봄이 거기 와 있었다. 이런 걸 친구 J는 '꽃들의 도발'이라 했던가? 소리 없는 도발? 소리 없는 함성? 아주 작고 조용한, 아주 억제된 피아니시시모로 부르짖는 저들에게 '함성'이란 자존심이기도 한 듯 집요하게 깊은 자기응시 속에 빠져 있다. 피아니시시모로.

(2014년 4월)

》》 참고문헌 Victor Zuckerkandl, *Sound and Symbol: Music and the External World*, translated by Willard R. Trask(NJ: Princeton University Press, 1969).

6부 나는 북이다

베토벤을 만나다

나뭇가지 끝에 떨어질 듯 매달려 있는 몇 개의 이파리가 비바람에 젖고 있었다. 창문을 닫으려던 나는 문득 빗속에 서 있는 그를 발견했다. 그가 금방 눈에 띄었던 것은 그만이 유일하게 우산 없이 서 있었기 때문이다. 나는 새처럼 날아가 그에게 우산을 받쳐주었다. 불현듯 나는 내 속을 털어놓고 싶어졌다.

'요즘 나는 당신 인생의 좌절, 고독, 비애를 배우며 살고 있어요'라고. 하지만 끝내 나는 말 한마디 못하고 긴장한 가슴만 쓸어내리고 있었다.

문득 그가 입을 떼어 뭐라고 말하는 것 같았다.

"크게 말해. 네 말소리가 안 들려!"

내가 이렇게 말했을 때 그는 이미 어둠 속 어디론가로 사라지고 없었다.

"루트비히 판 베토베-엔!"

나는 목이 터져라 그의 이름을 부르다 잠에서 깼다.

작년 봄부터인가 사람들은 이해하지 못할 언어로 나를 괴롭히기 시작했다. 그들은 내게 단어나 문장으로 얘기하지 않고 흐름이 전혀 없는 '점'으로 말을 하는 것 같았다. 마치 피아노 건반 위로 고양이가 걸어가는 듯한 소리를 냈다가 때로는 입만 움직이고 소리는 전혀 없는 무성영화 배우로 연기를 했다. 오른쪽 귀에서는 시도 때도 없이 사기그릇, 유리그릇 깨지는 소리가 났고 왼쪽 귓속에서는 종일 수십 마리의 오리새끼들이 꽉 꽉 꽉 울기 시작했다. '오리고기 요리를 너무 좋아해서인가요?' 하고 의사에게 농을 할 때만 해도 나에겐 아직 기다릴 봄이 있었던 것 같다. 심한 난청에다 악성청각장애가 왔다고 의사는 말했다.

가까운 친구들은 실의에 빠진 나를 포근하고 따뜻하게 안아주었다. 내가 못들은 말을 귀엣말로 전해주기도 하고 종이쪽지에 적어서 보여주기도 했다. 하지만 시간이 가면서 그들은 나를 잊고 싶어 했고, 전날 들은 것을 재차 물으면 '어제 너도 거기 앉아 같이 들었잖아!' 핀잔을 주는 게 아닌가. 수필창작반에 등록하고 친구들의 합평도 받아보고 하노라면 기분도 좀 나아지겠지 싶어 등록하고 나가 봤지만 한두 사람만 제외하고는 내가 들을 수 있는 음역이나 강도를 훨씬 벗어나서 말을 하고 있었다. 날이 갈수록 어느 한구석에 혼

6부 나는 북이다

자 서 있는 자신을 발견하면서 나는 정신건강학 교수를 찾아갔다. 그는 내게 우울증 약을 권했다. 약을 복용하면 할수록 우울증은 더 깊어졌다.

스물다섯 살이 되던 해부터 청각장애가 오고 서른 살 때에는 음악가로서 가장 중요한 청각을 아예 상실하게 되었던 베토벤, 그가 작곡한 교향곡 5번 〈운명〉을 틀어놓았다. 역사는 그렇게 쓰고 있다. 베토벤, 그는 청각장애의 위기를 자신의 최고 걸작인 〈운명〉 교향곡으로 극복할 수 있었다고. 제목을 '운명'이라 한 것도 이 위기가 자신의 운명을 좌지우지한다고 판단했기 때문이라고.

정원의 빗방울이 굵어지면서 장대비로 변했다. 거칠어진 물방울들이 땅에 박힌 바위 위로 깨부술 듯 떨어지고, 작은 풀꽃들이 거센 바람 속에서도 의연하게 버티는 것을 보았다.

교향곡 9번 〈합창〉을 올려놓았다. 완전 먹통 귀머거리로 썼다는 9번, 마지막 악장의 잘 알려진 선율을 살펴본다.

이 합창의 주제를 보면 처음엔 마치 앞 못 보는 사람이 조심조심 길을 걸어가듯 저음의 행렬이 한 발씩 한 발씩 순차진행을 한다. 음들은 차츰 음끼리 악구(樂句)로 엉키기 시작한다. 그중 한 음만을, 혹은 두 음을 따로따로 들으면 느낄 수 없었던 어떤 것이 하나의 악구로 들었을 때는 소위 역동성이라고 부를 수 있는 새로운 특성이 이 음들에 생겨난다. 그것은 자신을 넘어서 긴장으로부터 이완으로,

그리고 '어떠한 변화를 초래할 사건'으로의 분명한 방향제시를 하는 듯도 하고, 심지어는 그러한 사건을 요청하는 듯 보이기도 한다. 그러다가 베토벤은 그가 아무리 들으려 해도 들을 수 없는 저음 음역을 구석으로 밀어버리고 '옥타브 기법'을 과감하게 쓴다. 한 음에 정확하게 두 배 빠르게 진동하는 또 하나의 음이 뒤따르게 함으로써 첫 음에 의해 주어진 박동은 새로운 음의 박동을 자체 속에 마찰 없이 받아들이게 한다. 그는 일반 합창대 성악가들이 아직 가보지 않은 고음까지 미친 듯이 올라가 '이제 더 올라가면 목이 터져 죽는다'라고 쓰인 광고판을 냅다 발길로 차버린다. 당시 평론가들은 교향곡에 사람의 목소리를 넣은 것은 큰 실수라고 비난하기도 했지만, 이들을 무시한 베토벤은 자필 악보 중간에 "백만 인이여, 서로 껴안으라!(Seid umschlungen, Millionen!)"라고 육필로 갈겨써서 깃발처럼 흔든다.

연주가 끝났을 때 등 뒤에서 일어나는 청중의 환성과 박수갈채를 느끼지 못한 그는 그대로 정면을 향한 채 곰처럼 서 있었다고 전한다.

비는 잠시 주춤하고 있었다. 나의 친구 베토벤이 내 귀에 입을 바싹 대고 말했다.

"네 '좌절의 체험'을 위해 우리 축배를 들자. 그 체험이 설사 비극성을 지닌다 하더라도 그 비극성이 너에겐 절대로 '낡은 것'으로 다가올 리가 없어. 살아 있는 생생함으로 너를 일으켜 세울 터이니 걱정 마. 네 귀가 들을 수 없게 떠드는 사람들을 향해 우선 문을 닫는 작업부터 해. '음악'도 예외는 될 수 없어. 들으려고 애쓰지 마. 고통의 한복판, 무풍지대로 들어가는 거야. 요즘같이 이렇게 자극 없고 무의미한 세상이 글쓰기엔 얼마나 괜찮은 거니. 이 땅의 여자로, 어머니로 70년 살았으면 네 속에 얼마나 많은 영혼의 거지들이 살고 있겠어. 그들의 얘기를 **듣는 데**는 **귀** 따위는 필요 없어, 가슴만 있으면 돼. 이 귀여운 귀머거리야."

어둠 속에서 마주 본 우리 둘이는 히죽이 웃었다.

(2013년 5월)

그르누이의 제물

그르누이의 제물이 됐어야 할 대상은 오히려 그 '음'이란 놈이었다. 교회에 나가기 시작한 것도 따지고 보면 그 음가 놈 향기 때문이었다. 그가 성가란 이름표를 달고 있지 않을 때에도 그녀는 거기서 종교를 느끼고 기도를 만났다.

놈은 시도 때도 없이 그녀 앞에 나타났다. 아버지를 땅에 묻고 돌아오는 차 안 라디오에서까지도 그는 한 줄금 음악선율로 그녀의 주위를 맴돌고 있었다. 새벽빛을 업은 은은한 단조, 무소륵스키의 〈호반시치나〉 전주곡으로 그녀를 불러낸 녀석은 죽음조차도 로맨틱하게 이끌고 가고 있었던 것, 어찌 잊혀 질 수 있으랴.

그녀는 완전히 그에게 빠져버렸다. 그녀가 이미 알고 있을 때에도 놈은 새록새록 놀라움으로 그녀를 사로잡았다.

루터는 왜, '신학이란 **음**이 이끌어 가는 곳에서 시작된다'고 했을까? 예배에 음악은 없고 설교만 있다고 치자. 아무리 좋은 설교도 그 자리에서 한 번 이상은 듣지 않으려 할 것이다. 그러나 음가가 타고 다니는 '선율'은 처음 들을 때나 여러 번 들을 때나 전혀 상관없이 그 효과를 낸다. 그놈이 나올 것을 확실히 아는 때조차도 새롭고 즐겁고 놀랍게 다가오는 건 왜일까?

"참 그거 묘하네요."

친구 R이 말했다.

"그냥 일상의 재료를 가지고 만든 것 같은데도 참 특별한 음식이었어요." 그는 자기가 이미 알고 있는 노래를 들은 것이다. 그러나 그 예비지식이 오히려 놀람의 요소를 강화한다. 놈은 자신 속에 소리를 완전히 흡수해서 그 소리 속에서 감상자에게 어떤 '상징'으로서 말을 하고 있으니….

성탄절이었다. 명동성당을 찾았다. 앨버트 맬럿의 〈주기도문〉을 부르는 거대한 성가대를 만났다. 음가가 그녀의 귀에 속삭였다.

"아는 곡인데도 완전히 처음 듣는 것 같지?"

그러지 않아도 그녀는 이미 그 합창 속에 자신의 온갖 것을 기꺼이 지불한 채 혼곤히 까무러치고 있는 중이었다.

전주로 나오는 분산화음이 깔릴 때 음가가 말했다.

"아, 저 향기… 무얼 향한 출발인지… 조금씩 조금씩 문이 열린다. 거대한 문이 넓고 높게… 천상을 향해 한 발, 한 발 움직이는

그르누이의 제물   357

거 봐."

순간 그는 그녀의 손을 와락 잡아 일으켜 세웠다.

"저것 좀 봐! 아까 그 음들이 지금 몽땅 수직으로 섰어. 와아!"

음들이 '화음'으로 구축됐다. '향기'에 약한 그가 코를 벌름거리며 속삭였다.

"섹스하고 싶지 않아? 와아, 이 충만감!"

그는 턱짓으로 무대를 가리키며 말했다.

"네가 아무리 나한테서 도망치려 해도 넌 떠나지 못해. 나 혼자선 안 돼. 네가 있어야 나도 있는 거, 알잖아?"

그녀는 설핏 음가의 얼굴을 보았다. '내가 적어도 누구입네' 하는 평소의 교만 따위는 보이지 않았다. 그녀가 자기를 떠나고 싶어 한다는 것을 그는 진즉부터 눈치채고 있었다. 그녀는 눈을 꼭 감았다. 자신이 자신 홀로이게 만들어질 때까지 눈을 뜨지 않고 있었다.

그녀는 끝내 음가를 떠났다. 그랬다. '음'이 눈치채기 전에 집을 나왔다. 실상 그녀는 지쳐 있었다. 월화수목금 내내 같이 살기보다는 멀리 떨어져서 이따금 구경꾼으로 넘겨다보는 일상은 생각보다 나쁘지 않았다. 기실 음악가가 되길 원했던 것은 그녀가 아닌 그녀의 아버지였으니 이제는 세상을 떠나신 아버지 눈치를 볼 필요가 없었다. 라디오도 치웠고 다 망가진 오디오도 갖다 버렸다. 홀로 남게 된 피아노엔 먼지가 쌓여갔다.

그녀는 두 번, 세 번 고개를 끄떡이며 '음가'를 떠난 자신의 판단이 옳았다는 것을 확인하고 있었다.

"음악이 떠난 자리는 차라리 황홀해. 온몸으로 부서지는 자유를 봐!"

그녀는 무대에 선 주연배우처럼 외쳐댔다. 그러나 배우는 역시 배우일 뿐이었다. 무대에 음악이 끊기고 불이 꺼지면 그녀도 꺼졌다. 그녀는 어둠 속에서 울부짖었다.

"정녕 나는 음가 없이는 안 된단 말인가? 어쨌거나 난 어디에서든 조금은 존재해야 되는 거 아냐?"

"책 한 권 펼치면 싹 없어질 걱정이네."

허공에서 한 소리가 말했다.

친구의 권유로 그녀는 '글쓰기'를 시작했다. 종이 몇 장 준비하고 연필 한 개 있으니 시작할 수 있는 것이었다. 책상 앞에 다시 앉아 있게 된 것만으로도 그녀는 존재하기 시작했다.

그녀는 고서적집에 들렀다. 소설책 두어 권과 오래된 그림잡지 몇 권을 사 들고 들어왔다. 혼자서도 그날은 제법 유쾌하게 시간을 보냈다.

영국 왕가 다이애나 비와 찰스 왕자가 결혼식을 올리던 날의 가족사진을 잡지에서 발견했다. 그녀는 가위로 그 머리통들만 오려서 휙 던져버리고, 다이애나 공주의 얼굴이 있던 자리에는 자기 얼굴 사진을, 찰스 왕자 얼굴에는 그녀 첫사랑의 남자 얼굴을, 그리고 엄청 비싼 드레스를 입고 신부 옆에 거드름을 떨고 서 있는 왕세자 장모 얼굴에는 가난에 찌들어 고생만 하다 돌아가신 자신의 어머니 얼굴을 오려 붙였다. 하하하, 그녀는 데굴데굴 구르며 웃었다. 거울 속의 그녀도 발굽을 구르며 웃고 있었고 방 안의 살림살이들도 몽땅 어깨를 들썩거리고 있었다. 아, 음가를 떠나니 이렇게 홀가분하고 편할 수가? 독서하고 산책하고 글 쓰다가 노래도 흥얼거리고… 그만하면 행복했다. 돈 없는 사람들이 겪어야 하는 사회적 폭력에 시달릴 필요도 없었다. 책 속에서 만나는 친구들과 새살림을 꾸미면서 그녀는 생전 처음으로 '낙관주의자'라는 엉뚱한 별명까지 듣게 되었다. 책도 출판했고 그 책이 지난 9년간 얼마나 큰 기쁨을 지속적으로 배달해주었던가!

어둑어둑 밤이 내려오는 시간이었다. 누군가 창문을 두드렸다. 바람이었다. 혹 아닐지도 모른다는 생각이 들 때 초인종이 울렸다. 얼굴도 모르는 청년이 사전 연락도 없이 작은 트럭에 엄청 크고 값나가는 스웨덴제 오디오 세트를 싣고 왔다.

"누구신지…?"

청년의 얼굴에 엷은 미소가 지나갔다.

"그냥… 우리 선생님이 실어다 드리라고 하셨어요…. 어디다 놓을까요?"

멍하니 서 있는 그녀 앞에서 착착착, 일사불란하게 설치를 끝낸 청년은 '우리 선생님 전화번호예요' 하면서 쪽지를 놓고 갔다. 다이얼을 돌렸다.

"지금 방금 그 친구한테서 전화가 왔어요. 허허허, 하느님도 그를 그냥 부리시지는 않더군요. '이렇게 신나는 일'은 세상에 나와서 첨이라고 하면서 막 웃는데 저도 덩달아 막 웃었어요. 허허허."

그녀의 오랜 친구 R은 청계천에서 오디오가게를 한다는 청년이 그녀의 책을 읽고는 이거라도 선물로 드리고 싶다고 했다는 것이다. 가난한 화가, R 선생이 일조를 했을 것이라는 생각이 머리를 스쳤지만 그녀는 아무것도 묻지 않았다. 그에게서 받은 이런 종류의 낭패감(?)이 어디 한두 번이었던가.

"샘, 난 이제 그 음가 안 봐도 산다고 했잖아요. '음가'가 사라지니까 '나'도 없어지더라고요…. 아주 편안해졌어요. 글도 쓸 수 있고…. 근데, 돈도 없으면서 왜 이런 비싼 걸 사 보내세요?"

"'글'이 '음악' 아닌가요?"

그는 말하다 말고 담뱃불을 붙이는 듯 한참 침묵하더니 이윽고 후우 하고 숨을 뱉으며 계속했다.

"선생님, 선생님의 특징이 무언 줄 아세요? '노림수'가 없는 거예요. 그러면서 꿰뚫어 투시할 수 있는 촉수는 있으니까 선생님의 예술이, 선생님의 책이 사람들을 축복받게 해주고 있잖아요. 선생님은 음가를 떠났기 때문에 계속 음가 곁에 살고 계시더라고요. 내가 말주변이 없어서 표현은 못 하고 있지만… 선생님은 지금 그대로 그렇게 언제까지나 '규격상품'이 되지 마셔요. 글도 음악도요…."

R이 끼워 보낸 구스타프 말러의 교향곡 2번을 눌렀다. '부활 심포

니'란 별명을 가진 이 곡은 언제 들어도 그녀를 일으켜 세운다. 잊고 산 지 오랜 음가가 그녀에게 다가오고 있었다. 그들 둘의 움직임은 '그들 자신을 넘어서서 가리키는 것'의 표현이었다. 그들의 스텝은 오랜 세월 무서운 바람과 폭풍 속에서 휘어지고 쓰러지면서도 악착같이 견디어온 거친 나무뿌리 저 위로 올라서서 하늘거리는 몇 송이 꽃이었다.

'사랑을 받게 하는 향기'를 가진 자들이 있다. 그 자들만 골라서 살해하는 파트리크 쥐스킨트의 『향수』 속 그르누이의 발걸음 소리도 오늘만큼은 좌충우돌이었다.

(2014년 7월)

6부 나는 북이다

한 피아노가 있었지요

나요? 보시다시피 피아노죠. 아무 쓸모도 없게 된—.

뭐, 제대로 된 피아니스트가 아니더라도 나 같이 이렇게 낡고 여기저기 문제가 많은 물건은 진즉에 폐기처분 할 것입니다. '피아노'라는 중후한 이름 자체만으로도 그 향기와 특권을 누리면서 번듯한 삶을 살았을 테지 생각하시겠지만 그건 오해입니다. 내 경우, 제대로 된 피아니스트 한 번 만나보지도 못했지요. 가정용이긴 하지만 별 볼일 없는 사람들 심심풀이 땅콩으로 옮겨 다니다 정년을 맞았네요. 말이 그렇지, 정년은 무슨? 일을 제대로 하면서 살아보지도 못한 내가 '정년'이란 말은 당치도 않습니다. 갔다만 놓고 생전 치지도 않는 집 거실에서도 살았고요, 빽하면 마누라 패는 대신 나를 패대는 술주정뱅이 집에도 살았지요. 아, 참, 인형 수집가 집에서도 그 집의 인형 진열대로 쓰여 먼지만 잔뜩 뒤집어쓰고는, 픕… 살았지요. 웃음만 나네요.

지금은 뭐 하냐고요?

말 마세요…. 이따금 조율사가 집으로 와서는 줄 풀린 내 몸을 주리를 틀 때만 해도 난 아직 쓸 만했지요. 언제부턴가 조율사마저도 발걸음이 뜸해지더군요. 결국 난 이 공동묘지 같은 악기조립공장 창고로 옮겨졌고, 여기서, 같은 신세가 된 다른 동료 피아노들과 함께 지내고 있죠…. 우리 같은 것들은 이젠 팔려 나가긴 다 틀린 존재지요. 몸에서 쓸 만한 부분만 뜯겨서 다른 피아노 조립하는 데 쓰이고 있으니.

오늘 하루도 아무런 변화 없이 갔지요. 저어기 보세요. 조립공 서 씨가 퇴근을 서두르고 있잖아요. 입에 줄창 물고 있던 담배꽁초, 이제야 땅에 던져 발로 끄네요. 조금 있으면 창고 문이 닫힐 거예요. 그때 귀를 기울여보세요. 무겁디무거운 철문을 온몸으로 밀어 철컥! 하고 잠글 때 보시면 창고 속 우리들은 제각각의 음 피치(pitch)에서 생기는 야릇한 울림으로 우우~ 신음하지요. 에스에프 영화 속에서 우주인이라도 나올 것 같은 분위기 속에서 서 씨는 떠나고 우리만 남습니다. 겹겹이 거미줄이 걸려 있는 저어쪽 높은 창가로 종일 먼지에 시달린 햇살마저 고개를 묻으면 우리는 우리들만의 침묵으로 가라앉지요….

하지만 이 창고 안에서도 나날이 조금씩 제법 훌륭한 모습으로 바뀌어가고 있는 녀석이 있어요. 독일제 그랜드피아노 스타인웨이, 저놈은 내 성대 줄과 옆 동료의 이빨을 뜯어다 땜질하더니 때깔도 좋아지고 음성도 제법 제소리를 찾아가고 있지 뭐예요.

어젯밤이었어요.

"난 늘 자네가 부러웠지…."

긴 침묵을 깨고 내가 그놈에게 다가갔어요. 슈타인웨이는 대답이 없었어요. 잠이 들었나 보다 싶어 돌아누울 때 그의 목소리가 들렸지요.

"얘기해보게나, 나도 잠이 안 오니…."

내 입에선 한숨부터 나오더군요.

"난 한낱 초보자 아이들 손에서만 살았어. 고작 '피아노'로 태어난 데 대해 핏대까지 올려보진 않았지만 암튼 명색만 피아노지 피아노답게 살아본 적이 없다는 얘길세. 누가 화풀이로라도 좋으니 내 몸 최저음부터 시작해 꼭대기 음까지 종횡무진 포르티시모(ff, 아주 강하게)로 치닫다가 걍 주먹으로 패든가, 응? …암튼 날 좀 죽어라 흔들어봐 줬으면 할 때가 얼마나 많았는지…. 내 감정 저 밑바닥까지 긁어 퍼 올린 음악가가 하나도 없었단 얘기야. 정말야. 자네는 자네 그 고상한 이름 때문에라도 얼마나 많은 유명 예술인을 만났겠는가 말이야."

"…난 자네가 무슨 얘길 듣고 싶어 하는지 잘 모르겠네…."

그가 중얼거렸어요.

"자, 내 입속을 들여다보게. 가운데만 다 망가졌잖아. 어금니는 거의 쓰지도 않았어. 바이엘, 체르니 30번 정도 두들겨주다 끝낸 거야."

난 그에게 바싹 다가앉으며 애원을 했어요.

"부탁하네. 자네 얘길 좀 해주지 않겠나? 대리만족이라도 하고 싶다네. 베토벤 피아노협주곡 칠 때 얘기라도 좋아. 어떤가? 5번, '황제'는 수십 번도 더 연주했을 것 아닌가? 연미복이 그처럼 어울리는 곡이 세상에 있을까? 처음 시작할 때 제비옷 꽁지를 뒤로 확 젖히고 의자에 턱 앉을 때부터 자넨 제목 그대로 '황제'였지."

"헉, 내가 아니라 피아니스트가 황제지."

"그때 얘길 좀 들려줄 수 없겠나?"

"베토벤 '황제' 협주곡이라…. 두 손으로 옷을 뒤로 젖힐 때 말야. 그때 아주 신경질적으로 세게 젖히는 건 스트레스 때문인 것 같아. 그가 앉은 내 몸, 의자 쪽이 덜덜 떨리는 걸 보면…. 음악이 시작되면서 3도의 팡파르가 울리기가 무섭게 아르페지오, 분산화음을 두들기잖아? 실상 기교적으로는 어려울 게 없지만 그때 힘든 건 오케스트라 단원들이 두 손 놓고 일제히 독주자만 째려보고 앉아 있다는 거야. 뭐 아농(Hanon) 교본에 나오는 손 연습 정도의 실력만 있으면 문제없이 해낼 수 있는 앞부분이지만 무대를 여는 첫소리라 그런지 시작할 때마다 피아니스트 엉덩이와 다리가 나를 꼭 붙잡고 매달리는 느낌이야. 제1주제를 클라리넷과 바이올린이 넌지시 제시해주면 타악기와 트럼펫이 '아가야, 내가 옆에 있다. 걱정 말아라!' 하면서 등장해주지. 그러면서 바이올린이 단조의 제2주제로 기분을 바꿔주고, 모양도 듬직하게 생긴 호른이 나이 든 장수처럼 넌지시 나타나 장화음으로 피아노 앞에 앉은 '황제'를 모시지."

"맞아. 그때 자네가 반음계 상승음형을 타고 올라가 조용히, 그리고 노는 듯이 제1주제를 탈 때면 관중들도 비로소 등을 의자 뒤로 기대고 음악에 빠져들기 시작하지…. 그야말로 그때 자넨 완전히 제왕이지. 그때부턴 지휘자도 자네 하자는 대로 따라오는 것 같더라니까."

여기서 스타인웨이는 갑자기 말을 멈추고 눈을 감고 있었어요. 내가 그를 툭툭 쳤어요.

"왜 말이 없어?"

"흠… 그런데 말이야…, 그때도 지금도 내게 남아 있는 건 1악장의 그 위풍당당함이나 명쾌함보다는 역시 조용하게 흐르는 2악장이었어…. 아아, 누구도 그렇게 못 해. 리스트도 못 따라와. 베토벤만의 슬프고 아름다운, 그러면서도 과장되지 않은… 때때로 그건 이 세상에 존재하지도 않았던 사람의 연주야…. 아예 숨소리도 못 내는 피아니스트의 얼굴을 쳐다보다가 난 곧잘 눈물을 흘렸지…. 내가 행복한 순간은 바로 그때라네."

스타인웨이는 눈을 지그시 감은 채 말을 계속했어요.

"1악장은 계속 요동하면서 사람을 휘어잡아 놓지만 2악장은 거의 움직이지 않으면서 조용히 이야기꽃을 피우지…. 마치 잠자리의 어머니처럼 말이야…."

잠시 동안 침묵이 흘렀어요. 그러다 내가 말했어요.

"자네를 잊지 않을 걸세. 오늘 밤 자네의 얘길 들으면서 내가 구원을 받고 있는 느낌이야. 고맙네…. 자네를 재건하기 위해 내 몸 여기저기가 뜯겨나간 오늘, 우린 참 좋은 시간을 가졌네. 진실은 언제나 마지막을 이야기한다는 것, 마지막을 재로 태워 뼛속으로 깊이 껴안지 않으면 우리 둘의 만남은 아무런 의미가 없었을 거 아닌가. 자, 나는 내일이면 이곳을 떠날 걸세. 꽃과 바람과 비와 안개, 눈…, 그리고 어둡고 쓸쓸한 시골 역들… 그런 것들을 만날지도 모르겠네. 자네가 연주하는 날은 언제고 돌아와 객석에 있을 걸세. 잘 지내게."

어둠 속에서 스타인웨이의 어깨가 흔들리는 것을 감지했어요. 길가의 가로등 빛이 창고 천정 위에서 가만히 움직이고 있었어요. 골목길 저 끝에서 개 짖는 소리가 나더군요.

(2016년 10월)

6부 나는 북이다

내 안에 잠든 음표들

— 아버지 기일에 부쳐 —

무대에 올라간 백남준처럼 도끼로 악기를 패버리고

그 파열음을 듣고 싶을 때가

내게도 있다.

만원버스에서 내리자마자 나는 가슴 안주머니를 만져보았다. 가불해서 받아온 지폐가 무사한 것이 확인되자 내 발걸음은 빨라졌다. 고개를 한껏 숙여야 대문을 들어설 수 있는 야트막한 집들이 게딱지처럼 엎드려 있는 동리 골목길로 들어섰다. 여기저기 길고 짧은 굴뚝 그림자가 달빛에 무늬져 있었다. 서너 걸음 앞서 뒤뚱거리며 걷는 남자의 반신이 이따금씩 달빛조명을 받았다가 사라졌다. 아버지다. 아니다, 모르는 사람일 수도 있다. 빨리 확인하고 싶은 마음에 걸음 속도를 높였을 때 어느 집 개가 사납게 짖어댔다. 개

짖는 소리에 놀라 앞서가는 그림자가 뭔가를 떨어뜨리는 것 같았다. 김이 무럭무럭 올라오고 있었다. 중국집 고기만두 냄새였다.

"아부지."

아버지는 힐끗 나를 돌아다보시더니 이내 시선을 길바닥으로 돌리셨다.

"이런, 우리 딸 줄라고 사왔는데…."

아버지의 혀가 꼬부라져 있었다. 이 늦은 시간까지 학비 번다고 아르바이트하는 딸이 가엾었던가 보다. 다시 돌아가서 사오자고 그 비틀거리는 발길을 돌리시는 아버지를 나는 꼭 붙잡았다. 길고 좁은 골목길이 기습적으로 넓게 펼쳐진 무학여고 운동장 위로 너부데데한 달님이 웃고 있었다.

그때까지만 해도 아버지 주머니엔 자신을 위한 소주 몇 잔 값, 늦은 시간까지 길거리 좌판에 고등어 두어 마리 놓고 파장을 기다리는 아낙네의 손을 털어줄 지폐 몇 장, 그리고 가난에 찌든 새끼들 먹일 고기만둣값 정도는 있었던가 보다. 평생을 다니시던 제약회사를 왜 갑자기 고만두게 되었는지 나는 알지 못했다. 반듯한 돈암동 집을 팔고 인분 냄새 짙은 왕십리 밭두렁 옆 게딱지만 한 집으로 이사를 오던 날, 아버지는 차마 자식들의 얼굴을 마주 보려 하지 않았다. 발도 제대로 뻗을 수 없는 좁은 방에서 잠이나 제대로 잘 수 있겠느냐고 투덜대는 철없는 자식들의 소리를 그는 돌아앉은 등짝으로 듣고 있었다. 결국 아버지는 술로 소일하다가 뇌졸중으로 쓰러졌다.

입원을 시켜드려야 한다는 생각은 미처 아무도 할 수가 없었다. 아버지의 병은 깊어만 갔고 종내는 죽 한 모금도 삼키지 못하신다고 엄마가 한숨지을 때도 우리는 무감하기만 했다. 가난과 병고에 찌든 부모님 가슴속에는 하지 못한 말들이 썩어가고 있었다.

대학 캠퍼스는 온통 봄이었다. 휴학 연장 신청을 하러 간 내게 아버지가 위독하시다는 전갈이 왔다. 집으로 달려갔다. 안방에서 흘러나오는 엄마의 울음소리엔 이미 절망이 묻어 있었다. "눈 좀 뜨라구유…. 당신 딸 왔다구!" 울부짖는 엄마 옆에서 아버지는 눈도 제대로 뜨지 못한 채 가쁜 숨을 몰아쉬고 있었다. "의식이 없습니다." 동네 의사가 말했다. 나는 분질러지듯 주저앉았다. "아부지~! 저예요오!" 그때 엄마가 내 등을 툭 쳤다. 아버지가 내 목소리를 들으셨다고. 의식이 없다던 아버지의 뺨으로 눈물이 주르르 흘러내리고 있었다. 나는 와락 달려들어 아버지와 그의 마지막 고통을 가슴에 싸안았다. 그 순간 벽에 붙어 있던 딸의 작곡발표회 포스터가 아버지 가슴 위로 떨어졌다. 아버지는 그것을 가슴에 안고 숨을 거둔 것이다. 나는 포스터를 아버지 관 속에 넣어드렸다. 아버지를 땅에 묻고 돌아서는 가족들(나를 포함한) 중 누구 하나라도 그가 겨우 오십밖에 안 된 피가 끓는 사내라는 사실을 떠올린 사람이 있었을까?

세월이 가면서 그 가난한 집구석에서도 아들들은 예쁜 아가씨들을 사귀게 되었고, 마음 어수룩한 여인들은 멋도 모르고 조가네로 시집을 와서 고생하며 살았다. 외동딸인 나도 웬만한 남자 하나 만나 '나 돈 없으니 그냥 데려 가시오' 해서 그럭저럭 모양새는 갖춘 결혼식을 올리고 낙산 꼭대기 월셋집에서 새 삶을 꾸려갔다. 그리고 어느 날, 그토록 아버지가 소원하셨던 대학교수가 되었다.

서른다섯이 되던 해였다. 네덜란드 덴하흐에서 열리는 세계현대음악제에 초청돼 짐을 싸고 있었다. 여행 기간 동안 딸네 집 봐준다고 와 계신 엄마가 장독대 양지 쪽에 앉아 나를 불러내셨다.

"은젠가는 니가 알아야 될 얘기라…."

엄마는 언제부터 피우셨는지 담배를 입에 물고 계셨다.

"누군 살구 싶어서 사나, 그넘 자존심만 높아가지고는…."

엄마는 이렇게 말문을 열었다.

"느이 아버지 말여…, 그냥 죽은 게 아녀…. 자살한 거여."

"자, 자살?"

나는 펄쩍 뛰었다.

"그날부터…, 그날부터 곡기를 끊었어…."

"그날부터…라니?"

깊이 빨았다가 후우 뱉어내는 엄마의 담배연기가 이미 무겁고 힘든 전언을 예고하고 있었다.

대학 졸업반이었을 때였다. 실직하신 아버지가 뇌졸중으로 쓰러지자 나는 대학에 휴학계를 내고 일을 하러 다녔다. 처음에는 가정교사로 이 집 저 집 다니며 돈을 벌었다. 그러다가 학장의 알선으로 악보 그리는 조그만 인쇄소에서 파트타임으로 일을 하게 되었다. 악보를 가리방(등사판)에다 긁어 그 그려진 기름종이를 인쇄하는 것이다. 밤 11시가 넘으면 정전이 되던 시대라 일감을 집에까지 가지고 와 카바이드불을 켜놓고 밤을 새웠다.

그러던 어느 날이었다. 조선호텔에 묵고 있는 데이먼이라는 MIT 대학 교수가 한국 학생들을 위해 영어를 가르친다는 말을 듣게 되었다. 무료인 데다가 한 주일에 하루 오후만 그룹지도를 한다니 어쩌랴 싶어 등록을 했다.

데이먼 교수가 학생들에게 물었다. "오늘 학교에서 무엇을 했나?" 아이들은 학교에서의 이런저런 즐거웠던 얘기를 늘어놓았다. 그는, 시종 입을 꾹 다물고 있는 내게도 물었다. 내겐 학교가 없다고 대답했다. 수업이 끝날 때 그는 나를 따로 보자고 하더니 왜 학교를 안 다니느냐고 물었다. 집안 형편 때문이라고 대답했다.

왕십리 가난한 동네에도 크리스마스는 오고 있었다. 어스름 저녁이 내려앉고 있는 우리 마을 조그만 센베가게 창문에도 몇 개의 반짝이 등이 아기 예수의 탄일을 기다리고 있었다. 퇴근길이었다. 배에서 꼬로록 소리가 났다. 걸음을 재촉하고 있을 때 길 끝 저쪽에서 종종걸음으로 두 손을 흔들며 다가오는 여인이 보였다. 엄마였다.

"엄마, 왜, 왜?"

엄마는 숨이 차서 말을 제대로 못 했다.

"집에 가봐라. 느이 그 데몬인가 레몬이가 하는… 그 영어 가르친다는 미국 사람이 거시기니 소포를….."

"소포?"

"아이구, 니 덩치만 한 게 왔더라니께."

나는 뛰기 시작했다.

좁디좁은 마루에 엄청 크고 묵직한 첼로 통이 떡 버티고 서 있는 게 아닌가. 부전공으로 첼로를 하는데 학교 악기를 빌려서 연습한다고 말했던 조선호텔 영어수업 시간이 생각났다. 좁아서 발도 못 뻗고 자는 방에 첼로까지 들어서니 엎드려 숙제할 데도 없다고 동생들은 투덜댔지만 아버지는 눈물까지 훔쳐가며 기뻐하셨다. 연습 소리 듣기 싫다고 귀를 틀어막는 식구들 앞에서 아버지는 "내겐 천상의 소리 같다"고 하셨다. 아아, 나에게도 이런 날이 있다니! 하나님, 당신이 내게 관심을 다 가지시다니! 믿을 수가 없습니다. 당신은 내게 언제나 인색하셨습니다. 그랬는데, 그랬는데….

첼로 활에 송진을 듬뿍 발랐다. 캐럴, 〈화이트 크리스마스〉의 첫 부분을 그어보았다. 평생을 웅크렸던 가슴을 긴 활로 쫙 찢으며 자리에서 일어선 나는 세상을 휘 둘러보았다. 거긴 나밖에 없었다. 그 외엔 다 구경꾼들이었다. 나는 그들을 향해 보란 듯이 소리를 질렀다. "메리 크리스마스!" 하고.

아아, 그러나…,

그것은 잘못 배달된 크리스마스 택배였으니….

첼로 연습곡집을 한 권 사 들고 휘파람을 불며 귀가한 날이었다. 대문이 활짝 열려 있었다. 키가 크고 무지막지하게 생긴 괴한에게 머리끄덩이를 잡혀 질질 끌려 나오는 엄마의 비명 소리와 반신불수로 일어서지도 못하는 아버지의 울부짖음이 온 동네 구경꾼들을 대문 앞에 모아놓고 있었다. 내가 소리쳤다.

"그 손 놓지 못해요!"

괴한이 이를 악문 채로 지껄였다.

"돈만 갚아! 놓지 말래도 놓을 테니."

"무슨 돈요?"

"허. 이 아가씨, 아주 깜깜하시네. 아, 병신 된 당신 아버지가 못 갚으면 그 마누라라도 돈을 마련해놨어야 할 거 아냐."

"얼맙니까?"

그제야 이 고리대금업자는 엄마의 머리채를 슬그머니 손에서 놓았다.

다음날 아침, 나는 쥐도 새도 모르게 집을 빠져나왔다. 첼로를 어깨에 메고 손에는 새로 산 악보를 보자기에 싸들고 종로에 있는 '신신악기점'으로 향했다.

"베토벤소나타 전집과 첼로…, 다아 신품입니다. 이거 오늘 팔아주시지 않으면 저는 죽습니다." 가게 점원은 어이가 없다는 듯 천정을 한 번 올려다보았다. 나는 내가 잘 아는 이 악기회사 사장 A 씨를 만나고 싶다고 했다. 점원은 주인이 오후에나 나온다고 하면서 아마 오셔도 잘 안 될 터이니 그냥 돌아가는 게 좋겠다고 했다. 나는 상점 소파에 아예 드러누워 버렸다. 그를 기다리기로 한 것이다.

결국 A 사장의 배려로 악기와 악보를 돈으로 바꾸어 빚을 갚아버렸다.

엄마가 '그날부터'라고 하신 '그날'은 바로 딸의 첼로가 팔려나간 날이었다.

엄마는 앞치마로 코를 푸셨다. 나는 엄마의 굽은 등을 싸안고 흐느꼈다. 온통 뼈로만 만져진 엄마의 외로움은 숨을 거두실 때 딸의 품에 잠시 계셨던 아버지의 그것과 다름이 아니었다.

자식 망가지는 걸 그렇게도 못 견뎌 했던 아버지, 그 바보 같은 사내의 기일을 맞으며 그의 사진 앞에 술 한잔 올린다. "아부지, 저 이렇게 아직도 버티고 있잖아요. 헛발 디디고 또 디디고 꼴 우습게 된 게 한두 번이 아니었어요. 그럴 때마다 전 제 목숨을 칼끝에 세웠어요. 두려움을 잘라버린 거죠. 한숨마저 다요. 음악이고 갈망이고 돈 드는 건 닥치는 대로 다 도끼로 패서 혼비백산하게 만들어놓고요, 예순아홉을 넘기던 해부터는 연필 한 자루, 종이 한 장만 있으면 되는 '글쓰기'를 시작했어요. 책도 냈고요…. 여덟 해를 넘겼는데 아직도 팔리고 있어요. 부자 됐냐고요? 그런 건 우리 하나님이 시켜주지 않는 거 아시잖아요. 대신 다른 은총을 주시던데요. '음악'을 '하게 하는 게' 아니라 '즐기게' 하는 거요."

나는 아버지의 사진 앞에 하이든의 첼로협주곡을 올려놓았다. 아버지와 나의 먼 기억 속에 잠자던 음표들이 우우 일어나 초여름의 이파리들을 마구 흔들고 있었다.

(2015년 4월)

나는 북이다

동리 여래사(如來寺) 법고가 운다.

그 소리는 나의 울음이다, 이렇게 비가 오는 날이면.

바이올린 케이스를 들고 가는 사람을 보면 그 사람이 길 끝으로 사라질 때까지 목을 길게 빼고 쳐다보곤 했다. 그러다가 엄마한테 들키면 언제나 한마디 핀잔을 들어야 했다.

"풍각쟁이 될래? 그저 빠이롱 든 놈만 보면 환장해서 쳐다보게…."

나는 빠이롱 치는 놈이 부러웠다. '그래! 풍각쟁이 될래!' 하고 소리 한번 빽 지르고 싶은 마음을 죽이고 죽였다.

자라면서도 우리 집의 가난은 계속되었다. 내가 음악을 하고 싶다고 하면 형제들은 소가 웃는다고 했다. 소가 웃으면 웃을수록 사람들은 더 안 웃었다. '암, 넌 음악의 천재야! 허수로 듣지 마!' 나는 차츰 알게 되었다. 세상은 어차피 이와 같은 식으로 계속 돌아갈 것이고 내게 재주를 준 신은 결코 나를 무대에 세우지 않을 것이라는 것을.

어찌 되었거나 항상 나는 음악 언저리를 맴돌았다. 고등학교를 남의 돈으로 졸업하자 담임선생님은 이름 있고 돈 좀 있는 주위 사람을 불러 내 대학입학금을 마련해주었다. 음악을 그냥 하면 되지 왜 대학에 들어가야 하는지 나는 이해할 수가 없었다. 외관상으로는 어엿한 음악대학 학생이었지만 그 흔해빠진 피아노 한 대도 없이, 하다못해 기타 한 대 없이 음악대학을 다니다니…. 밤중까지 아르바이트해서 목에 풀칠하랴 학비 마련하랴 공부는 뒷전이었다. 독일 바이에른 왕 루트비히 2세로부터 거액의 돈을 희사받아 아무런 돈 걱정 없이 작곡에만 열중할 수 있었다는 바그너가 부러웠다. 음악대학에 들어감으로써 결국 나의 '풍각쟁이'의 꿈이 이루어졌다고 사람들이 말할 때부터 나는 '풍각쟁이'를 미워하기 시작했다. 음악이라면 이가 갈렸다. 아듀, 나는 그를 떠났다.

그러나 그는 내가 의식하지 못하는 미시적인 거리에서 내 주위를 맴돌고 있었다. 어느 날부터인지 확실치는 않지만 내가 즐겨 어기적거리고 가는 곳이 있었으니 그곳은 바로 오케스트라 연습 장소였다. 거기는 입장료를 내지 않아도 들어갈 수 있었다. 관현악 음악회가 있는 날이면 객석 어둠 속에서 턱을 고이고 앉아 그들의 리허설 광경을 넋을 놓고 지켜보고 있었다.

내가 서른 중반이 되었을 무렵 신에게 또 하나의 장난기가 발동
했다. 아직도 내 속에 파벽이 있어 거기를 뚫고 들어온 뱀의 유혹이
아니었을까!

'이 여자에게 오케스트라 지휘봉을 주는 거다!'

광고가 나붙었다. '서울시립교향악단 연구지휘자 양성 워크숍'.
40여 명의 응모자 중 여자도 서너 명 있었다. 한 달 동안의 지휘법
워크숍이 끝나는 날 저 위에 계신 그분은 또 한 번 그 잔인한 웃음소
리를 터뜨렸다. 푸하하…. 두 사람의 남자와 한 사람의 여자가 연구지
휘자로 뽑혔고 드디어 그 세 명의 연구지휘자를 위한 무대가 준비
되었다. 남산 야외음악당에서 공개 연주회가 있던 날 나는 베토벤
의 〈8번 심포니〉 2악장을 지휘했고, 이화여자대학교 대강당에서는
슈베르트의 〈미완성〉 교향곡을 지휘했다. 정확하게 말하면 지휘를
한 게 아니라 지휘봉을 흔든 것이다. 이번에는 신이 아닌 내가 웃었
다. 박수 소리는 그저 그런 의례적인 것이었다. 순간 목구멍에서 쓴
물이 올라왔다. 토할 것 같았다. 나는 하늘을 원망했다. '음악이란
것이 이렇게 아무렇게나 준비 없이 접근하는 것이 아니라는 걸 꼭
이런 식으로, 이렇게 잔인한 방법으로 깨우쳐줘야 하셨나요?'

다음날 조간신문에(무려 다섯 개의 신문에) 정말로 요절복통할 기사
가 실렸다. "대한민국에 첫 여류 지휘자 탄생". 나는 이불을 뒤집어
썼다. 외출도 하지 않았다. 가난이 지겨웠던 나는 무엇으로라도 자

신을 강자의 위치에 올려놓음으로써 힘을 과시하려 한 것이 분명했다. 물론 그 힘은 오래 지속될 수 없었다. 하룻저녁에 갑자기 쌓은 모래성이 오래 버틸 리가 없었다. 단 한 번도 진지하게 다가간 일도 없이 그냥 느낌 하나로 그를 다 안다고 했던 나는 '음악'에게 깊이 사죄하고 영원히 그의 곁을 떠났다.

　이제 나는 나이가 들 만큼 들었다. 나는 아무런 부담감 없이 심포니 오케스트라 연주회 관중석에 앉아 있다. 문득 스스로에게 묻는다. '나는 인생 오케스트라 속에 어떤 악기였을까?' 하고.
　북이다. 사람들은 나를 팀파니라고 불렀다. 오케스트라에서 내 자리는 관중석에서 보면 마주 보이는 벽 쪽 맨 뒷자리, 월급 차이야 말할 수 없이 크지만 적어도 무대 위에서 연주할 때 지휘자의 눈높이와 나를 치는 팀파니스트의 높이는 같다. 외관으로 보기엔 팀파니는 언제나 비교적 높은 자리에 있다. 세상 속의 나처럼.
　정작 지휘자보다 팀파니가 더 빛을 발하는 때도 가끔 있다. 베토벤의 〈합창〉 교향곡 2악장이라도 연주하는 날이나 드보르자크 교향곡 9번 〈신세계로부터〉를 무대에 올리는 날에는 나와 나를 치는 북잡이의 카리스마는 하늘을 찌른다. 원래 '얻어터져야' 산 보람을 느끼는 나는 송아지 가죽으로 만들어진 내 뱃가죽을 찢어져라 두들겨 맞는 날이야말로 관중에게 충분한 엑스터시를 제공한다. 물론 나를 치는 연주자가 아주 탁월한 팀파니스트일 경우에 한해서 말이다. …하긴, 나의 존재감은 언제나 누구를 만나느냐에 따라 결정지어졌지만….

대체 팀파니는 왜 갖다놓고 이렇게 무대 위에 죽치고 앉아 있게만 하는지…. 짐짓 속 터지게 곡을 만들어놓은 작곡가를 만나면 화가 치밀어 오를 때도 있다. 그렇다고 치지 않을 동안 잠을 잘 수도 없다. 한 20분쯤 기다리다가 앞에 앉은 클라리넷 주자가 어떤 멜로디를 불면 그걸 신호로 자리에서 일어나 슬슬 준비했다가 지휘자의 사인이 오는 즉시 '탕!' 하고 치려고 했는데 그 클라리넷 주자가 자기 차례를 그냥 넘기는 바람에 연쇄적으로 팀파니도 제때 못 쳐 밥줄이 끊겼다는 선임자의 얘기를 듣고부터는 나의 팀파니스트는 클라리넷이고 나발이고 아무도 믿지 않기로 했다. 정신을 바짝 차리고 있긴 하지만 암튼 '작곡가란 놈도 팀파니를 좀 자주 등장하게 썼으면 이렇게 지루하진 않았겠지' 투덜거릴 때도 적잖이 있었다. 물론 오늘 내가 겪고 있는 길고 긴 실업자의 지루함에 비하면 그건 지루함도 아니었지만….

그러다가 드디어 우리들 '타악기의 세상'이 왔다. 물론 내가 은퇴를 한 후였다. 카를 오르프, 코다이 같은 작곡가가 등장하면서 우리 타악기들은 너무 바빠졌다. 팀파니뿐만 아니라 높고 낮은 음역의 여러 가지 실로폰, 글로켄슈필에 스네어드럼까지 등장해 타악기가 주권을 가진 세상을 이룬다. 특히 현대음악에서는 오히려 타악기가 중추적 역할을 하고 있다. 그야말로 내 세상, 타악기 세상이 오니까 이젠 낡아서 버려진 내 뱃가죽을 보며 신은 살리에리처럼 웃었다.

'이 사람아, 좀 늦게 태어나지 그랬어….'

　나는 북이다. 사람들은 나를 팀파니라고 불렀다. 지금 나는 오래 전에 떠나온 내 젊은 날 기억의 해변을 거닐면서 마치 남을 보듯 나를 구경한다.

　연주회 날이다.

　한 사람 두 사람 자기의 악기를 들고 무대로 나온다. 무대는 차츰 연주자 각자의 연습 소리로 시끄럽다. 드디어 악장이 자리에서 일어나면 무대는 조용해지고 악장은 오보에 주자에게 A(라) 음을 내도록 지시한다. '뱀장수'라는 별명을 가진 오보에 주자가 지각을 하는 날엔 오보에 대신 피아노의 A 음에 맞추면서 단원들은 중얼거린다. '뱀장수, 넌 오늘 지휘자한테 죽었다.' A 소리에 맞춰 단원들은 음을 조절하는 튜닝을 한다. 악장 지시에 따라 우선은 목관, 금관악기가 튜닝을 시작하고, 이어서 현악기 순으로 하는데 언제나 고음역을 맡는 악기부터 시작해 저음역을 맡는 악기 순으로 튜닝을 한다.

　사람이 제가끔 떠들고 제 소리만 높이려고 목청을 높일 때마다 인간 세상도 가끔 이런 식의 튜닝을 한 번씩 하고 새롭게 시작했으면 어떨까 하는 생각을 한다. 저마다 잘났다고 떠들던 것들이 튜닝 시간만 되면 남녀노소, 좌파·우파, 진보파·보수파를 막론하고 모두 그 한 음의 높이에 소리를 맞추니 말이다.

　나의 주인, 팀파니스트도 튜닝을 한다. 구리로 된 반구형의 통 위에 송아지 가죽 커버가 팽팽하게 당겨질 때까지 여섯 개의 나사로 나를 조였다가 풀었다가를 반복하며 장력을 조정한다. 마치 내 인생의 신처럼.

경우 없이 날뛰는 인간들을 보면 저 사람들도 가끔 우리처럼 장력 자체를 변화시키는 조절나사나 조정페달을 달아주고 싶은 생각이 든다.

작곡가가 나를 터무니없이 크게 치라고 에프(f) 자를 세 개나 써놓았을 땐 나도 모르게 지레 겁부터 집어먹을 때도 있지만 다행히 내 몸통 하부엔 직경 2센티미터 정도의 향공(響孔)이 있어서 내가 강타당할 때 막이 터지는 일을 막는다.

죽었나 하면 다시 일어나곤 했던 인간 북, 나에게도 향공이 있었던가 보다….

악기가 하나하나 튜닝을 끝내면서 소리는 점점 작아지고 무대에는 차츰 긴장감이 감돈다. 멘델스존의 바이올린 협주곡이 있는 날이었다. 협주곡의 주인공 독주자가 앞서고 그 뒤에 지휘자가 따라 나온다. 여자인 경우 가슴이 나온 드레스를 구경하는 재미도 있지만 그것도 잠깐, 연주가 일단 시작되면 그 곡이 대개는 몇십 번, 아니, 백 번도 넘게 들어보고 협주했던 곡들이라 아주 특이하고 독창적인 연주를 하는 독주자를 빼놓고는 그 연주가 그 연주라서 하품이 나온다. 그러나 오늘은 다르다. 아, 저 멜로디… 우수가 감도는… 거기다 한껏 과시하는 화려한 기교… 최약주(pp)에서 다시 최

강주(*ff*)로 이어지는 브리지로 들어가더니 독주자가 종횡무진 눈이 부시게 손을 놀리는가 하면 속도까지 빨라진다. 와아, 살맛 난다, 멘델스존, 만세! 멘 씨는 팀파니까지도 유효적절하게 썼다.

앙코르 소리도 들리고 지휘자는 모든 영광을 단원들에게 돌린다고 우리 쪽으로 팔을 길게 뽑으며 인사를 하고 또 하고….

드디어 인간들이 자리에서 일어나서 와글와글 집으로 간다. 팀파니스트는 가죽을 있는 대로 다 사방으로 잡아당겨서 조여놓았던 내 뱃가죽의 태엽을 풀어준다. 태엽 풀린 나는 불 꺼진 무대 한구석으로 치워진다.

세월이 가고, 아주 많이 가고, 그리고 그들은 어느 날 나를 영원히 구석으로 치워놔 버렸다.

빗소리가 커진다. 안개 자욱한 오후를 흔드는 법고 소리는 차라리 내 안의 울음이다.

(≪에세이스트≫ 2010년 올해의 작품상 수상작)

멋쟁이 스타일리스트의 속사정

송하춘(소설가)

『라인강변에 꽃상여 가네』의 작가 조병옥이 이번에는 창작집『발광의 집』을 들고 새롭게 일어섰다. 정치망명자로서, 독일에서 생을 마친 남편의 죽음과, 마지막 떠나보내는 사랑을 오색찬란한 만장이 되어 펄럭이게 하던 라인강변의 아름다운 영혼을 우리는 기억한다. 임은 가고, 임을 떠나보낸 가족들은 그동안 미국의 로스앤젤레스로 건너갔다. 그의 옛 독일행이 정치망명이라면 이번 LA행은 경제망명인 셈이다. 그는 LA란 말을 쓸지언정 미국이란 말을 즐겨 쓰지 않는다. 미국은 그의 꽃상여 이후 호구지책으로 어찌어찌 떠돌다 보니 흘러들어 간 곳일 뿐 처음부터 의도하고 찾아간 오아시스가 아니기 때문이다. 그에게 LA는 어쨌든 떠도는 바람이 잠시 머무는 삭막한 겨울나무 가지의 끝일뿐이다.

『발광의 집』의 출발 지점은 바로 이 미국, 로스앤젤레스이다.

빈손이었다. 첫 작품 「꿈 하나 달랑 들고」에 쓰인 대로라면, '흥, 골 빈 풍각쟁이! 그 잘나빠진 꿈 하나 달랑 들고 그 나이에 여길 어디라고 와?' 비아냥거림을 감수해야 할 만큼 가난하였다. 『발광의 집』은 바로 이 '빈손'이 살아내는 이야기이다. 빈손의 '가난'을 채워가는 이야기이다.

살림이라고 차려놓고 보니 빈집이 채워지기 시작했다. 남의 집 차고이긴 하지만 누구는 집이라는 이름의 방을 해결해주고, 쓰다가 버린 골동품이지만 누구는 텔레비전을 배달해 보내고, 누구는 낡고 헌 피아노를 실어오고, 누구는 자기가 쓰던 승용차를 놓고 가고, 이름하여 '발광의 집'이라 문패를 새겨 걸고….

이쯤에서 나는 깊은 산 속 오두막과, 그 오두막에 절집을 차렸다는 어느 가난한 탁발승 하나를 떠올린다.

누구는 불상을 모셔오고, 누구는 솥단지를 걸어주고, 누구는 목탁을 마련하고, 누구는 염주를 헤아리고…. 절 살림이라고 차려놓았더니 텅 빈 오두막이 단숨에 가득 찼다. 탁발의 위력이 이러하니, 감히 탁발승의 위력은 무엇이며, 스님은 무엇으로 중생 앞에 설 수 있는가? 조병옥의 탁발의 위력이 이러하니, '발광의 집'은 그냥 이름뿐인 미친 집이 아니었다. 빈손으로 LA까지 건너가 빈손으로 '발광의 집'을 꾸리고, 그 안에서 그는 도대체 무엇으로 중생을 만나는 것일까? 비면 채우고, 차면 비우고, 그 채우고 비우는 일의 반복이 바로 조병옥의 소설이라고 생각한다.

그는 무엇으로 '발광의 집'을 채우는가?

　'아무려나 발광의 집은 일상의 모든 개인적인 불편한 진실까지도 편안하게 털어놓는 이야기의 장으로 변해갔다'. '때로는 모여서 연구발표도 하고, 자유토론도 하고, 동네소식지도 만들고, 드나드는 사람의 시나 짤막한 에세이도 싣고', 누구는 불쑥 찾아와 마음껏 울다가는 사람, 조용히 음악을 틀어놓고 바닥에 누워 명상하는 사람, 가정이고 직장이고 할 것 없이 속상함에 떠밀려 왔음을 솔직하게 고백하는 사람, '발광의 집은 이들에게 작은 성소가 되어주고, 그야말로 자유와 인권이 보장된 LA의 작은 대한민국이었다'. 조국을 떠나 LA를 살아가는 고달픈 영혼들에게 잠시나마 편안한 휴식을 주고, 때로는 위로의 안식처가 되어주는 '발광의 집'이야말로 가난한 탁발승의 절집처럼 조병옥이 살아가는 이유이며, 그의 문학의 존재 이유가 되는 것이다.

　〈발광의 집〉은 각각 다른 다섯 편의 독립된 이야기의 한 묶음이다. 「꿈 하나 달랑 들고」「부자 연습」「발광, 샌프란시스코」「사막의 대보름달」「일곱 난쟁이의 방」, 그 가운데 「꿈 하나 달랑 들고」는 방금 이야기했거니와, 「부자 연습」은 그 '발광의 집'에서 가난을 살아가는 또 다른 발광이다.

　「부자 연습」은 가난하지만 그러나 궁핍한 신세타령이 아니다. 가난하지만 그것은 재미난 가난이고, 그래서 그것은 또 다른 형태의 발광이다. "오늘부터는 방구석에 쪼그리고 앉아 먹지 말고 재벌들이나 귀족들처럼 식사를 하는 거야! 넌 이 식탁 맨 끝에 앉아. 글구 엄마는 다른 반대쪽 맨 끝에 앉는 거야!" 그의 소설은 이런 식으로 가난을 이야기하되 짜증스러운 가난 타령이 아니라 부자를 흉내내는 연습이다. 그의 소설이 재미난 까닭은 가난을 가난의 실체로서 다루지 않고 부자를 흉내 내기, 혹은 부자 연습이라는 놀이구조로 처리한 데에 있다. 가난을 말하되 짜증으로 실토하지 않고 부자흉내 내기로 웃어넘기는 그것은 문학의 캐리커처 수법이다. 만화이다. 가난하지만 가난을 살지 않고 그것을 희화화(戱畵化)할 줄 아는솜씨, 그것이 조병옥의 빼어난 문학이다.

같은 방법으로 「발광, 샌프란시스코」에서는 LA 생활의 헐거운 삶, 나태한 기장을, 「사막의 대보름달」에서는 사막과도 같은 삭막한 인심을, 「일곱 난쟁이의 방」에서는 고달픈 영혼들의 사랑을 절규하는데, 따지고 보면 그것들은 『발광의 집』서만 불가피한 삶이었다. 틈만 나면 그의 가슴속에서는 긴박했던 독일 생활이 북받친다. 어린 시절 따스했던 고향 인심이 사무친다. 어린 시절 가슴속 깊숙이 뿌리박힌 고향과, 젊은 시절 치열했던 독일 망명과, 외로움과 고달픔이 뒤섞인 가난한 LA와, 그것들은 혼자 오지 않는다. 삶이 고달프고 외로울 때마다 그들은 한꺼번에 달려와 오버랩 되고, 그러나결코 하나 될 수 없는 정서적 괴리감이 곧 그의 소설의 중요한 모티프를 형성한다. "독일에선 망명자로 살았지만 삶이 이렇게 헐겁지는 않았어요." "고뇌가 없으니까 '발광'도 없어요." 가난을 살면서도 그 가난을 불평하기보다 긴장이 풀린 고뇌 없는 헐거운 삶을 채찍질하는 그것은 「발광, 샌프란시스코」의 위대한 정신이다.

그런가 하면 「사막의 대보름달」에 나타난 외로움은 대조적으로 처절하다. "보증인 이름을 쓰세요." "내가 보증인입니다. 나를 보증할 수 있는 사람은 나뿐입니다." 자기가 자기를 보증해주지 않으면 아무도 그를 보장해주지 않는 사막, 그것은 LA이다. 'LA의 보름달'은 삭막하다. 삭막한 보름달은 자연스럽게 '고향집의 빈대떡'을 불러온다. '가난해서 삭막한 사막'과 '가난하지만 다정했던 시골 할머니'의 인정이 그렇게 대비된다. 광막한 광야에서 부르는 시골 할머니의 노래, 그것은 조병옥 소설이 보여주는 또 하나의 서정이다.

젊은 시절 그의 독일 생활은 그의 소설의 전체를 지배하는 트라우마로 작용한다. 그의 작중인물들은 하나같이 떠도는 유랑자들이다. 그들의 가슴속에는 언제나 두고 온 조국이 들어 있다. 조국의 현실은 불가피하게 분단된 상황이다. 통일조국은 그래서 그들의 꿈이요 이상일 수밖에 없다. 그들에게 독일 통일은 보이지 않는 꿈이 실현되는 현장이기도 했다. 꿈의 실현을 목격한 사람에게 꿈은 더욱 간절하게 기대를 자극한다.

「일곱 난쟁이의 방」은 그렇게 간절한 꿈을 꿈꾸며 살아가는 사람들의 이야기이다.

뉴욕 한인타운에 자살의 시간을 준비하는 한 남자가 살았다. 말기 암 선고를 받자 그는 마지막 독일행을 꿈꾼다. "브란덴부르크 토어를 방문하고 자정이 될 때 자살하리라!" 어느 날 그는 뜻밖에 하숙집 우편함으로 날아든 한 여인의 엽서를 발견한다. 여인의 등장으로 그는 자살의 시간을 놓친다. 때마침 편지의 주인공은 베를린 망명생활을 청산하고 LA로 이민을 온다. 만난다. 국경을 초월한 이념적 사랑. 음악을 사랑하는 그녀에게 그는 피아노를 선물하고, 자살을 준비하던 그에게 그는 생(生)을 선물한다.

나는 다시 깊은 산 속 오두막과, 그 안에 절살림을 차린 어느 가난한 탁발승을 떠올린다. 스님 앞에 중생은 무엇이며, 중생 앞에 탁발승의 빈손은 무엇인가? "절간 주위에 많이 피어 있는 불두화로 남아 있는 지 여사님은 내겐 일찍부터 혼으로 보였습니다. 나는 믿었지요. 내가 이 여인을 만날 것이다." 이것이 조병옥의 소설임을 나는 다시 한번 확인한다. 이것이 그의 소설을 눈물로 읽는 이유이다. 눈물을 자극한 주체는 슬픔이 아니다. 그의 열정이 눈물을 자극하였다.

망명은 조국을 떠나서만 망명이 아니다. 돌아와서도 정신적 안착을 하지 못하고 방황하면 그것이 망명이다. 몸은 헐고, 나이는 먹었고, 기력은 떨어지고, 그의 문학은 떠돌기를 계속하였다. 이 점에서 그의 귀국은 어쩌면 문학의 망명인지도 모른다. 어떤 식으로든지 탁발승의 고행은 계속되었다. 2부 '생명의 노래'는 그래서인지 늙고 병든 망명객의 자술서로 읽힌다.

「느닷없는 안부」를 보면 그의 문학은 아직도 위트와 유머와 역설로 생명력이 넘쳐남을 볼 수 있다. 그는 방금 수술을 받아야 할 암 환자이다. 환자는 수술이 두렵다. 그래서 마지막 아들을 보고 오겠다는 메모를 남기고 수술실을 탈출한다. 그리고 몇 년 뒤 그 병원에서 의사와 환자는 다시 마주 앉는다. 둘이는 서로 알고도 모르는 척, 모르고도 아는 척, 위트와 패러독스의 만발이다. 말하자면 그의 문학은 아프지만 아픔을 호소하는 신세타령이 아니라, 재치와 지혜가 넘치는 생명의 노래인 것이다.

병상의 우울하고 가난한 고통을 밝고 환한 웃음의 놀이구조로 환치시킬 수 있는 수사학, 그것이 바로 조병옥의 문학이다. 다시 말하거니와 그의 병중소설은 시중에서 흔히 말하는 아픔 타령이 아니다. 아픔을 갖고 놀 줄 아는 그는 어쩌면 선천적으로 타고난 작가이거나, 아니면 소설적인 환자인지도 모른다.

'생명의 노래'에 수록된 여덟 편은 구태여 소설이라기보다 짤막한 병중 단상들이다. 그러나 그것들은 모두 고통스러운 병상일지임에도 불구하고 병중에 관한 고통스러운 이야기는 아니다. 그의 손길이 가 닿기만 하면 그의 언어들은 햇볕 따사로운 봄날 아침처럼 환하게 반짝인다. 환자의 실제 병중과, 그의 반짝이는 언어들 사이에서 생기는 이질감의 간극이 우리를 놀라게 한다. 때로 그의 가슴속 저 밑바닥을 받쳐주고 계신 어머니, 때로 환자의 일탈을 노리는 갑작스러운 병중 외출, 때로 옛 독일에서 만난 인간미 넘치는 간호사의 기억, 그리고도 때로는 신앙의 발견을, 때로는 돌아가신 어머니의 마지막 기도, 그리고 '하느님, 외로우시지요? 제게 기대세요.' 등등 그 어느 것 하나 살아 있는 언어 아닌 것이 없다. 그런가 하면「그녀의 킬리만자로」에서 그는 죽어가는 후배의 까닭 모를 임종을 지켜보는 외로운 파수꾼이 되기도 한다. '이제야 묻는 건데, 왜 하필 나였수?' 그녀는 왜 내게 왔던 것일까? 쫓기는 표범이 최후를 마치는 곳, 그곳이 킬리만자로라고 했다. 그녀는 나를 찾아온 것이 아니었다. 그녀는 내게로 쫓겨 온 킬리만자로의 표범이었을 게다.' 삶이냐 죽음이냐의 선택에서, 그의 문학은 언제나 막다른 골목으로 치닫는 불자동차처럼 숨이 가쁘다. 그래서 그런지 그의 밝고 환한 글 속에는 언제나 도려내고 싶은 아픈 응어리가 들어 있음을 또한 인정하지 않을 수 없다.

망명자의 아내로서, 불귀의 혼백을 이국땅에 묻어야 했던 여인, 사랑과 조국을 잃고 방황하던 그의 사랑에 대해서는 일찍이『라인 강변에 꽃상여 가네』에서 감명 깊게 읽은 바 있다.

「남편의 마지막 여인」에서 이제 그는 영혼과의 대화를 나눈다. 사랑이 지극하면 영혼도 통한다는 신지학의 믿음을 그는 옛 남편의 여인을 통해서 체험한다. 죽은 남편과, 죽은 남편의 여인과, 그리고 나, 그렇게 세 사람의 관계는 이제 세속적인 의미의 삼각형이 아니다. 그들의 사랑은 어느덧 세속적인 의미의 구속이 아니었다. 자유로운 영혼이 추구하는 진정한 사랑이었다.

이쯤에서 묻는다. 하필이면 왜 소설이었을까? 자신의 사랑 이야기를 쓰겠다고 쓰면서 이 작가는 왜 하필 소설이라는 방법적 도구를 선택했을까?

소설은 체험의 사물화(事物化)이다. 체험은 원래 작가의 소산이지만 작가의 사유물(私有物)이 아니다. 그것이 독립된 개체가 되어 하나의 사물로 존립하려면 작가는 원래의 체험으로부터 자기 자신을 분리시켜야 한다. 체험과 작가가 분리되어 형성된 하나의 독립된 유기체, 그것이 소설이다. 그의 경우 이제는 사랑하는 남편의 죽음을 멀리 두고 바라볼 수 있게 된 것 같다. 그만큼 시간적 거리가 생겼다. 시간이 지나고 보니 그때는 이해할 수 없었던 일들이 이제는 이해할 수 있을 것 같다. 영혼끼리의 소통을 상정할 수 있을 것 같다. 그만큼 저쪽과 이쪽 사이에 객관적인 거리가 생긴 것이다. "미안해요. 지니. 방금 프리드리히에게서 연락이 와서… 아, 내 약혼자였었죠." "…였었죠?" "무슨 얘긴지 금방은 알아들을 수 없었지만 나는 그냥 고개만 끄덕였다." "아주 잠깐 동안이었지만 율리아를 '여자'로서 질투했던 자신이 부끄러웠다." 인간적인 질투를 뛰어넘은 휴먼, 그들은 그 사이에 그렇게 신의 아들이 되어 있었다. 남편의 여인을 통해서 나에 대한 남편의 사랑을 확인한 것이다. 소설이라는 방법적 도구로서만 가능한 일이었다.

「나는 당신을 알지 못했습니다」에서는 까맣게 모르고 살던 고향을 새롭게 발견하기도 한다. 고향이 안면도 앞바다인 작가에게 그것은 바다의 발견이라는 말로 비유된다. 태안반도 앞바다에서 기름 유출사고가 발생하였다. 고향 바다가 죽어간다. '좋은 시절엔 안 보이던 바다가 죽어가니까 보인다.' 까맣게 잊고 지내던 고향이 늙고 아프니까 그리워지더라는 아주 평범한 진리의 비유임에 틀림없다.

  그의 글솜씨에 대해서도 한마디 해야겠다. 그는 글솜씨가 아주 탁월하다. 어떤 글감이고 간에 그의 손에 잡혔다 하면 그는 기어코 읽을거리를 만들어내고야 만다. 아주 평범한 이야기를 하는 것 같은데도 그것이 그의 손을 거쳐 나오면 맵고 짠 글이 되어 나온다. 그와 나는 원래 글쓰기 교실에서 만난 사이인데, 그때 이미 여기 실린 글들이 태어나고 성장하는 과정을 보면서 놀랐다.
  「예수님은 가끔 버스도 타나 보다」는 원래 앞부분의 짤막짤막한 시구들로만 되어 있었다. 팔순을 넘긴 어느 할아버지가 버스비를 내지 못하고 구박을 받자, 그 장면을 목격한 어린아이 하나가 만 원짜리 지폐 한 장을 대신 넣어주며 이 돈으로 할아버지처럼 늙고 돈 없는 사람들을 도와주라고 도리어 야단을 치더라는 내용이다. 여기까지만 해도 그날 그 글은 충분히 감동적이었다. 그런데 오늘 다시 읽어볼 기회가 있어 보니 그때와는 더 많이 달라져 환골탈태 감동을 감출 수 없었다. '직접 겪으신 일이군요?' 처음 합평회 때 내가 그랬다는 것이다. 그 말 한마디를 삽입하더니, 그는 그 뒤를 이렇게 이어간다. '이분은 할아버지잖아요! 이 말 한마디로 세상을 바꿔놓은 아이의 자리에 나를 앉혀놓고 나는 이따금씩 그날을 체험한다.'

글의 생명력은 여기서 더 연장된다. '나는 버스를 탄다. 그 아이가 앉아 있었음 직한 자리를 찾아 냄새를 맡았다. 울다 울다가 햇빛이 되었을 이 땅의 아이들을 나는 온몸으로 흡입해 주워담고 있었다. 버스 안은 살아 있는 것으로 가득하다. 나는 그 안에서 미소 짓고 있는 모든 자유로운 영혼과 만나고 있다.' 나는 이 글이 왜 좋은지를 잘 안다. 한 편의 좋은 글을 쓰기 위해서 그동안 그가 기울인 많은 시간과 열정을 알고 있기 때문이다.

"당나귀요? 귀 빼고 불알 빼면 남는 게 뭐 있어요. 조병옥요? 사랑 빼고 열정 빼면 남는 게 뭐 있어요!" 언젠가 ≪한국산문≫ '작가의 말'에서 읽은 자기소개를 나는 기억한다.

잘은 모르지만, 그는 사랑 그것에 흠뻑 빠져본 사람임에 틀림없는 것 같다. 그렇다고 그가 사랑에 굶주려 있다거나 그것을 갈망한다는 말은 아니다. 사랑 그것에 마음껏 미치고, 깨지고, 아파본 사람 같다. 그렇다고 사랑 그것에 손익을 따진다는 말은 더구나 아니다. 물불 가리지 않고 뛰어들었다가 함몰되어 인생 그것이 황홀하기도 하고, 눈먼 사랑이 되어 캄캄한 어둠이기도 했다. 사랑의 탐닉, 어쨌든 그의 인생은 탐닉 그 자체였고, 그것은 열정임에 틀림없다.

「초콜릿을 나눈 남자」에서 그는 자신의 간절한 사랑 이야기를 토로한다. 자신을 말하되 그러나 그는 자신의 과거를 일방적으로 설명하지 않는다. 그의 소설화법은 'Y 교수'와의 대조를 통해서 이루

어진다. 'Y 교수의 그녀'를 보여줌으로써 나는 '나의 그이'를 설명한
다. Y 교수의 '그녀'에 대한 사랑은 절실하고도 위대하다. 그만큼 나
의 '그이'에 대한 사랑도 절실하고 위대하다. 대조법은 사물의 어두
운 면과 밝은 면을 동시에 부각시킬 수 있는 놀라운 소설기법이다.
나의 '과거'를 과거로 이야기하지 않고 '현재'로 보여주는 효과를 얻
어낸다. 지금 그들의 사랑을 통해 지나간 우리의 사랑을 보여준다.
'시체로조차도 입국할 수 없었던 망명객, 남의 땅 외진 곳 기찻길 옆
에 혼자 잠들고 있을 나의 그이'를 그는 'Y 교수의 그녀'를 통해 그
토록 간절하게 표현해내는 것이다.

　「식기 전에 한술 떠먹은 사랑」은 '상처받은 소녀의 성'을 '성스러
운 성'으로 환치시킬 수 있는 놀라운 반전의 효과를 자랑한다. 젊어
서 한때 죽도록 사랑했지만, 상처받은 영혼이라는 이유 하나로 감
히 손을 댈 수 없었던 성스러움, 그러나 헤어진 지 반세기가 지난 오
늘 그들은 일산 암병원 뜰에서 암환자로 다시 만난다. '상처받은 성'
과 '성스러운 성'의 대조도 그러하거니와, 반세기가 지나도록 간직
해온 그 변함없는 순수가, 어쩌면 그것이 종교다, 라고 말하고 싶었
는지 모른다.

　내친김에 그의 결혼이야기도 해야겠다. 그의 결혼이야기는 「대
학원 나온 귀신」에 나온다. 그러나 그것은 어쩌면 그의 이혼이야기
인지도 모른다. 사랑이야기를 쓰다 보니 결혼이야기가 되었고, 결
혼이야기를 쓴다고 쓴 것이 이혼이야기가 되었는지도 모른다. 그만
큼 그의 결혼과 이혼은 정체가 불명이다. "난 결혼하는 게 아니었어

요. …결혼은 내게 굉장한 혼란을 가져왔어요. 난 내가 어떤 사람인지 몰랐다가 결혼이란 걸 한 후에야 어떤 것이 원래의 나였는지 기억해내려고 애쓰더라고요. 도대체 '나'라고 기억하고 있는 '나'가 정말 '나'인지….” 그렇게 자기 정체성의 문제로 결혼을 설명하고 싶어 하지만, 그러나 분명한 것 하나는 그의 결혼이야기 속에는 '사랑'이 빠져 있다는 사실이다. 어디에도 '사랑'이 끼어 든 흔적은 없다. 결혼이야기 속에 없으니 이혼이야기 속엔들 있겠는가? 이 책의 전편을 통해 '사랑'이 들어 있지 않은 글은 아마 「대학원 나온 귀신」 한 편뿐이지 않은가 생각된다. 이유가 뭘까? 마지막 한마디, “이혼이 성사되면서 그녀 일상의 모든 소음은 차츰차츰 악음(樂音)으로 굽이치기 시작했다”. 그에게 사랑은 유죄가 아니었다. 그렇다고 무죄냐 하면 그것도 아니었다.

그의 글들을 읽다 보면, 그는 대체로 두 개쯤 잘 그려지지 않는 자화상을 그리고 싶어 하는 것 같다.

그 중의 하나가 지금까지 읽어온 망명가로서의 자화상이라면, 또 하나의 자화상은 그의 음악적인 생애라고나 할까? 그 두 개의 자화상은 각각 독립된 모습을 드러내고 싶어 하지만 그러나 뜻대로 되지 않았던 것 같다. 대부분 두 개의 생애가 한꺼번에 마구잡이로 덤벼들어 그만 뒤범벅이 되는 바람에 이건 추상화도 아니고 구상화도 아닌 아주 애매한 얼굴이 되었다고 작가는 자탄할지 모른다. 그러나 그것은 작가의 욕심일 뿐이다. 인생이 어차피 두 갈래 철길처럼 올곧은 길이 아니거늘, 그대의 삶이 어찌 욕심처럼 가지런하기를 바라겠는가. 그대가 그린 추상화들 앞에서 그저 말 없는 경의를 표할 뿐이다.

이상, 망명가의 자화상에 대해서 언급하였거니와 끝으로 한마디, 그의 생애의 또 한 축을 이루는 음악적 인생에 대해서는 감히 무슨 말을 할 수 있을까?

음악에 관한 한 그는 그동안 '버렸다'고 표현하거나, '잊었다'고 표현하거나 꽤 겸손함을 보인 것이 사실이다. 그러나 그의 겸손에도 불구하고 작품의 도처에 차지하는 음악의 역할은 문학의 성패를 좌지우지할 만큼 영향력이 지대하다.

「나는 북이다」는 그의 음악인생의 대표적인 자화상이다. 그녀에게 음악은 타고난 천품인 줄 알면서도 끝내 직업으로 지켜내지 못한 아쉬운 길이기도 하다. 가난이 그 길을 저해했다고 그는 자백한다. 음악에 관한 한 당연히 타고났다고 자부하면서도, 그는 언제나 그 속으로 함몰되지 못한 채 언저리를 맴돌 뿐이었다. '외관상으로는 어엿한 음악대학 학생이었지만 그 흔해빠진 피아노 한 대도 없이, 하다못해 기타 한 대 없이 음악대학을 다니다니.' 그런 가난이 그의 음악적 인생을 가로막았다. 그는 서울시립교향악단의 연구지휘자로 발탁되기도 했다. 슈베르트의 〈미완성 교향곡〉, 베토벤의 〈8번 교향곡〉 중 한 악장을 무대에 올린다. 그러나 그마저도 '깊은 사죄를 하고 영원히 음악의 곁을 떠났다.' 음악과 그의 인생은 하나이면서도 둘이고, 둘이면서도 하나였다. 떼려야 뗄 수 없는 깊은 관계이지만, 그러나 그의 인생에서 결혼이야기가 곧 이혼이야기가 되고만 것처럼, 음악도 뗄 수 없는 깊은 관계이지만 떨어져 살 수밖에 없었던 것 같다.

햇빛 찬란한 겨울날 아침이다. 맑고 화사한 햇살이 좋아 밖으로 나가보지만, 아직도 칼칼한 추위는 살아 있구나. 그 맑고 투명한 추위가 조병옥의 소설이다. 그의 언어는 한없이 밝고 환하지만, 독소처럼 제거하고 싶은 겨울 추위가 그 안에 도사리고 있음을 알아야 한다. 그것이 그의 소설의 존재 이유이다.

책 뒤에

글을 추리다 보니 열어보는 곳마다 '병실'이다. '사람이 산다는 건 곧 사람이 앓는다는 얘기'라는 말을 실감한다. 몸은 병에 잡혀 질질 끌려다녀도 감각만은 열어놓고 있었던가, 마주쳤던 사연 또한 적지 않아 보인다.

13년 전 얘기다. 27년 동안의 방랑 끝에 귀국한 나는 문학평론가 임헌영 교수의 '글쓰기 교실'을 찾는다. 선생님이 물으셨다. '글은 많이 써보셨나요?' '아니요, 전혀….' 잠시 침묵하시던 선생님이 다시 무엇인가를 물으시려는 순간 나는 그냥 속을 털어놓았다. '유서를 쓰러 왔습니다.' 암 선고를 받았다는 말까지 늘어놓을 경황이 없었던가, 나는 말끝을 흐린 채 자리에 앉았다.

쉰다섯을 겨우 넘긴 한 망명객을 독일 어느 작은 도시 기찻길 옆에 갖다 버렸다. 어느 날 아침, 나는 창밖에 시커멓게 서 있던 겨울나무 가지 끝으로 꽃잎을 봉곳이 내미는 목련과 맞닥뜨린다. "어마나, 봄이다!" 소리 지르며 그 벅참을 나누려 할 때 남편은 없었다. 돌이켜보면 그게 나의 첫 번째 책, 『라인강변에 꽃상여 가네』가 잉태되는 순간이 아니었던가 싶다. 두 아들이 내 손에 연필을 쥐여주었다. "엄마, 그냥 써. 문학 공부 안 했으면 어때. 엄마가 평상시 말하는 것 같이 그냥 쓰면 돼." 나는 무작정 쓰기 시작했다. 투병하고 있는 남편 곁에서 일기장에 메모해두었던 이런저런 사연을 소설로 쓰기 시작했다. 네 번째 챕터로 들어갈 무렵, 교수님이 말씀하셨다. "실명으로 쓰십시오. '소설'이 아닌 '수기'로 써서 후세 사람들에게 이 역사를 남겨야 합니다." 나는 즉시 작중인물들의 이름을 실명으로 바꿨다. 적중했다. 무명의 초보 작가에게 기적 같은 일이 일어난 것이다. 출간 11년을 넘긴 지금까지도 '아직도 찾는 사람이 있는 책'으로 서점에 남아 독자들을 만나고 있으니…. 임헌영 교수님을 만나지 못했으면 일어날 수 없었던 일이 아닌가.

그 후에도 내 병은 병대로 나는 나대로 멈추지 않고 한집에 살았다. 책 한 권만 쓰고 건강 관리나 해야지! 했던 애초의 계획에 금이 가고 있었다. 어느 날 선생님은 새 교수님을 우리들 앞에 소개했다. '소설가'라는 말에 귀가 번쩍 띄었던 생각이 난다.

이번 책, 『발광의 집』을 묶으면서 부탁드린 교수님의 '작품해설'

이 며칠 전 도착했다. 글을 열어보려는 순간, 왜 그 장면부터 떠올렸는지…. '글 쓰느라 또 아프지 말고 그냥 놀러 오세요.' 결석 좀 작작하라는 말씀을 반어적으로 하신 건가? 애써 좋게 해석해봤지만, '놀러 오라'는 말이 좀 심란하게 했다. 글을 써서 합평받은 첫날도, 둘째, 셋째 날도 선생님은 별말씀 안 하셨다. 그냥 '계속 쓰십시오. 그리고 계속 가져오십시오' 하셨다. '어쩌시려고요?' 하루는 불쑥 여쭈어보았다. 선생님의 대답은 간단했다. '나도 잘 모르겠습니다. 허허….'

시간이 흐르면서 선생님은 조금씩 촌평을 달았다. '급하게, 힘주지 않고, 조금은 흐트러짐 속에서 바라보는 시선으로 글을 써나가는 것이 일초(一楚, 나의 예명)의 스타일이란 생각이 드네요. 그냥 그렇게 대충 쓰세요.' '대충요?' 나는 교수님 얼굴을 쳐다보았다. '일초는 그냥 막 쓰셔도 됩니다.' 흠… 이게 그러니까 칭찬인가? '막 쓰는 것'의 반대말은 무엇일까? 나도 남들처럼 찐한 칭찬 좀 듣고 싶건만…. 나는 혼자 투덜거렸다.

날짜도 잊히지 않는다. 2014년 1월 10일, 나는 병원 응급실에 있었고 ─ 물론 나의 고질적인 지병 때문이었지만 ─ 그날 내 글은 나 없는 자리에서 합평을 받게 되었다. 저녁 무렵, 몇몇 급우로부터 문자를 받았다. 교수님이 내 글을 읽어주시며 극찬을 하셨다는 것이다. 문우 한 분은 '안 계실 때 이루어진 찬란한 하루'라는 제목까지 달아 긴 글을 보내왔다. 이럴 수가? 침대에 누워만 있던 내가 벌떡 일어나 앉았다. 칭찬이라는 약만큼 좋은 약은 없었다.

보내주신 작품해설을 읽고 있는 지금 누가 나를 지켜본다면 어떤 생각을 할까? 어쩌면 베토벤의 생애를 그린 영화 〈불멸의 연인〉, 마지막 장면이 떠오를지 모르겠다. 멀리 지붕 밑 다락방 창가에 앉아 연신 눈물을 찍어내며 유서를 읽고 있는 한 나이 든 여인의 모습 말이다. 좀처럼 들어보지 못한, 조금은 낯선 언어들이 문득문득 나를 소생시키고 있는 것에 놀랐다. '문학'이라는 틀 속에 나를 우그려 집어넣으려 하지 않았던 선생님은 때로는 악보도 없이 그려내는 즉흥연주를 눈 지그시 감고 들어주기도 하셨다. 그러나 '문학'이 나로 인해 잘못 짐작된다 싶으면 금방 정색을 하며 바로잡아 주셨다. 나를 지탱해준 뿌리가 음악 속에 있는데, 그 상한 뿌리를 세상에서 이만큼이라도 음악 아닌, 글로도 얘기할 수 있게 이끌어주신 소설가 송하춘 교수님을 만날 수 있었던 것, 참으로 큰 행운이었다.

『발광의 집』…, 제목을 놓고 설왕설래가 적지 않았다. 너무 강하지 않은가 우려도 있었다. 그러나 막상 글을 읽기 시작하니 곧, 아주 멋진 제목으로 와 닿았다고들 해서, 그대로 밀고 나갔다.

지난 10년 동안 꾸준히 성원해주고 함께 있어준 『라인강변에 꽃상여 가네』 팬들을 어찌 잊을 수 있으랴. 시인 차옥혜 여사님과 김태련 교수님을 비롯한 수많은 애독자들이 보내준 사랑 넘친 독후감과 편지들이 커다란 통에 그득 차 있다. 이 자리를 빌려 그분들께 큰절을 드린다. 쓰는 일이 힘들어 멈췄다가도 그분들을 떠올리면 다시 일어나 컴퓨터 앞에 앉게 된다. 의자 등받이를 붙잡고 버둥거리는 나를 두 손으로 꼭 잡아 맘 놓고 올라서게 해주고 있는 나의 친정, ≪한국산문≫이 있어 늘 든든하고 고맙고 행복하다.

한울 출판사의 김종수 사장님께 무한한 감사의 말씀을 올린다. 또한 배은희 팀장님의 사랑과 노고를 잊지 못할 것이다.

그리고, 누구보다도 나의 두 아들…, 호정이! 호산이! 너희들이 없었으면 다른 아무도 없었을 것이다. 사랑한다….

2017년 말

일초(一楚) 조병옥

발광의 집

ⓒ 조병옥, 2018

지은이 ┃ 조병옥
펴낸이 ┃ 김종수
펴낸곳 ┃ 한울엠플러스(주)
편집책임 ┃ 배은희

초판 1쇄 인쇄 ┃ 2018년 2월 5일
초판 1쇄 발행 ┃ 2018년 2월 20일

주소 ┃ 10881 경기도 파주시 광인사길 153 한울시소빌딩 3층
전화 ┃ 031-955-0655
팩스 ┃ 031-955-0656
홈페이지 ┃ www.hanulmplus.kr
등록번호 ┃ 제406-2015-000143호

Printed in Korea.
ISBN 978-89-460-6446-1 03810

* 책값은 겉표지에 표시되어 있습니다.